Das Buch

Nach zwanzig Jahren nimmt ein Mann Rache für den Tod seiner Freundin. Sie war damals im College bei einer wilden Halloween-Party unter tragischen Umständen ums Leben gekommen. Die sechs Kommilitonen, mit denen sie gefeiert hatte, stehen auf der Liste des Mörders, und bedachtsam und grausam schlachtet er alle nacheinander ab. Ihre Leichen werden mit einer Überdosis reinen Heroins im Blut gefunden, sie sind durch ein Skalpell entsetzlich verstümmelt, und in ihren leeren Augenhöhlen befinden sich Narzissen. Die Verbindung dieser Morde zu einem Gedicht von T.S. Eliot hat der Mörder selbst hergestellt, indem er in einem unbedachten Augenblick via Internet E-Mails an alle Opfer schickte. Als die Ehefrau eines der vorgesehenen Opfer, Amelia Saintsbury, die E-Mail entdeckt, ist es fast schon zu spät. Die Ermittlungen der von ihr verständigten Polizei laufen schleppend, und als Amelia selbst in Gefahr gerät, verdächtigt man den befreundeten Joumalisten Nick, der ihr bei ihren eigenen Recherchen zur Seite steht. So kann der Mörder in Ruhe seinen Plan ausführen - einen Racheakt nach dem anderen ...

Die Autor

Der Autor Richard Montanari lebt in Cleveland, Ohio. Er arbeitet derzeit an einem neuen Thriller.

RICHARD MONTANARI

VIOLETT IST DIE NACHT

Roman

Aus dem Amerikanischen
von Nina Bader

WILHELM HEYNE VERLAG
MÜNCHEN

HEYNE ALLGEMEINE REIHE
Nr. 01/10958

Die Originalausgabe
THE VIOLET HOUR
erschien 1998 bei Avon Books

Umwelthinweis:
Das Buch wurde auf chlor- und
säurefreiem Papier gedruckt.

Redaktion: Birgit Groll

Deutsche Erstausgabe 3/2000

Printed in Germany 2000
Quellennachweis: T.S. Eliot-Zitate:
Gesammelte Gedichte, Suhrkamp Verlag, Frankfurt/Main
1972/1988. Hrsg.: Eva Hesse
Umschlagillustration: ZEFA Visual Media/Tusch
Umschlaggestaltung: Nele Schütz Design, München
Satz: (3371) IBV Satz- und Datentechnik GmbH, Berlin
Druck und Bindung: Elsnerdruck, Berlin

ISBN 3-453-15222-0

http://www.heyne.de

FÜR DIE UNENDLICH SANFTEN SUBSTANZEN

An dieser Stelle möchte ich mich erneut bei Elizabeth Ziemska von Nicholas Ellison, Inc., und bei Christina Hacar dafür bedanken, daß sie meinen literarischen Polarstern gebildet haben. Dank gebührt auch meiner Schwester, die meine ersten kryptischen Entwürfe gelesen und mir versichert hat, daß sie einen Sinn ergeben; ebenso meinem Vater, Lou Aronica, Jennifer Hershey, Jennifer Sawyer Fisher und allen anderen Mitarbeitern von Avon Books. Ein transozeanisches *ta, mate*! geht an Luigi Bonomi. Gleichfalls danken möchte ich T. S. Eliot, der mich all die Jahre lang getreulich begleitet hat, und meiner Heimatstadt Cleveland, die ich auf dem Papier zum wiederholten Male ein wenig verändert habe.

Schließlich und endlich gilt mein besonderer Dank dem Meister: Shane Stevens.

Ich verneige mich voller Demut vor dir.

Die lila Stunde

Zur lila Stunde, da sich Blick und Nacken
Vom Schreibtisch abwinkeln,
Da der menschliche Motor im Leerlauf
Pulst, so wie ein Taximotor ausgekuppelt läuft
Und wartet ...

T.S. ELIOT

EINS

JAGUAR UND KRALLENAFFE

Die Luft in dem kleinen Schrank war feucht und stickig; erfüllt von weiblichen Düften; Düften, die seine Haut zu durchtränken und sich mit seinen eigenen herben Körperausdünstungen zu vermengen schienen, jenem schweren Moschus aus Furcht und Erregung, das seinen Poren entströmte. Einige ihrer Kleider stanken nach kaltem Rauch. Ausgehkleidung, dachte er, Partyklamotten. Anderen wiederum haftete der Geruch nach Deodorant, Mundwasser und leichtem Parfüm an. Die Alltagskleider einer ehrbaren Frau – für Schule, Arbeit, Kirche.

Doch hinter dieser Fassade respektabler Wohlanständigkeit verbarg sich noch etwas anderes, ein dunkler Duft, der von wilden Ausschweifungen und Nächten voll animalischer Wollust sprach. Er stellte sich den blutroten Teddy vor, der nachlässig ausgeschüttelt irgendwo in der ihn umgebenden Schwärze auf einem Bügel hängen mußte. Pure Weiblichkeit auf teurer Seide.

Er schnupperte, meinte, jenen sinnbetörenden Duft schwach wahrzunehmen, und sog tief den Atem ein.

Es erregte ihn.

Doch obwohl ihm dieses Gefühl wohlvertraut war und er es nicht für widernatürlich hielt, flößte es ihm immer noch ein leichtes Unbehagen ein, löste tief in seinem Inneren eine sengende Glut aus, die sich nicht lindern lassen wollte, so sehr er sich auch bemühte, Vernunft zu bewahren und sich die moralische Berechtigung zu seinem Tun vor Augen zu halten. Er wußte, daß er sich einzig und allein auf sein Ziel konzentrieren sollte. Er mußte dem Weg folgen, der ihn zu diesem Ort, diesem Augenblick, dieser Tat geführt hatte – einer langen, steinigen Straße, an deren Ende er sich im Schrank dieser Frau wiederfand, ein Gramm reinsten Heroins in der einen, ein messerscharfes Skalpell in der anderen Hand. Er mußte weitermachen, nach vorne schauen, wie ein alter, erfahrener Jagdhund der Fährte folgen, bis er das Wild stellte.

Zwanzig Jahre lang hatte er auf diese Nächte gewartet, hatte sie im Geiste wieder und wieder durchgespielt, hatte die einleitenden Sätze wie *Wie-geht's-denn-so* und *Kann-ich-Ihnen-vielleicht-helfen* sorgfältig geprobt, damit nur ja nichts schiefging. Seinen Arbeitsalltag betrachtete er als langweiliges, aber notwendiges Vorspiel zu seinen Nächten; jenen Nächten, in denen er wie ein großer schwarzer Schatten auf ihren Feuertreppen, in den Ästen ihrer Bäume, auf ihren Auffahrten und Terrassen lauerte, sie aus der Ferne beobachtete, abwartete. Er sah zu, wie diejenigen, die in den Vororten lebten, ihre Steaks im Garten grillten, ihren Rasen mähten, ihre Bürgersteige kehrten. Vollkommen arglos. Und die Städter, normalerweise alles andere als arglos, hatten nichtsdestotrotz bei hochgezogenen Rollos höchst merkwürdige und interessante Dinge getan. Er hatte sie essen und lesen, vögeln und baden, masturbieren und weinen sehen, und einmal hatte er sogar mitansehen müssen, wie einer von ihnen einen Hund so hart gegen die Schnauze trat, daß die gelblichen Zähne des Tieres in die Nachmittagssonne hinausflogen wie Holzspäne vom Blatt einer Motorsäge. Es war das Grausamste, was er je gesehen hatte, jene sinnlose Quälerei eines alten, wehrlosen Hundes. Weitaus grausamer, dachte er, als alles, was er noch zu tun beabsichtigte.

In zwanzig Jahren war er Zeuge so mancher Verfehlung geworden, hatte unzählige Lügen gehört. Er wußte, welche Leichen jeder von ihnen im Keller hatte. Und er wußte auch, welche Strafe sie letztendlich ereilen würde.

Fünf Freunde, zwanzig Jahre. Wie schnell doch die Zeit vergangen war, grübelte er. Mit welch qualvoller Langsamkeit der Schmerz ihn zerfressen hatte …

Er blickte weder mit Neid noch mit Haß auf ihr Erwachsenenleben, sondern vielmehr mit einem überwältigenden Gefühl der Trauer. Manchmal auch voller Mitleid. Einer von ihnen hatte eine hübsche Frau und eine lebhafte, aufgeweckte Schwester. Eine andere, eine geistig zurückgebliebene Schwester, die nichts von dem begreifen würde, was um sie herum vorging. Jeder einzelne von ihnen hatte inzwischen viel zu verlieren. Sie wußten es noch nicht, aber er hatte sich bereits in ihr Leben geschlichen, hatte sich einen Platz am Rand ihrer Alltagsroutine gesichert. Er hätte der Mann im Straßenanzug sein können, der Mann im Arbeitsoverall, der Mann in Uniform. Wie konnten sie vor ihm sicher sein? Er hätte sogar der Mann sein können, der, in glänzenden weißen Satin gekleidet, hinter dem Altar stand und die Abendmahlsoblaten verteilte.

Die junge Frau, deren Duft im Moment seine Sinne reizte, war in jener Halloweennacht vor zwanzig Jahren wahrscheinlich noch ein Kleinkind gewesen, das um acht Uhr ins Bett geschickt wurde. Damals hatte sie den süßen Wohlgeruch kindlicher Unschuld verbreitet. Heute war sie eine Frau und überdeckte ihren natürlichen Körpergeruch mit Deosticks, Lotionen, Parfüms und Sprays. Heute ging sie für Geld mit Männern ins Bett, und dieser Job erforderte es, daß sie sich auch wie eine Nutte parfümierte.

Was sie auch tat. Das konnte er sogar von seinem Versteck aus feststellen.

Die junge Frau hieß Kathleen Holt, aber ihr Künstlername, ihr *nom de boudoir*, lautete Kiki. Er hatte sie vor ungefähr einem Jahr in einer Bar bei Piccolo Mondo kennengelernt. Es war ihm nicht schwergefallen, mit ihr in Kontakt zu kommen – Frauen ihres Berufsstandes ließen sich nur allzu bereitwillig von Männern ansprechen – aber er mußte für ihre Dienste teuer bezahlen. In jener Nacht war er als typischer, leicht angeheiterter Ivy-League-Absolvent aufgetreten; perfekt bis hin zum Tweedblazer und dem jungenhaft zerzaustem Haarschopf, aus dem ihm eine lose Strähne in die Stirn fiel. Während der zwanzig Minuten, die sie zusammen an der Bar verbracht hatten, hatte er mit Worten und Phrasen aus dem Universitätsjargon nur so um sich geworfen. Sie hatte lediglich verständnislos dazu genickt, die Situation jedoch trotzdem sichtlich genossen. In dieser Umgebung wirkte auch Kathleen Holt in ihrem konservativen dunkelblauen Kostüm und den dazu passenden Pumps wie eine junge, erfolgreiche Karrierefrau.

Aber er wußte bereits, wer sie war und was sie war. Und wieviel sie kostete.

Und dann waren sie ohne weiteres Herumgerede auf das Geschäftliche zu sprechen gekommen.

Ihr erster erfolgreicher Versuch, Johnny Angel in seinem Auftrag zu verführen, hatte sie mehr als einen Monat Zeit und ihn fast tausend Dollar gekostet. Frauen, die aussahen wie Kiki, waren nicht billig, ganz gleich, in welcher Beziehung man zu ihnen stand. Und Männer wie Johnny Angel, die ihr Leben der Kirche geweiht hatten, brauchten lange, um ihre tiefverwurzelten Schuldgefühle zu überwinden. Doch am Ende war das Tier im Manne zum Leben erwacht und hatte über die Gebote der Römisch-Katholischen Kirche gesiegt; hatte die Fesseln der prächtigen Gewänder gesprengt, in denen Johnnys Manneskraft während seiner besten Jahre verdorrt war.

Schließlich konnte man ungeachtet der Beschränkungen, welche einem das Leben auferlegte, und trotz des drohenden Fegefeuers nach dem Tode die animalischen Instinkte in jedem Mann, in jedem *Menschen* zum Vorschein bringen.

Genau darauf baute er.

Gemäß ihrer Abmachung hatte Kiki ihn nach jener ersten intimen Begegnung angerufen und ihm mitgeteilt, daß Johnny Angel sie die ganze Nacht lang abwechselnd gebumst und danach herzzerreißend geschluchzt hatte. Was für ein pathetischer Akt der Reue, hatte er damals gedacht, als er das hörte, das klägliche Gejammer eines Mannes, der sich einst für ein Ebenbild Gottes auf Erden gehalten hatte, zumindest bis zu einem gewissen Grad, und der sich dann in einer heruntergekommenen Absteige wiederfinden mußte, von der Last der Jahre gezeichnet, nach billigem Fusel stinkend, den salzigen Geruch einer gemeinen Hure an seinem Schwanz.

Und dennoch war jene Nacht vor sechs Monaten lediglich der Auftakt zu der heutigen Nacht gewesen, dieser langersehnten, unvergleichlichen Nacht. Endlich war es soweit, nach siebentausend anderen finsteren Nächten. Endlich würde Johnny Angel sowohl seinem Schöpfer als auch seinem Versucher gegenübertreten und letzten Endes, nach so vielen Jahren, erkennen müssen, daß beide eins waren.

Vom Schrank aus beobachtete er, wie Kiki den kleinen Stapel CD's auf ihrem Nachttisch durchforstete. Er hätte ihre blassen, von hellen Sommersprossen übersäten Brüste fast berühren können. Sie wählte eine CD aus, schaltete die Stereoanlage ein und tänzelte zu den Klängen des Rolling-Stones-Songs *Miss You* zum Bett zurück.

Die Musik dröhnte in voller Lautstärke. Ausgezeichnet.

Er sah zu, wie sie ausgelassen die Hüften schwenkte. Ab und an blitzte eine halbmondförmige Brust auf, während sie sich im Rhythmus der Musik bewegte. Ihr nackter Körper übte eine fast hypnotische Wirkung auf ihn aus, und er spürte, wie sein Glied anzuschwellen begann. Rasch richtete er seine Aufmerksamkeit auf das Bett, denn er war nicht Kathleen Holts wegen hier. Oder jedenfalls nicht nur ihretwegen. Er hatte mit einem alten Collegefreund noch eine offene Rechnung zu begleichen.

Johnny Angel.

Johnny wirkte älter, abgeschlaffter – wie sie alle, sobald sie sich ihrer Kleider entledigt hatten – aber noch immer schien er über die angeborene Anmut eines Tänzers zu verfügen. Johnny Angel hatte schon immer einen Hang zum Theatralischen gehabt. Die Ironie dieses Spitznamens leuchtete auch heute noch jedem ein, der wußte, womit sich Johnny Angel seinen Lebensunterhalt verdiente oder was für ein Partylöwe er während seiner Collegezeit gewesen war.

Aber die Collegezeit lag lange, lange zurück.

Er strich sich über das Haar, stieß vorsichtig die Schranktür auf und trat in das Zimmer.

»Jaah ...«, stöhnte John Angelino, dessen Gedanken seltsamerweise um etwas anderes als die hübsche Frau vor ihm kreisten.

Den Grund dafür kannte er nur zu gut.

Er bekleidete das Amt des neuen Hilfspfarrers der St. Francis of Assisi Church in der Highland Road, einer der größten katholischen Gemeinden im östlichen Teil von Cleveland, und seine Verfehlungen wogen mittlerweile so schwer, daß er ständig von nagenden Schuldgefühlen geplagt wurde. Denn – Gott möge ihm verzeihen – es war bereits das zweite Mal, daß er sein Keuschheitsgelübde gebrochen hatte. Würde Gott ihm überhaupt das erste Mal vergeben? Er bezweifelte sogar dies. Aber das zweimalige Übertreten des Zölibats bedeutete, daß es auch ein drittes und ein viertes Mal geschehen würde. Es bedeutete, daß er erneut seinen Priesterkragen und seine Soutane sauber gefaltet in seinem Schrank in der Pfarrei liegenlassen und das Bett dieser Frau aufsuchen würde, nur um danach monatelang zu bereuen und Buße zu tun. Er hatte der Versuchung lange, sehr lange widerstanden, und er hatte viele Priester gekannt, die durch den Zwang, ständig im Zölibat leben zu müssen, fast in den Wahnsinn getrieben worden waren.

Aber als an jenem bewußten Tag vor mehr als sechs Monaten Kikis Auto mit einer Panne auf dem Kirchparkplatz liegengeblieben war, hatte sein Widerstand zu erlahmen begonnen. Der Duft ihres Parfüms, die Rundung ihrer Brüste, die sich unter ihrem Kleid abzeichneten, als sie sich über die Motorhaube des Wagens beugte, hatten ihn betört. Doch trotz ihrer Schönheit und der Wirkung, die ihr verführerischer Charme auf ihn ausübte, war er der Versuchung nicht sofort erlegen. Es brauchte seine Zeit, tief verinnerlichten Prinzipien untreu zu werden. Aber schließlich mußte er einsehen, daß er sie noch nicht einmal durch Gebete aus seinen Gedanken verbannen konnte, und so hatte er den Kampf aufgegeben.

Und nun geschah es ein weiteres Mal.

Möge Gott ihm vergeben.

Vater John Angelino kniff die Augen fest zusammen, um nicht Zeuge seiner eigenen Schwäche werden zu müssen, doch Bruchteile von Sekunden, ehe die Welt um ihn herum dunkel wurde, meinte er, einen Schatten an der Wand entlanghuschen zu sehen, den Umriß einer grauen, raubtierhaft geduckten Gestalt.

Ein Trugbild seiner Fantasie?

Vielleicht war es ja nur eine Katze. Besaß Kiki denn eine?

Oder vielleicht, dachte John Angelino, vom Bewußtsein seiner Schuld zerfressen, war es der Heilige Geist höchstpersönlich, um ihn zu strafen, und richtete sein scharfgeschliffenes unsichtbares Schwert just in diesem Augenblick auf das hochaufgerichtete Geschlechtsteil seines einst so ergebenen Dieners.

Er schlich sich leise an das Fußende des Bettes heran. Seine Schritte gingen in der hämmernden Musik völlig unter, und die beiden ineinander verschlungenen Personen auf dem Bett waren zu sehr mit sich selbst beschäftigt, als daß sie seine Anwesenheit wahrgenommen hätten.

John Angelino lag auf dem Rücken, nackt und haarlos, die Beine weit gespreizt. Seine Zehen stachen bei jedem schwerfälligen Stoß steil in die Luft, seine Augen waren fest geschlossen. Das Mädchen setzte sich breitbeinig über ihn, bereit, ihn in sich aufzunehmen. Im sanften Licht der Kerze auf ihrem Nachttisch schimmerte ihr schlanker hellhäutiger Körper wie Seide. Langsam kroch der nächtliche Besucher auf das Bett.

Zuerst mit den Händen, dann mit den Füßen.

Er kniete sich hinter Kathleen Holt, bewegte sich im gleichen Rhythmus wie sie, im Rhythmus der Musik. Auch er war nackt, sein voll erigiertes Glied nur wenige Zentimeter von ihren wohlgerundeten schweißglänzenden Hinterbacken entfernt. Gebannt beobachtete er einen Moment lang das Spiel der Muskeln unter ihrer Haut, die gleichmäßig kreisenden Bewegungen ihrer Hüften und *spürte, wie das Blut in seinen*

Adern rauschte hörte das Geräusch rostiger Bettfedern schnupperte den erregenden Duft nach Sex sah den vom kobaltblauen Licht der Stereoanlage erleuchteten Raum …

»Julia«, flüsterte er. Die Frau richtete sich mit einem Ruck auf.

Und er schlug zu.

Er schlang ihr den Arm fest um den Hals und drang gleichzeitig in sie ein. Kathleen Holt schien nicht zu wissen, was ihr größere Angst einjagte: Der Würgegriff um ihren Hals oder der Fremdkörper, der plötzlich in ihr Innerstes eingedrungen war. Er nutzte die Gelegenheit, um ein paarmal heftig in sie hineinzustoßen, ehe er seine Aufmerksamkeit Johnny Angel zuwandte.

Die Frau fuhr sich mit beiden Händen an die Kehle. Der Instinkt, ihr Leben zu retten, war stärker als der Wunsch einer Vergewaltigung zu entgehen. Ein schwacher Schrei entrang sich ihren Lippen; ein Geräusch, das er nur zu gut kannte. Dieser flehende Laut hatte seit mehr als zwanzig Jahren sein Gedächtnis gemartert, war gnadenlos durch seine Träume gegeistert. Es war der leise Schrei einer endgültig besiegten Frau, die von einem Mann genommen wird.

Die letzten Töne von Mick Jaggers Stimme wurden schwächer und verstummten, als eine dünne Spritzennadel in eine Ader von John Angelinos rechtem Arm drang und eine tödliche Dosis Heroin in seinen Blutkreislauf gelangte. Das Briefchen – jenes kleine zusammengefaltete Quadrat aus Silberpapier, das manche Drogendealer benutzten, um ihre Ware auf den Markt zu bringen – würde man auf dem Nachttisch finden, übersät von den Fingerabdrücken des Toten.

Eine Seite des Briefchens würde den Gummistempelabdruck eines roten Jaguars tragen.

Die andere den eines blauen Krallenaffen.

Als die Droge durch seine Adern kreiste und sich der leichte Schleier des herannahenden Todes bereits über ihn legte, vernahm John Angelino wie aus weiter Ferne die Forderung seines Mörders, wieder und immer wieder, ein monotones Mantra, das Hunderte von Alpträumen, Tausende schlafloser Nächte zurückbrachte. Julia. Julia Raines. Und die Erinnerung daran, was sie alle fünf ihr in jener Halloweennacht vor so vielen Jahren angetan hatten.

»Erzähl mir, was in dieser Nacht geschehen ist«, verlangte der Killer. »Sag es mir in deinen eigenen Worten.«

Aber für Johnny Angel würde es keine Worte mehr geben; durch keine Dankgebete, keine Predigten, keine Homilien mehr. Nur noch den Seewind auf seinem Gesicht, die Stimme seiner Mutter in seinem Ohr. Nur noch die Stille des Priesterseminars und das sachte Dahinschweben des weißen Schwanes, der ihn auf seinem Rücken trug.

Auch Kathleen Holt injizierte er eine Dosis Heroin, einen Schuß, der gerade ausreichte, um ihr ein wenig Spaß an der letzten sexuellen Begegnung ihres kurzen Lebens zu verschaffen. Gerade genug, um zu vermeiden, daß sie viel von dem mitbekam, was ihr hinterher zustoßen würde. Danach setzte er sie auf das Fensterbrett, drückte sie mit dem Rücken gegen die Scheibe und nahm sie mit harten Stößen, so lange er konnte. Nachdem er den Höhepunkt erreicht hatte, streifte er sich mit der linken Hand das Kondom ab, damit es nicht an ihrem Körper haftenblieb und all seine Pläne zunichte machte, und mit der rechten Hand hob er ihr Gesicht zu sich und küßte sie sanft, fast väterlich auf Augen, Lippen und Stirn.

Dann lehnte er sich zurück, um Schwung zu holen, und stieß sie mit dem Kopf zuerst durch das Glas.

Einen Moment lang stand er still da und sah zu, wie ihr Körper in die Tiefe stürzte. Ihre Haut schimmerte weiß in der Dunkelheit, ehe ihr Leben mit dem hohlen, klatschenden Geräusch endete, mit dem festes junges Fleisch auf kalten, harten Asphalt traf.

Einige Minuten später schaute er noch nicht einmal hin, als er auf dem Weg zu seinem Lieferwagen an dem Leichnam vorbeikam. Die sterblichen Überreste Kathleen Holts interessierten ihn nicht mehr, abgesehen davon, daß die zerschmetterte Leiche der jungen Frau eine Botschaft vermittelte, die nur bestimmte Leute verstehen würden, und diese Botschaft lautete wie folgt:

Es ist das Jahr unseres Wiedersehens, Kameraden des Jahrgangs 1978. Eine Zeit der Erinnerung. Eine Zeit der Freude. Eine Zeit des Nachdenkens.

Und die Party, alte Freunde, hat gerade erst begonnen.

ZWEI

LANGSAM ZIEHT EIN STURM AUF

1.

Direkt vor seinen Augen. Sie trieben es direkt vor seinen Augen.

Es war weniger die frühe Stunde, an der sich Nicholas Stella störte – obwohl er noch nie ein großer Freund von Liebe am morgen gewesen war und ihm Viertel vor Acht als entweder übertrieben früh oder extrem spät erschien. Es lag auch nicht daran, daß sie sich draußen auf dem Fensterbrett vor seinem Wohnzimmer vergnügten. Was Nicky am meisten verdroß, war die bloße Tatsache, daß ein winziger Federball von einem Spatz zum Zuge kam und er nicht.

Lieber Himmel, dachte Nicky.

Vögel.

Das Telefon locker ans Ohr geklemmt, öffnete er das Fenster und schlug mit einer zusammengefalteten Ausgabe von *Gregg's Cleveland Business* ein paarmal auf das Fensterbrett. Dabei stellte er wieder einmal fest, daß das Magazin, obwohl er selbst als freiberuflicher Journalist vier oder fünf Artikel pro Jahr dazu beitrug, zu wenig mehr taugte als zum Vertreiben kopulierender Vögel aus seinem Blickfeld. Er würde nie begreifen, wie sie es schafften, einen gelungenen Artikel jeglicher kreativen Note zu berauben und dann in aller Eile in Druck zu geben. Er haßte den marktschreierischen Stil dieser Zeitschrift. Aber wenn es Schundblätter wie *Gregg's Cleveland Business* nicht gäbe, würde er es sich schwerlich leisten können, ein Zweizimmerapartment zu unterhalten und ein vierzehn Jahre altes Oldsmobile zu fahren.

Und da hieß es, ein Universitätsdiplom sei unerläßlich, wenn man es als Journalist zu etwas bringen wollte.

Wenigstens besaß er einen Laptop. Sogar einen recht guten.

Nicky schlug gerade noch einmal mit der Zeitschrift gegen das Fensterbrett, als die gewählte Verbindung zustande kam. Die Vögel flatterten erregt auf und beschimpften ihn so wüst in der Spatzensprache, daß er sich augenblicklich wie das letzte Arschloch vorkam. Dann erklang am anderen Ende der Leitung eine Frauenstimme. »St. Francis, was kann ich für Sie tun?«

»Hi ... könnte ich bitte Vater LaCazio sprechen?«

»Einen Moment bitte. Ich schaue nach, ob er schon wach ist.«

Ob er schon wach ist? wunderte sich Nicky. So lange er denken konnte, war Joseph LaCazio – oder vielmehr Vater Giuseppe Danilo LaCazio von der Gemeinde St. Francis of Assisi in der Highland Road jeden Tag um punkt fünf Uhr morgens aufgestanden, um die Heilige Messe entweder zu besuchen oder sie zu lesen. Trotz der vielen hundert Trauungen und Taufen, die er vollzogen, der Messen und Grabreden, die er gehalten hatte, und trotz des Priesterkragens, den er fast ständig zu tragen pflegte, fiel es Nicky immer noch schwer, sich an die Vorstellung zu gewöhnen, daß sein Cousin Joey tatsächlich ein Priester war. Für ihn blieb Joseph LaCazio der Junge mit den schnellen Fäusten, der während ihrer gemeinsamen Jugend mit Vorliebe Iren und Puertorikaner die Clark Avenue rauf- und runtergeprügelt hatte. Es war Joseph LaCazio gewesen, der ihm seine erste Lucky Strike gegeben hatte. Auf dem Dach von Lujaks Molkerei in der Fulton Street hatten sie geraucht und sich um Josephs Tauben gekümmert. Joseph verstand viel von Tauben, liebte Vögel im allgemeinen, was sogar so weit ging, daß er sich während seiner Dienstzeit bei der Navy eine sehr unpriesterliche Tätowierung zulegte.

Gil Strauss, Allroundman in der Pfarrei, hatte gestern abend angerufen und eine Nachricht hinterlassen, um Nicky an die bevorstehende Lebensmittelsammlung zu erinnern. Nicky hatte schon eine ganze Weile nicht mehr mit seinem Cousin gesprochen und beschlossen, zwei Fliegen mit einer Klappe zu schlagen.

»Vater LaCazio am Apparat«, erklärte eine müde Stimme. Nicky streifte eine Sportsocke über den Telefonhörer und senkte seine Stimme, fragte sich aber gleichzeitig, ob dies wirklich der richtige Zeitpunkt für einen handfesten Schabernack war. Eigentlich bezweifelte er es, ließ sich aber von so kleinlichen Bedenken nicht abhalten. »Guten Morgen, Vater LaCazio. Ich wollte Sie nur fragen, ob Sie mir verraten können, wie man Weihwasser herstellt?«

»Wie bitte?«

»ich möchte gerne mein eigenes Weihwasser herstellen. Können Sie mir sagen, wie man das macht?«

Eine kurze Pause trat ein. »Sie wollen also selbst Weihwasser herstellen«, sagte Joseph schließlich mit jener Engelsgeduld, mit der er alle seine Pfarrkinder zu behandeln pflegte. »Bei sich zu Hause.«

»Genau«, erwiderte Nicky. »Ich hab' mal ein Rezept dafür gesehen. Darin hieß es: Geben Sie Wasser in einen Kochtopf, setzen Sie den Topf auf den Herd und lassen Sie das Wasser auf Teufel komm raus kochen.«

Wieder herrschte einen Augenblick Stille, dann: »Irgendwann drehe ich dir noch mal den Hals um, Nicky.«

»Ach, komm schon. Auf Teufel komm raus kochen lassen, das war doch saukomisch. Gib es zu.«

»So komisch nun auch wieder nicht«, meinte Joseph, der sich nichtsdestotrotz das Lachen nicht verkneifen konnte. Dann fragte er nach einer angemessenen Pause. »Und wie geht es deinem Vater?«

Die Frage erinnerte Nicky unangenehm daran, daß sie alle langsam in das Alter kamen, wo ein Telefonanruf nach längerer Zeit für gewöhnlich schlechte Nachrichten wie Krankheit oder Tod eines nahen Freundes oder Familienangehörigen bedeutete. Diesmal erfreuten sich alle zum Glück bester Gesundheit. »Dem geht es gut, Joseph. Immer der Alte, du weißt schon. Ist immer noch hinter jeder hübschen Kellnerin rund um Fort Myers her.«

»Gott segne ihn«, sagte Joseph. »Er ist ein gutaussehender Mann, dein alter Herr.«

»Stimmt. Das hat er von mir.«

»Da träumst du wohl von«, lachte Joseph. »Und was macht deine Schwester?«

»Der geht's auch gut. Bei uns ist alles in Ordnung.«

»Also, was liegt dann an? Du läßt uns doch bei der Lebensmittelsammlung nicht etwa hängen? Schaffst du es, bei der Verteilung auszuhelfen?«

»Ich werde pünktlich zur Stelle sein.«

»Du wolltest doch außerdem ein paar Konserven stiften, stimmt's?«

»Natürlich.«

»Wunderbar, wunderbar ...«, sagte Joseph geistesabwesend, mit den Gedanken offensichtlich ganz woanders.

Beide Männer verfielen in Schweigen. Nicky hatte das Gefühl, daß seinen Cousin irgend etwas bedrückte. Normalerweise war Joseph derjenige, der *ihn* aufheiterte, wenn er niedergeschlagen war. Er betrachtete dergleichen wohl als seine priesterliche Pflicht. Nicky beschloß, der Sache auf den Grund zu gehen. »Was ist denn los, Cuz? Du klingst alles andere als fröhlich. Und seit wann quälst du dich erst um acht Uhr morgens aus den Federn?«

»Das ist eine lange Geschichte, Nicky. Hier hat sich eine wahre Tragödie ereignet. Ich bin erst um vier Uhr heute morgen ins Bett gekommen.« Er brach ab, und Nicky hörte, wie er scharf den Atem einsog und langsam wieder ausstieß. »Johnny Angelino ist tot.«

»Was sagst du da?« rief Nicky entsetzt. John Angelino zählte zu den ältesten Freunden seines Cousins. Joseph war hocherfreut gewesen, als er erfahren hatte, daß Vater John nach über fünfzehn Jahren als Seelsorger in anderen Gemeinden der Diözese schließlich doch noch nach St. Francis versetzt worden war. Und nun so etwas. »Was ist denn passiert?«

»Eine ganz häßliche Sache, Nicky. Es heißt, er wäre an einer Überdosis Heroin gestorben. In der Morgenzeitung steht ein ausführlicher Artikel darüber.«

»Ach du hei –« Nicky verschluckte den Rest des Satzes, da er den Ausdruck *Heilige Scheiße* unter diesen Umständen für nicht ganz angemessen hielt. Er hatte John Angelino flüchtig gekannt und erinnerte sich noch daran, wie beeindruckt er von dem guten Aussehen des Mannes und seinen ruhigen, angenehmen Umgangsformen gewesen war. Jeder Novize hätte sich Vater John sofort als idealen Priester zum Vorbild genommen.

»Angeblich war er mit einer Prostituierten zusammen, die dann aus dem Fenster gestürzt ist«, fuhr Joseph fort. Der Kummer in seiner Stimme wurde von aufkeimender Wut überdeckt. »Ich brauche dir ja wohl nicht zu sagen, daß es hier ziemlich hoch hergeht.«

»Weißt du, ob er ... äh ... war er ... du weißt schon ...?«

»Ich habe keine Ahnung«, entgegnete Joseph mit gedämpfter Stimme. »Das ist es ja, was mich bei der ganzen Angelegenheit am meisten belastet. Ich hab' mir immer eingebildet, ich hätte eine Art göttlicher Einsicht in die Seelen meiner Mitmenschen.«

»Mach du dir bitte keine Vorwürfe«, beruhigte ihn Nicky. »Du kannst doch überhaupt nichts dafür.«

»Ich weiß nicht so recht ...« Ein paar Sekunden herrschte Stille, dann sprach Joseph weiter. »Hör zu, Gil ist gerade hereingekommen, und ich muß gehen. Macht ihr zwei bitte einen Termin aus? Ich rufe dich in den nächsten Tagen an, dann können wir in Ruhe über alles reden.«

»Okay, Cuz.«

»Gott segne dich«, schloß Joseph.

»Danke«, erwiderte Nicky. Er bedankte sich jedes mal, wenn Joseph ihn segnete. Und er fühlte sich danach jedes Mal mindestens einen Tag lang viel besser.

»Hi, Nick«, meldete sich Gil zu Wort. »Wie geht's, wie steht's?«

»Alles im grünen Bereich«, antwortete Nicky. Gil Strauss fungierte in St. Francis als Hansdampf in allen Gassen. Er gehörte wahrscheinlich zu jenen Männern, die sich früher einmal zum Priester berufen gefühlt hatten, aber nicht mit den strengen Regeln leben konnten, denen dieser Berufsstand unterworfen war. Nicky wußte nicht genau, ob er im Pfarrhaus lebte oder nicht, doch er schien sich ständig dort aufzuhalten, irgend etwas zu reparieren oder zu streichen oder irgendein Gerät instand zu setzen, das vor langer Zeit den Dienst versagt hatte. Ihm war sofort aufgefallen, daß Gil Strauss' Stimme heute die Munterkeit vermissen ließ, die sonst darin mitschwang. »Wie sieht denn deine Terminplanung aus?«

»Furchtbar hektisch«, meinte Gil, »Wir wollen diesmal sehr viel mehr Lebensmittel zusammenbringen als letztes Jahr. Wann kann ich bei dir vorbeikommen?«

»Diese Woche von mir aus jeden Tag nach sechs.« Nicky hörte Kugelschreibergekritzel und dann das Rascheln von Papier.

»Morgen oder übermorgen würde es gut passen.«

»Kein Problem«, versicherte ihm Nicky. In diesem Moment beschloß er ohne erkennbaren Grund – und ohne seine Entscheidung später erklären zu können – die Story zu schreiben. »Schreckliche Geschichte, die Sache mit Vater Angelino, was?«

Ein paar Sekunden blieb alles still. Nicky hatte Gil Strauss erst ein paarmal getroffen, kannte ihn aber als einen eher gefühlsbetonten Menschen. Er war derjenige, der die Beerdigungsfeierlichkeiten für die verstorbenen Nonnen und Priester von St. Francis arrangierte. Von Joseph wußte er, daß Gil ihren Tod oft nur schwer verwand. »Ja. Ein Priester sollte nicht auf diese Art aus dem Leben scheiden«, meinte Strauss dann zögernd.

»Hast du ihn gut gekannt, Gil?«

»Eigentlich nicht. Hab' ihn vor Jahren mal getroffen. Aber Vater LaCazio mochte ihn so gern. Er war so stolz auf ihn. Ich begreife es einfach nicht ...«

Nicky beschloß, das Thema im Augenblick auf sich beruhen zu lassen. Gil Strauss war vermutlich ohnehin nicht die geeignete Quelle für seine Story. Er tauschte am Telefon noch ein paar Belanglosigkeiten mit ihm aus, legte dann auf und schrieb dann sorgfältig ›John Angelino‹ auf den oberen Rand einer neuen Seite seines Notizbuches.

Das Hector's war ein fünfzig Jahre altes Restaurant auf dem Murray Hill Nähe Mayfield in Little Italy; ein kleines Backsteingebäude mit Parkmöglichkeiten für zehn oder zwölf Autos, je nachdem, wie schwer der Winter der Asphaltdecke zugesetzt hatte. Drinnen gab es zwölf mit roten Wachstuchdecken geschmückte Tische und eine Theke, die Sitzgelegenheiten für fünfzehn Personen bot. An den Wänden hingen Bilder berühmter Gäste: Caruso, DiMaggio, Sinatra, DeNiro. Es war ein Ort, wo es Nicky leichtfiel, sich zu entspannen und zu seinem italoamerikanischen Rhythmus zu finden. Besonders in Anwesenheit von Paulina Catalano, der flinksten, hochgewachsensten, aufreizendsten und langbeinigsten Kellnerin, die je dort Mahlzeiten serviert hatte.

»Wann heiratest du mich endlich, Paulina?« fragte Nicky, seine Krawatte lockernd. Bei der Arbeit trug er stets einen korrekten Anzug, ob er nun eine wichtige Verabredung hatte oder nicht. Seine Großmutter hatte ihm immer wieder eingeschärft, daß Kleider Leute machten. Heute war es ein Glencheckanzug von der Stange.

»*Schei – sse.*« Paulinas Antwort kam offensichtlich von Herzen. Sie stand an der Durchreiche aus rostfreiem Stahl, wartete auf eine Bestellung und nutzte die Zeit, um ein paar hastige Züge von ihrer Zigarette zu nehmen. »Vielleicht dann, wenn du endlich einen anständigen Job hast, Nicky. So wie jeder andere Italiener.«

»Einen anständigen Job? An was hast du denn dabei gedacht?«

»Handwerk hat goldenen Boden. Du könntest auf dem Bau arbeiten. Oder als Dachdecker. Irgendwas in der Art.«

»Schau dir meine Hände an, Paulina.«

Paulina folgte seiner Aufforderung, lehnte sich gegen die Theke, musterte seine Hände betont gleichgültig und schnalzte dann mit der Zunge.

»Das sind Künstlerhände. Mozart hatte solche Hände. El Greco auch. Hände wie diese muß man schonen. Man darf sie keiner Gefahr aussetzen.«

»Gefahr? Wovon redest du überhaupt? Du schreibst damit Artikel über Milchfarmer oder die Amish People.«

Nicky faßte sich theatralisch an die Brust. »Mein Gott, wie immer wird mein Genie verkannt! Kein Wunder, daß du nie mit mir ausgehst. Mit diesen Händen erschaffe ich *Geschichten*, Paulina. Direkt aus dem Leben gegriffene Parabeln.«

»Es gibt eine ganze Reihe von Gründen, warum ich nicht mit dir ausgehe, Nicky.« Während sie sprach, belud Paulina ihr Tablett und wandte sich Richtung Speisesaal. »Deine Arbeit ist nur einer davon.«

Nicky wußte, daß all dies nur ein harmloses Wortgeplänkel war. Wenn Paulina aus dem Spiel je Ernst machen und sich einverstanden erklären würde, ihn in einem Motel zu treffen, würde er vor lauter freudiger Erwartung vermutlich einen Herzinfarkt bekommen. Es war schon so lange her ...

»Ist ein weiterer Grund eventuell darin zu suchen, daß du zufällig mit einem großen, häßlichen Exemplar des Homo Sapiens namens Mario verheiratet bist?«

»Richtig«, erwiderte Paulina und trat durch die Tür. »Außerdem ist er nicht häßlich.«

Nicky ließ den Blick auffordernd über die Theke wandern und suchte nach Unterstützung. Er wandte sich an Flavio Bucci, der sozusagen zum lebenden Inventar von Hector's gehörte. »Ist der Typ häßlich oder nicht?« fragte er ihn laut.

»Er ist häßlich«, bestätigte Flavio, den Mund voll *Baccalà*.

»Na also.« Zufrieden strich sich Nicky über das Haar, glättete seine Hosenbeine, schob sich lässig wie ein Edelganove die Manschetten mit den mit einem Monogramm verzierten Manschettenknöpfen in die Höhe und stieß die Schwingtür auf, um in den Speisesaal zu gehen.

Er überflog die Zeitung, während er sein Frühstück verzehrte. Der Artikel war lediglich im Lokalteil des *Plain Dealer* erschienen. Ausgezeichnet. Das bedeutete, daß die meisten anderen in der Stadt ansässigen freien Journalisten noch keinen Wind von der Sache bekommen hatten.

Großer Gott, dachte er, nachdem er seine Lektüre beendet hatte. Reines Heroin. Und ein katholischer Priester.

Nicholas Anthony Stella – der sich in den fünfunddreißig Jahren, die er nun schon auf dieser Erde weilte, immer noch nicht darüber klargeworden war, ob er es als Fluch oder als Segen betrachten sollte, mit den feinen abruzzischen Gesichtszügen seiner Mutter, ihrer samtigen olivfarbenen Haut und ihrem dunklen, welligen Haar leben zu müssen – war in einer Welt aufgewachsen, in der Priester entweder zum Kumpeltyp á la Spencer Tracy zählten, Kindern das Haar zerzausten und stets einen passenden Bibelspruch auf den Lippen führten, oder aber Straßenkämpfern von der Kategorie eines Sal Mineo glichen. Letztere stürzten Nicky stets in einen Gewissenskonflikt. Wenn es tatsächlich Priester gab, die mit beiden Beinen im Leben standen, dann mußte man sich fragen, ob an diesem ganzen Gerede von Gott und seiner Güte nicht doch etwas dran war.

Der Tod hatte keinen Platz im Haus seiner Großeltern in der West Forty-Seventh Street; einer Welt, die beherrscht wurde vom Duft des süßen Basilikums und der römischen Tomaten, die im Hinterhof wuchsen. Dort hatte sich Louis Stella auf einem briefmarkengroßen Stück Land seinen Traum vom eigenen Garten mitten in der Stadt verwirklicht. Es war eine Welt, in der die Sätze in stockendem Englisch begonnen und mit der Schnelligkeit eines Maschinengewehrs auf Italienisch beendet wurden; eine Zeit, in der sich die Kinder mit nichts Gefährlicherem als mit Wasserpistolen bekriegten und die Priester alle mindestens neunzig Jahre alt wurden, friedlich im Schlaf starben und dann auf direktem Weg in den Himmel gelangten.

Nicky versuchte, sich einen Priester vorzustellen, der auf der Bettkante saß und sich den Arm abband, um sich dann einen Schuß Heroin zu setzen, verdrängte das Bild jedoch unverzüglich aus seinem Gedächtnis, weil er fürchtete, der bloße Gedanke daran könnte die halbe Ewigkeit, die er vermutlich ohnehin schon im Fegefeuer schmoren mußte, noch um einige Jahre verlängern.

In dem Artikel hieß es auch, daß das Heroinbriefchen, das am Tatort gefunden worden war, auf der einen Seite mit dem Abdruck eines roten, tigerähnlichen Tieres und auf der anderen mit dem eines blauen Affen versehen gewesen war.

Die Frage war nur ... hatte es sich wirklich um einen Unfall gehandelt? Nicky grübelte darüber nach, während er seinen Kaffee trank. Sein Vater war achtundzwanzig Jahre lang Cop bei der Polizei von Cleveland gewesen, und Nicky hatte sein angeborenes Mißtrauen sowie seinen instinktiven Riecher für verdächtige Umstände geerbt. Wie war ein katholischer Priester – Absolvent der Case Western Reserve University, Absolvent der Chicago University School of Divinity – in den Rauschgiftsumpf geraten?

Diese Überlegung führte zu dem nächsten logischen, wenn auch leicht makabren Gedanken.

Titelstory im *Cleveland Chronicle*. Achthundert Mäuse bar auf die Hand.

Er überschlug die Summen im Kopf. Wenn er das Blatt dazu bringen konnte, fünfhundert Dollar Vorschuß auszuspucken, dann konnte er seine Miete bezahlen, genug Lebensmittel für die Woche einkaufen und außerdem noch einen Teil seiner Schulden zurückzahlen.

Nicky ließ einen Zehndollarschein auf die Theke flattern und winkte Paulina zum Abschied zu, woraufhin sie ihm ein letztes strahlendes Lächeln schenkte.

Dieses Lächeln erhellte Nicholas Stellas Herz, als er zur Tür ging und in den grauen, verregneten Oktobertag hinaustrat. Es waren noch genau fünf Tage bis Halloween.

2.

Madeleine Catherine Saintsbury stand abseits von den anderen – wie immer. Vor der Kulisse des riesigen Glockenturmes, der seit 1936 viele Generationen von Schülerinnen der Montgomery School zum Unterricht gerufen hatte, wirkte sie geradezu zwergenhaft klein, viel zu klein für ihren langen Namen. Für ihre sieben Jahre war sie entschieden zu zart und schmächtig, aber ihr Gesicht mit den großen, wißbegierigen grünen Augen, umrahmt von einer Wolke karottenroten Haares, machte diese körperliche Unzulänglichkeit wieder wett. Manchmal, wenn sie ihren Fahrradhelm und ihre Brille trug, hatte Maddie Saintsbury gewisse Ähnlichkeit mit dem kleinen Marsmenschen Marvin, der in alten Zeichentrickfilmen immer mit seiner Strahlenpistole auf Daffy Duck feuerte.

Amelia lächelte, als sie vom Fairmont Boulevard abbog und den Toyota in die U-förmige Einfahrt der Schule lenkte. Ihr war sofort aufgefallen, daß ihre Tochter wieder einmal im Regen stand – und versuchte, die Tropfen mit der Hand aufzufangen.

Ihr kleines Alien.

Als Amelia damals die Sunview Elementary, eine staatliche Schule im Ostteil Clevelands besucht hatte, hatte sie wie all ihre Freundinnen mit einer Mischung aus offen zur Schau getragener Verachtung und auch heimlichen Neid auf die Mädchen herabgeblickt, die alle auf eine Privatschule gingen. Laurel-Schülerinnen, Hathaway Brown-Schülerinnen – sie alle schienen jene unbewußte Arroganz auszustrahlen, welche besagte, daß sie sich mit Fug und Recht für viel besser als den Rest der Welt hielten, obwohl doch jedermann wußte, daß sie ihren Sonderstatus allein der Tatsache verdankten, daß ihre Väter besser bezahlte Jobs hatten.

Und nun, dachte Amelia, war ihre eigene Tochter fast drei Jahrzehnte später eine Montgomery-Schülerin.

Wo und wann war sie nur von ihren früheren Ansichten abgewichen?

»Hi, Mom«, sagte Maddie, als sie ins Auto kletterte. Ihre Nase schien wieder einmal völlig verstopft zu sein. »Was gibt's denn zu essen?« Die Krempe ihres großen, blumenbedruckten Regenhutes neigte sich bedenklich nach unten, und ein Wasserstrahl ergoß sich auf den Sitz.

Amelia langte zu ihr hinüber und rückte ihrer Tochter den Hut wieder zurecht. »Sicherheitsgurt anlegen«, befahl sie.

»Sicherheitsgurt anlegen«, echote Maddie, zog den Gurt zu sich herab und befestigte ihn in der Halterung.

»Was unser Mittagessen angeht – da habe ich noch keine göttliche Eingebung gehabt«, sagte Amelia, während sie den Sitz mit dem ungelesenen Mittelteil der *USA Today* halbwegs trockenrieb. »Die Zutaten liegen noch beim Lebensmittelhändler und warten auf uns.«

»Können wir nicht `ne Pizza mitnehmen?«

Aufgrund der Erkältung klang ›Pizza‹ wie ›Bietsa‹. Amelia fühlte ihrer Tochter besorgt die Stirn, konnte jedoch kein Fieber feststellen. »Mal sehen«, wich sie aus.

Die Straßen von Collier Falls schimmerten feuchtschwarz, nachdem den ganzen Tag lang ein stetiger Nieselregen gefallen war, und auf der von Geschäften gesäumten Hauptstraße herrschte nur schwacher Verkehr. Andererseits war heute ein normaler Werktag, und die Leute, die in der größeren Nachbarstadt Cleveland wohnten, erlagen meist nur an den Wochenenden dem malerischen Reiz des Ortes.

Collier Falls, eine kleine sogenannte Schlafstadt, lag zwanzig Meilen südöstlich von Cleveland und vermittelte aufgrund des vielen Grüns seiner Umgebung einen ländlichen Eindruck, verfügte aber trotzdem über eine gute Verkehrsanbindung. Normalerweise konnten die ungefähr fünftausend Einwohner über die Schnellstraße innerhalb von fünfzig Minuten den Public Square erreichen. Dort gab es einen Kinopalast, zwei oder drei gute Restaurants und eine Videothek mit einer breiten Auswahl an ausländischen Filmen. Collier Falls,

Ohio, war ein friedliches Dörfchen der oberen Mittelklasse, unbehelligt vom Lärm und Trubel der Großstadt, und alle Bewohner waren mit dieser Situation im großen und ganzen zufrieden.

Doch heute war Einkaufstag, was bedeutete, daß Amelia den Toyota nicht in Richtung des Saintsbury-Heimes in der Wyckamore Lane, einer ruhigen Sackgasse am nördlichen Stadtrand lenkte, sondern statt dessen nach Westen fuhr, zuerst zu CompUSA, dann zu FoodFair auf der Bellingham Road, wo sie ihre Lebensmittelvorräte ergänzen wollte.

»Wie geht es Molson?« erkundigte sich Maddie.

»Ausgezeichnet.«

»Hat er schon sein Geschäft gemacht?« Maddie blickte Amelia an, die kleine rosa Nase bedenklich gerümpft.

»Noch nicht, Liebes. Mommy achtet darauf.«

Molson war ihr zehn Monate alter Golden Retriever, bei dem der Tierarzt erst kürzlich Wurmbefall diagnostiziert hatte. Amelias Nasenflügel bebten jedesmal vor Widerwillen, wenn sie an die ihr zugewiesene Aufgabe dachte: Sie sollte eine Stuhlprobe des Hundes nehmen und sie in Dr. Weiss' Praxis abliefern, damit der Arzt sie auf den angeblichen Stein des Anstoßes hin untersuchen konnte.

»Vergiß bitte nicht, dabei auch gleich noch nach dem Laster zu gucken«, fügte Maddie hinzu. »Wir dürfen den Laster nicht vergessen.«

»Ich denke daran«, log Amelia durch ihre zusammengebissenen Zähne.

Der Theorie ihrer Tochter nach sollte sich einer der gelben Miniaturkipplaster, die zu Maddies Tiny-Town-Set gehörten, irgendwie eigenmächtig aus Maddies Schlafzimmerfenster katapultiert haben und in Molsons direkt darunter befindlichem Wassernapf gelandet sein. Und da selbst die intelligentesten Golden Retriever – eine elitäre Spezies, der Molson eindeutig nicht zuzuordnen war – nur über sehr begrenzte geistige Fähigkeiten verfügten, war es nicht weiter verwunderlich, daß der Hund das Spielzeug einfach mit aufgeschlabbert hatte. Es war nämlich spurlos verschwunden. Amelia hatte bereits entschieden, daß Dr. Weiss, wenn er ohnehin schon Molsons Ausscheidungen nach Würmern durchsuchen wollte, dabei genausogut gleich nach einem kleinen Kipplaster Ausschau halten konnte.

Das Ding war immerhin knallgelb, dachte sie, während sie den Wagen in eine Parklücke vor CompUSA manövrierte und den Motor abstellte.

So schwer konnte es doch wohl nicht zu finden sein.

»An welche Art von textverarbeitender Software haben Sie denn gedacht?« wollte der junge Verkäufer wissen.

Er mochte ungefähr fünfundzwanzig sein und war viel zu klein geraten, um als Vorbild für ihre Hauptfigur Gaspar zu dienen. Er hatte die ausgeprägten Gesichtszüge und schrägen Wangenknochen eines slawischen Fischers und roch für diese Tageszeit zu stark nach Eau de Cologne, aber sein Lächeln wirkte anziehend. Er war gut gekleidet und trug am kleinen Finger keinen geschmacklosen Ring.

Einer von Gaspars Cousins vielleicht, dachte Amelia, die inständig hoffte, sein Äußeres und sein Gebaren so lange in ihrem Gedächtnis speichern zu können, bis sie wieder im Auto saß und ihr Notizbuch griffbereit hatte. Sie mußte sich unbedingt eines dieser handlichen kleinen Diktiergeräte anschaffen. »Ich möchte einen Roman schreiben«, erklärte sie unsicher.

»Wie interessant«, log der Verkäufer glatt und bedeutete ihr, ihm in die Abteilung für die Dreihundert-Dollar-Software für Hausfrauen aus Ohio, die sich einbildeten, schreiben zu können, zu folgen.

»Nun ... ich werde mich mal hier in Ruhe umsehen«, meinte Amelia zögernd. Hoffentlich fragte er sie jetzt nicht nach Details.

Zum Glück hielt er sich zurück.

Bislang hatte sie angenommen, der Kauf eines Computers sei ihre nervenzermürbendste Erfahrung gewesen, seit Roger und sie sich vor zwei Jahren ein neues Auto angeschafft hatten. Aber nun erkannte sie, daß die Auswahl passender Software beides noch bei weitem übertraf.

Beim Kauf von Autos oder Computern brauchte man nur einen begrenzten Wissensschatz und mußte lediglich mit Begriffen wie Hubraum, Kraftstoffverbrauch oder RAMs umgehen können. Hier wurden ein paar Megabytes hinzugefügt, dort ein paar PS abgezogen. Aber der Erwerb von Software bedeutete, daß man kreativ tätig werden mußte. Man mußte etwas wichtiges, etwas Bedeutsames aus eigener Kraft erschaffen.

Irgend etwas.

Die Vielfalt der Namen half ihr auch nicht weiter. WordPerfect, FoxPro, LapLink, Sidekick. Verrückt, wer stieg da schon durch? Aber seit einiger Zeit war sie stinksauer auf Roger, und da sie die VisaCard seiner Firma bei sich hatte, beschloß sie, daß es sich durchaus lohnte, dreihundert Dollar für Software auszugeben.

Ob sie eventuell objektorientierte Vorlagen benötigen würde, wollte der Verkäufer wissen.

Konnte man die essen oder damit arbeiten? überlegte Amelia. Nun ja, vielleicht. Das käme sie jetzt noch nicht sagen. Wahrscheinlich ja.

Wie sähe es mit einem Modem aus? Eine Maus? Oder lieber eine Kugelsteuerung? Wollte sie integrierte oder dezidierte Software? IBM oder Mac?

Am Ende erstand sie ein Softwarepaket, das sich LilyWorks nannte und angeblich ideal für den Neuling im Umgang mit einem PC war. Sie fiel aus allen Wolken, als sie entdeckte, daß ihr für Schriftbild und Bildschirmhintergrund sage und schreibe drei Dutzend verschiedener Farbkombinationen zur Auswahl standen.

Auf dem Weg zu FoodFair entschieden sie und Maddie, daß ihr Roman entweder in Magentarot oder in Schwarz geschrieben werden sollte.

Tropfnaß betraten sie in ihren identischen grünen Regenmänteln den Lebensmittelmarkt und verfielen sogleich in die altvertraute Familienroutine. Maddie schlenderte zu dem Regal hinüber, auf dem die neuesten Reklamezettel lagen, Amelia versuchte, einen Einkaufswagen mit vier funktionierenden Rädern aufzutreiben. Danach besorgten sie sich einen Softdrink aus dem Getränkeautomaten, der strategisch günstig neben der Feinkosttheke aufgestellt worden war. Heute nahmen beide einen Pink-Grapefruit-Saft.

»Brauchen wir noch Hundefutter?« fragte Maddie. Auf ihrer Oberlippe glitzerten ein paar Safttropfen.

»Steht auf der Liste«, erwiderte Amelia. »Aber vielleicht sollten wir ihm auch einen von diesen Kauknochen mitnehmen, das hält ihn davon ab, die Teppiche anzunagen. Erinnere mich daran, wenn wir in die Abteilung für Heimtierbedarf kommen.«

»Okay.« Maddie reichte Amelia eine Flasche Soda und rannte ihr voraus auf die Regale zu, bei denen sie stets zuerst haltmachten.

Zwanzig Minuten später standen sie an einem Ende einer riesigen, eisig glitzernden Gefriertruhe, die die volle Breite des Ladens einnahm. Eine ungeschriebene Regel der Familie Saintsbury lautete, daß an Einkaufstagen nicht gekocht wurde und Maddie sich ein Fertiggericht ihrer Wahl aussuchen durfte.

Schließlich einigten sie sich auf eine laut Aussage des Herstellers Healthy Meal ›leicht bekömmliche und pikant gewürzte Zwischenmahlzeit mit nur 290 Kalorien‹.

Weder Amelia noch Maddie Saintsbury, die in der Kassenschlange unaufhaltsam nach vorne rückten, fiel der Mann in dem dunklen Mantel auf, der in einiger Entfernung hinter ihnen stand. Er trug eine Tweedmütze, braune Lederhandschuhe und eine Brille mit getönten Gläsern. All dies hatte er bei einem Versandhaus in Boston bestellt und an eine Postfachadresse in South Euclid, Ohio, liefern lassen.

Heute war Einkaufstag, und das bedeutete, daß Amelia und die kleine Göre gemeinsam durch die Geschäfte streifen würden. Normalerweise erledigten sie ihre Besorgungen in diesem FoodFair-Markt, aber gelegentlich, wenn eine Dinnerparty anstand, fuhren sie auch zu Russo's oben auf dem Cedar Hill.

Geschützt durch seine dunkle Brille beobachtete er unauffällig, wie Amelia die Waren aus ihrem Einkaufswagen nahm und auf das Band legte, wobei ihr Jeansrock ein Stückchen nach oben rutschte und lange, wohlgeformte Beine freigab. Dann blickte er auf seinen einzigen Einkauf, einen Beutel Wattebällchen.

Sein Blick wanderte zu Amelia zurück. Wenn sie sich über das Band beugte, wurde zwischen dem Bund ihres Rockes und dem Saum ihres Pullovers ein schmaler Spalt seidiger Haut sichtbar. Einen Moment lang schloß er die Augen und stellte sich vor, wie er ein winziges Stück dieser Haut mit einem Wattebällchen abtupfte und dann eine dünne Spritzennadel durch die schimmernde Oberfläche in eine bläuliche Ader bohrte. Gleich einem scharlachroten Strom würde ihr Blut in das Glasröhrchen gesogen werden. Er sah das Bild förmlich vor sich, wußte aber nur zu gut, daß es ihm auch nach zwanzig Jahren nicht allein darum ging, Blut mit Blut zu vergelten. Nicht nach allem, was sie Julia angetan hatten – und wie sie es getan hatten.

Da würde auch immer noch das Sperma sein.

Rot und weiß, auf ewig vermengt, als klebrige pinkfarbene Flüssigkeit, die die vergilbten Seiten eines alten Jahrbuches besudelte.

Im Jahre 1978 hatte die Querdenkerloge ihm Julia genommen, und nun hatten die Zinsen dieser noch zu tilgenden Schuldenlast eine Summe erreicht, die nicht allein mit dem Leben der einzelnen Mitglieder abgegolten werden konnte. Er würde ihre Welten zerstören, wenn ihm danach war. Und damit jeden, der darin lebte. Ihre Ehefrauen, ihre Mütter, ihre Töchter. Erwachsene Frauen, kleine Mädchen.

Für Julia.

Erst in ein paar Tagen würde er seinen Traum vollkommen ausleben können, aber verglichen mit der schwarzen Unendlichkeit von zwanzig Jahren fielen ein paar Tage kaum ins Gewicht, bedeuteten nur ein paar Tränenspuren mehr auf seinem Kissen. Nicht mehr. Nicht weniger.

Dennoch überlegte er, wie leicht es doch wäre, Amelia hier und jetzt, auf dem Parkplatz, in seine Gewalt zu bringen, ihr den Arm um die Kehle zu legen und ihr den Rock über die Hüften zu streifen ...

»Zwei neunundsechzig«, sagte die Kassiererin zu ihm.

Das lästige Gör kaltzumachen und die Mutter auf dem Rücksitz der Familienkutsche durchzuvögeln, bis die Ausdünstungen von Sex, Gewalt und Blut die Fenster beschlagen ließen.

»Zwei neunundsechzig«, bestätigte er, ihr einen Fünfdollarschein hinhaltend. Noch ein verstohlener Blick zu Amelia. Sie war schon fast zur Tür hinaus.

»Danke für Ihren Einkauf bei FoodFair«, fügte die Kassiererin hinzu.

»War mir ein Vergnügen.«

Er steckte sein Wechselgeld ein und schlenderte mit dem lässigen Gang eines Mannes, der über ein geheimes Wissen verfügt, zum Parkplatz hinüber. Dabei schwelgte er geradezu im Bewußtsein seiner eigenen Gerissenheit.

3.

Die Trainingshalle des Polizeisportvereins auf der St. Clair Avenue, Nahe East 140th Street, war ein heruntergekommenes, renovierungsbedürftiges Gebäude, ein ehemaliger Bankettsaal, der in den dreißiger Jahren mit Mitteln aus einem Versicherungsschaden umgebaut worden war. An einem Ende des riesigen rechteckigen Raumes befand sich ein

Boxring, am anderen waren mehrere schmierige mannshohe Spiegel sowie drei schwere Sandsäcke angebracht.

Nicky hatte den größten Teil des Tages in der Stadtbücherei von Cleveland in der Lee Road verbracht, Nachforschungen angestellt und in der Hoffnung, Hintergrundinformationen über John Angelino zusammentragen zu können, Zeitungsarchive durchforstet. Im *Plain Dealer* hatte er einige Artikel entdeckt, die sich mit der Gemeindearbeit des Priesters befaßten. Ein Bericht der *Sun Press* handelte von einem Ausflug in das North Chagrin-Reservat, den er mit einer Horde Drei- und Vierjähriger unternommen hatte. Sie brachten sogar ein Foto von ihm. Aber Nicky fand nichts, was darauf hindeutete, daß Vater John auch mit den Schattenseiten des Lebens in Berührung gekommen war; nicht den kleinsten Hinweis auf Kontakte mit der Drogenszene.

Okay ... dann werde ich wohl noch ein bißchen intensiver nachbohren müssen, dachte Nicky, als er die Tür zur Sporthalle aufriß. Einen Moment lang durchflutete helles Sonnenlicht den Raum und bewirkte, daß sich alle Köpfe nach ihm umwandten. Die zwanzig oder dreißig jungen Männer, die sich in der Halle aufhielten, wurden samt und sonders von der Hoffnung beseelt, endlich einmal auf einen neuen, würdigen Gegner zu treffen.

Allen Boxsportvereinen ist eines gemeinsam: Jeder verfügt über einen lokalen Superstar, einen jungen, talentierten Boxer mit den besten Chancen, sich den Weg bis an die Spitze zu erkämpfen. Nicky Stella lernte ihn an dem Tag kennen, an dem er auch von John Angelinos Tod erfuhr: Terry Jackson, der Schwarze Blitz, wie er sich selbst nannte. Neunzehn Jahre alt, ein Körper wie aus Stein gemeißelt. Nicky hatte in seinem Leben viele Kämpfe gesehen und sich als Amateur-Weltergewicht mit einem beachtlichen Siegeskonto aus dem aktiven Boxsport zurückgezogen, aber noch nie war ihm jemand untergekommen, der sich so schnell bewegte wie Terry Jackson.

Nicky streifte seinen Trainingsanzug über, machte sich warm und arbeitete dann volle drei Minuten an dem schweren Sack, wobei er jede Zigarette, jede Portion gegrillter Rippchen mit Westernsauce und jeden einzelnen Whisky bereute, den er sich in seinen fünfunddreißig Lebensjahren einverleibt hatte. Aber er riß seine Zeit ab, kämpfte sich wie ein Berserker von Summton zu Summton, jenem schrillen, allgegenwärtigen Zeitmesser, der den Boxern den unerbittlichen Drei-Minuten-Eine-Minute-Drei-Minuten-Takt vorschreibt. Er fand, daß er trotz allem für sein Alter in recht guter Verfassung war – er konnte nicht mehr als fünf Kilo Übergewicht haben – aber im Grunde genommen haßte er es, über sein Alter überhaupt nachzudenken. Er wollte nicht als ein Mann in den besten Jahren bezeichnet werden, er wollte einfach er selbst sein, keinen bestimmten Vorstellungen entsprechen und keinen Vergleichen standhalten müssen. Was ihn betraf, so würde er gegen sichtbare Zeichen des Alters ankämpfen, so lange und so gut es ihm möglich war.

Seit er denken konnte, hatte er jeden seiner Geburtstage gefeiert, indem er auflistete, wie viele Idole der Menschheit er bereits überlebt hatte. Er war älter geworden als der einundzwanzigjährige Buddy Holly. Er hatte die Grenze von siebenundzwanzig Jahren überschritten; das magische Alter, dem die Großen Drei zum Opfer gefallen waren: Jimi Hendrix, Janis Joplin und Jim Morrison. Er hatte den dreiunddreißigjährigen John Belushi überlebt. Die nächste Station war John Lennon mit Vierzig. Dann kam die größte Herausforderung: Elvis. Zweiundvierzig. Er würde wohl noch etwas härter trainieren müssen, dachte er, als ihm einfiel, wie Elvis auf seiner letzten Tournee ausgesehen hatte. Übergewichtig und aufgedunsen, das Haar pech-schwarz gefärbt.

Der Summer ertönte.

Aus den Augenwinkeln heraus beobachtete er einen jungen Hispanic zu seiner Linken, der mit Hingabe seinen schweren Sandsack bearbeitete – er war ungefähr sechzehn, schlank, sehnig, gebaut wie Tommy Hearns. Seine Schläge kamen weich und gleichmäßig. Der Junge geriet dabei noch nicht einmal außer Atem. Doch als er sein Tempo steigerte, geschah etwas, was häufig eintritt, wenn die Sandsäcke in einer Reihe angeordnet sind – zwei Kämpfer verfallen dann unwillkürlich in den gleichen Rhythmus, selbst wenn das Kräfteverhältnis unterschiedlich ist. So auch jetzt: Der Junge fing an, schnelle Kombinationen zu schlagen, und aus irgendeinem unerklärlichen Grund gelang es Nicky, mit ihm mitzuhalten: rechte Gerade, linker Körperhaken. Und das Ganze noch einmal. Nicky spürte die Wucht der Schläge nicht mehr, seine Hände, Gelenke und Arme schienen sich von ihm gelöst und ein Eigenleben entwickelt zu haben. Er kam sich vor, als würde er einen fremden Körper bewohnen, den Körper eines Champions. Seine Fäuste hämmerten auf den Sandsack ein, so hart, daß der Aufprall durch die ganze Halle zu hören war. Springen, tänzeln, abducken, ausweichen, kontern!

Wirklich beeindruckend.

Und dann, genau in dem Moment, in dem er meinte, ewig so weitermachen zu können; in jenem glorreichen Augenblick, in dem er ernsthaft darüber nachdachte, sich als ältester Kandidat aller Zeiten zum Cleveland Golden Gloves zu melden, da ertönte der Summer. Er hatte die volle Zeit abgerissen. Und noch einen draufgelegt.

Nicky taumelte zurück, ausgelaugt, schweißüberströmt, aber von einem tiefen Triumphgefühl erfüllt. Er war sicher, daß die ganze Halle seinen wütenden Angriff auf den Sandsack gesehen und gehört hatte. Nie wieder würde er als eigenbrötlerischer, leicht verrückter weißer Junge gelten, der in diesem Gebäude eigentlich nichts verloren hatte.

Er war ein gottverdammter Rocky Marciano.

Wie sich herausstellte, hatte tatsächlich jemand von ihm Notiz genommen. Während Nicky noch nach Atem rang – jeder Muskel seines Körpers tat ihm weh, und seine Lungen fühlten sich an, als seien sie mit glühender Lava gefüllt – merkte er, wie sich eine behandschuhte Hand auf seine

Schulter legte. Erschrocken fuhr er herum und sah sich Terry Jackson gegenüber.

»Nicht übel, Mann, wirklich nicht übel«, meinte Terry, ihm einen Sparringkopfschutz reichend. »Dann laß uns mal zur Sache kommen.«

»Erique? Was läuft'n so?« Nicky bemühte sich, betont locker zu klingen, zuckte jedoch sofort innerlich zusammen. Die Nähe der Sporthalle übte immer diese Wirkung auf ihn aus. Er stand in einer Telefonzelle auf der St. Clair, genau gegenüber von dem mit Schlaglöchern übersäten Parkplatz der Halle, und hatte kurz zuvor Black Lightning Jackson sehr zögerlich zu einer weiteren Sparringsrunde irgendwann in der nächsten Zeit aufgefordert. Erstaunlicherweise schien Mr. Jackson tatsächlich anzunehmen, Nicky werde dieses Versprechen eines Tages einlösen.

Vielleicht tu ich's ja auch, dachte Nicky. Aber nur, wenn ich mit einem Granatenwerfer gegen ihn antreten kann.

»Hallo, Nicholas«, begrüßte ihn Erique. Erique Mars stammte aus Jamaica, war Anfang Dreißig und der Chefredakteur des *Cleveland Chronicle*, der städtischen Wochenzeitung. »Wie geht's dir denn?«

»Hab' da 'ne heiße Sache laufen«, sagte Nicky. »Ist eindeutig was für die Titelseite.«

»Spuck's aus.«

»Fangen wir damit an, daß in gewissen Kreisen mal wieder reines Heroin in Umlauf ist.«

»Drogen?« Die anfängliche Begeisterung in Eriques Stimme machte hörbarer Langeweile Platz. »Alter Hut. Damit kannst du keinen Hund mehr hinter dem Ofen vorlocken.«

»Ach ja? Und wie wär's mit einem persönlichen Interview mit einem der führenden Drogendealer?« begann Nicky, obwohl er zu diesem Zeitpunkt noch nicht die geringste Idee hatte, wie er das bewerkstelligen sollte. »Wie wär's mit Heroin chinesischen Ursprungs, das sich bei der katholischen Geistlichkeit offenbar größter Beliebtheit erfreut?«

»Der Klerus hängt da drin?« fragte Erique, nun deutlich interessierter.

»Ja. Genauer gesagt, ein toter Priester.« Blitzartig durchzuckte Nicky die Erinnerung an John Angelinos freundliches Lächeln, und er leistete insgeheim Abbitte für seinen Verrat. »Ich meine ... ich wollte sagen ... ein Priester ist daran gestorben.«

Erique schwieg einen Moment, während vor seinem geistigen Auge bereits eine saftige Schlagzeile entstand. »Es hat Tote gegeben?« hakte er dann nach,

Hab' ich dich, dachte Nicky. »Korrekt. Einen Priester und eine junge Frau. Er wurde in einem Apartment auf der Cedar Street gefunden, sie zerschmettert auf dem Bürgersteig genau darunter.«

»Ach so ... hab' was davon läuten gehört.«

»Außerdem wurde am Tatort ein Heroinbriefchen entdeckt, das mit einem roten Tiger auf der einen und einem blauen Affen auf der anderen Seite bedruckt war. Diese Stempel lassen darauf schließen, daß es sich um Dope chinesischer Herkunft handelt, stimmt's?«

»Wahrscheinlich ...«

»Dazu kommt, daß besagter Priester zur Gemeinde meines Cousins Joseph gehörte. Ich sitze sozusagen direkt an der Quelle.« Als Erique geschlagene zwanzig Sekunden lang keinen Ton von sich gab, setzte Nicky Daumenschrauben an. »Betrachte es einfach als einen Dienst an der Allgemeinheit.«

Erique Mars brach in schrilles Gekicher aus. »Verstehe ... du willst so 'ne Art Nachruf in die Zeitung setzen. Bist du neuerdings in der Todesanzeigenannahme tätig?«

»Red keinen Scheiß, Erique.«

»Gut, ich sag' dir was ... sieh zu, daß ich morgen mittag was Schriftliches über den Fall in den Händen halte. Ich versuche, deinen Bericht irgendwo in den Lokalteil zu quetschen.«

Lokalteil bedeutete, daß der Beitrag vielleicht eine Viertelseite irgendwo in der Zeitungsmitte einnehmen würde. Nicht mehr als dreihundert Worte, und nicht mehr als zweihundert

Dollar für ihn. »Lokalteil?« beschwerte sich Nicky prompt. »Mann, willst du mich beleidigen, du Matschbirne?«

»Matschbirne?« fragte Erique konsterniert.

»Ja ... kennst du den Ausdruck nicht?«

»Ich war in Cornell, Nicky. Ich benutze solche Ausdrücke nicht. Hab' ich in meinem ganzen Leben noch nicht getan. Ich hab' *Hockey* gespielt, du Spinner!«

Nicky dachte darüber nach und kam zu dem Schluß, daß er Erique gut genug kannte, um ihm eine persönliche Frage zu stellen. »Ach ja? Nun, wenn du so hoch über den Normalsterblichen stehst, warum hast du dann einen Namen wie Erique?«

»Ich hab' mir den bescheuerten Namen doch nicht ausgesucht.« Erique unternahm den zweifelhaften Versuch, in Straßenslang zu verfallen. »Vastehste, was ich mein'? Den ham mir meine Eltern eingebrockt!«

»Okay, okay«, wehrte Nicky ab. »Touché.«

»Tooshay? Redste etwa von mein' Schwester? Was will'n weißer Junge wie du von mein' Schwester Tooshay?«

»Es reicht, verdammt noch mal. Hör endlich mit dem Blödsinn auf!«

»Ganz wie du willst, Kumpel«, lachte Erique.

Nicky brachte seine schärfste Waffe zum Einsatz. »Erinnerst du dich an die Drogenstory, die ich damals für den *Sunday* geschrieben habe?«

»Wie sollte ich die vergessen? Du bringst sie jedesmal zur Sprache, wenn du mich um 'ne Titelstory anhaust.«

»Nun, ich steh' immer noch mit den beiden Cops in Verbindung, die mir dabei unter die Arme gegriffen haben. Ich brauch' sie nur anzurufen, und ich bin im Geschäft. Schnell und schmerzlos. Keiner kann dir solche Insiderinformationen liefern wie ich.«

»Ein Vorschlag zur Güte: Du schreibst eine Kurzmeldung über dieses Tigerdope, so ungefähr fünfundsiebzig Worte zum Reinschnuppern, und ich steck' sie zu den Randmeldungen auf der ersten Seite. Wenn du dann Näheres über die Ermittlungen bezüglich der beiden Todesfälle erfährst, kriegst du 'ne Titelstory.«

Na also. »Ich könnte dich knutschen, Erique«, sagte Nicky begeistert.

»He, wir sind hier nicht in 'nem schlechten Film«, protestierte Erique. »Also morgen mittag hab' ich das Ding auf dem Tisch liegen, klar?«

»Klar«, bestätigte Nicky. Er würde Erique um einen Vorschuß angehen, wenn er seinen Bericht einreichte – den er aller Voraussicht nach erst gegen Abend in Angriff nehmen würde. »Punkt Zwölf, keine Minute später.«

4

Schon als sie die seitliche Eingangstür öffneten und sich in die kleine Diele zwängten, konnten sie das Chaos im Wohnzimmer erahnen. Als sie die Küche betraten, wurde das volle Ausmaß der Zerstörung sichtbar: ein umgestürzter Blumentopf, ein umgekippter Zeitungsständer und ein ausgesprochen zerknirscht dreinblickender Molson, der unter dem Eßtisch lag und versuchte, sich so klein wie möglich zu machen. Im Moment stand sein buschiger Schweif, der normalerweise in wilde Bewegung geriet, sobald seine Familie nach Hause zurückkehrte, vollkommen still; ein klarer Beweis dafür, daß die Verwüstung des Wohnzimmers auf sein Konto ging. Er war noch zu jung, um zu wissen, ob die Unordnung, die er angerichtet hatte, ihn nur zu einem ›bösen Hund‹ oder gar zu einem ›ganz bösen Hund‹ machte.

Amelia stellte ihre Einkaufstüten ab, wechselte einen vielsagenden Blick mit ihrer Tochter und folgte Maddie ins Wohnzimmer. Der Fernseher war unversehrt, sämtliche Lampen und Ziertischchen gleichfalls. Auch die Porzellanfiguren und Bilder waren verschont geblieben, und die Trockenwand wies Gott sei Dank keine Löcher von der Größe eines Buick auf.

Amelia sah sich Molson genauer an. Sie hätte schwören können, daß der Hund seit letzter Woche noch einmal um zehn Pfund zugelegt hatte.

»Ich hole den Staubsauger«, erbot sich Maddie, die sich mitschuldig fühlte. Offiziell war es *ihr* Hund, also hatte sie anstandshalber auch für die Beseitigung des Schadens zu sorgen.

Später verzehrten sie vor dem Fernseher ihre Shrimps Maria und kamen einstimmig zu dem Schluß, daß Maria ihre Kochkünste in Zukunft an ihrer eigenen Familie erproben sollte. Maddie meinte, die Shrimps würden wie eine Mischung aus Thunfisch und kandierten Äpfeln schmecken.

Roger wurde heute auf einen kurzen Zwischenstop erwartet, einen jener flüchtigen Besuche bei seiner Familie zwischen zwei Flügen. Amelia blickte zu der Tagespost auf dem Dielentisch hinüber und dachte an die Zeit – die noch gar nicht so lange zurück lag – als ihr Mann ihr dort Liebesbriefe und rote Rosen hinterlassen hatte, wenn er wieder auf Geschäftsreise mußte. Aber heutzutage herrschte in der Casa de Saintsbury wohl nicht mehr genug Liebe, um sie in Worte zu fassen, dachte Amelia traurig.

Stimmte vielleicht mit *ihr* irgend etwas nicht? Anders konnte es eigentlich nicht sein. Was sonst bewog einen Mann, nach neun Jahren Ehe fremdzugehen?

Nach dem Essen zog Maddie sich um, fragte, ob sie kurz zu Caitlin MacGregor hinüberlaufen dürfte, und versprach hoch und heilig, höchstens eine halbe Stunde zu bleiben. Obwohl das Haus der Saintsburys allein für sich am Ende der Wyckamore Lane stand, war es bis zu den MacGregors nicht weit, und Maddie brauchte keine stark befahrenen Straßen zu überqueren.

»Zieh dir eine Jacke über«, rief Amelia, als Maddie zur Tür rannte.

»Okay, Mom«, antwortete Maddie.

Wenig später fiel die Eingangstür zu, und im Haus herrschte Stille.

Amelia wählte Paiges Nummer.

»Ich hab's wirklich geschafft«, stöhnte Paige. »Zum ersten Mal in meinem Leben habe ich vierundzwanzig Stunden überstanden, ohne einen einzigen Bissen zu mir zu nehmen. Zum allerersten Mal. Leide ich jetzt unter chronischer Appetitlosigkeit oder etwas Ähnlichem?«

Hilflos erwiderte Amelia: »Ich glaube nicht, daß du deshalb gleich ...«

»Oder hab' ich etwa Magersucht? Die Krankheit, an der Karen Carpenter gestorben ist? Himmel, ich bin ja so was von *nervös*!«

Als dreiunddreißigjährige berufstätige Frau kam Paige nicht allzu oft dazu, sich die nachmittäglichen Talkshows im Fernsehen anzusehen, daher war sie, was Frauenprobleme betraf, nicht ganz auf dem laufenden. Das hielt sie jedoch nicht davon ab, ständig über alle möglichen echten oder eingebildeten Kümmernisse zu jammern, von denen sie manchmal gleich drei oder vier auf einmal plagten.

Paige war einen halben Kopf größer als Amelia. Während Amelias schulterlanges Haar einen unspektakulären stumpfen Braunton aufwies, schimmerte Paiges dichte Mähne leuchtend weizenblond und fiel ihr bis weit über den Rücken. Sie hatte strahlende aquamarinblaue Augen und einen etwas volleren Busen als Amelia. Trotz all dieser Vorzüge betrachtete sie sich aber unerklärlicherweise als vom Schicksal geschlagen, weil ihr kleines Bäuchlein allen Bemühungen zum Trotz nicht verschwinden wollte.

Frisiert, geschminkt und in ein enges schwarzes Kleid nebst hochhackigen Schuhen gekleidet, war Paige eine wahre Augenweide. Amelia hatte bei so mancher Hochzeit gemeinsamer Freunde einen leicht angetrunkenen Roger Saintsbury dabei ertappt, wie er sie mit den Blicken verschlang. »Du leidest bestimmt nicht unter Magersucht«, tröstete sie die Freundin. »Und – das ist jetzt nicht anzüglich gemeint, sondern ich sage es, weil ich dich wirklich gerne habe – du läufst auch nicht Gefahr, auf Postern der Welthungerhilfe abgebildet zu werden. Ein Fastentag wird dir nicht schaden. Wirkt entschlackend und reinigt den Körper.«

»Aber was ist, wenn mir morgen schwindlig wird? Was, wenn ich mich gerade mit jemandem unterhalte und mittendrin einfach umkippe. Ich könnte dabei ein Bücherregal umstoßen. Wenn ich nun *ohnmächtig* werde?«

In diesem Moment beschloß Molson, sein selbstauferlegtes Exil aufzugeben. Er kam unter dem Tisch hervor, tappte quer durch die Küche, ließ sich zu Amelias Füßen nieder und hob in allerbester Lassie-Manier eine Pfote. Amelia ergriff sie und schüttelte sie, wobei sie sich fragte, welche geheimnisvolle Botschaft diese Geste vermitteln sollte. Vielleicht war sie als Friedensangebot gemeint, als Entschuldigung dafür, daß Molson den Ficus umgeworfen hatte.

»Du kommst doch morgen vorbei, nicht wahr?« fragte Paige drängend.

»Ich hab's dir doch versprochen«, erwiderte Amelia. »Und jetzt lehn dich einfach zurück und entspann dich.«

»Schon gut, ich bin ja ganz ruhig. Ich könnte einen Drink vertragen. Und ich brauche einen Mann, der mich mal wieder so richtig aufs Kreuz legt.«

»Geradeheraus wie immer. Ich begreife nicht, warum sie dir nicht die Tür einrennen.«

»Es ist mein Ernst«, sagte Paige. »Ich erinnere mich dunkel daran, im Alter zwischen zwanzig und dreißig kaum aus dem Bett herausgekommen zu sein.«

»Da warst du die meiste Zeit verheiratet.«

»Okay, vielleicht waren's auch meine Teenagerjahre. Jedenfalls weiß ich genau, daß es früher einmal eine Zeit gab, in der ich andauernd Sex hatte, und die liegt mit Sicherheit nicht erst ein paar Tage zurück.«

»Mach dir keine Sorgen, die Dinge werden schon wieder ins Lot kommen. Früher oder später wirst auch du deinen Traumprinzen treffen.«

»Wo wir gerade beim Thema sind«, begann Paige, was in Amelia sofort die Befürchtung weckte, die Unterhaltung könne sich der privaten Seifenoper der Saintsburys zuwenden. Und das hieß, daß es zu dem altvertrauten verbalen Schlagabtausch zwischen ihr und ihrer Freundin kommen würde. »Ist Roger inzwischen ...«

»Ich glaube nicht. Aber ich war ja auch so ahnungslos wie ein neugeborenes Kind, als er mich zum ersten Mal betrogen hat. Oder ich wollte die Wahrheit nicht erkennen. Wer weiß?«

»Habt ihr euch denn mal ...«

»Nein«, unterbrach Amelia entschieden.

»Aha. Und wie lange ist es her, seit ihr zuletzt ...«

»Zu lange. So lange, daß ich jedes Mal daran denke, wenn ich bei FoodFair eine Salatgurke kaufe.«

»Hmmm. Eine Salatgurke also.«

»Hey.« Amelia bemühte sich, durch einen betont lockeren Ton den Schmerz zu überspielen, der sie seit zwei Wochen wie Säure zerfraß. Jedes Mal, wenn sie daran dachte, saß ihr ein dicker Kloß in der Kehle. »Darf ich dich daran erinnern, daß du gerade unanständige Spekulationen über *meinen* treulosen Ehemann anstellst?«

Paige lachte. »Schon gut. Aber weißt du, wenn du es dringend nötig hast ...«

»Ich weiß Bescheid, vielen Dank«, unterbrach Amelia, die sich nur zu gut an Paiges knallrosa Vinylturnbeutel voller Sexspielzeug für Erwachsene erinnerte. Nun war aber Roger Saintsbury, einer von den drei Liebhabern, aus denen sich der gesamte sexuelle Erfahrungsschatz Amelia Randolphs zusammensetzte, derjenige gewesen, der ihre Sexualität überhaupt erst zum Blühen gebracht hatte. Ihm verdankte sie ihren ersten Orgasmus, er hatte sie gelehrt, ihren Gefühlen freien Lauf zu lassen. Sie beide hatten im Laufe ihrer neunjährigen Ehe ein paar recht ausgefallene Dinge getan, waren sogar so weit gegangen, ihre amourösen Begegnungen an einige der Öffentlichkeit zugängliche Orte zu verlegen. Nicht zuletzt deshalb hatte sie Rogers Untreue so tief verletzt und gleichzeitig furchtbar in Rage gebracht.

Wie *konnte* er nur?

Nachdem Paige ihr ihr freundschaftliches Angebot unterbreitet hatte, kehrte sie zu ihren eigenen Problemen zurück. »Laß mich nicht im Stich, Sparky«, bat sie.

Sparky. Das war einer der spöttisch-liebevollen Spitznamen, die sie sich gegenseitig zu verpassen pflegten, seit sie sich vor fünfzehn Jahren auf dem Junior College kennengelernt hatten. Vor Roger. Vor Maddie. Vor dem Leben als Vorstadthausfrau. Vor Rogers Midlife-crisis-bedingter Affäre mit dem blonden Gift.

Vor allem.

»Keine Macht der Welt könnte mich davon abhalten, morgen dabeizusein«, sagte Amelia, bemüht, der Freundin telefonisch Mut zu machen. Sie kannte Paiges Stimmungsschwankungen so gut wie ihre eigenen. Sachte legte sie das schnurlose Telefon auf die Ladestation zurück.

Das würde noch ein langer Abend werden, dachte sie. Am besten, sie würde schnell den Abwasch erledigen.

Es war schon fast acht, als Amelia endlich ihre LilyWorks-Software laden konnte. Maddie hatte sich gehorsam die Nase zugehalten, um einen Löffel Kinderhustensaft hinunterzuwürgen, und saß nun vor dem Fernseher. Amelia hörte die Titelmelodie einer Familienserie durch die Diele fluten.

Unschlüssig stand sie, einen Becher dampfenden Zitronentee in der Hand, einen Moment lang vor ihrem Schreibtisch. Dann holte sie tief Atem, schloß flüchtig die Augen, schlug sie wieder auf und ließ sich seufzend auf den dunkelblau bezogenen Bürostuhl sinken. Nachdem sie den Becher abgestellt hatte, begann sie vorsichtig zu tippen.

Langsam zieht ein Sturm herauf
von
Amella Randolph Saintsbury

Sie blickte auf den Bildschirm und schlug erschrocken eine Hand vor den Mund. Sie kam sich vor, als habe sie ein uraltes

Schriftstellergesetz gebrochen, indem sie einem Werk einen Titel gab, noch ehe es geschrieben worden war. Aber es war immerhin ein Anfang.

Jetzt konnte sie loslegen.

Nun, da Andress bereits tot war und die anderen fieberhaft nach ihr suchten, erkannte Vesta, daß ihr keine andere Wahl blieb. Sie spannte den Hahn der Pistole und wartete darauf, daß Gaspar die Treppe heraufkam. Das Geräusch seiner schweren Stiefel auf dem Holz, einst so sehnsüchtig erwartet, einst der Auslöser für ihren erhöhten Pulsschlag, verkündete jetzt seinen nahenden Tod.

Mit jeder Sekunde, die verstrich, ging ihr Atem schwerer. Ihr schien, als würde die Stimme von Gaspar Sencios ungeborenem Kind in ihrem Leib sie anflehen, nicht abzudrücken, das Leben seines Vaters zu schonen, nicht ...

»Alles in Ordnung bei dir?«

Roger Saintsbury war Anfang Vierzig; ein hochgewachsener, athletisch gebauter, durchtrainierter Mann, der den durchtriebenen Charme eines Lausbuben ausstrahlte. Der perfekte Vertretertyp, hatte Amelia gedacht, als sie ihn vor Jahren auf einer Party an der Case Western Reserve University kennengelernt hatte. Aber wenn Roger Saintsbury sich durch eines auszeichnete, dann durch seine geschmeidigen Bewegungen. Schon auf der Highschool war er der Star der dortigen Pfadfindergruppe gewesen, weil er sich lautlos an alles und jeden heranpirschen konnte.

»Mal überlegen ...«, begann Amelia, »also abgesehen davon, daß ich mir beinahe in die Hose gemacht hätte, geht es mir eigentlich ganz gut.«

»Habe ich dich erschreckt?« fragte er zum ungefähr dreitausendsten Mal seit ihrer Hochzeit.

Vor zwei Wochen hatte sie ihn bei der Großen Lüge ertappt; einer Lüge, die zu einer weinseligen, tränenreichen samstagabendlichen Auseinandersetzung führte, in deren Verlauf

Roger schließlich zugab, mit einem aufgedonnerten Flittchen aus seiner Firma eine kurze, leidenschaftslose Affäre zu haben. Lag vermutlich an der Midlife-crisis. In Michelle Roth vereinigten sich Amelias Meinung nach all die Eigenschaften, die ihre Tochter hoffentlich nie entwickeln würde – sie war laut, vulgär und spielte in Gegenwart von Männern stets erfolgreich das hilflose Dummchen. Shelley Roth war eine Pest auf zwei Beinen, eine Natter in Menschengestalt.

Aber Shelley Roth war mit ihrem Mann ins Bett gestiegen, und allein dafür hätte ihr Amelia nur allzu gern die Kehle mit einem rostigen Ginsu-Messer aufgeschlitzt.

Ihre erste Reaktion hatte in dem dringenden Wunsch nach Rache bestanden. Am liebsten hätte sie sich den erstbesten annehmbaren Packer bei FoodFair geschnappt, ihn mit nach Hause genommen und ihn dann bis zur Besinnungslosigkeit gevögelt. Auch die zweite und die dritte Reaktion waren ähnlich ausgefallen, obwohl sie diesem Impuls bislang noch nicht nachgegeben hatte. Sie hatte allerdings die Möglichkeit eines eigenen Fehltritts auch nicht völlig ausgeschlossen. Warum sollte sie auch? Sie besaß ja sozusagen einen Freibrief.

Fremdgehen ohne Reue!

Als Vertragsanwalt bei TRW war Roger ohnehin schon viel beruflich unterwegs, aber seit seiner sensationellen Enthüllung schien er noch mehr Zeit auf Reisen zu verbringen. Und wenn er sich einmal zu Hause aufhielt, lungerte er ständig in der Garage herum. Offenbar verspürte er neuerdings das Bedürfnis, den Saintsbury'schen Vorrat an Nägeln, Schrauben, Muttern und Dichtungsringen neu zu sortieren.

Amelia war sich noch nicht darüber im klaren, ob sie ihm vergeben sollte oder nicht.

Als sie keine Antwort gab, beugte sich Roger zu ihr hinunter und küßte sie auf die Wange. »Wie weit bist du denn mit deinem Opus?« Er schielte über ihre Schulter, um einen besseren Blick auf den Bildschirm zu bekommen. Amelia lehnte sich zurück und ließ ihn ihr Meisterwerk betrachten.

Sie war nicht über den Titel hinausgekommen. Immer noch

herrschte auf dem Bildschirm gähnende Leere. Aus irgendeinem Grund schienen sich all die Ideen, Worte, Handlungen und Plots, all die Darstellungen von Charakteren und Szenen, die sich mit solcher Leichtigkeit in ihrem Kopf zu Bildern formten, in Wohlgefallen aufzulösen, sobald sie sie zu Papier bringen wollte. Dabei sah sie den Ablauf des Geschehens förmlich vor sich, hörte die Figuren sprechen, *fühlte* sich regelrecht in sie ein. Wieso gelang es ihr dann nicht, all die Details zu einem passablen Roman zu verarbeiten?

Weil du eben keine echte Schriftstellerin bist, Sparky. Denk doch mal nach ... du bist eine vierunddreißigjährige Hausfrau, die zwei Jahre am College verbracht hat und einige erfolgreich absolvierte Volkshochschulkurse für Fortgeschrittene vorweisen kann. Du hast einen treulosen Ehemann sowie ein Jahresabonnement des Writer's Digest, *und all das macht dich zum genauen Gegenteil einer erfolgreichen ...*

»... Schriftstellerin im eigenen Haus«, sagte Roger gerade. »Die Vorstellung gefällt mir. Macht mich richtig an.« Er trat hinter sie und fuhr mit der rechten Hand sacht über ihre rechte Brust. Obwohl der gewünschte Effekt unverzüglich eintrat – sie hatten seit über einem Monat nicht mehr miteinander geschlafen – beabsichtigte Amelia nicht, ihn das merken zu lassen. Unwillig schüttelte sie seine Hand ab, um ihrem Mann unmißverständlich zu verstehen zu geben, daß er sich keine falschen Hoffnungen zu machen brauchte.

»Ich werd' schnell ein paar frische Hemden einpacken und dann direkt zum Flughafen fahren«, meinte Roger, der seinen Plan zunichte gemacht sah, enttäuscht. Ohne zu bemerken, welchem Gefühlsausbruch er soeben entgangen war, blickte er auf die Uhr. »In Chicago sieht es gut aus. Dürfte alles glatt über die Bühne gehen. Vielleicht bin ich in ein paar Tagen schon wieder da. Hab' nur vier Besprechungen.« Er küßte Amelia flüchtig auf den Scheitel. »Ich liebe dich.«

Amelia sah ihm nach, als er zur Treppe ging. Der Kristallleuchter in der Diele zauberte kastanienfarbene Lichter in sein Haar, und der Umriß seiner breiten Schultern löste tief in ihr plötzlich ein sengendes Verlangen aus. Zu diesem Zeitpunkt konnte sie noch nicht ahnen, was ihrer kleinen Familie alles zustoßen würde, bis sie ihren Mann in der Halloweennacht wiedersah.

Sie konnte auch nicht wissen, daß dann alles, was ihr an ihm vertraut war, alles, was ihn zu Roger Alan Saintsbury machte, für immer ausgelöscht sein würde.

5.

Das Altenheim Villa Corelli auf der East 152nd Street war ein massives, vierstöckiges Backsteingebäude, das in den dreißiger und vierziger Jahren in seiner Funktion als Hotel schon bessere Tage gesehen hatte. Aber die sechzig Zimmer waren sauber und ordentlich, und die alten Leute wurden verhältnismäßig gut betreut. In dem Heim lebten ausschließlich Männer – alle italienischer Abstammung. Nickys Großvater Louie Stella, mittlerweile einundneunzig Jahre alt, bewohnte ein Zimmer im vierten Stock. Als Nicky die kleine Halle durchquerte, um sich anzumelden, schlugen ihm sofort die typischen, untrennbar mit einem Altenheim verbundenen Gerüche entgegen. Es roch nach Desinfektionsmittel, zu lange gekochtes Fleisch, Körperausdünstungen – alten Männern eben.

Nicky bog um die Ecke zum Zimmer seines Großvaters. In der Hand trug er eine Tüte mit Süßigkeiten; einen kleinen Plastikbeutel mit grünen Geleeblättern mit Pfefferminzgeschmack die sein Großvater so gerne aß. Diese Tüte war bei weitem nicht so groß wie die, die im Geschäft verkauft wurden, weil Nicky sie selber herrichtete. Er tat jeweils vier oder fünf Geleeblätter in einen Beutel, den er dann mit dem Originalverschluß versah, auf dem der Markenname stand. Diese Drahtklammer verwendete er nun schon seit zwei Jahren; irgendwie gelang es ihm immer wieder, sie nach jedem Besuch in der Villa Corelli unauffällig aus dem Zimmer zu schmuggeln. Er wußte, daß Louie Stella es fertigbrachte, die giftgrünen Leckereien gleich pfundweise in sich hineinzuschaufeln, wenn man sie ihm nicht zuteilte.

»Hi, Grampa«, sagte er, beugte sich vor und küßte den alten Mann liebevoll auf die Wange, wobei er leicht die Nase rümpfte. Irgend jemand hatte seinem Großvater ein billiges Eau de Colognes geschenkt, und dieser roch nun, als habe er darin gebadet.

Sein Großvater blickte auf und blinzelte. »Vincent?«

»Nein, Grampa. Ich bin's, Nicky.«

Nicht der kleinste Funke des Erkennens trat in die Augen des alten Mannes. Nicky erhob die Stimme ein wenig. »*Nicky*, Grampa. Vincents *Sohn*. Nicky.«

»Vinny?«

»Nicky.«

Louie Stella musterte seinen Enkel von oben bis unten. Ganz langsam, als hätte er ihn noch nie zuvor gesehen. »Vincent?«

Hilfesuchend blickte Nicky zur anderen Seite des Zimmers hinüber. »Hank ... könntest du mal versuchen, Licht ins Dunkel zu bringen?«

Hank Piunno, der seit zehn Monaten das Zimmer mit Nickys Großvater teilte, war ein ausgemergeltes, vogelähnliches Männchen in den Achtzigern, ein Pedant, der sogar den Krimskrams auf seinem Nachtschränkchen präzise zu ordnen pflegte. »Das ist Nicky, Louie«, erklärte er. »Dein Enkel. Nicky. Nicht Vincent, Nicky.«

Louie Stella lächelte zerstreut. Sein Blick richtete sich wieder auf Nicky. »Wie geht's deiner Familie?«

»Ich habe keine Familie, Grampa«, gab Nicky zurück. Wie immer schmerzte ihn dieses Eingeständnis so sehr, daß er meinte, das Herz würde sich ihm im Leibe herumdrehen. Meg. O Gott, er vermißte sie so. Da seine Gefühle ihn zu überwältigen drohten, sprach er rasch weiter. »Du bist meine Familie.«

Doch Louie Stella schien seine Worte gar nicht gehört zu haben. Nicky wußte, daß sein Geist vermutlich nach Italien zurückgekehrt war, zurück in die Zeit, als er noch ein kräftiger, großspurig auftretender junger Bursche gewesen war, der seinen Esel über die Felsenklippen von Bari trieb. Plötzlich hob er den Kopf. »Hast du dieses Gesindel endlich geschnappt?«

Nicky verdrehte die Augen. »Du meinst Vincent, Grampa. Das ist mein Vater. Dein Sohn. Er ist der Cop.«

Seufzend stand er auf, holte seinen tragbaren CD-Player und setzte Louie die Kopfhörer auf. Was jetzt kam, war ein fester Bestandteil in Louies Leben, ein Ritual, auf das er sich jedesmal von neuem freute. Bei jedem seiner Besuche spielte Nicky seinem Großvater einen Auszug aus Mascagnis *Cavalleria Rusticana* vor. Und wie alle Italiener geriet Louie Stella darüber so in Verzückung, daß er sich von der Musik förmlich davontragen ließ.

Eine Weile studierte Nicky den alten Mann schweigend, sah erst seinen Vater in einigen Jahren dort sitzen, dann sich selbst. Drei Generationen von Männern, die sich fast ausschließlich von ihren Gefühlen lenken ließen. Sein ganzes Leben lang hatte Louie Stella geschuftet wie ein Pferd; war dem Leben mit nichts anderem als der Kraft seiner Hände und den starken Muskeln seines Rückens gegenübergetreten. Doch jetzt hatte das Alter seine Hände klauenartig verkrüppeln lassen. Sie wirkten kaum mehr menschlich, und Nicky fiel es schwer zu glauben, daß dies dieselben Hände waren, die einst Halbdollarstücke aus seinen Ohren gezaubert hatten. Diese Hände hatten an so manchem eisigen Wintermorgen in Cleveland eine Motorhaube geöffnet und an ein paar Drähten herumhantiert, bis der meerblaue Buick Le Sabre, das einzige Auto, das Louie Stella je als Neuwagen erworben hatte, endlich ansprang. Nun waren seine Hände nur noch nutzlose Anhängsel, zu nichts mehr zu gebrauchen.

»Schau mal hier, Grampa.« Nicky legte seinem Großvater ein Exemplar der Edition auf den Schoß – eine Ausgabe, die bereits zehn Jahre alt war. Er hatte seinem Großvater den Artikel schon unzählige Male gezeigt, und er hatte seitdem noch so einige andere veröffentlicht, aber all das zählte nicht. Was zählte, war sein Name, der in Großbuchstaben in der Verfasserzeile darunter prangte.

Nach einigen Augenblicken wanderte Louies Blick über den Artikel und blieb an dem Namen hängen. Freudige Erkenntnis flackerte in seinen Augen auf. »Sieh nur«, sagte er, von dem Entzücken angespornt, seinen eigenen Nachnamen unerwarteterweise in einer Zeitung wiederzufinden. Lebhaft deutete er auf die Seite. »Sieh nur, Nicky.«

»Ja, Grampa. Das bin ich. Ich hab' den Artikel geschrieben.«

Ein breites Lächeln trat auf das Gesicht seines Großvaters. »Du?«

»Ja.«

Louie hielt Hank Piunno die Zeitschrift unter die Nase. »Mein Enkel«, prahlte er.

»Ich weiß, Louie, ich weiß.« Hank blickte noch nicht einmal von seiner Zeitung auf. »Das hast du mir letztes Mal schon gezeigt.«

Von der kühlen Antwort unbeeindruckt sah Louie Stella wieder so staunend auf den Artikel herab, als sähe er ihn zum ersten Mal. Nicky lächelte, öffnete die Süßigkeitentüte und schob den Verschluß in seine Gesäßtasche.

»Es ist mir wirklich unangenehm, das Thema zur Sprache bringen zu müssen. Normalerweise erledigen wir derartige Angelegenheiten auf dem Schriftwege. Aber inzwischen sind schon über tausend Dollar zusammengekommen. Es tut mir leid, aber die Kosten für Medikamente und medizinische Versorgung steigen ständig«, entschuldigte sich Jimmy Corelli. Jimmy – Anfang Fünfzig, korpulent, zimperlich, mit sorgfältig manikürten Fingernägeln – hatte Nicky in der Halle abgefangen und in sein Büro gebeten. Nicky wußte schon lange, daß solch ein Gespräch anstand, hatte aber gehofft, es noch ein paar Wochen hinauszögern zu können. »Wenn der ausstehende Betrag nicht bezahlt wird – und zwar möglichst bald – werden wir Ihren Großvater wohl in die Villa Paese in der 185th Street verlegen müssen. Das Haus ist aber gar nicht so schlecht, glauben Sie mir.«

Leider wußte Nicky es besser. In den zwei Monaten, die sein Großvater dort hatte verbringen müssen, bis ein Zimmer in der Villa Corelli frei wurde, hatte er sich jede Nacht in den Schlaf geweint. Nun wäre dies an sich gar nicht so ungewöhnlich gewesen, denn viele italienische Männer hatten nah am Wasser gebaut, wenn sie in die Jahre kamen, hätte Nicky nicht den wahren Grund für Louies Kummer gekannt. In seinen Augen war die Villa Paese nämlich nur einen Schritt von einem Heim für Sozialfälle entfernt, und davor graute es ihm mehr als vor allem anderen. In Nicky stieg kalte Wut hoch, als er während Jimmys Rede aus dem Fenster schaute und den Parkplatz sah. Dort parkte eine ganze Reihe modernster Luxusschlitten, alle mit angeberischen Spezialnummernschildern wie BCORELLI, JCORELLI oder MCORELLI versehen. Die Kasse mußte klingeln, auch wenn die Humanität dabei auf der Strecke blieb.

»Lassen Sie mich noch einmal mit meiner Familie sprechen«, bat Nicky, wohl wissend, daß bei seinem Vater nichts mehr zu holen war und sein Onkel Chuck erst kürzlich erfahren hatte, daß er unter Lungenkrebs litt und daher nichts mehr zu Louies Unterhalt beisteuern konnte. »Können Sie mir noch eine Woche Zeit geben?«

Jimmy blickte auf sein Klemmbrett, als ob er dort eine Antwort finden würde. Dann schaute er Nicky an. »Eine Woche, Mr. Stella. Aber danach sind mir die Hände gebunden, fürchte ich.«

Nicky stieg in sein Auto, ließ den Motor an, drehte die Heizung auf und wartete noch einen Moment bevor er losfuhr. Er versuchte, die bedrückende Vorstellung zu verdrängen, daß sein Großvater seinen Lebensabend in Kürze in diesem verwahrlosten Bunker in der 185th Street würde fristen müssen. Die Corellis besaßen vier Altenheime, und davon war die Villa Corelli noch das beste. Hier brachten sie auch ihre eigenen alternden Verwandten unter.

Aber wo sollte er tausend Dollar hernehmen? Er schuldete ja bereits einem Geldverleiher vier Riesen.

Als die Temperatur im Wageninneren ein erträgliches Maß erreicht hatte, bog Nicky in die East 152nd Street ein und beschloß, durch den am Euclid Creek gelegenen Teil des Parkes zu fahren. Vielleicht hatte sich das Laub der Bäume noch etwas von seiner herbstlichen Farbenpracht bewahrt, und vielleicht reichte das Licht ja noch aus, um diese Pracht auch genießen zu können.

Während der Fahrt dachte er darüber nach, daß John Angelino – oder Johnny Angel, wie sein Cousin Joseph ihn zu nennen pflegte – nur wenige Jahre älter als er gewesen war. Eigentlich noch ein junger Mann, und doch würde es für ihn keinen weiteren Herbst mehr geben ...

6.

Macavity war sein erklärter Lieblingsname, wenn auch nicht der einzige, den er benutzte. Nein, bei weitem nicht. Im Lauf der letzten zwanzig Jahre hatte er sich so viele verschiedene Identitäten zugelegt. Aber dennoch richtete er sich bei der Wahl seiner Decknamen gerne nach den Gedichten T.S. Eliots – soweit es eben möglich war. Ihm gefiel Mr. Mistoffelees, obgleich der Name zugegebenermaßen nicht sonderlich geeignet war. Bustopher Jones gefiel ihm sogar noch besser. Der Name war ein echter Hammer. *Bustopher.* Hatte man einen Namen wie Bustopher, dann kauften einem die Leute fast alles ab. Aber es wurde immer schwieriger, derartige Namen zu verwenden, und zwar lag das hauptsächlich an jenem tückischen Spinnennetz der Geschmacklosigkeit, in dem sich jeder Bauerntrottel aus dem Mittelwesten verfing, der bereit war, zweihundert Dollar auszugeben, um am

Wochenende in den Genuß einer Liveaufführung eines Musicals zu kommen. Welch eine Entweihung von T. S. Eliots *Old Possums Katzenbuch*!

Julia hätte *Cats* aus tiefster Seele verabscheut.

Dessen war er sicher.

Bei den Anlässen, die es erforderlich machten, einen offiziellen Vornamen anzugeben, nannte er sich Tom. Das war auch Eliots Vorname gewesen. Thomas Stearns Eliot. Julia hatte ihm einmal erzählt, daß T. S. Eliot als junger Mann häufig Tom genannt worden war.

Doch meistens war er für sich und andere einfach Mac. War nicht Macavity die Geheime Katze? Die Schwarze Hand? »Hey, Mac«, riefen ihm die Menschen auf den Straßen Clevelands zu; die Leute, die diese besondere Facette seines Lebens kannten. Der Name war für sie leicht zu merken. »Morgen, Mac, wie geht's denn so?« riefen sie. Und ihm sollte es recht sein.

Er erhob sich von der Bank im Metro Park, reckte sich und traf Anstalten, loszulaufen. Er hatte seine Kleidung gewechselt und trug nun einen dunkelblauen Jogginganzug und eine dunkle, enganliegende Strickmütze.

Mac-avity, Mac-avity, 's ist keiner wie Mac-avity, hatte Julia so oft aus ihrem eselsohrigen Band mit Eliot-Gedichten zitiert, der sie überallhin begleitete. *Er kommt und geht, wie's ihm beliebt, doch merke wohl: man sieht ihn nie.*

Vor seinem inneren Auge entstand das Bild von Julia; wie sie barfuß im Springbrunnen vor dem Kunstmuseum herumplantschte ... Julia, die auf der kleinen Kochplatte in ihrem Zimmer im Studentenwohnheim Spaghetti zubereitete ... Julia, die Shel Silversteins *The Living Tree* zu Tränen rührte. Er holte tief Atem, schloß die Augen und sog die reine, unverbrauchte Luft des Metro Parks auf, füllte seine Lungen mit dem Duft des kleinen Vorstadtwäldchens. Ein anderes Eliot-Zitat kam ihm in den Sinn – *Fleisch, Fell, Fäkalien.*

Als er die Augen wieder aufschlug, sah er eine Joggerin, eine junge Frau von vielleicht neunzehn oder zwanzig Jahren. Julias Alter. Sie beugte sich über den Trinkbrunnen, um einen Schluck Wasser zu nehmen, wobei sich ihr festes rundes Hinterteil einladend seinen Blicken darbot. Dann richtete sie sich wieder auf und zog den Reißverschluß ihrer Windjacke auf. Eine kühle Brise wehte durch den Park, und sogar aus zehn Metern Entfernung konnte er erkennen, daß sich ihre Brustwarzen unter dem engen T-Shirt aufgerichtet hatten. Ihr weiches, zu einem Pferdeschwanz gebundenes Haar schimmerte in einem satten Honigblond. Sie ließ den Blick über den Park und den nahegelegenen Pavillon schweifen; schaute sich ganz langsam um, sah schließlich auch in seine Richtung und wandte sich sofort wieder ab. Er kannte diesen Blick. So sahen Frauen Männer an, wenn sie sie attraktiv fanden, aber gleichzeitig von ihren weiblichen Instinkten gewarnt wurden, daß eine unterschwellige Gefahr von ihnen ausging.

Ich bin ... nicht ... zu ... haben, schien ihr auf- und abwippender Pferdeschwanz zu sagen, als sie ihm den Rücken zukehrte, anmutig wie ein Reh über den asphaltierten Pfad lief und im Wald verschwand.

Aber er *konnte* sie haben, wenn er wollte, das wußte er. Während die anderen Läufer sich lieber an die gepflasterten Parkwege hielten, bevorzugte er die Klippen, die den Chagrin River säumten: Schiefer, Kalkstein, Granit. Ein Untergrund, so hart wie die Straßen der Stadt. Er mußte sich in Form halten.

Für einen kurzen Augenblick nahm er seine Mütze ab und fuhr sich mit den Fingern durch das Haar. Seine Gesichtszüge waren scharf geschnitten und wirkten in ihrer Ebenmäßigkeit beinahe aristokratisch. In seinem Leben war er ebenso oft als gutaussehend wie auch als unscheinbar bezeichnet, ebenso oft auf über einen Meter achtzig als auch kleiner geschätzt worden.

Wenn es die Umstände erforderten, konnte er sich allerdings sehr klein machen. Ein Dreitagebart, ungekämmte, ungepflegte Haare und eine Khakijacke, schon konnte er mit jeder beliebigen Menschenmenge verschmelzen, konnte unbeachtet durch jede Stadt streifen. Ein graues Gespenst inmitten grauer Mauern ...

Er trottete zum Flußufer und entschied sich für einen Platz in der Nähe eines Platanenwäldchens. Absolut perfekt, dachte er. Julia hätte es hier gefallen. Er fand ein Loch, ließ die mitgebrachten Narzissenzwiebeln hineinfallen und bedeckte sie mit Erde.

Fleisch, Fell, Fäkalien ...

Er setzte die Mütze wieder auf, dann blickte er sich verstohlen in seiner unmittelbaren Umgebung um. Als er sich vergewissert hatte, daß niemand in der Nähe war, drehte er sich auf dem Absatz um und schlug den vielbenutzten Trampelpfad ein. Die hübsche blonde Joggerin mochte vielleicht neunhundert Meter vor ihm laufen.

Neunhundert Meter. Kein allzu großer Vorsprung, dachte er, als er wenig später unter dem dichten Blätterdach verschwand und in seinen gewohnten gleichmäßigen Laufrhythmus verfiel.

Wirklich kein allzu großer Vorsprung.

7.

Noch nie im Verlauf der vergangenen fünfzig Jahre hatte sich ein Second-Hand-Buchladen in Collier Falls behaupten können, und noch nie war es einem Geschäft gleich welcher Art gelungen, in der etwas abseits der Falls Road, der Haupteinkaufsstraße des Städtchens, gelegenen Marble Lane länger als drei oder vier Jahre zu überleben.

Dennoch hatte Paige Wellington schon als kleines Mädchen davon geträumt, eines Tages eine eigene Buchhandlung zu besitzen, und nichts und niemand – weder eine zerrüttete Ehe noch ein kümmerlicher Kredit noch eine alles andere als hilfsbereite Familie – hatten sie davon abhalten können, dieses Ziel zu verwirklichen. Sie hatte die notwendigen dreißigtausend

Dollar aufgebracht, indem sie ein Konsortium ortsansässiger Literaturfreunde ins Leben gerufen und ihre Kontakte aus ihrer früheren Tätigkeit als Spendeneintreiberin für das Orchester von Cleveland wiederbelebt hatte.

Und obgleich es zutraf, daß sie inoffiziell wieder ihren Mädchennamen Paige Wellington angenommen hatte, war sie nun einmal in guten wie in schlechten Zeiten mit Pete Turner verheiratet gewesen. So kam es, daß ihr, als sie an diesem warmen Herbsttag mit einem nervösen Magen die Tür ihres Ladens aufschloß, trotz allem kein besserer Name dafür einfallen wollte als der, der auf einer Neonreklametafel im Schaufenster des Hauses Marble Lane 3223 in Collier Falls, Ohio, leuchtete. PAIGE TURNER BOOKS war offiziell eröffnet.

Die wenigen Kunden, die um neun Uhr die Ladentür belagert hatten, machten samt und sonders deutlich, daß sie weniger wegen der Bücher als vielmehr wegen der kostenlosen Erfrischungen gekommen waren. Als Amelia kurz nach zehn aufkreuzte, verbuchte die Registrierkasse die stolze Summe von sechs Dollar und zweiundfünfzig Cents; Einnahmen aus dem Verkauf einer gebrauchten Ausgabe eines Romans von Tibor Fischer und eines Taschenbuchs von Erma Bombeck, das einen schwachen Geruch nach alter Katzenstreu verströmte.

Die Doughnuts, genießbarer Beweis für das Vertrauen, das Paige in ihr Unternehmen setzte, waren um halb elf verspeist.

Der Kaffee reichte bis zwei.

Kurz vor der Essenszeit belebte sich das Geschäft. Hauptsächlich wurden Zeitschriften verkauft, die zum großen Teil von Studenten gekauft wurden. Eine Weile hatten Amelia und Paige alle Hände voll zu tun. Der kleine Laden war erfüllt von lebhafter Unterhaltung und den lieblichen Klängen der Registrierkasse. Während dieser halben Stunde vermittelte Paige Turner Books den Eindruck eines florierenden kleinen Unternehmens.

Um sechs Uhr abends, der üblichen Ladenschlußzeit – es sei denn, die Marktlage erforderte Überstunden – lagen die Tageseinnahmen auf der Theke neben der Kasse, und Paige war eifrig damit beschäftigt, sie zu zählen. Nachdem sie ein paarmal auf ihren Taschenrechner eingehämmert hatte, konnte sie ein erfreuliches Ergebnis vermelden.

Sie hatte sage und schreibe einhundertsechzig Dollar eingenommen. Und das an ihrem allerersten Tag in diesem Geschäft.

Sie drehte sich zu Amelia um und warf ihr einen Blick zu, den diese nur allzu gut kannte. Die Aufforderung darin war nicht mißzuverstehen.

Partyzeit.

Ehe Amelia an diesem Abend ausging, rief sie das Swissotel in der East Wacker-Street in Chicago an. Ihr wurde mitgeteilt, daß Mr. Saintsbury zwar eingecheckt habe, sich jedoch im Moment nicht in seinem Zimmer aufhalte. Ob sie ihm eine Nachricht hinterlassen wolle? hatte der Mann an der Rezeption gefragt. Amelia lehnte dankend ab. Eigentlich wußte sie gar nicht, warum sie überhaupt angerufen hatte. Aus reiner Gewohnheit vermutlich. Um sicherzugehen, daß er gut angekommen war. Sie sagte, sie werde sich später noch einmal melden.

Nachdem sie den Hörer aufgelegt hatte, ließ sie sich vor ihrem Computer nieder. Sie hatte beschlossen, das Gerät vierundzwanzig Stunden am Tag eingeschaltet zu lassen – laut Handbuch schadete das nichts. Wenn ihr eine zündende Idee für ihr Buch kam, konnte sie notfalls auch zu nachtschlafender Stunde zum Computer eilen und sie mit Hilfe ihres Windows-Notepad-Programms elektronisch verewigen.

Sie nahm die Maus zur Hand und klickte den Programmanager an, aber ehe sie auf Notepad gehen konnte, fiel ihr ein Symbol auf, das sie noch nie zuvor gesehen hatte. Die graphische Darstellung eines kleinen Laptops, auf dessen Bildschirm ein Erdball zu sehen war.

World Online, besagten die Buchstaben unterhalb des Symbols.

Der Name klang vage vertraut, als ob es sich um eine Software handelte, die bereits auf ihrem Computer installiert gewesen war, aber Amelia konnte sich nicht erinnern, jemals damit herumexperimentiert zu haben. Sie meinte, irgendwo einmal gelesen zu haben, daß World Online eine der Serviceeinrichtungen im Internet war, wie etwa Compuserve oder Prodigy. Über diese Leitungen konnte man e-mail-Botschaften versenden. Vielleicht hatte Roger das geladen, dachte sie und beschloß, sich später eingehender mit der Sache zu befassen. Als sie zu Notepad zurückkehrte, mußte sie feststellen, daß ihr die Idee für ihr Buch inzwischen vollkommen abhanden gekommen war.

Seufzend stellte sie eine neue Regel auf. Wenn dir die brillante, pulitzerpreisverdächtige, kassenerfolggarantierende Idee kommt, wegen der du dir überhaupt erst einen Computer angeschafft hast, dann setze dich *unverzüglich* an deinen Schreibtisch und halte sie auch fest.

Sie betrat die Küche gerade noch rechtzeitig, um die Suppe, die sie für Maddies Abendessen aufwärmte, vor dem Überkochen zu bewahren.

»Kann ich zu Tante Paige rübergehen?« fragte Maddie, die bereits mit einem Löffel bewaffnet neben der Theke stand.

»Ich gehe mit Tante Paige aus, Liebes«, sagte Amelia, griff nach einem Topflappen und nahm den Topf vom Herd, dann goß sie die kochendheiße Suppe in Maddies blaue Lieblingsschüssel und stellte sie zum Abkühlen auf die Theke. Danach schenkte sie sich eine Tasse Kaffee ein, wohl wissend, daß sie etwas essen sollte, wenn sie vorhatte, Alkchol zu trinken. Trotzdem beschloß sie, das Essen ausfallen zu lassen und statt dessen lieber nachzusehen, ob sich in ihrem Kleiderschrank ein passendes Outfit für den Abend fand. Ehe sie mit Paige ausging, hatte sie um sieben noch ihren Schriftstellerkurs.

»Ach so«, meinte Maddie. »Kommt Becky dann rüber?«

»Ja.«

»`kay, Mom«, sagte Maddie, blickte zur Decke und schien sich im Kopf etwas auszurechnen. »Ist Daddy denn zu Halloween wieder da?«

»Natürlich«, entgegnete Amelia. »Er hat doch versprochen, mit dir durch die Gegend zu ziehen.«

»Yeah«, antwortete Maddie fröhlich. »Können wir denn bei Oma die Nachbarschaft unsicher machen?«

»Sicher, Liebes«, bestätigte Amelia.

Nachdem sie das Geschirr in die Spüle geräumt hatte, ging sie unter die Dusche und schlüpfte dann in ihre schwarzen Jeans und einen beigefarbenen Pullover. Sie fuhr sich mit der Bürste durch das Haar, steckte sich ein Paar glitzernde Ohrclips an und besprühte sich mit ihrem teuersten Parfüm.

Zweimal.

8.

Er hatte das alte Lagerhaus an der Ecke Euclid Avenue und East 51st Street gemietet; ein halbverfallenes kastenförmiges Gebäude, dessen Bausubstanz jedoch noch recht gut war. Es hatte fünf Jahre lang leergestanden und Staub, Spinnen, Tauben und Ratten, kurz, alle möglichen ungebetenen Gäste angezogen, nur keine Mieter. Er hatte die Miete für zwei Jahre im voraus entrichtet und dabei zum ersten und einzigen Mal den Besitzer getroffen, einen kettenrauchenden Armenier, der darauf bestanden hatte, sich nachts mit ihm zu verabreden.

Das oberste Stockwerk, das zehnte, sein Stockwerk, war makellos sauber und frei von Ungeziefer. Einmal im Monat sprühte er sämtliche Ecken mit Insektenspray aus, Mausefallen waren ständig aufgestellt. Einen Monat hatte er damit verbracht, alle Fenster neu zu verglasen. Elektrizität und Telefonleitungen zu legen war kein Problem für ihn gewesen. Anders verhielt es sich dagegen mit Gas, daher betrieb er fast alle seine Geräte lieber mit Strom. Wenn nötig, schaltete er elektrische Heizgeräte ein, die im Herbst und im Winter ihren Zweck durchaus erfüllten.

Drinnen im Erdgeschoß, zu dem man von der hinter dem Gebäude verlaufenden Gasse aus Zugang hatte, standen hinter einer Wellblechtür sein Auto und sein Lieferwagen. Beide Fahrzeuge waren so unauffällig und gewöhnlich wie der Mann in Schwarz, der am Fenster des heruntergekommenen Hauses saß und von niemandem beachtet wurde.

In der nach Nordwesten gerichteten Ecke des oberen Stockwerks, seinem kleinen Reich, standen ein Kartentisch nebst Stuhl, eine Pritsche und eine tragbare Dusche. Den einzigen Luxus – und manchmal sogar die einzige Beleuchtung seiner höhlenartigen Behausung – bildete sein Laptop.

Die anderen beiden Ecken der Etage – die, die nach Nordosten und nach Südwesten gingen.- waren mit drei mal drei Meter großen Leinwandbögen abgeteilt, so daß an jedem Ende kleine quadratische Räume entstanden, die bisher noch niemand außer ihm betreten hatte.

Es war noch früh am Abend. Er blickte auf den Bildschirm seines Laptops, auf die vertraute Handschrift, und die vier vertrauten Gedichtzeilen. Diese Zeilen gehörten zu den Erinnerungen, die in ihm stets eine Welle schmerzhafter Trauer und das trostlose Gefühl eines unwiderbringlichen Verlustes auslösten.

Julia hatte das Gedicht auf einen schlichten weißen Briefblock geschrieben und ihm 1978 während eines Kurses über englische Literatur zugesteckt. Im Laufe der Jahre hatte das Papier zu vergilben begonnen, daher hatte er sich einen Scanner angeschafft und die Zeilen in den Computer gescannt, damit sie auf ewig erhalten blieben.

Jedem von ihnen hatte er per e-mail – meistens über World Online – eine Kopie des Gedichtes zukommen lassen, die impulsive Tat jedoch sofort bereut. Es war kindisch gewesen, bedeutete nur unnötige Gefahr. Deshalb mußte er sich Zugang zu ihren Computern verschaffen und die Datei löschen, wenn er ganz sichergehen wollte. Und er wollte ganz sichergehen, denn er hatte, nach anfänglichen Selbstmordgedanken, doch entdeckt, daß das Leben noch lebenswert war. Obwohl er, ohne sie eines Blickes zu würdigen, an ihr vorbeigelaufen war, war die honigblonde Joggerin aus dem Park der beste Beweis dafür.

Diejenigen unter ihnen, die über die richtige Software verfügten, würden das Gedicht lesen, und vielleicht würden sie sich an alles erinnern.

Diejenigen, die das nicht taten, würde das Unheil unvorbereitet ereilen.

Er wußte, daß sie sein Gesicht nicht wiedererkennen würden (dieses kleine Problem hatte er schon vor Jahren gelöst, mittels einer Serie schmerzhafter chirurgischer Eingriffe, die er mit ausgefeilten Lügen begründet hatte), aber vermutlich hatten sie alle ohnehin vergessen, was damals in dem lauten, verräucherten Raum im Wohnheim geschehen war; damals, als Carter noch im Weißen Haus gesessen und die Bee Gees die Charts gestürmt hatten. Und das war es, was ihn am meisten ärgerte.

Denn er hatte vor jener bewußten Nacht in einer anderen, glücklicheren Welt gelebt, hatte andere Luft geatmet, anderen Wein getrunken, anders empfunden.

Wieder blickte er auf den Bildschirm. Der Auszug stammte aus T. S. Eliots »Präludien«, einem von Julias Lieblingsgedichten:

Mich rührt an dieser Bilderflucht
Ein Traum, mit ihr verflochten ganz.
Ich denk an eine unendlich sanfte,
Unendlich leidende Substanz.

Er klickte Lotus Organizer, seine Adressbuch- und Kalendersoftware an und überprüfte ihre Termine für den heutigen Abend.

Geoffrey hatte nichts vor. Das überraschte ihn nicht.

Jennifers gelähmte Schwester Greta mußte zur Bewegungstherapie.

Dr. Crane würde wohl von seinem gemütlichen Clubsessel auf der hinteren Terrasse aus seiner Frau beim Striptease zuschauen. Wieder einmal.

Amelia hatte ihren Schriftstellerkurs.

Wessen geheime Gelüste würde er heute nacht befriedigen? dachte er. Wer von ihnen würde ahnungsvoll ins Dunkel schnuppern und dabei seine Witterung aufnehmen?

Er duschte und rasierte sich, zog ein Paar ausgebleichte Denim-Jeans an und setzte sich dann an den Kartentisch. Nachdem er dünne Gummihandschuhe übergestreift hatte, begann er, weitere Heroinpäckchen zu falten. Die flinken Handgriffe waren ihm mittlerweile in Fleisch und Blut übergegangen.

Jaguar und Krallenaffe, dachte er.

Ende allen Leidens.

9.

Amelia hatte sich für einen vierwöchigen Schriftstellerkurs eingeschrieben, der zweimal die Woche stattfand und jeweils neunzig Minuten dauerte. Abgehalten wurde er von einem Redakteur einer Lokalzeitung, dem es einmal gelungen war, einen Artikel in der *Los Angeles Times* zu veröffentlichen; einem ergrauenden, ungefähr fünfzigjährigen Bären von einem Mann namens Lawrence Price.

Um zwanzig vor acht, gerade als Mr. Price die Arbeitspläne für den heutigen Abend verteilte, betrat ein Mann das Klassenzimmer der Mildred Burroughs Middle School und nahm in der Bank direkt vor Amelia Platz. Sie konnte sich wirklich nicht erinnern, ihn letzte Woche unter den Teilnehmern gesehen zu haben, und er hatte etwas an sich, was sofort ihr Interesse weckte. Er verkörperte den jungenhaften Typus – schlank und gutaussehend. Er trug sehr enge Jeans, die seine schmalen Hüften betonten, dazu einen schwarzen Pullover und schwarze Cowboystiefel. Sein Haar war dunkel und glänzend.

Amelias erster Gedanke galt Paige. Ein Bursche wie dieser würde ihr mit Sicherheit gefallen. Intelligent und gebildet, eine aussterbende Gattung.

Dann dachte sie: Ich könnte mich auch für ihn erwärmen – wenn ich zu dieser Sorte Frau gehören würde.

Rasch verdrängte sie den Gedanken und versuchte, sich auf Mr. Prices Vortrag zu konzentrieren. Er sagte irgend etwas über Umgangssprache und daß man sie nur sparsam einsetzen sollte.

Der Unterricht ging in raschem Tempo voran. Amelia machte sich eifrig Notizen, stellte jedoch mehr als einmal fest, daß ihr Blick wie magnetisch angezogen zu dem Mann vor ihr wanderte und an seinen dunklen Locken hängenblieb, die bis auf den Kragen seines Pullovers fielen.

Um zwanzig nach acht, als Mr. Price sie darüber belehrte, daß ein guter Schriftsteller seinen Roman niemals mit überflüssigen Dialogen spickte, schaute Amelia verstohlen auf die linke Hand des Mannes und stellte fest, daß er nicht verheiratet war. Daraufhin betrachtete sie trübsinnig ihre eigene linke Hand. Beinahe hätte sie vergessen, daß sie ja bereits gebunden war.

Ein leises Schuldgefühl stieg in ihr auf, das sie jedoch entschlossen unterdrückte. Schließlich gehörte sie inzwischen offiziell zu den Betrogenen und Gehörnten dieser Welt; zu jener auserwählten Gruppe von Millionen Frauen, deren Männer aus irgendeinem Grund beschlossen hatten, ihr Glück in den Armen einer anderen Frau zu suchen.

Dies bedenkend beschloß Amelia, sich nie wieder schuldig zu fühlen.

Zumindest nicht wegen ihrer harmlosen Tagträumereien.

Um Punkt neun entließ Mr. Price die Klasse, und während Amelia noch ihre Handtasche und ihre sonstigen Habseligkeiten zusammenraffte, gelang es jenem Mann sich aus dem Klassenzimmer zu stehlen: ungesehen, ungehört, unbeobachtet.

Auf dem Parkplatz drängte sich ein halbes Dutzend Fahrzeuge, doch Amelias Auto – ein zehn Jahre alter kastanienbrauner Toyota – war das einzige, das stetig und unermüdlich graue Abgaswolken ausspie.

Amelia musterte sämtliche Autos, ihr eigenes eingeschlossen, mit einem prüfenden Blick und stellte fest, daß sie allesamt leer waren. Seltsamerweise lief jedoch der Motor ihres Toyotas. Es dauerte einen Moment, bis sie jene abgelegenen Winkel ihres Gehirns durchforstet hatte, die den Riesendummheiten vorbehalten waren, welche ihr aus purer Zerstreutheit in regelmäßigen Abständen unterliefen, aber schließlich kam ihr die Erleuchtung: Sie war aus dem Auto ausgestiegen, hatte den Schlüssel steckenlassen, den *Motor* nicht abgestellt, hatte die Tür zufallen lassen und war seelenruhig zu ihrem Klassenzimmer marschiert. So, als ob alles in schönster Ordnung wäre.

Bist ein bißchen durcheinander in der letzten Zeit, was, meine Gute?

»Ich sehe den Titel schon vor mir. *Das Geheimnis des laufenden Motors*. Wird garantiert ein Bestseller.«

Die Stimme ertönte direkt hinter ihr. Höchstens einen Meter entfernt. Zu Tode erschrocken fuhr sie herum.

Es war der Mann mit den dunklen Locken.

»Ach so, ja, ich ... äh, nun ja ...«, stammelte Amelia verlegen, sich innerlich für ihre Unbeholfenheit verfluchend. »Ich ... äh, ich dachte, es wäre ganz angenehm, die Heizung laufenzulassen, während ich im Unterricht bin.« Wie um alles in der Welt hatte er es geschafft, sich so lautlos anzupirschen?

»Und jetzt haben Sie keinen Ersatzschlüssel dabei ...«

Amelia vergrub das Gesicht in den Händen, weil sie spürte, wie sie zartrosa anzulaufen begann. »Nein«, gestand sie. »Sonst wäre das Leben ja viel zu langweilig.«

Der Lockenkopf lachte. »Kein Grund, in Verlegenheit zu geraten«, tröstete er sie, während er das Auto umkreiste und durch die Fenster spähte. »Ich bin auch einmal zu spät zu einem Kursus gekommen. Hab' mein Auto abgestellt, die Tür zugeknallt und bin losgerannt, um so schnell wie möglich in die Klasse zu kommen, und dabei hab' ich gar nicht gemerkt, daß der Motor immer noch diese Fehlzündungen von sich gab, die er mit Vorliebe produzierte – dieses Geknatter, das sich wie die Explosion eines Knallfrosches anhört.«

»Sie meinen das abgehackte Stakkato, mit dem der Motor ankündigt, daß er sich in Kürze mit einem Urknall von seinen Pflichten zu verabschieden gedenkt?« fragte Amelia.

»Genau das. Jedenfalls kam ich eine Dreiviertelstunde später wieder zurück, und der Wagen lief immer noch –fauchte, stotterte und spuckte Qualmwolken aus. Der Parkplatzwächter, der sich die Geschichte die ganze Zeit über angeschaut hatte, erzählte mir später, das Ganze hätte sich angehört wie ein fünfundvierzigminütiges Schlagzeugsolo von Keith Moon. Sie sehen, Sie sind nicht die einzige, der solche Mißgeschicke unterlaufen.«

Amelia kicherte, dachte aber gleichzeitig: Er weiß, wer Keith Moon war. So jung kann er demnach nicht mehr sein. Laut sagte sie: »Okay. Jetzt komme ich mir wenigstens nicht mehr ganz so idiotisch vor.« Hektisch wühlte sie in ihrer Handtasche. »Aber mich dünkt, ich sollte jetzt lieber die Pannenhilfe anrufen.« Mich dünkt? dachte sie im nächsten Moment. Warum zum Teufel drücke ich mich denn dermaßen gespreizt aus?

»Warten Sie mal 'ne Sekunde.« Der Mann mit den dunklen Haaren ging zum Heck des Wagens. Passend zu seinen Jeans und den Cowboystiefeln trug er eine braune Lederjacke à la Indiana Jones, natürlich an genau den richtigen Stellen abgewetzt. »Sie können sich den Anruf sparen, Sie haben nämlich hier hinten das Fenster einen Spalt offengelassen. Ich lauf, schnell in die Schule zurück und besorge einen Kleiderbügel. Damit hab' ich die Tür im Nullkommanichts wieder entriegelt.«

»So was können Sie?« wunderte sich Amelia.

»Hab' ich in meiner wilden Jugend gelernt«, erklärte er mit einem breiten Grinsen, dann drehte er sich um und ging zum Schulgebäude zurück.

Amelia nutzte die Gelegenheit, um ihr Spiegelbild in der Fensterscheibe kritisch zu betrachten. Sie zupfte ihr Haar zurecht, strich sich über die Wangen und erwog flüchtig, ihren Lippenstift aufzufrischen, entschied sich dann aber dagegen, weil ihr weder genug Zeit noch ausreichend Licht zur Verfügung standen.

Nanu, dachte sie. *Flirte* ich etwa mit diesem Mann? Hatte die Sache mit Roger und Shelley Roth auch auf diese Weise angefangen? Hatte Roger Shelley eines Abends auf einem gottverlassenen Parkplatz aus der Klemme geholfen? Hatten sie sich danach noch eine Weile unterhalten und sich dann bei einem Drink amüsiert, bis buchstäblich eins zum anderen führte? Kamen so Leute, die angeblich glücklich verheiratet waren, dazu ...?

»Hübscher Pullover«, sagte der Lockenkopf plötzlich hinter ihr. Fast hätte sie vor Schreck einen Satz nach vorne gemacht. Wieder einmal.

»Äh ... vielen Dank«, stotterte sie. Hatte er gemerkt, daß sie sich für ihn zurechtgemacht hatte? *Scheiße*.

Er beugte sich über die rechte Seite ihres Autos und sagte nach einigen Sekunden: »Das wär's.« Er öffnete die Beifahrertür, zog den Knopf auf der Fahrerseite hoch und stieg aus. »Bin ich nicht der geborene Autoknacker?«

»Wow«, meinte Amelia. »Beeindruckende Leistung.«

»Ich muß allerdings gestehen, daß ich bei Safes eine Grenze

ziehe«, sagte er, verbog den Drahtbügel und warf ihn in die nächstbeste Mülltonne. »Zumindest bei großen Safes.«

»So ein Jammer.« Amelia ging auf das Spiel ein. »Und ich wollte Sie gerade dazu überreden, mit mir zusammen den Tresor der Staatsbank zu knacken.« O ja. Und ob sie flirtete!

Der Mann mit den dunklen Locken lachte und kam um das Auto herum. »Wenn Sie mal ein kleineres Ding drehen wollen, sagen Sie mir Bescheid. Für Einbrüche bin ich immer zu haben.«

»Ich werde daran denken«, versprach Amelia, auf den Fahrersitz rutschend. Sie hatte die Heizung angelassen, und im Wageninneren herrschte nun die Temperatur eines Backofens. Ihre Brillengläser beschlugen sofort, also nahm sie die Brille ab und warf sie auf den Beifahrersitz. »Wir sehen uns dann nächste Woche beim Unterricht.«

»Aber sicher«, sagte er. »Schönen Abend auch noch.«

»Wünsche ich Ihnen auch«, erwiderte Amelia, streckte die Hand nach der Tür aus – und sah noch einmal zu ihm auf. Die Straßenlaterne hinter ihm zauberte einen Heiligenschein um seinen Kopf.

Er lächelte.

In ihrem Magen begannen ein paar Schmetterlinge zu tanzen.

Amelia knallte die Tür zu, schnallte sich an und fuhr los.

An Abenden unter der Woche entsprach das Publikum bei Celine's in der Falls Road nicht unbedingt dem Wochenendstandard. Paige machte diesen Nachteil dadurch wett, daß sie mit jedem männlichen Wesen zwischen zweiundzwanzig und sechzig ununterbrochen tanzte. Amelia hielt sich zwei Stunden lang an einem Glas Wein fest, wobei ihre Gedanken immer wieder zu ihrem dunkelhaarigen Retter zurückkehrten.

Gegen Mitternacht setzte sie eine ziemlich beschwipste Paige Turner vor ihrer Haustür ab und fuhr selbst nach Hause.

Nachdem sie sich auf der Suche nach Spuren von Beckys Freund, der dem Hotel Saintsbury gelegentlich einen Beischlafbesuch abzustatten pflegte, im ganzen Haus umgesehen und nichts Verdächtiges gefunden hatte, bezahlte sie ihre Babysitterin und brachte sie nach Hause.

Erst gegen ein Uhr kroch sie selbst todmüde ins Bett und sank innerhalb weniger Minuten in einen tiefen Schlaf, der ihr einen ausgesprochen erotischen Traum bescherte. Die Hauptrolle spielte ein dunkelhaariger Mann in einer weichen braunen Lederjacke.

Ungefähr zwanzig Meter entfernt, am Fuß der Auffahrt, rollte ein blauer Lieferwagen mit abgestelltem Motor leise aus und kam zum Stehen. Einen kurzen Moment lang leuchteten die Bremslichter hell auf und durchschnitten die Dunkelheit wie rotglühende Messer.

Dann übernahm die Nacht wieder die Vorherrschaft, und das Haus der Saintsburys, jenes freistehende Gebäude am Ende der Wyckamore Lane, war wieder in Dunkel gehüllt.

DREI

CRACK ALLEY BLUES

1.

Vom Fenster seines Büros in der Clark Hall aus, einer Flucht dunkel getäfelter Räume, die er nun schon seit dreiundzwanzig Jahren in seiner Eigenschaft als Dekan der Englischen Fakultät an der Case Western Reserve University bewohnte, blickte Sebastian Keller Richtung Westen und bewunderte die herbstliche Farbenpracht, die über dem Universitätscampus lag. Von hier konnte er deutlich Severance Hall und das Cleveland Museum of Art mit seinem großen Springbrunnen sehen.

Einundsechzig Jahre, dachte er. Eigentlich war er noch jung. Dennoch wußte er, daß das letzte Jahr seines Lebens angebrochen war.

Er kehrte zu seinem Schreibtisch zurück und befaßte sich wieder mit der vor ihm liegenden Zeitung. John Angelino. Der mit dem Hang zur Theatralik. Mr. Angelino, daran erinnerte er sich noch so genau, als sei es gestern gewesen, hatte nie eine Gelegenheit ausgelassen, sich in Szene zu setzen. Ein gutaussehender Bursche, von seiner Berufung überzeugt. Wie geschaffen für das Priesteramt.

Sie hatten sich als ›Querdenkerloge‹ bezeichnet, fiel ihm ein. Und ihr vornehmlicher Lebenszweck – abgesehen davon, sich bei jeder sich bietenden Gelegenheit Unmengen alkoholischer Getränke jeglicher Art zuzuführen – hatte darin bestanden, die sogenannten Größen der modernen Literatur – Emily Dickinson, Walt Whitman, Ezra Pound – von ihrem Thron zu stürzen und ihre angeblich so überbewerteten Werke in der Luft zu zerreißen.

John Angelino, im Alter von zweiundvierzig Jahren verstorben. Der Zeitungsartikel bestätigte es.

Aber es war die morgige Ausgabe des Blattes, die Sebastian Keller fürchtete, und dann die, die übermorgen erscheinen würde. Denn eines Tages in nicht mehr allzu weiter Ferne würde ein *Plain Dealer* auf seinem Schreibtisch liegen und ihn davon in Kenntnis setzen, daß es den nächsten von ihnen getroffen hatte – daß ein weiteres Mitglied der Querdenkerloge in der Blüte seines Lebens dahingerafft worden war.

Todesursache Heroin.

Er blickte auf die Uhr, dann quälte er sich langsam und unter Schmerzen zu seinem Schreibtischstuhl. Die Unmengen von Tabletten, die er täglich einnehmen mußte, linderten den Schmerz nur unwesentlich, der permanent seine Lungen, den unteren Rückenbereich, Hüften und Genitalien peinigte. Der Krebs, der vor sehr langer Zeit in seinem Körper zu schwelen begonnen hatte, loderte nun wie ein alles verzehrender Brand.

Er ließ sich in den Stuhl sinken, schloß die Augen und beschwor das Bild der jungen Frau herauf, dachte an die weichen Rundungen ihres Körpers unter den schlichten Baumwollkleidern, an die unbewußt aufreizende Art, mit der sie die Beine übereinandergeschlagen hatte, bis die Blicke sämtlicher Männer im Raum wie gebannt an ihren milchweißen Schenkeln hingen.

Und dann erinnerte er sich daran, wie sie in jener Halloweennacht ausgesehen hatte, an ihre perfekt geformten jungen Brüste, die im Kerzenlicht schimmerten, an ihr Make-up, das sie wie eine Hure aussehen ließ.

Er schluckte die Tabletten hinunter, spülte mit Wasser nach.

In den nächsten Tagen würde er die Zeitungen noch sorgfältiger studieren als sonst, nahm er sich vor. Er wußte nicht, ob ihm noch genug Zeit und Kraft blieb, um etwas zu unternehmen, falls es wieder geschah, aber er würde trotzdem ein wachsames Auge auf die Zeitungen haben.

Mehr konnte er nicht tun. Nur noch abwarten und aufpassen.

2.

Der Artikel, den Nicky Stella bis heute für sein journalistisches Meisterwerk hielt und von dem er gehofft hatte, ihn eines Tages an eine der ganz großen Zeitungen verkaufen und sich dadurch für lukrativere Aufträge qualifizieren zu können, trug den Titel ›Crack Alley Blues‹. Es handelte sich dabei um einen in Tagebuchform gehaltenen Bericht, der über drei Tage hinweg die Arbeit des Rauschgiftdezernats der Polizei von Cleveland beschrieb. Er hatte ihn an die *Sunday*, eine wöchentlich erscheinende Illustrierte, verkauft, und ein begeisterter Leser hatte ihn in einer wahren Lobeshymne als ›einfühlsam und fesselnd‹ bezeichnet.

Zwecks genauer Recherchen war Nicky drei Wochen lang mit zwei Undercover-Drogenfahndern unterwegs gewesen; Cops, von denen er bis heute nur die Spitznamen kannte: Birdman und Willie T. Die Detectives gingen nur mit Perücken, Hüten und dunklen Brillen getarnt auf Streife. Willie T. war ein sehr großer, kräftig gebauter Farbiger, der mit besonderer Vorliebe Achselshirts trug und für seine linken Haken berüchtigt war; Birdman dagegen war ein schlanker, fast schon hagerer Weißer, der immer einen witzigen Spruch auf den Lippen führte. Nicky hegte den starken Verdacht, daß sich hinter seiner lockeren Art eine leicht sadistische Ader verbarg.

Die beiden pflegten Nicky jeden Abend um elf Uhr am Burger King Ecke East 85th und Euclid Avenue abzuholen und dann mit ihm direkt in den Third District zu fahren, geradewegs in die Hölle hinein. Während der gesamten Zeit, die Nicky mit ihnen verbrachte, sowie während einer Reihe darauffolgender Vernehmungen gaben die beiden Polizeibeamten niemals ihre wahre Identität preis und legten nicht ein einziges Mal ihre Verkleidung ab. Nicky kannte nur eine bestimmte Telefonnummer.

Fünf Tage vor der Veröffentlichung des Artikels traf sich Nicky mit Willie T. in einer fast nur von Cops besuchten Bar in der Payne Avenue und überreichte ihm ein Vorausexemplar. Willie T. verzog sich mit dem Artikel und einem randvollen Glas Jack Daniels in eine stille Ecke und las ihn gründlich durch. Zweimal. Vierzig Minuten später kam er wieder zum Vorschein, und als er auf Nicky zuging, meinte dieser, eine Träne in seinem Augenwinkel glitzern zu sehen. Willie T. umarmte ihn fest.

Später in dieser Nacht nahmen die beiden Beamten ihn mit in den Lagerraum hinter der Bar, langten in ihre Taschen und zogen jeweils ein Bündel Banknoten hervor. Jeder der beiden zupfte einen einzelnen Hundertdollarschein heraus, riß ihn in der Mitte durch und reichte Nicky als Ausdruck der Dankbarkeit eine Hälfte davon. Birdman ergriff als erster das Wort. »Deine nächsten beiden Gesetzesübertretungen nehmen wir auf unsere Kappe, solange sie sich in vernünftigen Grenzen halten. Verstöße gegen die Verkehrsordnung, ja, sogar minderschwere Körperverletzung – wir drücken beide Augen zu.«

»Aha«, brummte Nicky, der nur am Rande verstand, worum es eigentlich ging.

»Oder vielleicht brauchst du mal eine zuverlässige Informationsquelle«, fuhr Birdman fort. »Wie dem auch sei, wenn du dich in Zukunft mit uns triffst, bringst du deine Hälfte mit. Verstanden?«

»Ja«, sagte Nicky. »Alles klar.«

»Aber werd' bloß nicht übermütig, weil du denkst, du hättest jetzt einen Freibrief für Dummheiten aller Art«, warnte Willie T. »Wenn man meine Gutmütigkeit zu sehr strapaziert, kann ich ziemlich ungemütlich werden. Also bleib' gefälligst auf dem Teppich.«

Nicky verstand, und verstaute die beiden Geldscheinhälften in seiner Schreibtischschublade.

Entschlossen wählte er die Nummer, hörte aber wie immer nur den monotonen Klang des Anrufbeantworters. *»Hier spricht Willie T ... bitte hinterlassen Sie Ihre Nachricht nach dem Pfeifton.«*

»Eins-Eins-Sechs«, sagte er wie verabredet und legte wieder auf.

Er setzte sich auf die Couch, griff nach der Fernbedienung und schaltete den Fernseher ein: CNN brachte einen Livebericht aus Bosnien, Bob Barker verloste eine Reise nach Puerto Vallarta, Larry Hagman zog wegen etwas, das Barbara Eden gerade getan hatte, ein peinlich berührtes Gesicht. Ohne Pause wechselte er von Kanal zu Kanal.

Diese Angewohnheit hatte Meg zur Weißglut gebracht.

Nicky blickte auf den Kalender. War es wirklich schon fünf Jahre her?

Er hatte Margaret Connelly in einer schwülen Augustnacht im Holiday Inn Rockside kennengelernt; einer Nacht, in der er den richtigen Anzug getragen, das richtige Cologne aufgelegt und auch auf wundersame Weise die richtigen Worte gefunden hatte, um das Mädchen anzusprechen, das die große Liebe seines Lebens werden sollte. Nicht weniger als fünf Mal an diesem Abend war er, Desinteresse heuchelnd, lässig an ihrem Tisch vorbeigeschlendert und hatte vorgegeben, nur auf die Musik zu lauschen, bis er endlich den Mut aufbrachte, sie zum Tanzen aufzufordern. Als sie einwilligte, sandte er ein Stoßgebet gen Himmel, in dem er Gott anflehte, ihm ein einziges Mal die Weisheit zu verleihen, im richtigen Moment den Mund zu halten. Leider war dieses Gebet nicht erhört worden, aber während des zweiten langsamen Tanzes lehnte er sich zurück, um Meg genauer zu betrachten – die smaragdgrünen Augen, das verführerische Lächeln, die Art, wie sie von Kopf bis Fuß errötete, als er ihr sagte, wie schön sie sei – und in diesem Moment erkannte er, daß er die Frau gefunden hatte, die er heiraten wollte.

Drei Monate später machte er ihr den ersten Antrag. Meg Connelly lehnte ab. Also fragte Nicky Stella sie wieder und wieder, fünfzig Tage nacheinander, ohne Ausnahme. Er tauchte unangemeldet an ihrem Arbeitsplatz auf, er band Luftballons an die Antenne ihres Autos, er schickte ihr glühende Liebesbriefe. Zu guter Letzt versuchte er es sogar auf die schmalzige Tour und ließ ein Mariachi-Trio unter ihrem Schlafzimmerfenster aufspielen. Es kostete ihn zweihundertsechzig Mäuse, um Luis, Chatto und Little Diego für eine Stunde zu engagieren, aber noch immer blieb ihr Widerstand ungebrochen.

Am einundfünfzigsten Tag gab er auf und ließ sich vollaufen. Und just an jenem Tag stand Margaret Connelly kurz vor Mitternacht vor seiner Tür und nahm seinen Heiratsantrag an.

Sie waren verliebt, ließen sich im Rathaus trauen, und der Himmel hing voller Geigen, bis Meg an einem herrlichen Frühlingstag zum Arzt mußte. Danach war nichts mehr wie zuvor. Sie war fünfundzwanzig, als bei ihr eine Krebserkrankung diagnostiziert wurde; sechsundzwanzig, als Nicky an ihrem Bett saß und ihre abgemagerten, wie durchscheinend wirkenden Hände in den seinen hielt. Diese Hände hatten einst sein Haar gestreichelt, hatten schon bei der leisesten Berührung elektrische Ströme durch seinen Körper geschickt. Nun lagen sie schlaff und reglos da – von einem erlöschenden Feuer verzehrt.

Einen Tag vor ihrem siebenundzwanzigsten Geburtstag standen sie alle im kalten Regen auf dem Holy-Cross-Friedhof: stahlgraue Silhouetten, die sich von einem trüben Winterhimmel abzeichneten.

Lange Zeit brachte er es nicht fertig, sich von ihren Kleidungsstücken zu trennen. Er behielt auch Hunderte leicht verwackelter Fotos und trug das taubenblaue Leinenarmband, das man ihr im Krankenhaus umgelegt hatte, fast ein ganzes Jahr lang.

Die Kosten für Megs Krankheit beliefen sich auf siebenundsiebzigtausenddreihundert Dollar, und Nicky bezahlte sie bis auf den letzten Cent. Dafür nahm er jeden Job an, den er finden konnte, schuftete beinahe rund um die Uhr, nur die letzten vier Stunden des Tages behielt er sich vor, um seinen maßlosen Kummer in Alkohol zu ertränken und wenigstens vorübergehend vergessen zu finden. Seit fünf Jahren hatte er die Stadt nicht mehr verlassen, seit sechs Jahren keinen neuen Anzug mehr gekauft.

Heute jedoch besaß er nur noch einen einzigen Schnappschuß. Meg, so, wie er sie in Erinnerung behalten wollte: lächelnd, mit blitzenden grünen Augen, für immer jung. Ihre Kleider hatte er der Armenhilfe der katholischen Kirche gestiftet, natürlich mit Ausnahme ihrer Baskenmütze. Die himbeerrote Mütze hing immer noch am Haken neben der Eingangstür; so, als wäre alles nur ein grausamer Alptraum gewesen, als hätte sich die kräftige, gesunde junge Frau, die es im Ringkampf beinahe mit ihm aufnehmen konnte, nicht vor seinen Augen in einen Schatten ihrer selbst verwandelt. Und so lange die Mütze dort hing, konnte er immer noch davon träumen, eines Tages nach Hause zu kommen und festzustellen, daß der Haken leer war. Was bedeuten würde, daß Meg nur schnell zum Laden an der Ecke gelaufen war und bald zurückkommen würde.

Aber Tag für Tag hing die Baskenmütze bei seiner Heimkehr an ihrem gewohnten Platz.

Ein warmer Hauch von Margaret Jane Connelly am Fuß der Treppe.

Und trotz des halben Dutzends One-Night-Stands – gesichtslose Körper in seinem Bett, am nächsten Morgen wieder verschwunden – hatte es seit Meg keine Frau mehr gegeben, der er tiefere Gefühle hätte entgegenbringen können. Dennoch wußte er, daß es an der Zeit war, sein Leben zu ändern.

Er war bereit.

An dem Tag, an dem er die letzte Arztrechnung bezahlt und sich anschließend zur Feier des Ereignisses bis zur Bewußtlosigkeit betrunken hatte, hatte auch sein uralter 286er-Computer beschlossen, seinen digitalen Geist aufzugeben.

Und an diesem Tag war Nicky klargeworden, daß etwas geschehen mußte, denn ohne Computer hatte er keinerlei Möglichkeit, sich seinen Lebensunterhalt zu verdienen. Er wußte aber auch, daß keine Bank oder Finanzierungsgesellschaft diesseits des Äquators ihm auch nur einen einzigen lumpigen Dollar leihen würde. Also beging er die nächstgrößte Dummheit und ließ sich von seinem Cousin Paulie dazu überreden, einen seiner ›Freunde‹ zu treffen, einen Kredithai namens Frank Corso. Bei diesem sogenannten Freund handelte es sich um einen einsneunzig großen und dreihundert Pfund schweren blonden Hünen, der sich einverstanden erklärte, Cousin Paulie zuliebe Nicky einen guten Zinssatz und die Möglichkeit der Rückzahlung in Monatsraten einzuräumen.

Paulie arrangierte das Treffen, Nicky bekam seine viertausend Dollar und erwarb damit den besten Laptop, der momentan auf dem Markt war.

Die folgenden zehn Monate zahlte Nicky pünktlich die Zinsen, ohne jedoch etwas von der Gesamtschuld abzutragen. Diesen Monat allerdings war er in Verzug geraten. Und daher war Frank Corso vor sechs Tagen bei ihm aufgetaucht und hatte ihn davon in Kenntnis gesetzt, daß er in einer Woche wiederkommen und den Treffpunkt entweder mit vier Riesen in der Tasche oder Nick Stellas Eiern in der Hand wieder verlassen würde. Was Frank Nicky nämlich bei ihrer ersten Begegnung verschwiegen hatte, war, daß der Schuldner, sollte er mit einer Rate mehr als zwei Wochen in Verzug kommen, die gesamte Kreditsumme mit einem Schlag zurückzuzahlen hatte.

Wie gut, daß der Kerl Paulies Freund war.

Das Telefon klingelte, während *General Hospital* über die Mattscheibe flimmerte.

»Hier spricht Nicholas Stella.«

»Mann, glaubst du etwa, ich weiß nicht, wen ich anrufe?« fragte eine fröhliche Stimme, die unzweifelhaft zu Willie T. gehörte. Er klang, als wäre er mit sich und der Welt zufrieden. Wahrscheinlich hatte er vor kurzem irgendeinem Ganoven ein neues Arschloch verpaßt oder einem kleinen Crackdealer mit seiner vierzehnschüssigen 9-mm-Pistole, die er in einem

Schulterhalfter mit sich herumschleppte, ein Loch zwischen die Rippen gepustet. Es war der ideale Zeitpunkt, um ihn um einen Gefallen zu bitten.

»Hi, Willie T.«, rief Nicky, bemüht, seine Sprechweise der des Beamten anzupassen. »Genau der Mann, den ich brauch'!«

»Na, Nicky, wo stehst du denn so?«

Willie T. neigte ab und an dazu, in den in New Orleans gebräuchlichen Slang zu verfallen, und bei solchen Gelegenheiten war sich Nicky nie sicher, ob dieses gräßliche *Wo stehst du denn so?* das Louisiana-Äquivalent für *Wie geht's denn so?* war, oder ob Willie T. tatsächlich wissen wollte, wo er sich augenblicklich aufhielt. Da der Beamte aber soeben seine Nummer gewählt hatte, entschied sich Nicky für die erste Möglichkeit.

»Mir geht's gut, Willie. Hab' viel um die Ohren.«

»Wüßte nicht, daß ich deinen Namen in der letzten Zeit in den Zeitungen gelesen hätte.«

Wem sagst du das, dachte Nicky. »Ja, nun, ich hab' da so einiges in der Hinterhand, verstehst du? Das ist auch einer der Gründe, warum ich angerufen habe. Ich arbeite an einer Titelstory für den *Chronicle*, die sich zu einem echten Knaller auswachsen könnte.«

»Ach ja?« Willie T. klang ehrlich beeindruckt. »Also, was kann ich für dich tun?«

»Hast du zufällig irgendwie mit dem Fall dieses Priesters zu tun, der an einer Überdosis gestorben ist?«

»Hab' von der Geschichte gehört.«

»Er war mein Cousin ...«, log Nicky. »John Angelino war sein Name.«

»Tut mir echt leid, Mann.«

»Es heißt, das Zeug wär mit einem roten Tiger und einem blauen Affen gekennzeichnet gewesen.«

»Yeah, das stimmt. Aber ich bin an dem Fall nicht direkt dran. Ich kümmere mich nur um die Brüder, die den Stoff kaufen oder verkaufen, wenn du verstehst, was ich meine.«

»Sind dir diese Tiger- und Affensymbole schon einmal untergekommen?«

»Nee«, sagte Willie T. »Da klingelt bei mir nichts. Aber diese Dealer wechseln ihre Kennzeichen wie ihre Unterhosen.«

»Klingt nach einem Chinesen, stimmt's?«

»Würd' ich so sehen. Die stehen auf diese Tierscheiße.«

Der erste Vorstoß. »Hast du irgendwelche Kontakte zur hiesigen Chinesenmafia?«

»Ja«, gab Willie T. zu. Sein Tonfall klang skeptisch, er ahnte, was Nicky mit dieser Frage bezweckte. »Ein paar. Warum?«

Nicky beschloß, nicht länger um den heißen Brei herumzureden. Er schloß die Augen und sprach betont deutlich. »Ich möchte mit dem Dealer reden, Willie, verstehst du? Und zwar Klartext. Er bleibt vollkommen anonym. Wir werden ein paar hochkünstlerische Fotos von ihm im Schatten machen, und wenn es sein muß, zitiere ich ihn sogar in unverfälschtem Dialekt, wie in einem Straßentheater. Er wird ein gottverdammter Star! Der neue Monster Cody. Noch Jahre danach werden sich die Weiber um ihn reißen.«

Willie T. lachte, aber ein bißchen herablassender, als es Nicky lieb war. »*Wie bitte*?«

»Ich meine es ernst.«

»Lektion Nummer eins: Drogendealer brauchen absolut keine Hilfe, um sich Muschis an Land zu ziehen. Kapierst du das? Drogendealer kriegen so viele Muschis, wie sie nur wollen, und das an jedem beschissenen Tag ihres Lebens. Okay? Und zweitens ist das eine verdammt gefährliche Sache, in die du deine Nase da stecken willst, Mann. Weißt du überhaupt, mit wem du es zu tun bekommen kannst?«

»Hey ... schon vergessen, daß ich mit euch beiden auf Tour war und mit eigenen Augen gesehen habe, wie der Hase läuft?«

»Und deswegen glaubst du, daß du den vollen Durchblick hast? Du tust mir echt leid, Mann ...«

Nun schlug der Italiener in Nicky voll durch. »Ich weiß, wovon ich rede, und ich weiß auch, von wem ich rede. Meinst du, ich hätte die Drogenszene erst durch euch entdeckt? Ein bißchen mehr darfst du mir schon zutrauen, Willie.«

»Schon gut ... schon gut.«

Nicky fuhr fort: »Hör mal ... ich will nur wissen, ob der Typ es mit seinem vermutlich ohnehin nicht vorhandenen Gewissen vereinbaren kann, Killershit zu verkaufen, wenn es ihn schon nicht sonderlich belastet, das gewöhnliche Sauzeug unter die Leute zu bringen. Ich meine, ich führe hier keinen Rachefeldzug, nur weil der Tote mein Cousin war«, log er. »Ich will nur ein bißchen mehr wissen. Das gibt 'ne Spitzenstory.«

»Mut hast du ja, Nicky, das muß man dir lassen.«

Zweiter Vorstoß. »Alles, was du tun sollst, ist, herauszufinden, wer mit dem Zeug dealt. Mach mich mit einer Kontaktperson bekannt, und ich erledige den Rest«, beschwor Nicky ihn.

»Wo bist du zu erreichen?« fragte Willie T.

»Hier«, erwiderte Nicky. »Sag du mir nur, wo und wann.«

Er hörte, wie Willie T. die Hand über den Telefonhörer legte. Nach ein paar Sekunden sagte er: »Ich rufe dich zurück.«

Später, als Nicky im Kino saß, sich eine Doppelvorstellung von David-Cronenberg-Filmen ansah – *Videodrome* und *Scanners*, als ob das Leben nicht schon bizarr genug wäre – und dabei insgeheim hoffte, auf diese Weise einem neuerlichen Besuch Frank Corsos zu entgehen, hinterließ Willie T. ein paar Worte auf seinem Anrufbeantworter. Er sagte, die gute Nachricht wäre, es gäbe nur einen einzigen Mann, der über die mit einem roten Tiger versehenen Heroinbriefchen Bescheid wüßte. Willie T. teilte ihm mit, wo der Mann zu finden war und wie man am besten an ihn herankam.

Und die schlechte Nachricht?

Dieser Mann hieß Rat Boy Choi.

3.

Dr. Bennett Marc Crane, einer der renommiertesten plastischen Chirurgen in Western Pennsylvania, Absolvent der Case Western Reserve University und der Harvard Medical School, saß in einem Clubsessel im Schatten hinter seinem Haus und kostete das Gefühl einer beginnenden gewaltigen Erektion selbstvergessen aus. Er saß ungefähr sechs Meter von der Glasschiebetür entfernt, die zum Eßzimmer führte, und aus seinem von Alkohol und Erregung getrübten Blickwinkel wirkte die teure Deckenbeleuchtung wie eine Reihe schwarzer männlicher Geschlechtsteile, die über dem Kopf seiner Frau baumelten und dünne Lichtstrahlen über sie ejakulierten.

Elizabeth Crane verließ das Zimmer und ging durch die Diele zu ihrem Schlafzimmer. Bennett Crane hoffte, daß sie sich umziehen wollte. Ihm stand der Sinn nach einem kleinen Spielchen.

Hinter ihm raschelte das Laub der Bäume im leichten Oktoberwind. Über ihm zogen langsam feine violette Wolkenschleier über die elfenbeinfarbene Scheibe des Mondes hinweg. Die Uhr schlug Mitternacht. Neben ihm, auf einem kleinen schmiedeeisernen Tisch, stand ein sehr großes, bereits zur Hälfte geleertes Glas Wodka-Martini. Daneben lag eine wertvolle kompakte Videokamera von bester Qualität.

Dr. Crane – dreiundvierzig Jahre alt, mit schütter werdendem Haar, das ganze Jahr über tief gebräunt und stets nach neuester italienischer Mode gekleidet – trug einen taubenblauen Arztkittel aus dem Krankenhaus und keine Schuhe dazu. Nach so vielen flüchtigen sexuellen Begegnungen in allen möglichen Ecken und Winkeln des Hospitals war es fast schon so, daß er das Gefühl des weichen Baumwollstoffes auf seiner Haut brauchte, um einen Ständer zu kriegen. Der Schnaps half ihm manchmal dabei. Er half, die rauhen Kanten seiner Fantasie zu glätten und die kleinen Mängel auszugleichen, die der Zahn der Zeit am Körper seiner Frau hinterließ.

Aber Elizabeth wußte immer, was sie zu tun hatte, kannte alle Finessen. Und im richtigen Licht und in der richtigen Stimmung sah sie mit ihrem langen, dichten, tizianroten Haar und der samtweichen Haut immer noch sensationell aus.

Er goß sich einen weiteren Martini ein, während drinnen im Haus die Stereoanlage angestellt wurde und Coltranes ›Wise One‹ ertönte. Die Schiebetür war geschlossen, doch die Musik dröhnte bis nach draußen. Dieser Umstand heizte seine erotischen Fantasien noch an, und Elizabeth wußte das. Es bedeutete, daß sie ihm heute nacht voll vertraute. Er überlegte gerade, welches Kostüm sie wohl ausgesucht haben mochte, als sie um die Ecke kam und das Wohnzimmer betrat. Sie trug ein sehr kurzes rotes Cocktailkleid und rote, bis zum Ellbogen reichende Handschuhe.

Das Telefonspiel.

Dabei nahm sie einen Anruf entgegen, der gar nicht erfolgt war, und sprach angeregt in den Hörer; ein Spiel, das sie oft spielten: Sie war die feurige italienische Schauspielerin, er der verlebte Produzent, der zuhörte, wie sie mit einem ehemaligen Liebhaber Obszönitäten austauschte.

Dr. Crane beobachtete sie aus dem Schutz der Dunkelheit heraus. Sein Blick wanderte langsam über ihre Beine, über ihre Hüften. In diesem Licht und aus dieser Entfernung sah sie aus wie Rita Hayworth zu ihren besten Zeiten, und er war im Moment ein sehr glücklicher Mann.

Er wollte gerade seinen Kittel öffnen und sich mit seiner mittlerweile schmerzhaft pochenden Erektion befassen, als ein Schatten vor ihm quer über die Terrasse huschte.

Jemand war hier.

Jemand hatte unbemerkt sein Grundstück betreten.

»Um Gottes willen!« Bennett Crane sprang aus seinem Sessel auf und preßte beide Hände gegen die Brust.

Ein breitschultriger Mann, ungefähr so groß wie er selbst,

löste sich auf dem Schatten. In jeder Hand hielt er einen undefinierbaren Gegenstand. »Hi, Doc«, sagte er sanft.

Drinnen ließ sich Elizabeth Crane auf einem Stuhl nieder, schob den Saum ihres Rockes ein Stück weiter nach oben und führte ihr imaginäres Telefongespräch fort. Dann langte sie in ihre Handtasche, holte eine lange Zigarette hervor, zündete sie an und nahm einen tiefen Zug.

Draußen sah sich ihr Mann verzweifelt nach einer Waffe um. Es war nichts Brauchbares greifbar. Er erstarrte vor Angst.

»In diesem Kleid hat sie mir schon immer gefallen«, sagte der Unbekannte. »Sehr sexy, finde ich.«

Bennett Crane bemühte sich, einen klaren Kopf zu behalten. Er sah den Mann genauer an, und langsam dämmerte ihm die furchtbare Wahrheit. »Du!«

»Ja«, sagte der Mann, einen Schritt nähertretend. »Sieht fast so aus.«

»Was zum Teufel willst du? Ich ... ich dachte, es wäre alles geklärt, schon vor Jahren. Ich dachte, wir wären quitt.« Bennett Crane versuchte zu erkennen, was der Mann bei sich trug. In der linken Hand hielt er einen schwarzen, schachtelähnlichen Gegenstand. Die andere Hand befand sich außerhalb seiner Sichtweite.

»Quitt? Machst du Witze?«

»Meine Arbeit war gut fünfzigtausend Dollar wert. Und ich habe alles umsonst gemacht.«

»Das ist lange her«, erwiderte der Mann. »Und nichts im Leben ist umsonst.«

»Aber du hast doch gesagt ...«

»Ich habe nur gesagt, daß dein Geheimnis bei mir sicher ist.« Der Mann kam noch ein Stückchen näher. »Ich sagte, ich würde niemals zur Polizei gehen und verraten, welche Rolle du in dieser Nacht gespielt hast. Und dieses Versprechen habe ich gehalten.«

Elizabeth Crane zog den Reißerschluß ihres Kleides auf und ließ es zu Boden gleiten. Darunter trug sie einen knappen schwarzen Slip. Sie nahm auf einem Stuhl gegenüber vom Fenster Platz und begann, langsam über ihre Schenkel und ihren Bauch zu streicheln.

Coltrane röhrte weiter.

»Erzähl mir, was in dieser Nacht geschehen ist, Doc. Sag es mir in deinen eigenen Worten.«

Bennett Crane schielte zum Fenster, dann wandte er rasch den Blick ab. »Du warst doch dabei. Warum willst du ...«

»Wer war der Pirat?«

»Ich ... ich bin nicht sicher«, stammelte Bennett Crane. »Nach all diesen Jahren hatte ich angenommen ...«

»Lüg mich nicht an, Doc«, schnarrte der Mann. Er stand jetzt direkt vor ihm, und in seiner rechten Hand blitzte etwas Silbernes auf. Bennett Crane sah genauer hin und erkannte das Skalpell als eines seiner eigenen Instrumente. Der Mann, der jetzt so unverhofft wieder in sein Leben getreten war, hatte es vor vielen Jahren als Andenken verlangt, als Unterpfand sozusagen. Er blickte dem Mann ins Gesicht und fand im Mondlicht die unverkennbaren Spuren seiner eigenen Arbeit wieder. Trotz seines benommenen Zustandes sah Bennett Crane auch jetzt wieder bestätigt, daß er seine Sache verdammt gut gemacht hatte.

»Johnny Angel ist tot«, sagte der Mann. Ein Ausdruck spöttischer Trauer huschte über sein Gesicht. »Genau wie du gleich.«

Bennett Marc Crane drehte sich um und wollte blindlings die Flucht ergreifen, aber der Mann war schneller. Er rammte ihm einen Elektroschocker in die Seite seines Halses, woraufhin Crane kraftlos, mit wild zuckenden Gliedern zu Boden sank, unfähig, seine Bewegungen zu koordinieren. Im selben Moment warf sich sein Gegner auf ihn und drückte seine Schultern in den feuchten Boden. Mit der linken Hand packte er ein Büschel von Bennett Cranes Haar, mit der rechten zückte er das Skalpell.

Die Frau am Fenster hakte ihren Büstenhalter auf und streifte ihn über die Schultern. Eine Weile bewegte sie sich lockend im Rhythmus der Musik, ehe sie sich wieder hinsetzte, sich vom Fenster abwandte, die Beine spreizte und begann, mit ihren Brüsten zu spielen.

Wenige Augenblicke später, als das Skalpell zum ersten Mal quer über sein Gesicht gezogen wurde, erinnerte sich Dr. Crane in seiner Todesqual an eine Frage, über die er vor vielen Jahren einmal nachgegrübelt hatte. Über die Frage, wie es sich wohl *anfühlte.*

Wieder und immer wieder zuckte die Klinge über sein Gesicht.

Der kupfrige Geruch vergossenen Blutes schwängerte die Luft.

Und Bennett Marc Crane hatte seine Antwort.

4.

Im Alter von neunundsechzig Jahren hatte Dag Randolph längst erkannt, daß es drei Dinge gab, die er auf dieser Welt am meisten schätzte. Erstens natürlich sein monatlicher Scheck von der Sozialversicherung. Als Postbeamter im Ruhestand wußte er nur zu gut, wie wichtig es war, pünktlich jeden Monat einen Scheck zugestellt zu bekommen, und bislang hatte George Seitz, der seit fünf Jahren in diesem Bezirk die Post austrug, seinen Job recht ordentlich gemacht. Außer wenn es regnete, denn dann ließ George die Zeitschriften manchmal naß werden.

Zweitens die nette junge Frau von Domino's Pizzeria, die immer mit ihm flirtete.

Und drittens die eine Person, für die er, ohne mit der Wimper zu zucken, auf alles andere verzichten würde. Der eine kostbare Mensch auf der Welt, für den er seine Seele verkaufen würde.

Seine Enkelin Madeleine.

Amelia bog in die Einfahrt zum Haus ihrer Eltern in der Edgefield Road Nr. 1778 ein, stellte den Motor ab und löste Maddies Sicherheitsgurt. Maddie sprang aus dem Auto und rannte die steinernen Stufen empor. Oben auf der Treppe wurde sie von Dag Randolph bereits erwartet. Er sah aus wie immer: ein wirres Büschel dichten weißen Haars stand ihm vom Kopf ab, er trug ein verwaschenes rotes Flanellhemd und hatte die immer noch schlanke Figur eines Mannes, der sich Zeit seines Lebens an der frischen Luft bewegt hatte. Auch heute noch ging Dag Randolph fünfmal die Woche seine alte Tour ab.

Dag nahm Maddie bei der Hand und führte sie ins Wohnzimmer. Amelia folgte ihnen nach kaum merklichem Zögern. »Hi, Dad«, sagte sie, als sie ihre Jacke auszog.

»Hi, Kleines.« Ihr Vater drückte ihr einen flüchtigen Kuß auf die Wange, ehe er sich in seinen alten schäbigen Sessel sinken ließ, den Amelia und ihre Mutter zu Weihnachten durch einen neuen ersetzen wollten. Der Duft frischgebackenen Bananen-Walnußbrotes erfüllte das Haus. Über den Bildschirm des in einer Ecke aufgestellten Fernsehers flimmerte ein Footballspiel, der Ton war leise gedreht.

Dag Randolph war in seinem Element.

Maddie war zu Besuch.

Amelia ging in die Küche, gab ihrer Mutter zur Begrüßung einen Kuß und schenkte sich eine Tasse Kaffee ein.

»Weißt du was?« fragte Maddie.

»Was denn?« gab Dag zurück.

»Mom hat gesagt, ich dürfte *hier* die Runde machen.«

»Darum möchte ich auch gebeten haben.« Dag tappte sich mit der Hand gegen das Knie. »Ich habe fest damit gerechnet. Sieh mal, ich hab' schon einen genauen Schlachtplan entworfen.«

»Was meinst du denn damit?« Maddie kletterte ihrem Großvater auf den Schoß.

»Liegt alles schon parat.« Dag knipste das Licht an und

nahm einen gelben Block vom Tisch, auf den er eine detaillierte Karte der näheren Umgebung – im Umkreis von fünf Häuserblocks – gezeichnet hatte. »Dieses Jahr sehen wir zu, daß wir nur Süßigkeiten von namhaften Herstellern ergattern«, erklärte er und schob sich seine Bifokalbrille auf die Nase. Er sah aus wie ein alter General, der eine Kriegsstrategie erläutert.

»Klar«, meinte Maddie. »Zum Beispiel Twizzlers.«

»Twizzlers kann man akzeptieren.«

»Und Peppermint Patties.«

»Natürlich. Diesmal geben wir uns nicht mit billigem Zeug zufrieden.«

»Diesmal nicht«, echote Maddie.

»Ich dachte mir, wir fangen auf der Sunview an, arbeiten uns dann bis zur Huron Road vor und klappern auf dem Weg noch die Singers und die Callahans ab. Letztes Jahr hast du bei den Singers einen Riesenriegel Snickers abgestaubt ... und bei den Callahans eine ganze Tüte Karamelbonbons.« Dag hatte natürlich all diese Informationen in seinem Gedächtnis gespeichert. Er hatte fast drei Jahrzehnte lang den Leuten in dieser Gegend die Post zugestellt und wußte, wo die Geizhälse saßen.

»Prima. Ich mag Karamelbonbons«, fügte Maddie hinzu.

»Ich auch«, grinste Dag. »Nur daß ich mir daran jedesmal fast meine verdammten Zähne ausbeiße.«

»Daggett!« ertönte es tadelnd aus der Küche.

Dag zuckte die Achseln.

Maddie kicherte.

Amelia senkte die Stimme. »Ist mit Dad alles in Ordnung?«

»Aber ja. Er ist nur ein bißchen erschöpft«, beruhigte sie Martha Randolph. Sie war eine kleine, zierliche Frau, die selbst in hochhackigen Schuhen nur knapp einen Meter sechzig maß, und von ihr hatten Amelia und Maddie die leuchtendgrünen Augen geerbt. Sie hatte immer gearbeitet und am längsten, nämlich zehn Jahre, bei Connor's Ice Cream.

Doch in der letzten Zeit war Amelia immer häufiger aufgefallen, daß ihre Mutter für den einen weitausholenden Schritt, mit dem sie früher die Küche durchquert hatte, heutzutage drei benötigte. Die sprühende Energie, die sie einst verbreitet hatte, war einer Art Lethargie gewichen. Auch bewegte sich Martha Randolph jetzt insgesamt langsamer und bedächtiger als noch vor einigen Jahren. Sie wurde alt, stellte Amelia fest. »Die letzten Wochen ist er immer bis in die Puppen aufgeblieben, um sich die Footballweltmeisterschaft anzuschauen. Du weißt ja auch, daß er immer schlechtgelaunt und reizbar ist, wenn er nicht spätestens um halb elf ins Bett kommt. Davon abgesehen steigert er sich auch immer so in die Spiele hinein, brüllt herum, feuert die Mannschaften an ...«

»Nun ... okay«, meinte Amelia unsicher. »Wenn du meinst, daß es daran liegt ...«

»Dann ist da noch die Sache mit deinem Bruder.«

Immer, wenn Amelias einziger Bruder Ärger mit den Eltern hatte, wurde er ihr gegenüber als ›dein Bruder‹ bezeichnet. In den – zum Glück vorherrschenden – glücklicheren Zeiten hieß er einfach Garth. Im Augenblick war der Stein des Anstoßes die Tatsache, daß Garth Randolph – der mit seinen neununddreißig Jahren schon zweimal ein kleines Vermögen verdient und wieder in den Sand gesetzt hatte – sich hartnäckig weigerte, finanzielle Unterstützung seitens seiner Eltern anzunehmen.

Außerdem hatte er sich schon wieder eine lange Zeit nicht blicken lassen.

Garth' Konjunkturzyklus war bekanntermaßen momentan an einem Tiefpunkt angelangt, aber jeder wußte genau, daß er sich irgendwann einmal wieder erholen, und Garth dann wahrscheinlich eine weitere Million Dollar verdienen würde. Denn er verfügte über einen brillanten Verstand, obwohl er nie einen Collegeabschluß gemacht hatte, und war in geschäftlicher Hinsicht ein wahres Stehaufmännchen. Er hatte in seinem ersten Jahr an der Case Western Reserve University einen sensationellen Erfolg gehabt – sein Notendurchschnitt zählte zu den besten des Jahrgangs – aber nach und nach hatten seine doch stark vom Lehrplan abweichenden privaten Interessen die Oberhand gewonnen, und er hatte begonnen, sein Studium zu vernachlässigen. Der krönende Abschluß seiner Schandtaten kam, als ihm die Zusammenstellung des Jahrbuches oblag und er es fertigbrachte, die Namen von vierundsechzig Studenten vollkommen durcheinanderzubringen. Das Jahrbuch ging in diesem Zustand in Druck, womit Garth einen bis heute ungeschlagenen Universitätsrekord aufgestellt hatte.

Auch Amelia hatte indirekt von der kurzen Karriere ihres Bruders an der Case Western Reserve University profitiert – wenn man es denn so nennen wollte. Es war Garth Randolph gewesen, der sie mit Roger bekanntgemacht hatte.

Ist schon okay, großer Bruder, dachte Amelia, in sich hineinlächelnd. Ich verzeihe dir.

»Hast du mal wieder mit ihm gesprochen, Mom?« fragte sie dann.

»Erst gestern«, erwiderte Martha.

»Du machst Witze!«

»Nein, wirklich, er hat einfach so aus heiterem Himmel angerufen.«

»Tatsächlich?«

»Und das Komische daran ist ... ich hab' vielleicht zu Ostern das letzte Mal mit ihm telefoniert«, sagte Martha. »Also frag' ich ihn, was er die ganze Zeit so getrieben hat, und was meinst du, hat er geantwortet?«

»Keine Ahnung.«

»Er sagte nur: Kirche.«

»Wie bitte?«

Martha lachte. Sie kannte die tiefsitzende Abneigung gegen die Institution Kirche, die ihr Sohn sein Leben lang gehegt hatte. Als mürrischer, in Rolling-Stones-T-Shirts gekleideter Teenager hatte er stets zusammengesunken in der Kirchenbank von St. Clare gesessen und den Gottesdienst über sich ergehen lassen. Mit vierzehn hatte er sich dann endgültig geweigert, die Eltern weiterhin zu begleiten, und damit war für ihn die Sache erledigt gewesen. Soweit Amelia wußte, hatte er danach nur noch ein einziges Mal einen Fuß in eine katholische Kirche gesetzt, und das war bei ihrer Hochzeit mit Roger gewesen. »So hat er sich ausgedrückt«, sagte Martha dann. »Aber ich glaube, er meinte, er käme gerade aus einer Kirche.«

»Trotzdem ...«

»Ich weiß. Garth in der Nähe von Weihwasser – das grenzt an ein Wunder.«

»Wo wohnt er denn jetzt?« fragte Amelia, die die Neuigkeit nicht wenig überrascht hatte. Sie wunderte sich, warum Garth sie nicht angerufen hatte. Wenn er lange Zeit nichts von sich hatte hören lassen, verfuhr er immer nach demselben Schema: Erst rief er Martha an, dann Amelia. Dann tauchte er persönlich auf.

Aber eine *Kirche*?

Im Zusammenhang mit ihrem *Bruder*?

»Hat er nicht gesagt«, entgegnete Martha. »Aber du kennst ja Garth ...«

Ich habe ihn gekannt, dachte Amelia, während sie ihrer Mutter Kaffee nachschenkte.

Ich habe ihn einmal gekannt ...

Diesem *Tiger sollten Sie besser aus dem Weg geben*. Das Gerücht will wissen, daß seit einiger Zeit auf den Straßen von Cleveland besonders gefährliches Heroin vertrieben wird. Der Stoff ist in weiße Briefchen verpackt, die alle ein unverwechselbares Kennzeichen tragen: den Gummistempelabdruck eines roten Tigers auf der einen und den eines blauen Affen auf der anderen Seite. Sie halten das für ein Zeichen von Kreativität? Nun, unseligerweise war hier auch ein äußerst kreativer Alchimist am Werk. Dieses Tigerdope ist nämlich viel zu rein und hat auch bereits erste Todesopfer gefordert. Wenn Sie schon einmal die Büroräume des *Chronicle* besucht haben, dann wissen Sie sicher, daß keiner der dort Angestellten sich anmaßen würde, Ihnen den Konsum illegaler Substanzen zu untersagen. Wir raten Ihnen lediglich, von dieser Droge die Finger zu lassen. Schließlich sind wir auf unsere Leser angewiesen.

NICHOLAS STELLA

5.

Nachts arbeitete sie in der Opiumhöhle in der East 30th Street, und tagsüber besuchte sie vermutlich eine Berufsschule, dachte er. Er hatte sie gesehen, als er sich bei Rat Boy Stoff besorgte, aber sie hatte *ihn* natürlich nicht bemerkt.

Er machte sich immer ganz klein und unauffällig, wenn er seine Drogen erwarb.

Das Mädchen schlenderte die Fourth Street hinauf. Offensichtlich hatte sie keine Verabredung, sondern trödelte nur herum, betrachtete die Schaufenster und schlug die Zeit tot. Inmitten der um sie herumwogenden Menschenmenge wirkte sie wie eine schmächtige, verwahrloste Streunerin.

Noch in derselben Minute, in der er sie im vollen Sonnenlicht sah, wußte er, daß er sie zu seinem Geschöpf machen würde.

Er löste sich aus dem Hauseingang und vertrat der jungen Frau den Weg. Sie war neunzehn und trieb sich oft genug auf der Straße herum, um sofort zu erkennen, daß er etwas von ihr wollte, und dementsprechend zu reagieren. Hand auf die Umhängetasche, ein Bein fluchtbereit vorgestreckt, Blick gesenkt. Großstädtische Überlebenstaktik.

»Hi«, sagte er, ihr immer noch den Weg versperrend.

»Hi«, antwortete sie. Trotz des starken Make-ups schimmerte das Dorfmädchen aus Pennsylvania durch. Neben der äußeren Ecke ihres rechten Auges prangte eine Tätowierung: ein winziger Schmetterling.

»Wie heißt du denn?« wollte er wissen.

Sie trug enge schwarze Jeans und eine blaue lederne Motorradjacke, dazu kniehohe schwarze Wildlederstiefel. Ihr Haar fiel ihr in einem wilden Gemisch aus blonden, braunen und rostroten Strähnen über die Schultern, und einige lose Ponyfransen hingen ihr bis in die Augen. Sie versuchte, an ihm vorbeizukommen, aber er ragte wie ein Fels vor ihr auf und füllte den Bürgersteig aus. Als sie erkannte, daß sie nicht an ihm vorbeikommen würde, beschloß sie, sich mit seiner Gegenwart abzufinden.

»Ich heiß' Taffy«, sagte sie leise. »Und du?«

»Mac.«

»Oh ... okay.«

»Was dagegen, wenn ich dich ein Stück begleite, Taffy?« fragte er.

Sie musterte ihn von Kopf bis Fuß. »Wir leben in einem freien Land, denke ich.«

Schweigend gingen sie eine Weile nebeneinander her. Der Gestank von Dieselabgasen mischte sich mit dem Duft von Tomatensauce und Knoblauch, der aus der Pizzeria an der Ecke kam, und mit dem Parfüm des Mädchens; einem Parfüm, das ein bißchen zu teuer für sie zu sein schien. Vielleicht war es eine Duftprobe gewesen, so wie man sie oft in Zeitschriften findet, oder sie hatte es in einem Kaufhaus mitgehen lassen. Rapmusik dröhnte aus einem Perückenladen. Taffy brach das Schweigen als erste. »So ... und was hast du heute noch vor, Mac?«

»Ach, alles mögliche, Taffy«, erwiderte er. »Wichtige Dinge.«

»Tatsächlich? Demnach bist du wohl ein bedeutender Mann?«

»Ganz recht«, gab er zurück. »Ich bin ein bedeutender Mann, und vor mir liegen bedeutende Aufgaben.«

Sie lächelte, was sie jünger erscheinen ließ. Wie Siebzehn vielleicht. Wie eine Schülerin der Highschool. Jünger als Julia jedenfalls. »Ah ja? Und was für bedeutende Aufgaben, wenn ich fragen darf?«

Zwischen den Vorderzähnen hatte sie eine kleine Lücke, die ihm sehr gefiel. »Man könnte sagen, ich muß mich um ein paar Angelegenheiten kümmern. Ich gehöre zu den Menschen, die keine unerledigten Sachen in ihrem Leben dulden.«

»Erzähl mir mehr davon.« Taffy wirkte plötzlich ein wenig aufgeschlossener. »Ich bin nämlich genauso.«

»Wirklich? In welcher Hinsicht denn?« Er bot ihr eine Zigarette an. Sie nahm sie, blieb stehen und gestattete ihm, ihr Feuer zu geben.

»Nun ... hauptsächlich, was Männer betrifft«, sagte sie. Sie bogen gemächlich um die Ecke und wandten sich Richtung Osten. »Ich kann erst dann was mit einem neuen Typen anfangen, wenn die alte Beziehung endgültig abgehakt ist. Aus und vorbei, verstehst du? Und damit meine ich nicht die Phase, in der man sich noch Karten schreibt oder den anderen mitten in der Nacht anruft, nur um seine Stimme zu hören. Ich meine den unwiderruflichen Schlußstrich. Ob du's glaubst oder nicht, manche meiner Freundinnen können sich erst dann endgültig von einem Kerl trennen, wenn sie den nächsten schon an der Angel haben. Aber ich nicht. Ich kann das nicht. Bin eben anders.«

»Hast du denn viele Freunde, Taffy?«

»Hah!« machte sie verächtlich. »Heutzutage trifft man doch nichts Gescheites.«

»Ehrlich? Ein hübsches Mädchen wie du?«

Taffy lächelte leicht, so daß ihre Zahnlücke sichtbar wurde. »Jede Wette, daß du das zu allen Mädchen sagst.«

»Nur zu den hübschen.«

Taffy kicherte. »Das sagst du garantiert auch jedes Mal.«

An der Ecke 14th Street und Prospect blieben sie an der Ampel stehen.

»Hast du Hunger?« fragte Mac.

Taffy lächelte und schnippte ihren Zigarettenstummel in den Rinnstein, dann blickte sie mit gespielter Schüchternheit auf ihre Uhr. »Ich könnt' schon einen Happen vertragen.«

Die nordöstliche Ecke der geräumigen zugigen Etage war mit zwei Bahnen weißer Leinwand abgeteilt, die von der hohen Decke herabhingen und so einen quadratischen, ungefähr drei mal drei Meter großen Raum im Raum schufen, dessen Fenster auf die Euclid Avenue hinausgingen. Vom anderen Fenster aus blickte man auf eine kleine Seitenstraße. Gott sei Dank gab es Raumstrahler, dachte Taffy.

Zehn Stockwerke unter ihnen brandete der Feierabendverkehr.

Obwohl sie selbst niemals offiziell an einem College eingeschrieben gewesen war, hatte Taffy Ann Kilbane, früher wohnhaft in East McKeesport, Pennsylvania, so manche Studentenparty besucht, seit sie im zarten Alter von sechzehn Jahren in einem Continental-Trailways-Bus nach Cleveland gekommen war. Daher erkannte sie im selben Moment, als sie die Leinwand beiseite schob, was sie vor sich sah. Grundriß und Anordnung der Möbel verrieten alles. Das Gesamtbild erschien ihr zuerst ein bißchen fehl am Platz. Es war bestimmt nicht das, was sie hinter der Leinwand vermutet hatte, nichtsdestotrotz ließ sich nicht leugnen, um was es sich handelte.

Es war ein Wohnheimzimmer, das Zimmer eines *Mädchens.* Ihr kam es so vor, als hätte ihr neuer Freund Mac in einer Ecke der obersten Etage eines leerstehenden Lagerhauses die detailgetreue Kopie eines Studentenwohnheimzimmers aufgebaut. Ein einzelnes Bett, Schreibtisch, Garderobe, kleiner Kühlschrank, Kochplatte und tragbarer Fernseher.

Über dem Bett und an der Wand hingen Poster, die allerdings alles andere als aktuellen Datums waren. Eines zeigte Robert Redford in einer Szene aus seinem Film *Zwei Banditen*, ein anderes einen babygesichtigen Al Pacino in *Der Pate*.

Taffy ging neugierig zu dem L-förmigen Schreibtisch hinüber. Er war aus diesem hellen Kiefernholz gefertigt, das in den fünfziger und sechziger Jahren so beliebt gewesen war und das sie immer an das Haus ihrer Großmutter in Meadville erinnerte. Der Schreibtisch stand an der Wand in der Ecke, direkt unter den beiden Fenstern. An einem Ende entdeckte sie ein angelaufenes Silbertablett voller Kosmetikartikel: einen Pinsel, flüssiges Make-up, eine Puderdose, eine Auswahl an Lidschatten, eine Pinzette und eine halbvolle Flasche Ambush-Eau de toilette. Von einem Duft dieses Namens hatte sie noch nie gehört. Es sah alt aus, so wie all die anderen Sachen auf dem Tablett. Die angeschlagene Glasflasche wies einen schmierigen Fettfilm auf, als wäre sie jahrelang in einem Kosmetikbeutel aus Plastik in irgendeinem feuchten Raum aufbewahrt worden. Auf der rechten Seite des Schreibtisches stand ein altmodischer Plattenspieler, daneben lag ein Stapel Schallplatten. Taffy begann, sie zu durchsuchen. Sie waren samt und sonders eher von der spießigen Sorte und unzweifelhaft schon viele Jahre alt. Die Allman Brothers. Die Carpenters. *Frampton comes alive.* Nun, wenigstens sah es so aus, als wäre wenigstens eine annehmbare Scheibe dabei. *Saturday Night Fever.* Taffys Mutter hatte den Soundtrack dieses Films ständig gedudelt, als Taffy noch klein gewesen war. Sie nahm die Platte aus der Hülle, legte sie auf den Teller und stellte den Plattenspieler an. Kurz darauf drang Barry Gibbs Stimme durch den Raum, was ihr ein merkwürdiges Gefühl der Sicherheit verlieh.

Sie nahm die Kleider, die Mac ihr gegeben hatte, und verzog sich damit in eine Ecke des provisorischen Raumes, wobei sie insgeheim rätselte, ob dieser Typ wohl zu der voyeuristischen Sorte gehörte. Nicht, daß sie das sonderlich gestört hätte. Die Hundertdollarnote, die er ihr zugesteckt hatte, während sie in dem wackeligen Lastenaufzug nach oben zuckelten, garantierte ihm die Erfüllung all seiner Wünsche innerhalb der nächsten Stunden, abgesehen von Perversitäten natürlich. Und für einen älteren Freier war er wirklich gar nicht so übel.

Wenn er darauf stand, Mädchen beim Kleiderwechsel zu beobachten, dann gab es hier wahrlich genug Ecken, wo er sich verbergen konnte. Trotzdem beeilte sie sich, ihren Oberkörper so schnell wie möglich wieder zu bedecken.

Sie mußte jedoch zugeben, daß ihr die Sachen ausnehmend gut gefielen. Sie begeisterte sich ohnehin für diesen Siebziger-Jahre-Look, und diese Kleidungsstücke waren ein echter Hammer. Verwaschene enge Jeans mit Schlag, ein weißes Wickeltop und weiße Stiefel. Die Jeans saßen ziemlich stramm, aber sie glaubte nicht, daß Mac dagegen Einwände erheben würde. Sie hielt ihn für den Typ Mann, der auf knallenge Jeans stand.

Langsam ging sie zu dem mannshohen Drehspiegel; einer echten Antiquität. Obwohl das Glas an einigen Stellen schon blind war, konnte sie ihr Ebenbild deutlich erkennen. Sie sah toll aus! Das Wickeltop endete knapp unter ihren Brüsten und schob sie leicht nach oben, so daß ihr Busen üppiger wirkte, als er in Wirklichkeit war.

Sie holte gerade ihre Haarbürste aus ihrer Handtasche und fuhr sich damit durchs Haar, als Mac die Leinwand zur Seite schob und den Raum betrat. Er hielt eine Flasche Wein und zwei Gläser in der Hand.

Mac hatte seine Kleider nicht gewechselt, er trug immer noch dunkelblaue Cordhosen, weiche Timberland-Schuhe und ein weißes Hemd mit aufgekrempelten Ärmeln. Taffy bemerkte, was für kräftige Oberarme er hatte, obwohl eine kleine Tischlampe die einzige Lichtquelle im Raum bildete. An den Fenstern gab es weder Rolläden noch Vorhänge, so daß die Bremsleuchten der Autos unten auf der Straße immer wieder einen gespenstischen orangeroten Schein über die Gebäude am Straßenrand warfen.

Mac setzte sich neben sie auf das Bett und reichte ihr ein Glas Wein. Sie stießen miteinander an und tranken einen Schluck. Es lag eine gewisse Spannung in der Luft. Taffy spürte, wie der Wein eine angenehme Wärme in ihrem Inneren verbreitete und wünschte, sie hätte einen Joint dabei. Schließlich beschloß sie, daß es an der Zeit wäre, Konversation zu betreiben, und dieser merkwürdige Ort, dieser Raum aus einer anderen Welt, war das einzige Gesprächsthema, das ihr einfallen wollte. »Wohnst du hier?«

»Nicht auf Dauer«, erwiderte Mac. »Ich habe noch eine andere Unterkunft.«

Sie nickte, nippte an ihrem Wein und deutete dann auf die Flasche auf dem Schreibtisch. »Spanada?«

»Ja«, bestätigte er so prompt, als habe er auf diese Frage gewartet.

»*Spanada*?«

»Ja, wieso? Schmeckt er dir nicht?«

»Heiliger Strohsack! Wo hast du denn dieses Zeug her?«

»Aus der Getränkeabteilung des Supermarktes natürlich.«

Sie warf ihm einen skeptischen Blick zu und trank noch einen Schluck. »Ich weiß nicht so recht ...« Dann nahm sie die Flasche in die Hand und studierte das verblaßte Etikett. »Ich hab' in meinem Leben schon `ne Menge billigen Wein gekauft, weißt du? Als ich ungefähr dreizehn war, hab' ich mir einen gefälschten Ausweis zugelegt und damit so ziemlich alles durchprobiert, was man sich nur denken kann. Aber diese Marke habe ich noch in keinem Regal gesehen.«

»Du gehst eben nicht in die richtigen Geschäfte.«

»Aber ich werde dir verraten, wo ich diesen Wein gesehen habe«, fuhr Taffy fort. »Auf alten Fotos von Partys, die meine Mutter früher gegeben hat. Da standen Spanada-Flaschen auf dem Tisch, und da lagen auch Platten von den Allman Brothers herum. Genau wie hier.«

»Halt mir einfach zugute, daß ich ein nostalgisch veranlagter Typ bin, Taffy«, erklärte er, rückte näher an sie heran und nahm ihr die Flasche aus der Hand, um ihnen beiden nachzuschenken. »Ich umgebe mich gern mit greifbaren Erinnerungen an eine sehr schöne Zeit meines Lebens.« Er verkorkte die Flasche wieder. »Was ist denn daran so schlimm? Darf man nicht die guten alten Zeiten ab und an wieder aufleben lassen?«

»Hey ...« Taffy hob die rechte Hand, als ob sie einen Eid leisten wollte. »Jeder muß nach seiner Fasson selig werden, nicht wahr?«

»Du sagst es.« Wieder stießen sie miteinander an.

Taffy fuhr fort: »Aber beantworte mir eine Frage, okay, Mac?«

»Sicher.«

»Wir trinken jetzt nicht gerade zwanzig Jahre alten Wein, oder?«

Er mußte lachen. »Natürlich nicht.«

»Ich meine, mich ekelt es bei dem Gedanken, daß ich womöglich irgendwelche merkwürdigen Protozoen mit hinunterschlucke, die sich in einer zwanzig Jahre alten Flasche Wein entwickelt haben«, gestand Taffy, die damit unbewußt ihre gute Schulbildung unter Beweis stellte. Tatsächlich hatte sie gerade in Biologie eine sehr hohe Punktzahl erreicht.

»Keine Angst. Ich hänge eben irgendwie an dieser alten Flasche. Aber der Wein, den wir trinken, ist ganz frisch, das schwöre ich dir.« Er hob sein Glas an die Lippen und nahm einen weiteren tiefen Schluck.

Taffy blickte auf die Uhr und deutete auf den Fernseher. »Können wir uns die Nachrichten ansehen?« bat sie. »Ich halte mich gern auf dem laufenden, weißt du?«

»Klar«, antwortete er. »Such dir einen Kanal aus. Der Einschaltknopf ist da an der Seite. Tu dir keinen Zwang an.«

Sie erhob sich vom Bett, ging quer durch den Raum zum Schreibtisch, brachte die Bee Gees zum Schweigen und stellte dann den Fernseher an, ein altes Schwarzweißgerät mit einem Dreizehn-Zoll-Bildschirm und einem beigefarbenen Plastikgehäuse. Noch so ein altertümliches Stück. Einige Knöpfe fehlten bereits. Nach ein paar Sekunden war der Apparat warm geworden, und der Empfang war überraschend gut.

»Was ist das denn? Wo ist Dan Rother?« fragte Taffy, an ihrem Wein nippend.

»Das ist Walter Cronkite. Er verliest die Nachrichten.«

Taffy musterte ihn von der Seite. »Ich glaube, du irrst dich. Dan Rother ist der Nachrichtensprecher auf diesem Kanal. Ich bin doch nicht blöd.«

»Na, dann ist eben Walter heute abend für Dan eingesprungen.«

»Ich weiß zufällig auch, wer Walter Cronkite ist, mein Lieber. Und der ist mittlerweile ein gutes Stück älter. Schau dir doch mal seine Brille an. Kein Mensch trägt heutzutage noch so eine Brille. Um ehrlich zu sein, ich bin mir gar nicht sicher, ob er überhaupt noch lebt. Das muß eine Aufzeichnung sein.«

Sie wechselte zu Kanal Fünf, wo Frank Reynolds gerade einen Werbeblock ankündigte. »... *und in ein paar Minuten sind wir mit weiteren Nachrichten des Tages wieder für Sie da.*«

Dann kam ein Programmhinweis: »... *heute abend folgt auf Kanal Fünf um acht Uhr Acht gewinnt, danach unsere Serie* Drei Engel für Charlie *um neun, um zehn Uhr ist Robert Blake wieder* Baretta ... *und bleiben Sie bitte am Apparat, denn um elf Uhr können Sie auf Kanal Fünf noch einmal die Nachrichten, das Neueste vom Sport und den Wetterbericht verfolgen.*«

Dann Kanal Drei. John Chancellor.

»Sind das etwa alle Kanäle? Hast du denn keinen Kabelanschluß?« erkundigte sich Taffy.

»Noch nicht«, entgegnete er.

Sie ließ Kanal Drei an und setzte sich wieder auf das Bett.

John Chancellor sagte gerade: »... *und zur allgemeinen Überraschung stimmte Präsident Carter heute im Weißen Haus einem Gesetzentwurf zu, obwohl ein Veto seinerseits in Washington beinahe als sicher galt.*«

Taffy leerte ihr Glas und schenkte ihnen beiden Wein nach, dann wechselte sie wieder den Sender. Zurück zu Cronkite, der mit den Worten schloß. *»Heute ist der achtundzwanzigste Oktober 1978. Guten Abend, meine Damen und Herren.«*

Taffy blickte ihn an. In ihren klaren blauen Augen flackerte Verwirrung auf. »Du bist ein sehr merkwürdiger Mensch, Mac«, sagte sie langsam.

Dann stand sie auf, ging durch den Raum und schaltete den Fernseher aus. Sie legte eine Peter Frampton-Platte auf, drehte die Musik laut und begann, durch den Raum zu tanzen. Dabei spielte sie mit der Schleife vorne an ihrem Wickeltop herum. »Hast du zufällig ein bißchen Gras da, Mac?«

Mac strich mit der Hand an seiner Seite entlang, und wie durch Zauberei lag plötzlich ein Joint darin. Lächelnd zündete er ihn an und reichte ihn ihr.

Sie nahm ein paar Züge, gab ihm den Joint zurück und fuhr fort, durch den Raum zu wirbeln, wobei sie sich mit beiden Händen einladend durch das Haar und über ihren Körper strich. Taffy hatte in einem Club in der West 25th getanzt, der sich Iron Gate nannte. Sie war zwar nur drei Tage dort gewesen, hatte aber sehr schnell gelernt, worauf es ankam. Sie kannte die einschlägigen Tricks. »Hey, Seemann«, lockte sie, sich zwischen seine Knie drängend, während er noch auf dem Bett saß. »Hast du Lust auf'n bißchen Spaß?«

Sie trat einen Schritt zurück, löste die Schleife und ließ das Wickeltop über ihre Schultern und Arme gleiten, bis es schließlich zu Boden fiel. Ihre Brüste waren klein und fest, und sie war sehr stolz darauf. Seit ihrem vierzehnten Lebensjahr hatte Taffy Kilbane ihre T-Shirts immer eine Nummer zu eng getragen. Jeder Junge hatte hingesehen. Jeder Mann übrigens auch.

Mac streifte sein Hemd ab und wollte nach ihr greifen, doch sie entwand sich ihm lächelnd und vollführte noch ein paar Tanzschritte. »Wow«, meinte sie dann. »Hübsches Tattoo.«

Statt einer Antwort packte er sie und zog sie an sich. Taffy leistete keinen Widerstand. Als sie dicht vor ihm stand, spürte sie seinen heißen Atem auf ihrem Bauch. Seine Zunge tauchte in den Bund ihrer Jeans und fuhr, eine glühendheiße Spur hinterlassend, über die weiche Haut bis zur Rundung ihrer linken Hüfte.

Taffy Kilbane schnurrte vor Vergnügen. »Du bist ein ziemlich ungezogener Junge, Mr. Mac.«

Er löste ihren Gürtel und zog langsam den Reißverschluß auf.

»Ich weiß, was du willst«, sagte sie.

Er öffnete ihre Jeans, spielte mit der Zunge um ihren Bauchnabel, dann hob er sie hoch und ließ sie sanft auf das Bett sinken. Unter seinen ausgebeulten Cordhosen zeichnete sich seine beginnende Erektion deutlich ab, was Taffy nicht entging. Sie streckte die Hand aus und begann, ihn durch den Stoff hindurch sacht zu massieren.

»Julia«, stöhnte er, die Augen halb geschlossen.

Sie sah ihn an, bemerkte, daß seine Gesichtszüge ganz weich geworden waren, und verstand augenblicklich. Alles paßte zusammen, das nachgestellte Wohnheimzimmer, die Kleider, der Wein, die Musik. Er wollte, daß sie in eine andere Haut schlüpfte, den Platz einer ganz bestimmten Frau einnahm. Sie hatte solche Männer schon früher getroffen; Männer, die nie über den Verlust einer großen Liebe hinweggekommen waren; Männer, die ihr Leben lang nach dem Ebenbild dieser Frau suchten. Ihr war zwar noch nie jemand begegnet, der so von einer Idee besessen war wie Mac, aber das Grundschema kannte sie. Sie war schon einmal Peggy gewesen, einmal Rosemary. Also warum nicht Julia?

Sie zog seinen Reißverschluß auf, öffnete seinen Gürtel. Als sie seine Hosen herunterstreifte, war sein Glied bereits steif und prall, und ihr fiel sofort auf, daß er zumindest in einer Hinsicht überdurchschnittlich gut ausgestattet war. Voller Vorfreude kniete sie sich über ihn. »Mac ...«

Eine Stunde später sagte er, daß er sie liebte. Da hatte Taffy gerade den Höhepunkt erreicht und saß nackt auf der Fensterbank, die erhitzte Haut gegen die von der Kälte der Oktobernacht beschlagene Scheibe gepreßt, während sich ihre befriedigten Seufzer mit den Geräuschen der tief unter ihr liegenden Straße vermischten.

Fünf Meter über ihren Köpfen zeichnete die an der Decke angebrachte Überwachungskamera das Geschehen auf – leise, wachsam und unbeteiligt.

Um halb elf verließ Taffy Kilbane das Lagerhaus und bestieg ein Taxi. Eine zweite Hundertdollarnote knisterte in ihrer Tasche, und ein ganz bestimmter Auftrag hatte sich unauslöschlich in ihr Gedächtnis eingebrannt. Sie würde sofort anrufen, sobald ein neues Gesicht bei Ronnie Choi auftauchte. Ronnie Choi wußte zwar nichts von den Jaguar- und Affensymbolen, aber er konnte Mac jederzeit bei einer Gegenüberstellung identifizieren. Falls es einmal dazu kommen sollte.

Und er gedachte dafür zu sorgen, daß dieser Fall nie eintreten würde.

Er beschloß, noch nicht nach Hause zu gehen. Zu Hause war er im Moment ein Niemand, eine unbedeutende Existenz, die in einer lieblosen Umgebung ihr ödes Dasein fristete.

Aber hier, in seinem kleinen Reich hoch oben über der Stadt, umgeben von hochmoderner, leistungsfähiger Elektronik – seinem Computer nebst Modem und Scanner – war er eine *Persönlichkeit*. Er nahm vor seinem Laptop Platz, dessen irisierender Bildschirm nun die einzige Lichtquelle im Raum bildete, und rief die Fotos ab, die er vom Jahrbuch in den Computer eingescannt hatte. Die schwarzweißen, grinsenden Gesichter unter den viereckigen Kappen wirkten in ihrer Jugend, ihrer hoffnungsfrohen Erwartung geradezu pervers.

Die verbleibenden Mitglieder der Querdenkerloge; so, wie sie 1978 ausgesehen hatten.

Macavity, Macavity, `s ist keiner wie *Macavity* ...

Er blickte auf die Kreditkartenquittungen, die er aus Geoffrey Coldicotts Mülleimer gefischt hatte. Drei davon stammten aus Shenanigans Nachtclub in der Nähe des Flughafens. Alle waren spät in der Nacht ausgestellt worden. Er beschloß, lieber auch diese Quittungen in den Computer einzuscannen, um sie auf dem Bildschirm in vergrößerter Version genauer zu studieren. Außerdem begannen sie, einen unangenehmen Geruch zu verbreiten. Geoffrey hatte eine Vorliebe für Räucherfisch, kaufte aber immer zu große Mengen davon.

Er legte die Quittungen mit der Schrift nach unten auf seinen Scanner und schaltete ihn just in dem Augenblick ein, in dem zwanzig Meilen südöstlich von ihm ein anderer Computer zum Leben erwachte und seine Daten mit der gleichen Geschwindigkeit durch die Schaltkreise schickte, mit der ein Blitz über den Cuyahoga River zuckte.

6.

Amelia saß vor ihrem Computer und klickte das Symbol an, unter dem *World Online* stand. Sofort setzte das Gerät mit einem metallischen Surren seinen Arbeitsprozeß in Gang, und nach wenigen Sekunden hörte sie, wie das Modem einen Anschluß anwählte. Danach ertönte jenes seltsame Geräusch, mit dem sich ein anderer Computer zuschaltete.

»Sie haben eine neue Nachricht«, sagte ihr Computer – und zwar laut.

Amelia schrak zusammen.

»Was zum Teufel ist denn in dich gefahren?« schimpfte sie, beide Hände vor die Brust gepreßt. Noch nie hatte ihr Computer ein anderes Geräusch von sich gegeben als das gelegentliche *Kling*, mit dem er anzeigte, daß ein Vorgang beendet war, und auf einmal sprach er sie mit einer Frauenstimme an!

Nachdem sie ihre Fassung zurückgewonnen hatte, war sie imstande, ihre e-mail abzurufen.

Es handelte sich um fünf Seiten voller Unsinn. Zahlen, Symbole und äußerst merkwürdige Schriftzeichen.

Auf den ersten Blick sah es so aus, als ob einiges davon aus dem Russischen stammen könnte. Aber Amelia war sich nicht sicher, ob die Russen sich wirklich so seltsamer Schriftzeichen bedienten. Vielleicht war es Arabisch. Oder Hebräisch. Oder Griechisch. Sie hatte noch nie etwas Vergleichbares gesehen.

Es gab keine Absätze, keine Einzüge, keine erkennbaren Worte, ganz zu schweigen von Sätzen. Eines der Schriftzeichen sah aus wie ein umgedrehtes Q.

Das ist kein Russisch, dachte Amelia, als sie den Befehl Drucken eingab, um die Nachricht ausdrucken zu lassen.

Das ist *marsianisch*.

VIER

DIE UNTERWELT

1.

Die Uhr zeigte zwanzig nach sechs am frühen Morgen. Nicky stand vor dem Eingang von Volk's Jewellers auf der Prospect Avenue und beobachtete die sich allmählich belebende Straße. Gähnend nippte er an seinem Kaffee. Diese ewige Herumsteherei gehörte zu den Nachteilen seines Jobs. Ständig wartete er auf irgend jemanden. Oder darauf, daß etwas geschah.

Aber wie immer verlieh ihm das erwachende Jagdfieber neue Energie. Vielleicht gelang ihm ja diesmal der ganz große Wurf. Eine Story, vom Standpunkt eines Dealers aus erzählt.

Er schloß die Augen, lehnte sich gegen das Schaufenster und stellte sich seinen Namen unter einem Artikel im *Esquire, GQ, Playboy* oder *The New Yorker* vor …

Fünf vor halb sieben. Gil Strauss betrat die Pfarrei St. Francis durch die Hintertür, wie er es seit vielen Jahren an jedem Werktag im Herbst und Winter tat, um die Sakristei zu heizen und alles für den Priester vorzubereiten, der die Sieben-Uhr-Messe las. Der Himmel war wolkenverhangen, Schnee lag in der Luft, und Gil brachte einen kalten Luftzug mit in das Gebäude, der ihm zu folgen schien, als er den langen, dunklen Flur entlangging, der zur Kirche führte.

Dunkel wie immer, abgesehen von …

Abgesehen von dem schwachen Lichtstrahl, der an diesem Morgen aus einem der leeren Räume drang, dem Zimmer, das eigentlich für Vater Angelino vorgesehen gewesen war. Gil bog um die Ecke, stieß die Tür auf und sah eine Gestalt neben dem Fenster stehen.

»Guten Morgen, Gil«, sagte sie, ohne sich umzudrehen.

»Guten Morgen, Vater LaCazio. Wieso sind Sie denn so früh …«

»Ein Priester hinterläßt auf dieser Erde nicht viel, Gil.«

»Wie bitte, Vater?«

Langsam drehte sich Joseph, eine Zigarette in der Hand, zu ihm um. Er deutete auf die beiden großen Pappkartons auf dem Bett. Die Laschen waren hochgeklappt; entweder waren sie gerade erst gekommen und geöffnet worden, oder aber sie sollten zugeklebt und weggeschickt werden.

Schüchtern fragte Gil: »Sind das Vater Angelinos Habseligkeiten?«

»Ja. Sie sind gestern aus St. Michael eingetroffen.«

»Ist das alles?«

»Ja«, bestätigte Joseph. »Zwei Kartons. Sie enthalten alles, was er besaß. Er hat zweiundvierzig Jahre auf dieser Erde gelebt, hat Tausenden von Menschen geholfen, und alles, was von ihm bleibt, sind zwei Kartons voller Krimskrams.«

»Aber ein Priester soll ja auch keine Reichtümer ...«

»Zwei Kartons. Sein ganzes Leben paßt bequem in den Kofferraum eines mittelgroßen Wagens.« Joseph öffnete das Fenster einen Spalt. Ein kühler Windzug wehte durch den Raum. »All das geht jetzt an seine Schwester Carmen.«

»Soll ich das in die Wege leiten?« erbot sich Gil.

Joseph schwieg ein paar Minuten. Er schnippte seinen Zigarettenstummel aus dem Fenster und schloß es wieder. »Mal sehen«, erwiderte er dann. »Vielleicht erledige ich das auch selber. Ich fahre nach der Messe ohnehin weg. Ich sag' Ihnen Bescheid.«

»Lassen Sie mich das lieber machen«, meinte Gil. »Sie haben's doch im Kreuz und all das. Sie sollten lieber nicht ...«

Er trat einen Schritt auf die Kartons zu und wollte danach greifen, aber Joseph hinderte ihn mit einem Blick daran. »Ich sage Ihnen Bescheid, Gil«, wiederholte er leise. »Nach der Messe.«

»Okay, Vater«, sagte Gil, blieb stehen und tippte vielsagend auf seine Uhr. »Da wir gerade von der Messe sprechen ...«

Joseph vollführte eine geistesabwesende Handbewegung in Gils Richtung. »Ich komme gleich.«

Gil zögerte kurz, dann verließ er den Raum. Das letzte, was er hörte, als er die Stufen zur Sakristei emporstieg, waren die leise gesummten Töne eines Spirituals, das Vater LaCazio besonders liebte.

Um halb sieben blickte Nicky von seinem *Plain Dealer* auf und sah, wie Beverly versuchte, die Straße zu überqueren. Leichtfüßig wie eine Ballerina schwebte sie um die einzelnen Fahrzeuge herum und wartete dann einen Moment, um einen Bus vorbeizulassen. Beverly war groß und bewegte sich anmutig. An diesem Morgen trug sie ein malvenfarbiges Bolerojäckchen aus Satin, einen kurzen schwarzen Rock, Nahtstrümpfe und Pumps mit gefährlich hohen Absätzen. Ihr dichtes schwarzes Haar hatte sie streng aus dem Gesicht gekämmt und mit großen afrikanischen Elfenbeinspangen festgesteckt. Ihr grelles Make-up wirkte theatralisch, ihre Beine waren perfekt geformt.

Beverly Ahn war eine explosive Mischung aus afrikanischem und asiatischem Blut; ein atemberaubender Transvestit Anfang Dreißig, eines der vielen exotischen Nebenprodukte des Vietnamkrieges, die nun zu Tausenden die großen Städte im Osten der Vereinigten Staaten bevölkerten. Sie hatte gerade ihren Dienst als Hostess im Shangri-La-Club in der West 25th Street beendet, einer hauptsächlich von Transvestiten besuchten Bar, die einerseits den wachsenden Bedürfnissen der Bevölkerung nach derlei Etablissements Rechnung trug, andererseits aber auch eine große Anzahl von Touristen anzog – Schwule, Heterosexuelle und alles, was so dazwischen lag. Nicky hatte einmal eine Artikelserie über Alternativbars verfaßt, wobei Beverly ihm als inoffizielle Führerin durch die Halbwelt gedient hatte. Seitdem waren sie befreundet und trafen sich immer mal wieder bei Konzerten, Filmfestivals und ähnlichen Veranstaltungen.

Nicky sah zu, wie Beverly über die Prospect Avenue stöckelte; ein schlankes, aufgeputztes Trugbild weiblicher Anmut und Ausstrahlung. Es gab eine ganze Reihe von

Gründen – wovon einer schlichtweg Respekt hieß – weshalb Nicky Beverly Ahn stets als Frau ansprach und sie dementsprechend behandelte.

»Hi, Hübscher«, begrüßte ihn Beverly. »Tut mir leid, daß ich so spät dran bin.« Sie trat auf den Bürgersteig und baute sich vor ihm auf. Sie überragte ihn gut um Haupteslänge.

Nicky spürte, wie er ob des Komplimentes leicht errötete, und unterdrückte sein Unbehagen. Er wußte nie so recht, wie er auf Schmeicheleien seitens anderer Männer reagieren sollte, besonders dann, wenn diese Männer spitzenbesetzte Unterwäsche trugen. »Guten Morgen, *bella, aura*«, erwiderte er. Er redete Beverly stets in verballhorntem Italienisch an, weil sie derartige Spielchen liebte. Und an diesem Morgen hielt Nicky es für ratsam, seinen Charme spielen zu lassen. Beverly Ahn verlor denn auch keine Zeit, dies zu würdigen.

»Du hast ja keine Ahnung, was ich durchmachen muß, wenn ich ihn dazu überreden will«, sagte sie. »Der Mann ist eine Bestie.«

»Nun«, begann Nicky, fieberhaft nach einer Möglichkeit suchend, sie zu beschwichtigen, »man nennt mich nicht umsonst den besten Raubtierbändiger jenseits der Euclid Avenue.«

Beverly funkelte ihn nur wütend an. »Und warum lasse ich mich dann schon wieder auf so eine riskante Sache ein?«

»Weil du mich magst. Weil ich der coolste weiße Junge bin, den du kennst. Und weil ich dich zum Dinner ausführe, wohin du willst. Aber erst in ein oder zwei Wochen.«

»Wohin ich will?«

»Yeah.«

»Du würdest mich in diesem Aufzug zu Sammy's mitnehmen?«

Merkwürdigerweise hegte Nicky diesbezüglich keine Skrupel. Seit den glorreichen Tagen, wo er mit seiner Rockband – Nicky Starr and the Constellation – aufgetreten war, kam er sich ohnehin so vor, als sei er dazu geboren, seine Mitmenschen zu schocken. »Aber Beverly, es wäre mir ein Vergnügen.«

Beverly kicherte. »Mach nur so weiter, Nicholas.« Sie wühlte in ihrer Handtasche herum, förderte eine Puderdose zutage, klappte sie auf und frischte ihr Make-up auf, ehe sie hinzufügte: »Aber behalt den Mistkerl für mich im Auge, okay, Süßer?«

Bei dem fraglichen Mistkerl handelte es sich um den chinesischen Ganoven namens Ronnie ›Rat Boy‹ Choi. Willie T. hatte Nicky eines Nachts bei Lancers auf ihn aufmerksam gemacht, und Nicky war als erstes aufgefallen, daß der Mann, was sein Äußeres anging, seinem Spitznamen alle Ehre machte. Willie hatte ihm auch von Chois Vorliebe für Transvestiten erzählt. Nicky vermutete, daß Choi vermutlich eher jüngere Vertreter dieser Gattung bevorzugte, war aber überzeugt, daß Beverly einige ganz spezielle Tricks auf Lager hatte. Was Nicky betraf, hatte sie es allerdings schon vor langer Zeit aufgegeben, ihn mit ihren Reizen ködern zu wollen. »Du brauchst überhaupt keine Angst zu haben«, versicherte er ihr.

»Ach ja?« erwiderte Beverly und hob eine elegant geschwungene Augenbraue. Dann griff sie nach Nickys Kaffeebecher und trank einen kleinen Schluck.

»Selbstverständlich nicht«, sagte Nicky mit soviel Überzeugungskraft, wie er aufbringen konnte. »Ich bin ja dabei. Alles, was du zu tun hast, ist, ihn dazu zu überreden, mir ein anonymes Interview zu geben. Eine Stunde, an einem Ort seiner Wahl. Keine Cops, keine Tonbandaufnahmen.«

Beverly verzog die Lippen, um Nicky zu verstehen zu geben, daß sie sich des Ernstes der Lage voll bewußt war. Niemand konnte sie vor einem Schlächter wie Rat Boy Choi beschützen. Im Drogenrausch war er imstande, ihr ohne besonderen Grund die Kehle von einem Ohr zum anderen aufzuschlitzen, zum Beispiel weil ihm ihr Parfüm nicht zusagte, oder weil ihm einfach nicht der Sinn nach einer männlichen Mulattenhure stand. Sie goß den Rest des abgestandenen, bitteren Gebräus in den Rinnstein. »Okay. Dann laß uns gehen.«

Nicky setzte sein charmantestes Lächeln auf, blickte gen Himmel, hakte sich bei Beverly ein und winkte ein Taxi herbei.

Elegant Linda's war eine Opiumhöhle im Erdgeschoß eines Lagerhauses der East 30th Street, Nähe Superior Avenue. Nachdem sie die Zustimmung der beiden hünenhaften Türsteher hinter der unauffälligen Eingangstür gefunden und im voraus bezahlt hatten, stiegen Nicky und Beverly eine lange, schmale Treppe hinunter, passierten zwei weitere Türen und gelangten schließlich in ein schwach erleuchtetes, ganz in Rot gehaltenes Gewölbe – roter Teppichboden, rote Tapeten, rote Decke. Die Sitzecke am Ende des Raumes, wo man Tee oder Cocktails zu sich nehmen konnte, während man wartete, bestand aus einem Sammelsurium nicht zueinander passender roter Möbel, kastanienbrauner Vorhänge und vergoldeter Spiegel. Zwei Männer saßen in einer Ecke, einer schwarz, einer weiß. Sie trugen identische Motorradjacken und verspiegelte Sonnenbrillen.

Im Gegensatz dazu waren die beiden Hostessen in züchtige pfirsichfarbene, bis zur Hüfte geschlitzte *cheongsams* gekleidet. Sie waren weiß, um die Zwanzig und aufgemacht wie Statistinnen in einer David-Lynch-Version der Pekingoper – hochgesteckte schwarze Haare, weißgepuderte Gesichter, leuchtendrot geschminkte Lippen. Sie schienen ständig in Bewegung zu sein, wiesen den Kunden die Opiummädchen zu und verteilten die Pärchen mit ruhiger, aber bestimmter Freundlichkeit auf die einzelnen Zimmer. Aus verborgenen Lautsprechern erklangen leise Panflötentöne.

Beverly sprach mit der hübscheren der beiden Hostessen, die eine kleine Schmetterling-Tätowierung neben dem rechten Auge hatte und fand ziemlich schnell heraus, welches Zimmer Rat Boy belegt hatte. Nicky hoffte nur, daß das Mädchen seine bereitwillig gegebenen Auskünfte nicht bereuen müßte. Wenige Augenblicke später wurden er und Beverly durch ein wahres Labyrinth von getäfelten Korridoren geleitet, zu deren beiden Seiten sich weitere Räume erstreckten. Ihre Führerin war ein etwa zwölf Jahre altes Chinesenmädchen, das den traditionellen *samfoo* trug, den schwarzen pyjamaähnlichen Hosenanzug Nordchinas. Es hatte eine lange Bambuspfeife und einen kleinen Lederbeutel bei sich. Auf dem Weg durch die Unterwelt konnte Nicky die typischen Geräusche dieses Gewerbes hören; das heisere Keuchen und Husten, das unzusammenhängende leise Gebrabbel. Trotz seiner wilden Jugend, trotz der fünf Jahre, die er am College verbracht hatte, und trotz der näheren Bekanntschaft mit einigen ziemlich skurrilen Typen, die er im Laufe seines Lebens gepflegt hatte, war Nicky mit diesem Bereich der Drogenszene bislang noch nicht in Berührung gekommen. Daher wußte er dementsprechend wenig darüber. Mehr als einmal mußte er sich ins Gedächtnis rufen, daß er sich mitten in der Woche in Cleveland befand, und daß in zwanzig Minuten die *Today*-Show im Fernsehen begann.

Als das Mädchen zu Rat Boys Klause kam, blieb es stehen und schlug die Augen nieder.

Nicky spähte durch die halb geschlossenen Vorhänge und sah Choi auf dem Rücken auf einer Bastmatte liegen. Sein enormer gelblicher Wanst und die feisten Schenkel wurden gnädigerweise von einem weißen Handtuch bedeckt. Ein junges Mädchen war gerade dabei, seine Pfeife neu zu stopfen. Rat Boys Pfeife war ein echtes Museumsstück, prächtig verziert, mit einem Mundstück aus Elfenbein und einem kunstvoll geschnitzten Stiel. In den großen metallenen Pfeifenkopf waren chinesische Schriftzeichen eingraviert.

Rat Boy hielt die Augen geschlossen, doch im Kerzenschein konnte Nicky erkennen, daß auf seinem Gesicht jenes unverkennbare leere Lächeln lag, das von jahrelangem Genuß der klebrigen braunen Paste herrührte. Er hatte die steinernen Züge des eingefleischten Opiumkonsumenten. Nicky entspannte sich ein wenig, da ihm klarwurde, daß Rat Boys

Reflexe in seinem momentanen Zustand vermutlich auf dem Nullpunkt angelangt waren.

Beverly betrat den kleinen Raum und sprach leise auf Rat Boys Mädchen ein, eine gleichfalls noch sehr junge Chinesin. Schließlich begriff die Kleine, was von ihr verlangt wurde, händigte Beverly widerwillig die Pfeife aus und zog sich in eine Ecke des Raumes zurück, wo sie sich mit untergeschlagenen Beinen auf dem Boden niederließ und mit stoischer Geduld darauf wartete, daß etwas schiefging. Sekunden später blinzelte Choi; offenbar spürte er die Gegenwart eines fremden Menschen im Zimmer. Er lächelte, als er die vor ihm stehende Beverly erkannte, wobei er eine Reihe unregelmäßiger gelblicher und silberner Zähne entblößte. Dann schob er das Handtuch beiseite, deutete erst auf seine Lippen und tippte dann sacht auf seinen schrumpeligen Penis.

Als Beverly sich mit gespreizten Beinen auf Rat Boys aufgeschwemmten Körper sinken ließ, ihm die Pfeife zwischen die Lippen schob und ein langes Streichholz anriß, um sie ihm anzuzünden, verzog sich Nicky unbemerkt in einen der leeren Räume. Das ihm zugeteilte Opiummädchen stand, die Pfeife in der Hand, auf der Schwelle. Sie war sichtlich nervös, weil sie nicht genau wußte, ob von ihr erwartet wurde, daß sie ihren Pflichten nachkam oder nicht. Nicky winkte sie zu sich, bedeutete ihr, neben ihm auf der Matte Platz zu nehmen, und bot ihr eine Zigarette an. Errötend lehnte sie ab und blickte zu Boden.

Nicky legte das Ohr an die dünne getäfelte Zimmerwand.

Er rauchte.

Und wartete.

Zwanzig Minuten später steckte Beverly den Kopf zur Tür herein und beorderte ihn mit einem Wink zu sich. Gemeinsam eilten sie durch die schmalen Korridore zurück, durchquerten die kleine Warteecke, huschten die Treppe empor und traten auf die East 30th Street hinaus.

Nach der dumpfen, engen Atmosphäre bei Elegant Linda's

empfand Nicky den Anblick des von Menschen wimmelnden Bürgersteiges, die Dieselabgase und den Lärm geradezu als Wohltat.

Während sie Richtung Euclid Avenue gingen, teilte Beverly ihm die schlechte Neuigkeit mit. Ronnie Choi verkaufte kein Heroin, das in mit Tiger- oder Affensymbolen bedruckte Briefchen verpackt war; und auch die anderen chinesischen Dealer taten es nicht.

Diese Zeichen, so hatte Choi Beverly erklärt, waren amerikanischen Ursprungs.

»Wann wirst du denn endlich seßhaft werden, Beverly?«

Sie standen an der Ecke East 24th Street und Euclid Avenue. »Vermutlich dann, wenn Männer wie du aufhören, auf meine Beine zu starren«, entgegnete Beverly. »Verstehst du, was ich meine? Heterosexuell veranlagte Männer.« Sie schob ihren ohnehin schon kurzen Rock noch ein Stückchen höher, was sofort die Aufmerksamkeit einer Horde Schuljungen erregte, deren Bus an der Ampel gehalten hatte. »Du schaust doch dauernd auf meine Beine, oder nicht?«

Nicky sah keinen Grund, dies abzustreiten. »Klar tu' ich das, Beverly. Du hast ja auch tolle Beine.«

Sie lächelte schief. »Für einen Mann, meinst du?«

»Nein«, sagte Nicky. »Jeder, ob Mann oder Frau, könnte stolz darauf sein. Himmel, Tina Turner hat nicht solche Beine wie du. Ganz ehrlich.« Er deutete auf die Jungen im Bus. »Die da scheinen der gleichen Ansicht zu sein.«

Beverly schaute auf und drohte den Jungen mütterlich mit dem Zeigefinger, woraufhin sich diese schleunigst in einem Gewirr aus weißen Hemden und schmalen schwarzen Krawatten wieder auf ihre Sitze verzogen. Dann sah sie Nicky wieder an. »Du bist süß«, sagte sie, ein vorbeifahrendes Taxi heranwinkend. »Aber ich weiß zufällig, daß du es faustdick hinter den Ohren hast.«

Sie stieg ein, zog die Autotür hinter sich zu und lächelte Nicky ein letztes Mal zu. Im hellen Morgenlicht bemerkte er, daß ihr Make-up feine Risse aufwies und die Fältchen um Augen und Lippen herum jetzt sehr viel deutlicher hervortraten als in dem dämmrigen Licht bei Elegant Linda's.

Aber noch ehe er weitere erschütternde Erkenntnisse hinsichtlich der Vergänglichkeit der Jugend und der grausamen Realität des Lebens verdauen mußte, reihte sich das Taxi in den morgendlichen Berufsverkehr ein und bewahrte zumindest für den Augenblick die Illusion, die Beverly Ahn, Chefhostess im Shangri-La-Club in der West 25th Street, so perfekt verkörperte.

2.

Taffy rief gegen Mittag an.

Er setzte den Mann an der Tür mit seinem Elektroschocker außer Gefecht; verpaßte ihm eine elektrische Nachricht, welche besagte, daß die Dienste seiner Gliedmaßen vorübergehend nicht benötigt würden. Dann schleppte er den Türsteher zum Fuß der Treppe, weg von den Fenstern, und nahm ihm bei der Gelegenheit gleich seine Handfeuerwaffe ab.

Aber gerade als er die Treppe hinuntergehen wollte, rührte sich der Mann schwach und griff instinktiv nach seinem nun leeren Holster, als wollte er sagen ... *gib' mir `nen Nachschlag, wer immer du auch bist ... ich bin noch nicht völlig hinüber ... siehst du nicht, daß ich für meinen Arbeitgeber noch nicht genug eingesteckt habe? ... immerhin zahlt mir der Kerl genug, daß ich mir Anzüge von Sears leisten und ab und zu eine der Huren auf der Carnegie beglücken kann ... bitte ... ich hab' noch nicht genug, Sir ...*

Mac erfüllte ihm seinen Wunsch. Er hielt sich, um das Gleichgewicht zu bewahren, am Geländer fest, holte mit dem rechten Fuß weit aus und traf den Mann mit dem Absatz seines schweren Stiefels mit solcher Wucht an der rechten

Kinnlade, daß sich ein paar Zähne aus dem Kieferknochen lösten und leise klappernd über den staubigen Holzfußboden kullerten. Ein Blutstrom ergoß sich aus dem Mund des Mannes, dann blieb er regungslos liegen.

Mac stieg die Treppe zu Ronnie Chois Kammer hinunter.

Fünf Minuten später kam er zurück und trat auf die Straße hinaus. Er hatte Ronnie Choi schlafend, völlig wehrlos vorgefunden. Als er Mac gesehen hatte, hatte er um sein Leben gebettelt.

Doch da war er bei Mac auf taube Ohren gestoßen.

Mac blickte sich vorsichtig nach allen Seiten um, rückte seine Sonnenbrille zurecht und schlug den Kragen seines khakifarbenen Jacketts hoch – ein Mann wie tausend andere auch, vollkommen unauffällig. Er schlenderte die Euclid Avenue hinunter, mischte sich unter die zum Mittagessen eilenden Menschen.

Und verschwand.

3.

Maddie räusperte sich, trat an den Rand der Bühne des kleinen Saales, wo die Hörprobe stattfand, und stimmte die erste Strophe an:

The sun'll come up tomorrow

Amelia hatte ihre Tochter genau in der Mitte des Suchers ihrer Videokamera, ein kleiner professioneller Trick, den sie von Rogers Bruder Neal gelernt hatte, dem Familienexperten im Umgang mit jeglichem technischen Gerät. Das Problem bestand darin, daß sie nicht unbedingt den günstigsten Platz im Saal erwischt hatte, weshalb die Tonqualität wohl ein bißchen zu wünschen übriglassen würde.

Außerdem fürchtete sie ohnehin, daß das Geschniefe der neben ihr sitzenden Paige alle anderen Geräusche übertönen würde. Paige liebte Kinder, Paige wünschte sich Kinder, Paige Turners biologische Uhr tickte lauter als die aller anderen Frauen in Collier Falls. Sie blickte Amelia an, und ihre Unterlippe begann leicht zu zittern, als Maddie die erste Strophe beendete.

Tomorrow! Tomorrow!

Als Maddie ihren Vortrag zu Ende gebracht hatte – den man leider selbst bei wohlwollendster Betrachtung nur als atonales Gequietsche bezeichnen konnte – stand fest, daß sie nicht die geringste Chance hatte, die lebhafte, rothaarige Waise spielen zu dürfen, wenn das städtische Theater von Collier Falls nunmehr zum dritten Mal innerhalb von zehn Jahren Annie aufführte.

Nach der Hörprobe gingen sie alle drei zum Lunch zu Applebee's in der Fordham Road. Während der Mahlzeit beschäftigte sich Maddie vornehmlich damit, die Erbsen auf ihrem Teller hin- und herzuschieben, statt sie zu essen.

Gegen Nachmittag hatte sich ihre Stimmung dann ein wenig aufgehellt, und sie und Amelia buken gemeinsam einen Biskuitkuchen mit Himbeerglasur.

Eine Frage ging Amelia während des ganzen Tages nicht aus dem Kopf. Was hatte es wohl mit dieser seltsamen e-mail-Botschaft auf sich? Handelte es sich um einen Geschäftsbrief für Roger? Einen *persönlichen* Brief für Roger? War es am Ende gar ein Liebesbrief von Shelley Roth?

Sie versuchte, beim Kundendienst des Micro-Center in Eastgate Näheres darüber zu erfahren, mußte jedoch feststellen, daß man dort keinerlei Auskünfte bekam, wenn man seinen Computer nicht bei ihnen erworben hatte. Die junge Dame am Telefon ließ sich jedoch herab, Amelia auf die täglich stattfindenden Computerkurse hinzuweisen, die ihre

Firma anbot, und nannte ihr sogar eine 900-Nummer, die sie anrufen konnte und die nur ...

An diesem Punkt zog Amelia einen Schlußstrich. Sie gedachte nicht, vier Dollar pro Minute zum Fenster hinauszuwerfen. So viel war ihr höchstens ein persönliches Gespräch mit Mel Gibson wert.

Sie wählte anschließend die zweite Nummer auf ihrer Liste. Es war eine Direktdurchwahl zur audiovisuellen Abteilung der Hauptstelle der Stadtbücherei von Cleveland. Dort gab es unter anderem eine beachtliche Auswahl an Computersoftware.

»Stadtbücherei Cleveland, Rhonda am Apparat.«

»Hi. Vielleicht können Sie mir behilflich sein. Ich habe ein kleines Problem mit meinem Computer«, sagte Amelia.

»Ich werde mein Bestes tun«, erwiderte Rhonda.

»Ich habe von irgend jemandem eine e-mail bekommen, aber ich glaube, die Nachricht ist verschlüsselt, daher dachte ich, daß ...«

»Entschuldigen Sie«, unterbrach Rhonda sie, »ich falle Ihnen wirklich nur ungern ins Wort, aber da kann ich Ihnen auch nicht weiterhelfen.«

»Gibt es denn niemanden sonst, der sich damit auskennt?«

»Ehrlich gesagt, nein. In dieser Abteilung hat ohnehin nur ein einziger Computerfachmann gearbeitet, und der ist leider nicht mehr bei uns. Jetzt kümmern wir uns nur noch um den Softwareverleih.«

»Wissen Sie vielleicht, wo dieser Mann jetzt arbeitet?« hakte Amelia nach.

»Vielleicht hat er sich in eine andere Zweigstelle versetzen lassen. Bleiben Sie eine Sekunde dran, ich erkundige mich mal eben.«

Gedämpfte Musik erklang, während Amelia ungeduldig abwartete. Schließlich meldete sich Rhonda wieder zu Wort.

»Sie haben Glück. Er ist in unserer Filiale in Stillman beschäftigt, Sie können ihn dort erreichen. Sein Name ist Eddie Pankow. Ein echtes Genie, was Computer betrifft.«

Amelia dankte ihr und schrieb ›Stillman‹ und ›Pankow‹ auf ihren Notizblock.

Durch das vordere Fenster konnte er sie beim Telefonieren beobachten, aber er verstand kein Wort von dem, was sie sagte. Diesmal benutzte sie leider nicht das schnurlose Telefon. Er fragte sich, wieviel sie wohl wußte, ob sie wohl ahnte, was die e-mail bedeutete, aber im Grunde genommen bezweifelte er es. Immerhin hatte sie noch nicht einmal das Junior College abgeschlossen.

Doch manchmal, wenn er sich ihr sehr nahe fühlte, wenn er förmlich spürte, wie ein Funke zwischen ihnen übersprang, dann überlegte er, ob sie eine Herausforderung für ihn darstellen würde. Eigentlich rechnete er damit. Der Mutterinstinkt einer Frau war nicht zu unterschätzen.

Doch aus irgendeinem unerfindlichen Grund – über den er sich selbst nicht ganz im klaren war – sehnte er sich geradezu nach einem Kampf auf Leben und Tod mit ihr.

Um vier Uhr rief Maddie vom Elternhaus ihrer Freundin Ellie Applebaum aus an. Ellie hatte Maddie zum Dinner eingeladen, und nach einer kurzen Diskussion bekam Maddie ihren Willen. Amelia sprach mit Ellies Mutter, Dorothy, und erhielt die Zusage, Maddie werde pünktlich um sieben zu Hause sein.

Um sechs Uhr saß Amelia vor ihrem Computer, ein Gericht aus der Mikrowelle vor sich, und beschloß, in Stillman, Ohio, anzurufen, um das Geheimnis der mysteriösen e-mail ein für allemal zu lösen. Sie schlug die Vorwahl im Telefonbuch nach und wollte gerade die Nummer eintippen, als das schnurlose Telefon in ihrer Hand zu klingeln begann. »Hallo ...«

»Hey, geliebtes Eheweib«, sagte Roger.

»Selber hey ...«

»Ich vermisse dich.«

Amelia erwiderte nichts darauf. Vermißte sie ihn? Ja. Aber würde sie das ihm gegenüber zugeben? Nie im Leben. Aber da sie langsam genug von den ewigen Wortgefechten hatte, entschied sie sich, ihrem Mann eine Spur entgegenzukommen.

»Wie geht's denn meinen Mädchen?« fuhr Roger fort.

»Das große ist müde«, erwiderte Amelia. »Das kleine besucht gerade eine Freundin. Wo steckst du denn? Du klingst, als würdest du aus der Telefonzelle um die Ecke anrufen.«

»Das gehört zu den Wundern der modernen Technik. Ich bin in Elkhart, Indiana.«

»O je. Hört sich nach einem Ort aus *Twin Peaks* an.«

»Halb so schlimm«, meinte Roger. »Ich wohne im Sheraton. Vom Standard her sind diese Hotels alle gleich. Ich könnte genausogut in Barcelona sein.«

»Möglich. Aber da bekommst du diese Basque McMuffins nicht, die du so gerne ißt.«

Roger lachte. »Dann klär mich doch mal über die wichtigsten Ereignisse in der Nachbarschaft auf. Mir kommt es so vor, als wäre ich schon wochenlang unterwegs.«

Amelia faßte kurz zusammen, was sich in den letzten Tagen alles zugetragen hatte, erwähnte die Eröffnung von Paige Turner Books und Maddies Hörprobe, ließ aber ohne recht zu wissen, warum den Nachtclubbesuch aus, den sie mit Paige zusammen unternommen hatte. Auch den Zwischenfall mit dem dunkellockigen Unbekannten unterschlug sie. Schließlich handelte es sich dabei ja nicht um direkte Lügen, sondern höchstens um harmlose Unterlassungssünden.

Während sie sprach, blickte sie ohne großen Appetit auf ihr Hühnchen, das mittlerweile zu einer amorphen pfirsichfarbenen Masse zusammengeschrumpft war. Futter für den Müllschlucker, entschied sie. Sie würde sich eine Schüssel Cornflakes einverleiben.

»Wunderbar«, meinte Roger. Die Begeisterung in seiner Stimme klang nicht ganz echt. »War sonst noch etwas?«

Amelia berichtete ihm von der kryptischen e-mail-Nachricht.

»Wofür hältst du es?« fragte Roger.

»Für eine Art Code«, antwortete Amelia. »Ich kann es jedenfalls nicht lesen. Sieht aus wie ägyptische Hieroglyphen oder so etwas.«

»Bist du sicher, daß du befugt warst, das zu lesen?«

»Was soll das denn heißen?«

»Nichts«, beschwichtigte Roger sie. »Ich sehe es mir selbst mal an, wenn ich nach Hause komme.«

»Nein ... es ist mein Ernst, Roger. Was hast du eben damit gemeint?«

»Gar nichts, um Himmels willen. Du sollst dich doch nicht immer so aufregen, Schatz.«

»Würdest du bitte aufhören, mich wie ein Kleinkind zu behandeln?« erwiderte Amelia etwas schärfer, als sie eigentlich beabsichtigt hatte.

Roger schwieg einen Augenblick. »Hör mal, ich wollte doch nur ...«

»Hast du in den letzten Tagen zufällig einmal meinen Computer benutzt?«

»Ich glaube, ich hab' ihn letzte Woche ein- oder zweimal gebraucht, weil mein Laptop zur Reparatur war«, erwiderte Roger. »Du warst nicht zu Hause, also habe ich ein bißchen daran gearbeitet. Aber ich versichere dir, daß ich keine e-mail an James Bond oder sonst eine geheimnisvolle Persönlichkeit geschickt habe.« Er lachte, aber es klang hohl und humorlos.

»Vielleicht solltest du mich in Zukunft vorher fragen, ehe du meine Sachen benutzt , sagte Amelia, ohne recht zu wissen, warum. Sie hatte keinen Streit mit Roger heraufbeschwören wollen, aber ihr Temperament ging immer mal wieder mit ihr durch.

»Okay, Boss«, meinte Roger friedfertig, was sie noch mehr auf die Palme brachte.

Amelia antwortete mit einem unwilligen Knurren, und Roger verstand den Wink mit dem Zaunpfahl sofort. Er sagte, er werde morgen noch einmal anrufen, murmelte ein flüchtiges »ich liebe dich« und hängte ein.

Amelia saß da und lauschte ins Leere. Das Haus kam ihr

jetzt, nach dieser dummen Auseinandersetzung mit Roger, noch stiller und verlassener vor als vorher. Sie erwog, ihn zurückzurufen und sich zu entschuldigen, erkannte aber, als sie in sich hineinhorchte, daß sie tatsächlich ein bißchen sauer auf ihn war. Sie wußte nur nicht genau, weshalb. Vielleicht lag es daran, daß Roger ihr nicht zutraute, einen Roman zu verfassen, und sie das spürte.

Oder vielleicht brachte sie auch die Vorstellung zur Weißglut, wie Shelley Roth und Roger es in einem Motel an der Interstate 271 miteinander trieben.

Sorry, Süßer, dachte sie, ihr Herz verhärtend.

Wir sprechen uns bei meiner ersten Signierstunde wieder.

4.

William Thaddeus Collins saß in einem unauffälligen braunen Sedan, einen doppelten Whopper in der einen und eine Ausgabe des *Cleveland Chronicle* in der anderen Hand. Er trug eine dunkelblaue Strickmütze und seine übliche verspiegelte Sonnenbrille, aber er war frisch rasiert und schien einiges an Muskeln zugelegt zu haben, seit Nicky ihn das letzte Mal gesehen hatte. Willie T. mußte Ende Vierzig sein, aber sein Körper hätte zu einem wesentlich jüngeren Mann gehören können.

Es war spät am Morgen, und zu dieser Zeit zwischen Frühstück und Lunch war in dem Burger King in der East 85th Street nie viel Betrieb. Auf dem Parkplatz standen nur rostige alte Pontiacs und ein paar brandneue BMWs. Nicky setzte seinen Wagen rückwärts in die Parklücke neben Willie T. Die Fenster auf den Fahrerseiten waren nur Zentimeter voneinander entfernt.

»Hi, Mr. T.«, sagte Nicky, nachdem er den Motor abgestellt hatte.

»Wie oft hab' ich dir schon gesagt, du sollst diesen Mr.-

T.-Scheiß sein lassen«, knurrte Willie und verzog den Mund zu einer Grimasse, die Nicky optimistisch als Zeichen guter Laune auslegte. Es gab Zeiten, da sah Willie T. noch gemeiner aus als die Galgenvögel, die er jagte. »Und wann gehst du endlich mal zum Friseur?«

»Das sagt ausgerechnet ein Mann ohne Haare.«

Zum Glück lachte Willie T. »Ich hab' doch Haare. Nur nicht da, wo man sie sofort sieht. Frauen fliegen auf glatzköpfige schwarze Männer.«

»Wenn das mal so stimmt.«

»Sieh dich doch um, Mann. Shaq, Charles Barkley, Michael Jordan. Haben die auch nur ein einziges Haar auf dem Kopf? Und herrscht bei denen vielleicht Weibermangel?«

»Die sind auch stinkreich«, sagte Nicky lächelnd. »Im Gegensatz zu dir, Willie.«

»Ja ... aber allein daran liegt's bestimmt nicht.«

»Ach, komm schon. Wenn Charles Barkley von der Sozialhilfe leben müßte, glaubst du im Ernst, er würde dann auch nur eine einzige Braut ins Bett kriegen?«

»Du kannst mich mal«, sagte Willie nun doch ein wenig aus der Fassung gebracht. Anscheinend hatte irgendwer ihm mal gesagt, er hätte gewisse Ähnlichkeit mit Sir Charles. Was tatsächlich zutraf, erkannte Nicky verwundert, als er darüber nachdachte. »Charles hat's einfach drauf, Mann.«

Beide verfielen in Schweigen. Willie T. biß ein Stück von seinem Whopper ab, kaute und schluckte den Bissen herunter, ehe er fragte: »Du hast also mit Rat Boy Kontakt aufgenommen, he?«

»Yeah«, sagte Nicky. »Ich versteh' nur nicht, daß das Heroin angeblich nicht von den Chinesen stammen soll. Ich meine, wer sonst versieht die Briefchen mit solchen Symbolen?«

»Jeder, dem das gerade in den Sinn kommt«, erwiderte Willie T. »Die Chinesen haben kein Patent auf diesen Scheiß.«

»Hast du `ne Idee, an wen ich mich als nächstes wenden könnte?« fragte Nicky, sich vorsichtig an den eigentlichen Zweck der Unterredung herantastend.

»Nein«, meinte Willie T. langsam, »aber ich habe einen guten Rat für dich.«

»Und der wäre?«

Willie T. blickte von seiner Zeitung auf und sah Nicky fest an. »Mein Rat lautet, die Finger von dieser Sache zu lassen.«

»Sag das nochmal.«

»Sieh dich lieber nach `ner anderen Story um, Mann.«

Das klang nicht nach einem Befehl, lediglich nach einem gutgemeinten Vorschlag. Nicky ließ nicht locker. »Ich steck' zu tief drin, verstehst du? Immerhin hab' ich mich um sechs Uhr morgens in diese verkommene Bruchbude gewagt und dabei mein Leben aufs Spiel gesetzt.«

»Ich hab' dir doch schon mal gesagt, daß du keine Ahnung hast, worauf du dich da einläßt«, sagte Willie. »Du glaubst, hier geht es nur um weiße Priester und Heroin, aber in Wahrheit weißt du einen Scheißdreck. Da steckt nämlich viel mehr dahinter.«

»Hey ... Willie ... wo immer das auch hinführt, ich bleib' am Ball. Das ist mein Ticket nach ganz oben, Mann. Wenn die Scheiße zu dampfen anfängt, paß' ich eben besser auf. Nun komm schon. Er war schließlich mein Cousin.«

»Das war er verdammt nochmal nicht! Du hast mich brandschwarz angelogen, mein Freund.«

Nicky versuchte, dem Beamten einen vernichtenden Blick zuzuwerfen, starrte aber nur sein eigenes Spiegelbild in Willies Sonnenbrille an. Es war sinnlos. »Okay ... aber für mich war er wie ein Cousin ... ein enger Freund der Familie eben.«

Willie T. musterte ihn fast eine geschlagene Minute lang. »Das ist eine Sache von übelster Art«, sagte er dann.

»So schlimm? Wie schlimm? Laß dir doch nicht die Würmer aus der Nase ziehen.« Nicky hob die Hände. Er bemerkte, daß sie leicht zu zittern begannen. »Hier ... ich schreib's auch nicht mit.« Er knöpfte sein Hemd auf. »Überzeug dich selbst ... kein Kassettenrekorder.«

Willie T. holte eine Papierserviette aus der Tüte und wischte sich betont langsam den Mund ab. Dann beugte er sich aus dem Fenster, und Nicky schlug der scharfe Dunst soeben verzehrter Zwiebeln entgegen. »Ich werde dir jetzt etwas verraten, was sonst niemand weiß. Hör mir gut zu.«

»Ich hör' dir ja zu.«

»Ich warne dich, Nicky. Wenn ich ein Wort von dem, was ich dir gleich erzähle, in der Zeitung wiederfinde, ehe die Ermittlungen abgeschlossen sind, dann gibt es keinen Ort auf der Welt, wo du dich vor mir verstecken kannst. Ich finde dich und verpaß' dir eine Abreibung, und Birdman hält dich solange fest. Du warst mit uns unterwegs, du weißt, wovon ich rede.«

Das wußte Nicky nur zu gut. Jeder Crackdealer im Third District fürchtete Willie T. wie der Teufel das Weihwasser. Nicky hob Zeige- und Mittelfinger zum Schwur und legte dann die Hand auf seine Herzgegend.

Willie T. sagte: »Der Priester ist regelrecht abgeschlachtet worden. Da war ein Psychopath am Werk.«

»Was soll das heißen, abgeschlachtet? Was genau ist denn passiert?«

»Er ist nicht einfach an einer Überdosis gestorben, und es war auch kein Unfall. Er wurde verstümmelt. Regelrecht in Stücke geschnitten.«

»*Was*?«

»Am Tatort sah es aus wie in einem Schlachthof.« Willie hielt ein Farbfoto hoch. Es zeigte den Leichnam eines Mannes: nackt und entsetzlich entstellt inmitten einer riesigen Lache angetrockneten Blutes. Der Mann war kaum noch als John Angelino zu erkennen.

Nicky spürte, wie sein Mageninhalt den Rückwärtsgang einlegte. »Was ... was ist denn mit seinen Augen geschehen?«

»Die sind entfernt worden. Rausgeschnitten, würde ich sagen. Mit einem scharfen Gegenstand.«

Willie T. biß erneut in seinen Whopper. Etwas von der rötlichen Sauce rann über sein Kinn, tropfte auf seine Hand und dann auf das Foto des Leichnams. Nicky schluckte krampfhaft, sah weg, sammelte sich und fragte weiter: »Ja, aber ... da ist doch was ...«

»Da steckt was in seinen Augenhöhlen? Mann, du würdest ja 'nen Meisterdetektiv abgeben.«

Willie T. machte sich ganz offensichtlich auf seine Kosten lustig, dachte Nicky. Anscheinend wollte er ihm eine Lektion erteilen, so nach dem Motto *Paß-bloß-auf-wonach-du-fragst*. Nicky nahm all seine Willenskraft zusammen und sah sich das Foto genauer an. Irgend etwas Sandfarbenes, Schrumpliges steckte dort, wo einst die Augen gewesen waren. Von Beschaffenheit und Farbe erinnerte es an Ingwerwurzeln.

»Kannst du die Wahrheit vertragen?« fragte Willie T. »Das sind Narzissenzwiebeln.«

»Wie bitte?« Das Wort klang in Verbindung mit diesem Blutbad so widersinnig und grotesk, daß Nicky beinahe gelacht hätte. Aber er beherrschte sich und schwieg.

»Narzissenzwiebeln«, wiederholte Willie T. mit einem humorlosen Grinsen. »Ich liebe diese Stadt, Mann. Hier wohnen so viele reizende Zeitgenossen.«

Nicky riß sich zusammen. Mit einem derart scheußlichen Verbrechen war er bislang noch nicht in Berührung gekommen, aber er würde die Sache schon durchstehen. Er mußte sie durchstehen. Niemand hatte es verdient, auf solche Art ums Leben zu kommen, und erst recht kein Priester. »Was soll's, Mann. Dieses kleine Detail würzt die Story nur. Die Leute werden sie verschlingen.«

»Na schön, Nicky.« Willie T. ließ die Fotos neben sich auf den Sitz fallen. »Aber mehr darf ich dir über unseren Ermittlungsstand nicht verraten. Du bist doch ein schlaues Bürschchen, du wirst schon wissen, was du als nächstes zu tun hast.«

Nicky hatte keine Ahnung, was er als nächstes unternehmen sollte, wollte aber das gute Bild, das Willie T. offensichtlich von ihm hatte, nicht trüben. »Wie kommt es denn daß gerade diese Informationen der Presse vorenthalten wurden?«

»Aber Nicky! Cops halten solche Details andauernd vor der

Öffentlichkeit geheim. Das solltest du doch am besten wissen, dein alter Herr ist schließlich selbst bei dem Verein gewesen. Unsereiner hat immer seine liebe Not, die echten Geständnisse von den Aussagen dieser Arschlöcher zu trennen, die andauernd anrufen und alles mögliche behaupten, nur um sich wichtig zu machen.«

Während der nächsten Minuten versuchte Nicky, das Gespräch in Gang zu halten, weil er hoffte, Willie T. auf diese Weise noch weitere Informationen entlocken zu können. »Apropos ... wie geht es denn meinem alten Freund Birdman? Hab' ihn lange nicht gesehen.«

»Birdman ist cool, Nicky«, sagte Willie T., als er den Ford startete. »Der klettert fleißig die Karriereleiter hoch. Ist jetzt beim Morddezernat. Von ihm hab' ich auch die hübschen Fotos.«

»Ohne Scheiß?«

»Ohne Scheiß«, bestätigte Willie T. Er knüllte das fettige Papier zusammen, in das der Whopper verpackt gewesen war. »Und was mich angeht – ich bleib' am Dope hängen, Mann. Macht mir viel zuviel Spaß, diese Kokaincowboys hochgehen zu lassen.«

Nicky beschloß, die entscheidende Frage zu stellen. »Schulde ich dir für dieses kleine Treffen die Hälfte des Hunderters?«

Willie T. legte den Gang ein, hielt aber den Fuß auf der Bremse. »So ist es.«

Nicky langte in die Tasche, zog den halben Geldschein hervor und reichte ihn Willie. »Und was ist mit dem anderen ...«

»Das ist eine Sache zwischen dir und Birdman«, sagte Willie T. nach kurzer Überlegung. »Aber ich rate dir, abzuwarten und ihn für eine bessere Gelegenheit aufzusparen. Weil du hier richtig in die Scheiße gelangt hast, Nicky. Der Coroner sagte, der Typ hätte ein gottverdammtes *Skalpell* benutzt. Möchtest du Einzelheiten wissen?«

»Lieber nicht«, wehrte Nicky ab. Das Bild von John Angelinos augenloser Horrorfratze hatte sich in sein Gedächtnis eingebrannt. Er fragte sich, ob sein Cousin Joseph über diese Details im Bilde war.

»Wenn du Birdman mal triffst, grüß ihn von mir«, rief Willie T. ihm zu.

Ehe Nicky antworten konnte, lenkte er seinen Wagen aus der Parklücke und bog in die Euclid Avenue ein.

Der Geruch von fettem Fleisch hing noch in der Luft, aber zum ersten Mal in Nickys Leben löste er kein Hungergefühl in seinem Magen aus. Er schnupperte nur angewidert und identifizierte den Geruch als das, was er war: Der Gestank toten Fleisches. Der widerwärtige, übelkeitserregende Geruch eines toten, zum Verzehr bestimmten Säugetieres.

Die Büroräume von Morris, Goldberg und Dodge, allesamt Gerichtsreporter, lagen im sechsten Stock des Leader-Gebäudes an der Ecke East 6th und Superior Street. Nickys Schwester Maria, seit vierzehn Jahren dort als Reporterin tätig, gehörte zu den alteingesessenen Angestellten der Firma. Ihr Büro befand sich in der Nähe des Eingangsbereiches, und daher fiel es Nicky auch relativ leicht, sich dort einzuschleichen und NEXIS zu benutzen, die umfassende Datenbank, die nur Firmenmitgliedern zugänglich war und die Informationen über all das enthielt, was sich in der näheren Umgebung zutrug.

Er kam für gewöhnlich zur Lunchzeit vorbei.

Heute waren die Büros menschenleer, wie er gehofft hatte, und es gelang ihm, sich unbeobachtet in Marias Büro zurückzuziehen. Er schloß die Tür, setzte sich an den Computer seiner Schwester und wählte NEXIS an. Während er darauf wartete, daß die Verbindung hergestellt wurde, überlegte er, was er eigentlich in der Hand hatte.

Er war ziemlich sicher, daß er als einziger Journalist in Cleveland über die Information verfügte, daß der Priester buchstäblich in Stücke geschnitten worden war. Aber warum? Warum hatte nichts davon in den Zeitungen gestanden? Warum war nichts davon zu irgendeinem übereifrigen

Schreiberling durchgesickert? Wußten die Familien Bescheid? Ihm war klar, daß er diese speziellen Informationen nicht für einen Artikel verwenden durfte, aber vielleicht entdeckte er eine Querverbindung zu einem anderen Verbrechen, und diese Quelle durfte er dann benutzen.

Das NEXIS-Logo erschien auf dem Bildschirm. Nicky klickte die Nachrichtendatei an und rief alle Artikel ab, die die Worte *rot, Tiger* und *Heroin* enthielten.

Nichts.

Er hatte sich zuvor überlegt, daß er mit spezifischen Begriffen beginnen und dann zu allgemeineren übergehen sollte. Wenn er dem Computer den Befehl gab, das Wort *Heroin* zu suchen, würde dieser ihm tausende von Stichworten liefern. NEXIS war ein sehr umfangreiches Programm.

Als nächstes gab er *Tiger* und *Heroin* ein und erhielt vierundfünfzig Hinweise, einschließlich seines eigenen Kurzberichtes im *Chronicle.* Er rief die einzelnen Artikel ab. Die meisten stammten aus dem *Hollywood Reporter* und der *Variety* und hatten einen Film namens *White Tiger* zum Thema. Eine Story behandelte die Rehabilitationstherapie eines ehemaligen Mitglieds der Detroit Tigers. Kein einziger Mord dabei.

Er versuchte es mit Affe und *Heroin.*

Nichts.

Er durchwühlte Marias oberste Schublade, fand ein halbvolles Päckchen Mentholzigaretten und einen kleinen Klappaschenbecher, rollte mit dem Bürostuhl zum Fenster hinüber, öffnete es, brach den Filter einer Zigarette ab und zündete sie an.

Nächster Suchbefehl. Er tippte *Priester* und *Heroin.*

Achtundachtzig Treffer. Hauptsächlich Berichte über Drogenhilfeprogramme und ähnliches, nichts aus der Umgebung ... Nichts über einen Todesfall aufgrund einer Überdosis Heroin, das in einem mit rotem Tiger bedruckte Briefchen verpackt war.

Er wollte gerade einen neuen Suchbefehl eingeben, als sein

Blick auf der Sportseite von *USA Today* hängenblieb. Die Artikel hatten verschiedene Teams zum Thema – die Vikings, die Blackhawks, die Cardinals, die Cavaliers, die Panther, die Buccaneers, die …

Moment mal, Panther?

Er griff nach seiner Umhängetasche, holte den Umschlag hervor, entnahm ihm den Originalartikel aus dem *Plain Dealer* und überflog ihn. Der Artikel besagte, daß das Heroinbriefchen mit einem ›tiger*ähnlichen*‹ Tiersymbol bedruckt gewesen war.

Nicky startete eine neue Suche. Während der nächsten fünf Minuten versuchte er es mit *Panther, Leopard, Puma, Ozelot, Luchs, Rotluchs, Löwe.* Dann gab er *Jaguar* und *Heroin* ein.

Der Computer fand einen Artikel. Er stammte aus den *Erie News*, der Tageszeitung von Erie, Pennsylvania, neunzig Meilen von Cleveland entfernt, und war neuesten Datums. Die geringe Entfernung jagte Nicky einen Schauer über den Rücken, als er Enter drückte und den Artikel auf den Bildschirm holte.

Der Schauer verwandelte sich in eine eisige Hand, die sein Herz umschloß, als er die Schlagzeile sah.

ANGESEHENER ARZT AUS ERIE ERSTOCHEN AUFGEFUNDEN. WAREN DROGEN IM SPIEL?

5.

Die Fahrt Richtung Süden wirkte auf Amelia wie ein Jungbrunnen. Sie wußte, daß sie besser vorher angerufen hätte, aber da das Wetter aufgeklart hatte, war sie aufs Geratewohl losgefahren, um den schönen Tag zu nutzen. Sie fuhr mit Rogers Wagen, einem dunkelroten Acura. In diesem Auto kam sie sich an manchen Tagen, wenn sie in der richtigen Stimmung war, vor wie Audrey Hepburn in einem ihrer Filme. Sie durchquerte Bath und Hinckley, fuhr durch Massilon, Zoar und New Philadelphia. Die Bäume erstrahlten in leuchtend bunten Farben, und ein schwacher Duft nach Holzrauch und Äpfeln lag in der Luft. An diesem herrlichen Tag zeigte sich der Herbst im Nordosten Ohios von seiner schönsten Seite.

Als sie das westlich von Sugarcreek gelegene Städtchen Stillman erreichte, knurrte ihr Magen bereits vernehmlich. Sie kehrte in einem Lokal namens Emma's an der Route 36 ein, wo ihr die Kellnerin mitteilte, die Spezialitäten des Tages seien Fleischklößchen, gegrillter Flußbarsch und Spaghetti mit Hackfleischsauce. Der Barsch sei jedoch leider ausgegangen. Amelia blickte sich im Lokal um und stellte fest, daß keiner der anderen Gäste die Fleischklößchen verzehrte.

»Ich nehme die Spaghetti«, sagte sie. »Und dazu einen Kaffee.«

Die Kellnerin eilte in die Küche, um die Bestellung weiterzugeben. In diesem Moment bog ein blauer Lieferwagen auf den Parkplatz der anderen Straßenseite ein. Er lag genau gegenüber von dem Restaurant.

»Eins ist schon mal sicher: Es handelt sich um eine Internet-Nachricht. Sehen Sie all diese Informationen ganz oben?«

Amelia nickte. Sie hatte die Diskette dem größeren der beiden jungen Männer übergeben, die sie bei Cybernauts Inc., über ein Computerterminal gebeugt, vorgefunden hatte. Der ziemlich heruntergekommen wirkende Laden lag direkt neben dem einzigen Friseurgeschäft der Unterstadt von Stillman, Ohio. Der Angestellte der Stadtbücherei hatte ihr gesagt, daß Edward Pankow nur ein paar Monate dort gearbeitet hätte. Danach hätte er sich auf dem Gebiet der Fernmeldetechnik selbständig gemacht und diesen Laden eröffnet. Aus irgendeinem Grund hatte Amelia hochmodern eingerichtete Büroräume erwartet, in denen ein Dutzend Angestellte über teure Teppichböden huschten. Als sie den Ladenraum betrat und feststellte, daß das gesamte Personal aus zwei nach Rockermanier gekleideten Gestalten Anfang

Zwanzig bestand, war sie mehr als erleichtert. Hier würde sie eine Antwort auf ihre Fragen finden.

»Das ist die Verlaufsbeschreibung«, fuhr Eddie fort, strich sich das lange blonde Haar aus dem Gesicht und deutete auf einen Einundzwanzig-Zoll-Bildschirm. »Enthält die Liste sämtlicher Rechner, die die Nachricht durchlaufen hat, bis sie zu Ihnen gelangte. Ich kann Ihnen aber jetzt schon sagen, daß sie nicht von einem User von World Online kommt, sondern irgendwo aus dem Internet.«

»Wir haben oft mit solchen Sachen zu tun«, sagte Andy Bencek. Er war der kleinere von beiden, hatte dunkles Haar und stand ein Stück hinter Amelia.

»Okay«, erwiderte Amelia, für die die meisten Begriffe böhmische Dörfer waren. »Aber können Sie mir denn sagen, was dieser Unsinn bedeutet? Ich meine, gibt es eine Möglichkeit, diese Nachricht zu *dechiffrieren*?«

»Dr. Bencek hier ist Experte auf diesem Gebiet«, grinste Eddie, stand auf, winkte Andy heran und überließ ihm seinen Stuhl.

»Tatsächlich?« bemerkte Amelia mit einem feinen Lächeln.

Andy nahm Platz, betätigte ein paar Tasten und holte die codierte Nachricht auf den Bildschirm. »Wie lautet Ihre Diagnose, Dr. Pankow?« fragte er.

Eddie beugte sich vor und sah Andy über die Schulter. »Ich würde sagen, wir haben es hier mit einem schweren Fall von Datensalat zu tun, Dr. Bencek.«

»Irrtum, Beavis. Sieh zu, dann kannst du noch etwas lernen.« Wieder gab Andy ein paar Befehle ein.

Fasziniert blickte Amelia auf den Bildschirm, wo langsam von oben nach unten das Foto eines Papierbogens sichtbar wurde – oder, genauer gesagt, die untere Hälfte eines in der Mitte durchgerissenen Blattes von einem Briefblock. Darauf hatte jemand mit sauberer Handschrift – der Handschrift einer Frau – ein Gedicht geschrieben. Im ersten Moment hielt Amelia es für Kalligraphie, doch als sie die Zeilen genauer betrachtete, erkannte sie, daß die Handschrift der Frau nahezu perfekt war – flüssig, zierliche Buchstaben und dennoch durchaus selbstbewußt. Die Schrift einer *jungen* Frau, dachte Amelia. Das Gedicht lautete wie folgt:

Mich rührt an dieser Bilderflucht
Ein Traum, mit ihr verflochten ganz:
Ich denk an eine unendlich sanfte
Unendlich leidende Substanz.

Amelia kannte die Verse nicht, aber ihre Kenntnisse der modernen Lyrik waren ohnehin auf das beschränkt, was sie an der Highschool im Englischunterricht widerwillig über sich hatte ergehen lassen müssen. Aber diesen vier kurzen Zeilen haftete etwas an, was sie zutiefst berührte, ein Hauch so tiefen Kummers, daß sie einen Moment lang selbst eine Art wehmütiger Trauer empfand. Unwillkürlich mußte sie daran denken, wie Maddie sich der Außenwelt gegenüber präsentierte; an das ruhige, sanfte Naturell ihrer Tochter.

Andererseits ... wenn dies ein an ihren Mann gerichtetes Liebesgedicht von Shelley Roth war ...

»Rätsel gelöst«, sagte Andy, drehte sich zu seinem Partner um und knuffte ihn in die Seite.

»Gute Arbeit, Dr. Bencek«, lobte Eddie, dem Kollegen seinerseits einen leichten Rippenstoß versetzend.

»Nun ...«, begann Amelia zögernd, »kann mir einer von Ihnen vielleicht auch verraten, woher dieses Gedicht stammt?«

Die beiden jungen Männer wechselten erst einen verlegenen Blick, dann schauten sie so betreten zu Boden, als wären sie soeben von einem ihnen feindlich gesonnenen Englischlehrer vor versammelter Klasse blamiert worden. »Nein«, gestanden sie schließlich einstimmig.

»Okay«, meinte Amelia. »Kein Problem.«

»Aber wir können die wirklichen Namen all dieser Leute herausbekommen, ehe Sie gehen. Wir können jeden einzelnen überprüfen, der die Nachricht erhalten hat.«

»Wollen Sie mir diesen Gefallen tun?« bat Amelia, mit einem koketten Augenaufschlag. Da sie lieber nichts Näheres über die Methoden wissen wollte, die die beiden anwandten, um an die gewünschten Namen zu kommen, unterließ sie auch jegliche diesbezügliche Frage.

Edward James Pankow und Andrew Martin Bencek, ihres Zeichens Inhaber von Cybernauts Inc., blickten erst sich an, dann den Bildschirm, dann Amelia.

Dann nickten beide langsam.

Der einzige Grund, weshalb Eddie Pankow der blaue Lieferwagen auffiel, war der, daß er selbst einen gebraucht kaufen wollte – und zwar möglichst günstig. Dieser da sah recht ordentlich aus, war ungefähr zehn Jahre alt, gepflegt, aber mit kleinen Mängeln. Als er vor dem Eingang zum Stehen kam – die Dame mit der poetischen e-mail hatte das Geschäft vor ungefähr fünf Minuten verlassen – entdeckte er außerdem einige Rostflecke, was bedeutete, daß sich hier Verhandlungsspielraum bot, falls der Wagen zum Verkauf stand.

Doch während der Lieferwagen Eddie auf Anhieb gefiel, verhielt es sich mit dem Typen, der soeben ausstieg und auf das Schaufenster zutrat, ganz anders. Er war groß, trug einen dunklen Mantel und eine getönte Brille. Die Hände in die Taschen geschoben, blieb er gut und gerne zehn Minuten vor dem Schaufenster stehen und starrte die Auslage an, obwohl außer einigen leeren, von der Sonne gebleichten Windows 95-Kartons und ein paar veralteten Faxmodems auf verschossenem roten Samt nichts Interessantes zu sehen war. Und trotzdem schien der Bursche diesen Krempel wie gebannt zu mustern.

Eddie war drauf und dran, seinen Partner zu holen, um mit diesem Spanner ein ernstes Wörtchen zu reden, als etwas völlig Unerwartetes geschah. Davey und Clete kamen vorbei. Davey und Clete Sutar waren Zwillingsbrüder, beide Ohio State Troopers, fast einsneunzig groß, und beide bestanden nur aus Muskeln, Sehnen und geballter Körperkraft. Sie waren Cousins ersten Grades von Eddie, der es gern sah, wenn sie bei ihm hereinschauten. Ihre Anwesenheit wirkte immer so beruhigend.

Nach dem üblichen Austausch familieninterner Neuigkeiten sagte Clete, sie bräuchten ein paar Steckschnüre für die elektronische Anlage in ihrem Streifenwagen. Zum Glück waren die X-650 auf Lager. "Wollt ihr die mit den goldenen Enden?" fragte Eddie rein gewohnheitsmäßig.

Clete bedachte ihn mit seinem üblichen *Was-glaubst-du denn?*-Blick. Eddie lächelte und ging nach hinten ins Lager, um das Verlangte zu holen. Als er in den vorderen Teil des Ladens zurückkehrte, wurde er von einem Sonnenstrahl begrüßt, der durch das große Fenster fiel.

Eddie blinzelte.

Der Mann in dem dunklen Mantel war verschwunden, und der Lieferwagen mit ihm.

Scheiße, dachte Eddie. Wieder war ihm eine vermutlich günstige Gelegenheit durch die Lappen gegangen. Er packte die Steckschnüre in eine Tüte und warf sie Davey zu, dem unmerklich größeren der beiden hochgewachsenen Polizeibeamten.

»Geht aufs Haus, Leute«, sagte er. »Schaut doch gelegentlich mal wieder herein.«

Amelia saß am Küchentisch und studierte die ausgedruckten Bögen mit der decodierten Nachricht. Die beiden Computerexperten hatten sie für sie auf eine Diskette gezogen, die sie jedoch prompt in dem Geschäft hatte liegenlassen. Aber das machte nichts. Die Liste reichte vollkommen aus, um ihre Neugier zu wecken. Sie enthielt fünf Namen nebst e-mail-Adresse. Vier Namen waren ihr fremd.

Bennett Marc Crane	bcranemd@wol.com
John Angelino	praise@wol.com
Geoffrey Coldicott	hardman@ttk.net
Jennifer Schumann	jenny5@wol.com
Roger Saintsbury	ras@wol.com

Was hatte Roger nur mit diesen Leuten zu schaffen? wunderte sie sich.

War das eine Art Computeradressenliste, in der er erfaßt war?

Warum war die ganze Sache so geheimnisvoll aufgezogen?

Und wer zum Teufel war Jennifer Schumann?

6.

Bennett Cranes Witwe war eine klassische Schönheit: langbeinig und anmutig, eine ehemalige Tänzerin des Cleveland Balletts. Sie trug die Standarduniform junger reicher Frau en in Trauer. Ein schwarzes Versace-Kleid und keinen Schmuck.

Das Haus, ein imposantes, im Kolonialstil gehaltenes Gebäude in Wolf Run, in der Nähe von Erie, Pennsylvania, verriet einiges über seine Bewohner. Dr. Bennett Marc Crane war ein äußerst erfolgreicher, gutverdienender plastischer Chirurg gewesen, der bis zu seinem gewaltsamen Tod im Alter von dreiundvierzig Jahren eine ganze Reihe der von ersten Anzeichen des Alterns geplagten Reichen und Neureichen zwischen Cleveland und Buffalo optisch verschönert hatte.

Nicky wußte, daß er nicht mit dem Reporter sprechen konnte, der den Artikel in der *Eries Times News* verfaßt hatte – einem festangestellten Journalisten namens Timothy C. Galvin – ohne Verdacht zu erregen. Ein Schreibtischtäter von einer der größeren Tageszeitungen gehörte meist zu den Leuten, die schon einer Zapfsäule unterstellten, Informationen zurückzuhalten, wenn nach Beendigung des Tankvorganges die Worte *Schönen Tag noch*! auf der Anzeige erschienen. Aus irgendeinem Grund hatte Galvin den tigerähnlichen Aufdruck in seinem Artikel als Jaguar bezeichnet. Nicky vermutete, daß er das Heroinbriefchen zu Gesicht bekommen hatte. Andererseits hatte er das auf der anderen Seite abgebildete Tier schlicht als Affen beschrieben.

Nicky erwog, den Pressesprecher des Polizeipräsidiums von Erie anzurufen, verwarf aber auch diesen Gedanken sofort. Dort kannte man ihn nicht, er war kein Einheimischer, also stand zu befürchten, daß eine Anfrage aus Cleveland prompt den falschen Leuten zu Ohren kam. Und Nicky wollte unbedingt vermeiden, daß irgendein Reporter von der Konkurrenz Wind von dieser Sache bekam. So beschloß er, der Witwe des Verstorbenen auf eigene Faust einen Besuch abzustatten. Überraschenderweise erklärte sie sich sofort bereit, ihm eine Unterredung zu gewähren.

Aus Erique Mars hatte er nur einen Vorschuß von dreihundert Dollar herausquetschen können, und das, zusammen mit der Tatsache, daß sein Kontostand drohte, unter die Hundertdollargrenze zu sinken, veranlaßte ihn, zum Frühstück lediglich zwei altbackene Krapfen bei Unger's zu erstehen und sich für die Fahrt eine Thermoskanne Kaffee mitzunehmen, den er aus dem gestern übriggebliebenen Kaffeesatz zusammengebraut hatte.

Für eine Frau, die erst vor ein paar Tagen ihren Mann auf so schreckliche Weise verloren hatte, erschien ihm Elizabeth Crane erstaunlich gefaßt, aber Nicky wußte, daß die Menschen ihrer Trauer auf verschiedenste Art und Weise Ausdruck verliehen. Italiener und Farbige drehten durch, jammerten und klagten oder klammerten sich verzweifelt an den Sarg. Iren betranken sich bis zur Besinnungslosigkeit. Juden drehten sämtliche Spiegel in der Wohnung mit dem Glas zur Wand. Protestanten, so schien es, blieben immer ganz ruhig.

Sie empfing ihn an der Tür, reichte ihm eine zarte, eiskalte Hand, führte ihn ins Wohnzimmer und schenkte ihm eine Tasse Kaffee ein. Alles in dem Raum war weiß – ein weißer Flügel, weiße Teppiche, weiße Tapeten, weiße Tassen, weiße Untertassen. Zum Glück war wenigstens der Kaffee braun – und stark. Er schmeckte um Klassen besser als der Flußschlamm, den er heute morgen aufgebrüht hatte. Das Getränk verbreitete eine angenehme Wärme in seiner Magengegend, aber trotzdem kam er sich immer noch so vor, als befände er sich im Warteraum vor George Orwells berüchtigtem Zimmer 101.

Sie saßen sich auf kleinen, weißbezogenen Sofas gegenüber; Nicky unbehaglich auf der äußersten Kante hin- und herrutschend, durch einen Kaffeetisch aus weißem Marmor von ihr getrennt. Der Tisch war mit großformatigen Hochglanzzeitschriften aus ganz Europa übersät, außerdem stand eine Vase mit roten Gladiolen darauf, die den einzigen Farbfleck in diesem sterilen Raum bildeten. Während Elizabeth Crane von ihrem Mann erzählte und die brutale Weise beschrieb, auf die er ermordet worden war, blickte Nicky unwillkürlich immer wieder zu den blutroten Blumen hinüber.

Sie begann mit einer kurzen Zusammenfassung von Dr. Cranes Lebenslauf. Studium an der Case Western Reserve University in Cleveland, dann Harvard Medical School, Abschluß als fünftbester seines Jahrgangs, Assistenzarztzeit am Uniklinikum von Cleveland. Mit fünfunddreißig war Bennett Crane in seine Heimatstadt Erie zurückgekehrt und hatte dort eine Privatpraxis eröffnet.

Kinder hatten sie keine, hatten auch nie welche gewollt. Laut Elizabeth Crane galt das Interesse ihres Mannes ausschließlich dem Golfspiel, dem Kochen und seinem Computer.

Aber aus irgendeinem Grund, sagte sie, hatte er am Tag seines Todes die gesamte Festplatte gelöscht. Es war ihr aufgefallen, als sie den Computer angestellt hatte, um einige für die Abwicklung des Nachlasses notwendige Informationen abzurufen, die ihr Anwalt verlangt hatte. Die Festplatte war vollkommen leer gewesen. Keine Programme, keine Dateien, nichts.

Gedankenversunken füllte sie die Kaffeetassen nach. Sie schien mit sich zu ringen. Nicky saß mucksmäuschenstill da, und einige Sekunden lang sog der weiße Raum jegliches Geräusch, jegliche Gedankengänge in sich auf. Schließlich ergriff Mrs. Crane mit müder Stimme wieder das Wort.

Sie sagte, sie habe ihren Mann auf der hinteren Terrasse gefunden, ein Päckchen Heroin sowie eine Einwegspritze neben sich. Und obwohl es sie viel Überwindung kostete, es laut auszusprechen, brachte sie es endlich über sich, Nicky darüber aufzuklären, was sich hinter dem unschuldigen Wörtchen ›erstochen‹ verbarg, das die Reporter benutzt hatten.

Der Coroner der Stadt Erie hatte festgestellt, daß der Tod zwar aufgrund einer Überdosis Heroin eingetreten war, die Unmengen Blut am Leichenfundort jedoch daher rührten, daß Bennett Marc Cranes Ober- und Unterlippe mit einem Skalpell entfernt worden waren.

Am Tatort hatte man sie allerdings nicht gefunden.

7.

Der Bestand an Gedichtbänden bei Paige Turner Books war recht umfangreich; zumindest im Vergleich mit dem Angebot an Science-Fiction-Literatur oder Bastelanleitungen für Heimwerker, das jeweils nicht mehr als drei Regale einnahm.

Amelia nahm hinter der Theke Platz, um den Betrieb im Auge zu behalten. Sie überflog ein gutes Dutzend Anthologien, überprüfte eine Reihe von Stichwortverzeichnissen und fertigte nebenbei ein paar Kunden ab, während Paige unterwegs war, um Besorgungen zu machen. Ohne Erfolg. Sie fand kein einziges Gedicht, das mit den Worten begann: ›Mich rührt an dieser Bilderflucht …‹

Aber dafür fiel ihr ein Gedicht in die Hände, das ihr die Tränen in die Augen trieb: *Liebeslied: Nur ich und du*, von Alan Dungan. Dann stieß sie auf einige, die sie zum Lachen brachten und noch mehrere, die sie zum Nachdenken anregten.

Langsam begann sie sich für ein Thema zu erwärmen, für das sie als Schulmädchen nur Hohn und Spott übriggehabt hatte.

Gegen Mittag hatte Amelia sämtliche Gedichtbände durchgeackert, eine komplette Pelican-Ausgabe der Werke von Shakespeare mit eingeschlossen. Um ein Uhr kam Paige zurück, mit einem halben Dutzend Kartons voller gebrauchter Bücher beladen. Kein einziges lyrisches Werk war dabei.

Also auf zur Stadtbücherei.

Die öffentliche Bücherei von Collier Falls war ein geräumiger, efeubewachsener Bau am Ludlow Circle und dafür bekannt, über eine große Auswahl an Audiobüchern zu verfügen und dem geneigten Leser außerordentlich günstige Öffnungszeiten zu bieten. Als Amelia die Bücherei kurz nach eins betrat, fand sie sie nahezu verlassen vor.

Sie durchquerte den Hauptlesesaal der Länge nach und ging auf eine dunkle, weitab von den Fenstern gelegene Ecke zu, in der sich die Abteilung 800 – Englische Lyrik – befinden mußte. Als sie gefunden hatte, was sie suchte, blieb sie einen Augenblick hilflos stehen und ließ den Blick über die Hunderte und Aberhunderte von Titeln wandern. In Momenten wie diesem wurde sie sich ihrer unzulänglichen Bildung geradezu schmerzlich bewußt. Es war dieser brennende Neid auf all jene gewesen, die über einen höheren Bildungsstand verfügten als sie selbst, der sie in die Arme von Roger Saintsbury getrieben hatte.

Sie war dreiundzwanzig gewesen, als sie sich kennengelernt hatten. Ihr Liebesleben hatte zu jener Zeit aus einer samstagabendlichen Essen-und-Kino-Beziehung mit Jimmy Barone Jr. bestanden, damals sechsundzwanzig, Besitzer eines makellos gepflegten 1981er Ford Thunderbird und ein Langeweiler, wie er im Buche stand. Das Leben teilte sich für sie zu dieser Zeit in drei Bereiche auf: Wohnen zu Hause, Arbeiten in der Stadt und einmal pro Woche eine flüchtige, leidenschaftslose Vereinigung mit Jimmy Barone Jr. in seinem kleinen Apartment im Marsol Towers.

»Er ist nicht in der Stadt, Garth. In den nächsten Tagen kommt er zurück, dann kannst du mit ihm machen, was du willst.«

»Na schön.« Er griff nach der Rechnung. »Ich meld' mich nachher noch mal bei dir«, fügte er hinzu, was Amelia für eine von seinen üblichen leeren Versprechungen hielt. Andererseits erschien er ihr ruhiger und innerlich gefestigter als je zuvor. Vielleicht würde er diesmal tatsächlich die Verbindung aufrechterhalten. Er küßte sie auf den Scheitel und wandte sich Richtung Ausgang.

Amelia rief ihm nach: »Ich muß heute abend zu meinem Schriftstellerkurs, aber so gegen halb zehn bin ich bestimmt zurück.«

Garth winkte zum Zeichen, daß er verstanden hatte, bezahlte die Rechnung und sagte etwas zu der Kassiererin, das sie zum Lachen brachte. Amelia beobachtete die junge Frau. In Momenten wie diesem erkannte sie immer, wie sehr ihr Bruder ihr fehlte. Wenn er wollte, konnte er überaus charmant sein.

Sie hielt ihn auf, als er schon fast zur Tür hinaus war.

»Moment noch«, sagte sie, ihn leicht auf die Wange küssend. »Schön, daß du wieder da bist, großer Bruder.«

Garth lächelte, schlug den Jackenkragen hoch und trat in den Regen hinaus.

Sie hatte sich aus der Bücherei ein halbes Dutzend schwerer Gedichtbände mitgebracht, die sie jetzt auf dem Eßzimmertisch stapelte. Dann hörte sie den Anrufbeantworter ab. Nichts. Noch nicht einmal ein kurzes ›ich vermisse dich‹ von ihrem Mann.

Zehn Minuten später – Maddie beschäftigte sich gerade mit einem Computerspiel – stand Amelia vor ihrem Kleiderschrank und überlegte krampfhaft, was sie zu ihrem Kursus anziehen sollte. Den Grund für ihre Unschlüssigkeit kannte sie genau. Sie hatte sich zwar nicht gerade schlüpfrigen Fantasien über den Mann mit den dunklen Locken hingegeben –

Als sie Roger das erste Mal bewußt wahrnahm, lehnte er mit einem Rob Roy in der Hand an der Wand und unterhielt sich mit einer jungen Frau, die wie eine Kreuzung zwischen Bizets Carmen und einer heruntergekommenen Anhalterin aus South Dakota aussah. Amelia musterte den gutaussehenden Fremden mit dem welligen Haar, dem gewinnenden Lächeln und den breiten Schultern, und ordnete ihn für sich unter ›intellektuell‹ ein. Frauenheld um die Dreißig, der auf halbwüchsige Küken stand. Nun war dieses bewußte Küken zwar nur wenige Jahre jünger als Amelia selbst, aber diese fühlte sich in ihrem karierten Schottenrock und dem Rollkragenpullover unendlich würdevoller und damenhafter als die andere. Leider auch sehr viel ... unauffälliger war wohl das angemessene, wenn auch nicht gerade erfreuliche Wort dafür, wenn man bedachte, wieviel Aufmerksamkeit dem anderen Mädchen zuteil wurde, während man sie gar nicht beachtete.

Vielleicht rührte dieses Gefühl ja nur daher, daß sie sich vom ersten Moment an zu Roger hingezogen fühlte.

Als sie zwanzig Minuten später versehentlich ein Glas Wein über seine Hose schüttete, bekam sie Gelegenheit, sich über gewisse Dinge klarzuwerden. Amelias zweiter Eindruck von Roger Saintsbury prägte sich unauslöschlich in ihr Gedächtnis ein. Er stand in einem Raum voller Menschen, genauer gesagt voller *Frauen*, deren Blicke samt und sonders auf ein einziges Ziel gerichtet waren – auf seinen Hosenlatz.

Vielleicht hätte mir das zu denken geben sollen, dachte Amelia. Vielleicht hätte mir diese erste Nacht einen Vorgeschmack davon vermitteln sollen, was mich an seiner Seite erwartet. Vielleicht ...

Sie spürte plötzlich, daß jemand ganz in ihrer Nähe war. Zwischen den Bücherregalen hatte sich etwas bewegt.

Amelia holte tief Luft, blinzelte über die Bücherreihen hinweg, legte den Kopf schief und lauschte – da war es wieder. Das leise Rascheln, mit dem sich Baumwolle an Baumwolle rieb. Jemand kniete nieder, um die unteren Regale zu betrachten. Wieder spähte sie durch eine Lücke, konnte aber niemanden entdecken. Sie spitzte noch einmal die Ohren. Nichts. Aber irgend jemand war in der Nähe.

Sie konnte leise Atemzüge hören.

Sie trat aus dem Gang heraus und blickte sich in dem geräumigen Lesesaal um, aber die einzige andere Person, die sie sah, war Mary Ellen, eine der Bibliothekarinnen, die an ihrem Schreibtisch saß, Kekse knabberte und in einem Roman von LaVyrle Spencer schmökerte.

Dumme Gans, schalt Amelia sich selbst. Du hast eine entschieden zu lebhafte Fantasie.

Dann packte sie der Mann im dunklen Mantel um die Taille und zerrte sie in den Schatten zurück.

8.

Das Interview mit Elizabeth Crane hatte Nicky stärker zugesetzt, als er gedacht hatte. Es war immer schwer, Leute zu befragen, die gerade einen geliebten Menschen verloren hatten. Besonders, wenn dieser regelrecht in Stücke gehackt worden war. Wie zum Teufel hielten Cops diese Belastung nur aus?

Nicky erinnerte sich noch gut daran, daß sein Vater häufig abends nach Hause gekommen war, sich einen großzügigen Schluck Whisky in ein altes Marmeladenglas gegossen und sich dann noch in seiner Uniform vor den Fernseher gesetzt hatte, um blicklos ins Leere zu starren. Sein Abendessen stand in solchen Nächten unberührt neben ihm und wurde kalt, während der Pegel der Whiskyflasche stetig sank und der fünfjährige Nicky schließlich zu weinen anfing, wenn seine Mutter Officer Vincent Stella zu Bett bringen mußte. Die nur knapp einen Meter sechzig große Nicolette Stella führte dann ihren hochgewachsenen, kräftigen, hartgesottenen Cop wie ein kleines Kind die Treppe hoch; diese zerbrechlich wirkende Frau mit dem eisernen Willen, die Nickys

Vater bereits nach der zweiten Verabredung geheiratet hatte und die er durch Brustkrebs verlieren sollte, noch ehe sie fünfzig Jahre alt war. Sein Vater war kein Säufer, weit gefehlt, aber manchmal überkam es ihn eben, manchmal verspürte er das dringende Bedürfnis, sich bis zur Bewußtlosigkeit zu betrinken. Heute, da er im Ruhestand war, sah er die Dinge gelassener und war auch imstande, über bestimmte Vorfälle zu sprechen, ohne sich dabei emotional zu engagieren. Er mußte sich in solchen Fällen auch nicht mehr mit Alkohol betäuben.

Aber was würde Vincent Stella an seiner Stelle tun? fragte sich Nicky. Die Polizei zu Rate ziehen? Wollte er sich wirklich so tief in diese Sache hineinziehen lassen? War dies eine Art Verschwörung? Hatte er vielleicht eine moralische Verpflichtung, etwas zu unternehmen?

Er erkannte, daß er im Augenblick nicht in der Lage war, auch nur eine einzige dieser Fragen zu beantworten, als er von der Lee Road auf den Chagrin Boulevard abbog und Richtung Normandy fuhr. Er konnte ja kaum noch die Augen offenhalten.

Aber sowie er sein Haus erblickte, wußte er, daß etwas nicht stimmte. Aus irgendeinem Grund hatte sein Vermieter es für nötig gehalten, seinen Hauseingang mit einer riesigen sitzenden Statue zu verschönern. Erst als er genauer hinsah, stellte er fest, daß es sich bei dem seltsamen Objekt beileibe nicht um eine leblose Figur handelte, sondern um Frank Corso, der auf den Stufen vor seiner Eingangstür hockte.

Frank wirkte noch bedrohlicher, als Nicky ihn in Erinnerung hatte. Er hatte sich mittlerweile einen stacheligen Igelhaarschnitt verpassen lassen, und im hellen Licht des Nachmittages konnte Nicky sogar aus einiger Entfernung die Krater und Wülste von einem halben Dutzend Narben ausmachen. Frank Corso hatte eine Sporttasche bei sich, die wie ein kleiner schlafender Rottweiler zu seinen Füßen lag. Was mochte da nur drin sein? überlegte Nicky mit wachsender

Besorgnis. Ob er ein kleines Arsenal an Folterwerkzeugen mitgebracht hatte?

Er verlangsamte das Tempo und blickte die Straße entlang. Genau gegenüber von seiner Einfahrt parkte ein schwarzer Pontiac. Zweifellos Frank Corsos fahrbarer Untersatz. Typischer verlängerter Phallus.

Vier Riesen, dachte Nicky. Vier Riesen oder meine Eier.

Er bog in eine ungefähr ein halbes Dutzend Häuser entfernt gelegene Einfahrt ein, setzte zurück und fuhr wieder Richtung Chagrin Boulevard, wobei er ständig in den Rückspiegel schaute. Er sah, wie sich Frank Corso eine Zigarette anzündete. Offenbar hatte er sein Opfer nicht bemerkt.

Nicky fuhr zur Avalon Road, bog links ab, parkte, stieg aus, schloß den Wagen ab und schlich sich durch das Gewirr von Hinterhöfen auf seine hintere Haustür zu. Frank Corsos Pontiac stand immer noch auf der Straße.

Vorsichtig tastete er nach seinem Schlüssel, ehe er mit Riesenschritten quer über seinen Hinterhof jagte und mit einem Satz über ein Kinderfahrrad hinwegsprang, das Aaron, der kleine Sohn seines Nachbarn, dort liegengelassen hatte. Seine Ledersohlen waren zwar nicht unbedingt die ideale Fußbekleidung für einen Sprint über feuchten Rasen, aber es gelang ihm, das Gleichgewicht zu halten und seine Tür mit heilen Knochen zu erreichen.

Leise drehte er den Schlüssel im Schloß, betrat das Haus und zog sofort die Tür hinter sich zu, dann schlüpfte er aus seinen Schuhen und schlich barfuß die Treppe zu seinem Apartment hoch. Dort legte er erst einmal das Ohr an die Tür und horchte. Als er nichts hörte, ging er hinein und inspizierte seine beiden Wohnräume. Alles so, wie er es verlassen hatte. Er nahm einen seiner Klappstühle, tippelte auf Zehenspitzen zur Tür zurück, überprüfte das Schloß und den Sicherheitsriegel und schob dann vorsichtig den Stuhl unter die Klinke.

Das hätten wir, dachte er. Mehr kann ich nicht tun. Fort Knox ist gesichert. Wenn du was von mir willst, du fettes Schwein, dann komm rein und hol mich. Tu dir keinen Zwang an.

Jetzt hatte er nur noch einen Wunsch. Ab ins Bett.

Er schaffte es gerade noch, sich die Socken auszuziehen, ehe er auf die Matratze fiel. Innerhalb weniger Minuten war er tief und fest eingeschlafen.

Und dann kamen die Alpträume.

Als zwei Stunden später das Telefon klingelte, jagte ihn gerade ein lippenloser, blutüberströmter Bennett Crane durch eine Opiumhöhle, direkt in die Arme von Frank Corso hinein, der sich auf wundersame Weise in einen nackten Chinesen verwandelt hatte und eine glitzernde Schere in der Hand hielt.

Und mitten im Raum – zu den Klängen der *Cavalleria Rusticana* – lag der schon erkaltete Louie Stella, aus dessen Augenhöhlen leuchtendgelbe Narzissen wuchsen.

9.

»Ich könnte dir mit Wonne den Hals umdrehen!« fauchte Amelia.

Sie saßen in einem Café direkt gegenüber von der Bücherei, und Amelia hatte ihren Bruder gerade nach allen Regeln der Kunst zusammengestaucht, weil er sie zu Tode erschreckt hatte – sowohl das Erschrecken als auch der anschließende Wutausbruch des Opfers waren Tradition innerhalb der Familie Randolph. Aber da es heftig zu regnen begonnen hatte, war die Garth Randolph zugedachte Strafpredigt recht kurz ausgefallen.

Nachdem Amelia ihrem Herzen Luft gemacht hatte, hatte sie ihren Bruder umarmt, und danach nahmen sie einträchtig in einer Sitzecke Platz, trockneten sich mit Servietten ab und bestellten Kaffee. Während Garth die Speisekarte studierte, starrte seine Schwester ihn fasziniert an und wunderte sich einmal mehr, warum alle ihre Bekannte erste Anzeichen des Alterns zeigten und nur Garth davon verschont blieb. Sie hatte ihn seit zwei Jahren nicht mehr gesehen und entdeckte nur ein paar feine Linien um seine Augen herum, aber ansonsten schien er in ausgezeichneter physischer Verfassung zu sein. Während seiner Highschoolzeit hatte Garth zum Ringerkader der Schule gehört und auch danach noch aktiv Sport getrieben, bis er dann nach dem College einen schweren Autounfall erlitt, bei dem er sich den Rücken verletzte und einige Zeit in einem Krankenhaus in Pennsylvania verbringen mußte, um ein paar häßliche Wunden im Gesicht behandeln zu lassen. Entgegen aller Erwartungen sah er danach noch besser aus als vorher.

Als sie ihn das letzte Mal gesehen hatte, hatte er einen langen Rauschebart getragen und auf einer Milchfarm in Orwell gelebt, wo er sich von einem Nervenzusammenbruch und dem Konkurs der Werbeagentur erholte, die ihn reich gemacht hatte. Während dieser Regenerationsphase hatte er sie ein- oder zweimal angerufen und ihr glaubhaft versichert, daß alles in Ordnung wäre und er bald in die Welt der Zigaretten, Zeitungen, alkoholischen Getränke, Autoabgase und der regelmäßigen Zahnpflege zurückkehren würde. Das war vor zwei Jahren gewesen. Nun war er glattrasiert und trug einen modischen Anzug.

»So ...«, begann Garth, »wie geht es denn deiner hübschen Freundin Paige?«

»Gut«, erwiderte Amelia. »Sie ist zur Zeit solo, falls du das wissen willst.«

»Immer noch auf der Suche nach Mr. Right, was?«

Amelia lachte. »Sie hat sich selbständig gemacht. Hat in der Marble Lane eine Buchhandlung eröffnet. Du solltest da mal vorbeischauen und sie besuchen.«

»Eine Buchhandlung?«

»Ja. Gemütlicher kleiner Laden, kann ich nur empfehlen.«

»Cappuccino mit Milch bei der Lektüre von John Grisham und T. S. Eliot?«

»So weit ist sie noch nicht«, antwortete Amelia, die bei dem letzten Namen aufgehorcht hatte. Hatte sie T. S. Eliot als Verfasser des mysteriösen Gedichtes in Betracht gezogen? Sie konnte sich nicht daran erinnern, beschloß aber, das Versäumte unverzüglich nachzuholen. »Aber irgendwann einmal will sie eine kleine Kaffeecke einrichten. Allerdings wird sie dann jemanden einstellen müssen, der sich um das leibliche Wohl der Gäste kümmert.«

»Und wie geht es meinem *kleinen* Rotschopf?«

»Maddie geht's prima. Sie vermißt dich.« Amelia holte ein Polaroidfoto hervor, das Paige bei Maddies Hörprobe für *Annie* aufgenommen hatte. »Aber ich will ganz ehrlich sein. Sie spricht in der letzten Zeit nicht mehr so oft von dir. Ich fürchte, sie wird dich irgendwann einmal vergessen haben.«

Garth gab ihr das Foto zurück. »Hat sie die Rolle bekommen?«

Amelia lachte, um ein aufkeimendes Schuldgefühl zu unterdrücken. »Laß es mich so formulieren: Sie hat ihr Gesangstalent von mir geerbt.«

Ihr Bruder zog eine Grimasse. Offenbar erinnerte er sich an die zahlreichen musikalischen Verunglimpfungen von Martha Reeves oder Joni Mitchell, die einst im Heim der Randolphs in der Edgefield Road stattgefunden hatten. »So schlimm?«

»Schlimmer«, meinte Amelia.

Garth lächelte und trank seinen Kaffee aus. »Und wie kommst du so mit Roger zurecht?«

Amelia zögerte nur den Bruchteil einer Sekunde lang, doch das genügte ihrem Bruder bereits. Garth konnte in ihr lesen wie in einem aufgeschlagenen Buch. »Wunderbar«, log sie. »Alles in bester Butter.«

»Was stimmt nicht zwischen euch?«

»Es ist alles in Ordnung.« Sie haßte es, bei einer Lüge ertappt zu werden.

»*Meelie.*«

Und den idiotischen Spitznamen haßte sie fast noch mehr.

»Uns geht es prima. Wirklich. Wir haben nur die üblichen Eheprobleme; Auseinandersetzungen, die halt vorkommen, wenn zwei Menschen fast ständig aufeinanderhocken. Solltest du jemals von deinem verdammten hohen Roß herabsteigen und dich einmal ernsthaft verlieben, dann würdest du die Höhen und Tiefen am eigenen Leibe erfahren.« Garth, der nie geheiratet hatte, war dafür berüchtigt, seine Beziehungen nach spätestens einem Jahr wieder zu beenden. Seit seinen Collegetagen hatte Amelia ihn nicht mehr richtig verliebt gesehen.

»Du fluchst normalerweise nur, wenn du irgend etwas Wichtiges für dich behältst«, stellte Garth nüchtern fest. »Willst du mit mir darüber reden?«

»Roger hat eine Geliebte.« Irgendwie war ihr das Geständnis einfach entschlüpft.

»Verstehe ...«, sagte Garth. »Jemand, den du kennst?«

»Unglücklicherweise ja«, erwiderte Amelia. »Unglücklicherweise kann ich mir in aller Deutlichkeit vorstellen, wie sie wie zwei hechelnde Hunde übereinander herfallen. Eine nette Vorstellung, findest du nicht?«

Garth streichelte den Handrücken seiner Schwester. »Ich hab' dir davon abgeraten, ihn zu heiraten.«

Die Bemerkung war als Spaß gedacht, aber Amelia wußte, daß ein Hauch von Wahrheit darin mitschwang. Garth hatte nicht übermäßig begeistert gewirkt, als Amelia ihm verkündete, Roger Saintsbury ehelichen zu wollen. »Es ist schon ein sehr merkwürdiges Gefühl, Bruderherz«, sagte sie ein wenig gefaßter. »Ich liebe ihn, aber ich verspüre gleichzeitig den dringenden Wunsch, ihn aus dem Fenster zu schmeißen. Siehst du vielleicht einen Sinn darin?«

»Ja, Meelie, den sehe ich durchaus.« Eine Weile schwiegen beide, dann fragte Garth: »Soll ich einmal mit ihm reden?«

Amelia lächelte. »Willst du ihm eine Tracht Prügel verpassen, großer Bruder?«

»Den hau' ich in die Fresse, bis er lacht«, meinte Garth in der Hoffnung, sie ein wenig aufzuheitern.

heute abend mußte sie jedoch unbedingt herausbringen, wie er eigentlich hieß –, aber sie hatte doch seit der letzten Unterrichtsstunde viel an ihn gedacht; an die Art, wie er ihr zu Hilfe geeilt war, und an seine engsitzenden Jeans. Aber wenn sie wirklich nur einen harmlosen Flirt im Sinn hatte, warum fühlte sie sich dann so schuldbewußt?

Du benimmst dich kindisch, schalt sie sich, während sie einen engen Jeansrock aus dem Schrank nahm (wohl wissend, daß er fast den halben Oberschenkel freigab, wenn sie sich setzte) und dazu einen schwarzen Pullover heraussuchte. Sie legte beides auf das Bett, ging die Treppe hinunter und steckte den Kopf in das Arbeitszimmer, wo der Computer stand. »Bist du mit Pizza einverstanden?«

»Klar«, antwortete Maddie, die gerade per Mausklick die Farbe der Vorhänge im Schlafzimmer ihrer digitalen Puppenstube änderte.

Amelia rief bei Domino's an, holte ihr Portemonnaie und legte das Geld für die Pizza nebst zwei Dollar Trinkgeld auf das Tischchen neben der Eingangstür; dann blickte sie auf ihre Uhr. Was soll's, dachte sie. Sie würde die Sache jetzt in Angriff nehmen. Zeit genug blieb ihr ja. Entschlossen marschierte sie zum Wäscheschrank hinüber, holte die beiden Schachteln mit Haartönung heraus und fand dahinter den Tiegel mit der Gesichtsmaske. Sie stellte beides auf die Ablage im Badezimmer und zog dann ihr altes, zerschlissenes Fleecesweatshirt an, das sie immer trug, wenn sie einen großen Hausputz veranstaltete, und in dem sie sich noch nicht einmal auf der Straße blicken ließ, wenn es stockfinster war.

Haartönung und Gesichtsmaske.

Mach dir doch nichts vor, Meelie, dachte sie. Das alles würde eine Frau tun, die nicht die leiseste Absicht hat, mit einem gutaussehenden Mann zu flirten?

Zwanzig Minuten später sah sie in den Badezimmerspiegel. Wirklich gelungen. Mit der schimmelgrünen Gesichtsmaske und dem orangerot verkleisterten Kopf – ein Ergebnis der Mischung zweier verschiedenfarbiger Tönungen – ähnelte sie einem Zombiemutanten vom Planeten Eitelkeit.

Ausgerechnet in diesem Moment klingelte es an der Tür.

Amelia stellte den Deckenventilator ab und drehte den Wasserhahn zu. »Maddie!« rief sie laut.

»Was ist, Mom?« antwortete ihre Tochter.

»Nimmst du bitte die Pizza in Empfang? Das Geld liegt auf dem Tisch neben der Tür.«

»`kay …«

Amelia hörte, wie die Rollen des Drehstuhls über den Holzfußboden kratzten, ihre Tochter aufsprang, durch die Diele lief und die Tür öffnete. Sie stellte den Ventilator wieder an und ließ erneut Wasser laufen. Da … da war doch noch etwas. Eine Stimme? War das Maddie? Rief Maddie nach ihr? Unwillig schaltete sie den Ventilator wieder aus und lauschte angestrengt.

Stille.

»Maddie? Hast du mich gerufen?«

»Mom?« sagte Maddie vom Fuß der Treppe her. Ihre Stimme klang dünn und unsicher, wie immer, wenn ihr plötzlich abverlangt wurde, Entscheidungen für Erwachsene zu treffen.

»Ja, Süße … was gibt's denn?«

»Äh … hier ist jemand, der dich sprechen möchte.«

Amelia musterte sich verstohlen im Spiegel. Eine Gestalt aus einem Horrorfilm starrte zurück. Wunderbar. Besuch hatte ihr gerade noch gefehlt. »Wer ist es denn, Maddie?« fragte sie. Es kostete sie einige Mühe, die Lippen zu bewegen, denn die Maske war inzwischen angetrocknet.

Maddie zögerte. »Es ist Shelley Roth.«

10.

Vater John Angelinos Schwester Carmen Ricci war eine Witwe mit fünf Kindern, und Vater John, so schien es, hatte sehr an ihr gehangen, da er für gewöhnlich zwei oder drei Tage im Monat in ihrem Haus in der Tillman Avenue verbrachte, um die notwendigsten Reparaturen auszuführen. Als Carmen vom Tod ihres Bruders erfuhr, war sie völlig zusammengebrochen und jetzt lag sie im Mt. Sinai-Hospital, wo man sie unter Beruhigungsmitteln hielt.

Der Anruf, der Nicky aus seinem Alptraum gerissen hatte, stammte von seinem Cousin Joseph, der ihm kurz mitteilte, er könne sich ruhig die beiden Kartons mit John Angelinos Habseligkeiten ansehen, die zum Haus der Riccis geschafft worden waren, solange er nichts daraus mitgehen lasse.

Als Nicky auf das Haus zuging, dachte er bei sich, daß es hier wohl nicht so peinlich sauber, fast schon steril seine würde wie im Haus der Cranes in Erie. Der Vorgarten war mit Kinderspielzeug übersät: einem halben Dutzend Plastikeimern, Schaufeln, Harken, Baseballschlägern, Bällen und einer Sammlung von Lastautos.

»Möchten Sie noch etwas Kaffee?« fragte die Frau. Ihr Name war Beth Sowieso – es klang polnisch –, und sie arbeitete für die Katholische Familienhilfe. Sie war fünfunddreißig, untersetzt und hausbacken, hatte sandfarbenes Haar und sollte sich um die Ricci-Sprößlinge kümmern, bis Carmen wieder auf den Beinen war. Auf diesem Kaffeetisch lagen Ausgaben von *Good Housekeeping* und *Christian Family*, stellte Nicky fest. Einen größeren Gegensatz zu Elizabeth Cranes hypermodernem, gepflegten Heim konnte er sich gar nicht vorstellen. Die Möbel waren samt und sonders alt, aber nicht antik. Überall, wo er hinschaute, standen mit Süßigkeiten gefüllte Glasschälchen herum.

»Nein, danke«, lehnte er ab und stand auf.

»Die Kartons stehen hier hinten«, sagte Beth. Sie führte ihn durch einen schmalen Korridor zu einem kleinen Büro, offenbar ein zweckentfremdetes Schlafzimmer, das mit Akten, Papierkram, eselsohrigen Gesangbüchern, Katalogen und anderem Krimskrams vollgestopft war. In einer Ecke stand ein Computertisch aus furnierter Eiche, eines dieser Billigmöbelstücke zum Zusammenbauen, die man im Ausverkauf für vierzig oder fünfzig Dollar erstehen konnte.

Nicky blickte unter den Tisch und entdeckte einen großen, mit Büchern und Pamphleten gefüllten Pappkarton. Stück für Stück begann er, die einzelnen Gegenstände herauszunehmen.

Ganz unten in dem Karton fand er einen alten Toshiba-Laptop, geschickt als zerfledderter Weltatlas getarnt. Nicky nahm an, daß Vater John einen alten Buchdeckel auf das Gehäuse des Gerätes geklebt hatte, um es vor Diebstahl zu schützen. Ganz schön gerissen, fand er. Nur war der Computer gut und gerne zehn Jahre alt und allein daher nicht besonders wertvoll.

Nicky schaltete ihn ein und überprüfte das Verzeichnis auf der Festplatte. Drei Programme waren darauf installiert, ein Textverarbeitungsprogramm, eines für Kalkulationen und World Online. In einer Schublade entdeckte er eine Diskette, schob sie in das Laufwerk und rief dann die Dateien des Textverarbeitungsprogrammes ab. Zwei stammten von dem Tag vor John Angelinos Ermordung, aber alles, was drei Wochen oder länger zurücklag, war gelöscht worden. Nicky kopierte die Dateien auf Diskette. Mit dem Kalkulationsprogramm konnte er ohnehin nichts anfangen, derlei Dinge waren für ihn ein Buch mit sieben Siegeln, und da er das wußte, machte er sich erst gar nicht die Mühe, es zu laden. Statt dessen klickte er World Online an und stellte fest, daß in der Woche vor dem Mord drei e-mails eingegangen waren. Auch diese Nachrichten zog er auf Diskette, dann schaltete er den Laptop wieder aus.

Die Briefe behandelten Fragen, die die Kirchengemeinde betrafen. Einer war an einen Bauunternehmer gerichtet, der einen Kostenvoranschlag für die Renovierung des Parkplatzes vor der Kirche erstellen sollte. Der zweite Brief war an den Ökumenischen Kirchenrat adressiert. Offenbar hatte Vater Angelino die Bereitstellung von Geldmitteln für dieses Projekt gefordert.

Nicky hatte den Häuserblock dreimal umkreist, ehe er schließlich hinter Sol's Delikatessenladen geparkt hatte und wieder durch die Hinterhöfe zu seinem Apartment geschlichen war. Aber heute hatte Frank Corso darauf verzichtet, ihm aufzulauern.

Er setzte sich an seinen Computer, legte ein riesiges Sandwich mit Corned Beef samt einer Extraportion Mixed Pickles neben sich und nahm sich die e-mail-Nachrichten vor.

Die ersten beiden der drei eingegangenen Botschaften gehörten zu einer regen Korrespondenz, die John Angelino allem Anschein nach mit einem gewissen Reverend Edmund Philips aus Tacoma, Washington, geführt hatte und die die kontroversen Ansichten der beiden zur Frage der Unsterblichkeit der Seele zum Thema hatte. Nur die dritte Nachricht war für Nicky von Interesse, zumal John Angelino sie erst zwei Tage vor seiner Ermordung erhalten hatte.

Er klickte die Datei an. Nach einigen Augenblicken wurde auf dem Bildschirm eine graphische Darstellung sichtbar, die Kopie einer einzelnen Strophe eines Gedichtes, die jemand auf ein liniertes Blatt geschrieben hatte. Automatisch wanderte sein Blick zur Adresse des Absenders. Sie lautete tse@com.hk, was ihm auch nicht weiterhalf. Offenbar wollte der Absender seine Identität verschleiern; wollte verhindern, daß man die e-mail zurückverfolgen konnte. Auch eine Liste auf dem Bildschirm zog seine Aufmerksamkeit auf sich. Er las:

Bennett Marc Crane	bcranemd@wol.com
John Angelino	praise@wol.com

Geoffrey Coldicott	hardman@ttk.net
Jennifer Schumann	jenny5@wol.com
Roger Saintsbury	ras@wol.com

Seine erste Reaktion erinnerte ihn an sein Verhalten, als seine Schwester zur Feier seines ersten veröffentlichten Artikels eine Überraschungsparty für ihn organisiert hatte. Damals hatte er nichtsahnend ihr Apartment betreten und sich einer Menge Leute gegenübergesehen, die er irgendwann in seinem Leben einmal kennengelernt hatte und von denen er wußte, daß sie nicht das geringste miteinander zu tun hatten. Und doch waren sie alle da, unterhielten sich, lachten und tranken, und jeder sprach von dem Nicky Stella, den *er* kannte. Die unverhoffte Konfrontation mit so vielen teils vergessen geglaubten Menschen und Erinnerungen hatten ein überwältigendes Angstgefühl in ihm ausgelöst.

Dieselbe Panik überkam ihn jetzt, als die beiden Namen auf dem Bildschirm erschienen.

Sie sprangen ihm geradezu in die Augen.

Bennett Marc Crane.

John Angelino.

Zwei Männer, in zwei verschiedenen Städten, neunzig Meilen voneinander entfernt, und beide waren verstümmelt und mit zu reinem Heroin vergiftet worden. Dem einen hatte man mit einem Skalpell die Augen ausgestochen, dem anderen die Lippen abgetrennt. Und dann war da noch eine junge Frau namens Kathleen Holt, die sich zur falschen Zeit den falschen Freier mit aufs Zimmer genommen hatte, wie es schien. Zwei Männer, die auf derselben e-mail-Liste standen. Beide waren mit einem rätselhaften Gedicht bedacht worden, das von Leiden handelte.

Aber die Tatsache, daß zwei Mordopfer auf derselben unheimlichen Liste auftauchten, erschreckte ihn weniger als der Teufel, der im Detail saß. In diesem Fall in einer logischen Schlußfolgerung! Drei Namen blieben noch übrig.

11.

Amelia hatte Shelley Roth zum ersten Mal auf einer Weihnachtsfeier bei der TRW, der Firma, für die Roger arbeitete, zu Gesicht bekommen, und zwar draußen auf dem Parkplatz vor dem Firmengebäude. Shelley Roth stand da wie eine Madonna im Schnee, während mindestens die Hälfte der männlichen Belegschaft der TRW bei dem Versuch, Ms. Roths Auto wieder zum Leben zu erwecken, betrunken über ihre eigenen Füße stolperte. Obwohl jeder der Beteiligten ganz genau wußte, daß er sich zum Narren machte, wollte keiner zurückstehen, und so konnte man die in teuere schmucke Straßenanzüge gekleideten Herren mittleren Alters dabei bewundern, wie sie sich geradezu darum rissen, sich die Hände mit Öl zu verschmieren oder auszurutschen und im überfrierenden Matsch zu versinken. Während dessen stieß Shelley Roth in einem fort Jammerlaute aus und strich sich über ihr platinblond gefärbtes Haar, das im Schein der Straßenlaterne hell leuchtete.

Wer ist denn dieses aufgedonnerte Flittchen? hatte Amelia damals gefragt und prompt einen von Rogers *sei-ein-bißchen-nett*-Blicke geerntet, den sie allerdings so deutete, wie er wirklich gemeint war, nämlich als Aufforderung, sich weiterer Bemerkungen zu enthalten.

Wie wenig sie damals verstanden hatte.

Doch nun saß Shelley Roth auf ihrem Sofa und nippte an dem Tee, den aufgebrüht zu haben, Amelia sich nicht entsinnen konnte. Das einzige, woran sie denken konnte, das einzige, was sie wie ein dunkles Fieber verzehrte und all ihre Gedanken lähmte, waren diese fünf Worte. Fünf Worte, die sie mit rotglühendem Zorn und eiskalter Ruhe zugleich erfüllten; ein Gefühl, das sie alles in allem nicht unbedingt als unangenehm bezeichnen konnte.

Über den Aufruhr, den diese fünf Worte in ihrem Herzen auslösten, wollte sie vorerst nicht nachdenken.

»Wie bitte?« fragte sie noch einmal nach, obwohl sie wußte,

daß Shelley die Worte wiederholen und damit den Schmerz erneut anfachen würde.

Shelley Roth schlug ihre langen, wohlgeformten Beine übereinander, trank einen Schluck Tee und sagte: »Ich glaube, ich bin schwanger.«

Der Mann mit den dunklen Locken schlenderte erst um viertel vor neun lässig in den Klassenraum. Er trug dieselbe Lederjacke wie beim letzten Mal, dazu schwarze Jeans mit Nieten. Sie hatte nicht mehr mit seinem Erscheinen gerechnet, und so kam es, daß er sie dabei ertappte, wie sie ungeniert gähnte.

Ohne zu überlegen hatte sie drei große Gläser Schnaps hinuntergekippt, nachdem Shelley Roth gegangen war, um ihre strapazierten Nerven zu beruhigen. Am liebsten wäre sie auf der Stelle nach Elkhart gefahren. Einen kurzen Moment lang gestattete sie sich die Vorstellung, wie sie Roger durch die Flure des Sheraton Elkhart scheuchte, um ihm anschließend mit seinem geliebten, von Greg Norman persönlich signierten Schläger eine Abreibung zu verpassen, die sich gewaschen hatte.

Aber andererseits hatte Shelley Roth ihre Behauptung, schwanger zu sein, nicht gerade überzeugend vertreten können. Sie hatte lediglich bestätigt, was Amelia bereits wußte – nämlich das Roger und Shelley insgesamt dreimal miteinander in die Federn gehüpft waren – aber davon abgesehen hatte sie keinen Schwangerschaftstest gemacht, war nur neun Tage über die Zeit und gab zu, daß sich die Zahl der in Frage kommenden Väter auf Roger und einen gewissen Milton Pettigrew aus Accounting beschränkte. Sie sagte, sie wolle nur dafür sorgen, daß der potentielle Vater auch seinen Verpflichtungen nachkäme.

Nachdem Amelia ob der Vorstellung, Roger könne ungeschützten Sex mit dieser Frau gehabt haben, förmlich an die Decke gegangen war, hatte Shelley Roth seelenruhig gesagt, Roger habe selbstverständlich ein Kondom benutzt, aber im selben Atemzug hinzugefügt, jeder wisse ja, daß Kondome auch nicht hundertprozentig sicher seien. Aus diesem Grund habe sie diese Verabredung auch herbeigeführt.

Vielen Dank, hatte Amelia gedacht, als sie Shelley zur Tür brachte und mit der Anweisung verabschiedete, sich erst dann wieder zu melden, wenn feststand, daß sie guter Hoffnung war, und nicht einen Moment früher.

Bis dahin, Shelley-Baby, hieß das Motto: Bleib, wo der Pfeffer wächst.

Amelia schätzte den Schaden an zerbrochenem Geschirr, das überall in der Küche verstreut lag, auf ungefähr dreihundert Dollar. Vor ihrem Wutanfall hatte sie Maddie vorsorglich zu den MacGregors hinübergeschickt, und Karen MacGregor, Caitlins Mutter, der die Anspannung in Amelias Stimme zweifellos nicht entgangen war, hatte sich bereiterklärt, Maddie den ganzen Abend dazubehalten. Amelia notierte sich im Hinterkopf, daß sie Karen dafür einen großen Gefallen schuldete – Babysitting am Silvesterabend vielleicht.

Nach der Porzellanvernichtung hatte sie beschlossen, sich zu beruhigen, ein paar Gläser Pfefferminzschnaps zu trinken und sich bis ins Detail zurechtzulegen, wie sie weiter vorgehen wollte.

Als sie bei der Schule ankam, wurde ihr klar, daß sie eine ganze Reihe von Entscheidungen bereits getroffen hatte.

»Würden Sie mich für aufdringlich halten, wenn ich Ihnen sage, daß Sie heute abend ganz bezaubernd aussehen?«

»Durchaus nicht«, erwiderte Amelia leicht errötend. Sie lehnte an der Mauer hinter der Schule. »Von mir aus können Sie das so oft sagen, wie Sie wollen. So lange, bis Sie heiser werden.«

Der Lockenkopf lächelte. »Nun, ich möchte natürlich nicht, daß Ihnen die Komplimente zu Kopf steigen.«

Amelia, der der Alkohol einige Hemmungen genommen hatte, lagen ein paar ziemlich anzügliche Bemerkungen auf der Zunge, aber sie schluckte sie lieber hinunter.

In allerbester Gentlemanmanier hatte er sie nach dem Unterricht beiseite genommen und sie gefragt, ob er sie zu ihrem Auto begleiten dürfe. Er habe heute extra einen eigenen Kleiderbügel mitgebracht, hatte er gewitzelt, um auf alles vorbereitet zu sein. Dann hatte er ihr in den Mantel geholfen.

Eine Zeitlang blieben sie auf dem Parkplatz stehen, unterhielten sich und winkten den wenigen anderen Studenten zu, die in ihre Autos stiegen und in die sternenklare Nacht hinausfuhren; heim in ihr perfektes kleines Familienidyll, wie Amelia nicht ohne Neid vermutete. Nach ungefähr zehn Minuten war der Parkplatz bis auf ihre beiden Fahrzeuge vollkommen leer.

»So«, meinte Amelia.

»So«, antwortete er.

Nach ein paar Sekunden trafen sich ihre Blicke, und beide brachen in schallendes Gelächter aus, weil sie die erotische Spannung spürten, die in der Luft lag. Vom Alkohol ermutigt beschloß Amelia, sie zu brechen. Sie griff in ihre Umhängetasche und holte die Schnapsflasche hervor. »Darf ich Sie auf einen Drink einladen?«

Er blickte sich auf dem Parkplatz um. »Gerne. Warum nicht?«

Amelia setzte die Flasche an und nahm vorsichtig einen kleinen Schluck. Sie mochte ja bereit sein, sich auf ein Abenteuer einzulassen und die Rolle der wilden Verführerin zu spielen, aber sie konnte schwerlich wegleugnen, daß sie eine Tochter und ein Haus, ein Auto und einen Hund und so etwas wie ein Familienleben hatte, und das durfte sie nicht vergessen. Sogar dieser winzige Schluck Schnaps verursachte ihr Übelkeit. Sie reichte die Flasche an ihn weiter. Er nahm sie und nippte daran, ohne sie dabei aus den Augen zu lassen. Er schien Erfahrung in diesen Dingen zu haben. Seltsamerweise ließ ihn das in ihren Augen noch attraktiver erscheinen.

»Übrigens, ich heiße ...«, begann er.

Amelia legte ihm sacht einen Finger auf die Lippen. »Ganz egal.« Sie küßte ihn sanft, öffnete nur ganz leicht die Lippen, dann löste sie sich von ihm und sah ihm in die Augen. Sie war ein bißchen betrunken, es war ein frischer, kühler Herbstabend, und dies war nicht ihr Ehemann.

Wow!

Sie überließ ihm die Führung, als er ihren Mantel öffnete und mit beiden Händen über ihre Hüften und ihre Taille strich. Einen Moment lang schloß Amelia die Augen, genoß die Kraft seiner Arme, seiner Hände, seiner Finger. Dann küßte sie ihn erneut, diesmal sehr viel leidenschaftlicher, erforschte mit der Zunge seinen Mund. Vom Zauber des Augenblicks überwältigt ließ sie ihre Hand an seinem Bein hinuntergleiten, dann langsam wieder aufwärts, wobei sie mit dem Daumennagel fast unmerklich über den Reißverschluß seiner Hose streichelte.

Er drehte sie herum, drückte sie mit dem Rücken gegen die Mauer und lehnte sich schwer gegen sie.

»Weißt du …«, sagte er leise, »du gehörst zu der Sorte Schriftsteller, die ich am liebsten mag.«

»Tatsächlich?« meinte Amelia, die heftiger zu atmen begann und sich fragte, ob das alles nicht viel zu schnell und vor allem viel zu weit ging. Ach, zum Teufel damit, dachte sie, ihre Bedenken über Bord werfend. Sie fühlte sich so gut wie schon lange nicht mehr. Verstohlen musterte sie ihn; seine Augen, die schöngeschwungenen Lippen. Er war so ungemein anziehend. »Und welche Sorte meinst du damit?«

»Die, die so sexy sind wie du«, flüsterte er, mit dem Finger über den Ausschnitt ihres Kleides streichend.

Nach dem Besuch von Shelley Roth hatte sich Amelia gegen Jeansrock und Pullover entschieden und statt dessen ein aufreizendes, eng anliegendes schwarzes Kleid angezogen, das kurz über ihren Knien endete, dazu hochhackige schwarze Pumps. Auf einen BH hatte sie verzichtet. Falls jemand eine Bemerkung machen sollte, würde sie behaupten, gleich nach dem Unterricht noch zu einem Empfang zu gehen. Das Kleid war vorne recht großzügig ausgeschnitten, daher hatte sie es zusammengerafft und dann mit Nadeln festgesteckt.

Doch nun nestelte sie all das wieder los, was sie mindestens ein Dutzend Mal sorgsam festgesteckt, losgemacht, neu drapiert und erneut befestigt hatte. Der Fremde schob seine Hand in ihren Ausschnitt und liebkoste ihre Brüste, während sie sich wohlig gegen die rauhe Wand preßte. Er öffnete ihr Kleid, beugte sich vor und fuhr mit der Zunge lockend über ihre Brustwarzen.

Voller Glut erwiderte sie seine Küsse, rieb ihr rechtes Bein an dem seinen und war schon im Begriff, ihn in ihr Auto zu zerren, als ihr schlagartig bewußt wurde, was sie da tat.

Wie angewurzelt blieb sie stehen. »Um Gottes willen«, murmelte sie.

»Was ist denn?« fragte er, doch der Klang seiner Stimme verriet Amelia, daß er es bereits wußte. Er schien ihr über genug Erfahrung mit dem anderen Geschlecht zu verfügen, um sofort zu merken, wann eine Hausfrau nur deshalb auf ein Abenteuer aus war, weil ihr Mann sie betrogen oder als fette Kuh bezeichnet oder das Geld für die nächste fällige Hypothek beim Pferderennen verwettet hatte. Aus dem einen kurzen Satz konnte sie entnehmen, daß er wußte: er würde heute keinen Treffer landen können.

Und er behielt recht. Amelia entwand sich seinem Griff, schloß ihren Wagen auf und schob sich hinter das Steuer.

»Meinst du, du kannst fahren?« erkundigte er sich besorgt.

»Aber sicher«, beruhigte ihn Amelia, und sie meinte es auch so. Bis zu ihrem Haus war es nicht weit, und die plötzliche Erkenntnis, daß sie leicht beschwipst und mit entblößten Brüsten an einer Mauer hinter einem Schulgebäude gelehnt hatte, hatte sie vollends ernüchtert.

»Na gut«, sagte er. »Verschieben wir's auf später.«

Amelia ließ den Motor an, legte den Rückwärtsgang ein und fuhr aus der Parklücke heraus. »Verschieben wir's auf später«, stimmte sie zu, obwohl sie nicht recht wußte, was genau auf einen späteren Zeitpunkt verlegt werden sollte. Ein weiterer gemeinsamer Drink oder die Fortsetzung dessen, was sie in dieser Oktobernacht begonnen hatten?

Sie drückte auf die Wiedergabetaste ihres Anrufbeantworters.

»Hi, Herzchen ... wie geht's denn meinen Mädchen? ... Ich vermisse dich und Maddie sehr ... äh ... viel ist hier eigentlich nicht los ... hab' gerade auf die Schnelle einen Happen gegessen ... was Tiefgefrorenes mit tiefgefrorener Beilage ... und eine Miniportion Krautsalat dazu ... außerdem eine Dose lauwarmes Dr. Pepper ... Igitt ... weiß überhaupt nicht, warum ich das Zeug mitgenommen hab' ... – ich kann Dr. Pepper nicht ausstehen ... stimmt's, Maddie-Bär ... und warm schmeckt es einfach widerlich ...«

Amelia stand in der nur vom schwachen Licht der Dunstabzugshaube erleuchteten Küche, ein Glas Milch mit zwei Prozent Fett in der Hand – dem hochprozentigsten Getränk, das sie für den Rest des Abends zu trinken gedachte. Sie lehnte sich gegen den Kühlschrank, hörte das Band ab und wunderte sich wieder einmal darüber, daß Rogers Stimme so nah klang.

»Und ich wollte euch nur sagen ... wenn ich nach Hause komme, möchte ich, daß wir etwas zusammen unternehmen ... ihr wißt schon ... nur wir drei ... vielleicht ein paar Kürbisse für Halloween fertigmachen ... oder ins Kino gehen, okay? ... Wir könnten auch in die Stadt fahren und ein paar verfrühte Weihnachtseinkäufe tätigen, was meint ihr? ... So, äh, ich glaube, ich rufe lieber morgen noch mal an ... dann kann ich euch genau sagen, wann ihr mich wiederhabt ... und, äh ... ich denke, ich hab' jetzt genug Unsinn geschwafelt ... ihr fehlt mir ... Nacht, ihr beiden ... wir sehen uns ja bald wieder.«

Ein paar Sekunden herrschte Stille; ein paar Sekunden, in denen Amelia den Atem anhielt und darauf wartete, daß Roger noch irgend etwas sagte, ehe er den Hörer auflegte; ein paar Sekunden, in deren Verlauf sie mit geschärften Sinnen alle Geräusche und Gerüche, alles, was sich in ihrer Küche befand, in sich aufnahm, eine Zusammenfassung ihres gesamten Lebens sozusagen, wozu im Besonderen die Herbstbilder zählten, die Maddie gemalt und an den Kühlschrank geheftet hatte (die Tiefkühlgalerie der schönen Künste, wie Roger die kleine Sammlung lachend zu nennen pflegte). Das Meisterwerk von allen stellte einen traditionellen Erntedankfest-Truthahn dar, von Maddies kleiner Hand liebevoll nachgezeichnet, und als Amelia es betrachtete, löste sich eine einzelne Träne aus ihrem Augenwinkel und tropfte just in dem Moment auf den Boden, als Roger einhängte, ohne noch ein einziges Wort zu sagen. Ein winziger salziger Wassertropfen, der sicherlich am nächsten Morgen getrocknet und nicht mehr zu sehen sein würde.

12.

Coldicott & Crowe, Inc., war ein auf den Vertrieb antiken Schmuckes spezialisiertes Juweliergeschäft in der Alten Arkade – der pompösen Ladenzeile, die sich von der Euclid Avenue um die Fourth Street herum bis hin zur Superior Avenue erstreckte. Der Laden befand sich in der ersten Etage, in der Nähe der Lebensmittelmärkte.

Nicky ließ sich an einem der Miniaturtische nieder, die überall in den Arkaden aufgestellt waren, und dachte bei sich, daß diese Puppenstubenmöbel bestenfalls Platz für zwei Drittel eines Durchschnittshinterteils boten. Von seinem Beobachtungsposten aus konnte er den gesamten Ausstellungsraum von Coldicott & Crowe überblicken, in dem sich augenblicklich drei Männer und eine Frau aufhielten. Es war nicht schwer zu erraten, bei welchem Mitglied der Gruppe es sich um Geoffrey Coldicott handelte. Geoffrey war groß, spinnenartig dürr, ungefähr vierzig Jahre alt und hatte eine leichenblasse Haut. Er verkörperte den Archetyp des gothischen Juweliers bis zur Vollendung. Der dunkle Anzug schlotterte um seine Schultern wie ein altmodischer Gebetsmantel. Im Moment beugte er sich gerade über die Ladentheke und begutachtete irgend etwas durch seine Lupe.

Zum Glück hatte Nicky im Adressenverzeichnis zwei Einträge für Coldicott gefunden. Einmal Coldicott & Crowe in der Alten Arkade, und einmal Coldicott, Geoffrey D., Immobilienprüfer, unter der gleichen Adresse.

Nicky bemühte sich, die Dinge vom sachlichen Standpunkt aus zu betrachten. Abgesehen von der Story, die er schreiben wollte, mußte er sich in jedem Fall an die Polizei wenden. Die auf einer ganz bestimmten Liste aufgeführten Menschen schienen einer nach dem anderen das Zeitliche zu segnen, und die Polizei mußte von dieser Tatsache in Kenntnis gesetzt werden – falls sie nicht bereits Bescheid wußte. Doch ehe er sich zu diesem Schritt entschloß, wollte er erst noch herausbekommen, was hier eigentlich gespielt wurde. Er wollte wissen, ob diese Leute sich untereinander kannten, ob jeder von ihnen per e-mail dieses Gedicht erhalten hatte und ob diese Zeilen ihnen irgend etwas sagten. Er war schon zu weit gegangen, um jetzt einfach aufzugeben.

Er stürzte seinen Kaffee hinunter, wühlte einen Vierteldollar aus seiner Tasche und ging zum Münzfernsprecher hinüber.

»Mr. Coldicott?« fragte Nicky. Er stand in einer Telefonzelle neben den Lebensmittelläden auf der zur Superior hinausgehenden Seite der Arkaden und konnte Geoffrey Coldicott durch die Scheibe des Geschäftes neben Coldicott & Crowe, irgendeinem Kräuterlädchen, deutlich sehen.

»Am Apparat. Womit kann ich Ihnen dienen?«

»Mr. Coldicott, mein Name ist Nicholas Stella, und ich bin Journalist, komme aus Cleveland und arbeite an einer Story für den *Esquire*.« Eine kleine Notlüge, die bislang noch niemand überprüft hatte. »Ist Ihnen der Name dieser Zeitschrift ein Begriff?«

»Selbstverständlich.«

»Hätten Sie vielleicht heute im Laufe des Tages ein paar Minuten Zeit für mich?«

»Dürfte ich zunächst fragen, worum es geht?«

»Es handelt sich um eine ziemlich wichtige Angelegenheit, die ich lieber unter vier Augen mit Ihnen besprechen würde.

Wann würde es Ihnen denn passen? Ich bin ganz in der Nähe und könnte jederzeit bei Ihnen vorbeischauen.«

Nicky wußte, daß er den Mann unter Druck setzte. Doch Geoffrey Coldicott war nicht gewillt, dies hinzunehmen. Durch die Scheibe sah Nicky, wie sich sein an eine Gottesanbeterin erinnernder Körper straffte und der ganze Mann in Abwehrstellung ging.

»Ich muß wissen, was genau Sie von mir wollen, Mr. Stella. Ich bin ein sehr beschäftigter Mann.«

»Es betrifft unter anderem eine e-mail-Nachricht, die Sie kürzlich erhalten haben, Mr. Coldicott«, erklärte Nicky. Wie um alles in der Welt brachte man einem vollkommen fremden Menschen bei, daß er vielleicht in Lebensgefahr schwebte? »Und zwar handelt es sich um eine graphische Darstellung, die, wie ich fürchte, nicht viel Gutes bedeutet.«

Geoffrey Coldicott schwieg einen Moment. »Ich weiß nicht, wovon Sie sprechen.«

»Wären Sie damit einverstanden, wenn ich Sie später bei Ihnen zu Hause aufsuche, um die Sache zu besprechen?« fragte Nicky, der einen Anflug von Besorgnis aus Coldicotts Stimme heraushörte. »Vielleicht erweist sich ja alles als ganz harmlos.«

In diesem Moment sah er, wie vier oder fünf Personen das Geschäft betraten. Besser hätte es gar nicht kommen können.

»Gut, von mir aus«, meinte Coldicott ungehalten. »Ich muß jetzt Schluß machen.«

»Sagen Sie mir noch schnell Ihre Adresse, Mr. Coldicott.«

»Ich wohne in dem Wohnkomplex Golden Gate Villas«, erwiderte der Juwelier. »Das ist bei ...«

»Ich weiß schon Bescheid«, unterbrach Nicky. »Und wann?«

»Um sechs«, sagte Geoffrey Coldicott. »Bis dann, Mr. Stella.«

»Okay«, meinte Nicky. »Ich weiß Ihre Kooperationsbereitschaft durchaus zu ...«

Aber da hatte Geoffrey Coldicott schon eingehängt, was

Nicky zu denken gab. Geschäftsleute, besonders solche, die im Einzelhandel tätig waren, hängten nicht so einfach ein, sie könnten ja einen potentiellen Kunden vergraulen. Es sei denn, sie hatten etwas zu verbergen ...

Womit sich eine Reihe ganz neuer Möglichkeiten eröffnete, dachte Nicky. Vielleicht stand der Mörder selbst auf dieser Liste. Vielleicht war Geoffrey Coldicott eine Art Norman-Bates-Verschnitt, und er, Nicky, hatte soeben eine Einladung in sein Motel angenommen.

13.

Das war das Ende. Das Ende von allem.

Er erblickte sein Spiegelbild in der Fensterscheibe des Taxis und drohte dem durchsichtigen Phantom, das ihn anstarrte, wütend mit der Faust. Seit seiner Kindheit hatte er es sich zur Regel gemacht, sich selbst die grausamsten Strafen in Aussicht zu stellen, wenn er seine eigenen Anordnungen nicht befolgte. Den eigentlichen Schmerz der Selbstgeißelung sparte er sich für später auf, die Demütigungen, die er sich zufügte, blieben auf die frühen Morgenstunden beschränkt.

Und Geoffrey Coldicott wußte einiges über Schmerzen.

Er hatte dem Reporter, oder was immer er auch sein mochte, gesagt, er wäre um sechs zu Hause. Verstohlen blickte er auf die Uhr. Zehn nach fünf. Wenigstens die Zeit war auf seiner Seite.

Über zwei Dinge hatte er mehr nachgegrübelt als über alles andere in seinem Leben. Zumindest, was den Teil seines Lebens betraf, der begonnen hatte, als seine Mutter nach dem Selbstmord seines Vaters mit ihm aus Bristol in England nach Painseville, Ohio, gezogen war. Zwei Fragen würden ihn, da war er ganz sicher, sein ganzes Leben hindurch begleiten – nachdem er vor fünf Jahren den Mut aufgebracht hatte, aus dem Haus seiner Mutter auszuziehen und sich in einer Großstadt niederzulassen. Und würde wohl nie eine Antwort darauf finden.

Erstens: Was würde er tun, wenn er Gefahr lief, daß seine kleine Sammlung entdeckt wurde?

Zweitens: Was würde er tun, wenn er sich allein mit einem anderen Mann wiederfand, der mit ihm schlafen wollte?

Doch durch eine Verkettung unerwarteter Zufälle sowie durch einen weiteren Auswuchs seiner ohnehin schon allzu lebhaften Fantasie war es ihm gelungen, innerhalb der letzten vierundzwanzig Stunden zumindest eine der beiden Fragen zu beantworten.

Als er sich am Tag zuvor an der Theke von Shenanigans Nachtclub im Westteil der Stadt niedergelassen hatte, weit genug von seinem Wohnort und seinem Arbeitsplatz entfernt, um nicht auf ein bekanntes Gesicht zu stoßen, hatte er noch keinen festen Plan verfolgt. Seines Wissens nach war der Club renoviert und umgebaut worden, und er wollte nur einmal sehen, was daraus geworden war – ein guter Grund für ihn, das Etablissement in den vergangenen Wochen ein paar Mal zu besuchen. Aber er wußte, daß er sich etwas vormachte. Der eigentliche Grund für seine Ausflüge in das Nachtleben war ganz woanders zu suchen. Er ging in den Club, um in eine andere Haut zu schlüpfen, er wollte ein anderer Mensch sein. Geoffrey Coldicott, der Lebemann. Geoffrey Coldicott, der Freigeist. Geoffrey Coldicott, der Draufgänger.

Kurz nachdem er die Bar betreten und einen Stuhl am äußersten Ende der langen Theke belegt hatte, war ein Fremder hereingekommen und hatte sich, so schien es, sofort in Geoffreys Leben geschlichen. Der Mann setzte sich auf den Platz zu seiner Linken und bestellte einen Rob Roy.

Dann drehte er sich um und lächelte Geoffrey an.

Der Mann war attraktiv, muskulös gebaut und lässig-elegant gekleidet. Er erzählte geistreiche Anekdoten mit einem deutlich sarkastischen Unterton und sagte zu Geoffrey, er habe geschäftlich in Cleveland zu tun und müsse in ein paar Stunden schon wieder weiterfliegen. Er nannte sich Tom

Macarty. Oder McCartney. Oder McIlvaney. Die Musik war so laut, daß Geoffrey den Namen nicht genau verstand, aber es mußte ein irischer gewesen sein. Deshalb beschloß er, seinen neuen Bekannten einfach Tom zu nennen. Tom reichte vollkommen aus. Mehr brauchte er wirklich nicht zu wissen.

Aber irgend etwas an Tom kam ihm bekannt vor. Vielleicht war er einmal zu ihm in sein Geschäft gekommen, oder sie hatten sich bei einer Versteigerung oder einem Hausverkauf getroffen, oder .... Nein. Die Erinnerung reichte weiter zurück, viel weiter. College? Geoffrey hatte im großen und ganzen ein gutes Gedächtnis für Gesichter, daher ärgerte es ihn Tom nicht einordnen zu können.

»Ekelhafte Angewohnheit. Nächste Woche geb' ich's ganz bestimmt auf«, sagte Tom, Geoffrey eine Zigarettenpackung hinhaltend. Geoffrey nahm sich einen Glimmstengel, und Tom gab ihm Feuer.

Geoffrey wich dem Blick des Mannes bewußt aus, während sie sich unterhielten. Er hatte jungenhaft funkelnde Augen, deren Farbe an Milchschokolade denken ließ und in denen sich die goldene Bierreklame hinter der Theke widerspiegelte. Geoffrey rauchte, nippte an seinem Drink und suchte krampfhaft nach einer witzigen Bemerkung, die ihn als Mann von Welt kennzeichnen sollte, aber alles, was er herausbrachte, war: »Und was genau führt Sie nun nach Cleveland, Tom?«

»Hauptsächlich Geschäfte, wie ich schon sagte«, erwiderte Tom und setzte sich so, daß er Geoffrey genau ins Gesicht sehen konnte. »Aber kleinen Vergnügungen am Rande bin ich nie abgeneigt.«

Er sagte dies mit einem Lächeln, das Geoffrey sowohl innerlich erwärmte als auch ihm einen kalten Schauer über den Rücken jagte. Er war bereits bei seinem dritten Gin-Tonic angelangt und spürte den Barhocker unter sich kaum noch. Auch kam er sich nicht mehr wie ein unbeholfener Junge vom Lande vor, den es in die Großstadt verschlagen hatte.

Nach zwei weiteren Cocktails sagte Tom, er müsse jetzt los; erzählte von einem Treffen, einem bereits gebuchten Flug und irgend etwas von einem Mietwagen, der wieder abgeliefert werden mußte. Er fragte Geoffrey, ob er ihm den schnellsten Weg zum Flughafen zeigen könnte, und Geoffrey bot ihm an, ihn zu begleiten. Er bezahlte die Rechnung, verließ den Nachtclub und führte Tom quer über den Parkplatz, hin zum äußersten und dunkelsten Ende der großen Fläche. Er war heilfroh, ein Stück zu Fuß zu gehen denn das gab ihm Zeit zum ... wozu eigentlich?

Geoffrey fühlte sich entsetzlich unschlüssig.

Doch als sie bereits die Hälfte des Weges über den im Mondschein verlassen daliegenden Parkplatz zurückgelegt hatten, nahm Tom ihm die Antwort ab. Er blieb stehen, legte Geoffrey eine Hand auf die Brust und sah ihm tief in die Augen.

Und dann küßte er ihn sacht auf die Wange.

Zuerst fühlte Geoffrey sich unwillkürlich abgestoßen, obwohl es ihm schwergefallen wäre, den Grund dafür zu benennen. Vielleicht lag es an dem leisen Kratzen von Bartstoppeln auf seiner Haut oder an dem unverkennbar männlichen Geruch nach Rasierwasser. Der Kuß dauerte nicht lange, aber lange genug, um schließlich doch noch glühende Wellen durch Geoffreys Körper zu schicken.

Dann, ebenso unerwartet, wandte Tom sich ab, ging über den Parkplatz, an seinem Auto vorbei und weiter in Richtung Hopkins Airport.

Seit diesem Moment hatte Geoffrey Coldicott kein Auge mehr zugetan.

Und obgleich er von sich aus keinen einzigen Schritt in Richtung eines homosexuellen Verhältnisses unternommen hatte, noch nicht einmal in Gedanken, hatte er etwas über sich selbst herausgefunden, was er schon lange wissen wollte.

Er war in der Tat dazu bereit.

Das war letzte Nacht gewesen. Und heute kam so ein Reporter an und wollte einen Blick auf seinen Computer werfen.

Es war einfach zuviel.

Er hielt es nämlich für durchaus wahrscheinlich, daß dieser

Typ überhaupt kein Reporter war. Irgendein Cop vermutlich. Nein, mit Sicherheit sogar. FBI oder Angehöriger der Abteilung für Computerkriminalität, Internetermittler. Irgendwas in der Art. Abgesehen davon hatte er dem Mann die Geschichte mit der mysteriösen e-mail auch nicht abgekauft, nicht eine Sekunde lang. Er hatte schon immer den Verdacht gehegt, daß irgend jemand wußte, was es mit den Dateien in seinem Computer auf sich hatte. Da waren die Fotos, zum Beispiel. Eines Tages würden sie ihn schnappen, und dann würde CNN ein halbstündiges Special ausstrahlen, in dessen Verlauf seine Fotos von der Highschool über den Sender flimmern würden, gefolgt von Bildern, wie er in Handschellen aus dem Haus gezerrt wurde. Dann würden sie einige seiner pikanteren Graphikdateien veröffentlichen, wobei gewisse Stellen natürlich dezent verdunkelt wurden, und danach ...

Das Taxi bog in die Mayfield Road ein und hielt am Bordstein vor dem Golden-Gate-Wohnkomplex.

Als Geoffrey die Stufen emporstieg, war er sich darüber im klaren, daß sich das, was er zu tun beabsichtigte, vielleicht als voreilig erwies – er wollte die kleine, aber erlesene Sammlung digitaler Pornofotos löschen – aber er wußte auch, daß er in dieser Hinsicht kein Risiko eingehen durfte. Was, wenn seine Mutter je davon erfuhr? dachte er verzweifelt. Es würde Mina Coldicott umbringen. Mina Coldicott würde in ihrem alten, knarrenden Schaukelstuhl in ihrem Haus in Painesville einen Herzinfarkt erleiden. Sie würde vor Scham über ihren mißratenen Sohn vergehen, diese nun einundachtzigjährige, keine hundert Pfund schwere, durch und durch puritanische Greisin.

Etwas außer Atem erreichte er seine Haustür und schob den Schlüssel ins Schloß, doch noch ehe er ihn umdrehen konnte, fiel ein Schatten neben ihm auf die Wand.

Zu Tode erschrocken fuhr er herum und erkannte, daß Tom hinter ihm stand.

»H-hi«, stammelte Geoffrey.

»Hallo«, sagte Tom freundlich, nahm Geoffrey die Schlüssel aus der zitternden Hand und schloß die Tür selber auf, dann bedeutete er Geoffrey, einzutreten. Tom trug einen Rollkragenpullover aus schwarzer Wolle, lohfarbene Hosen und einen Kamelhaarblazer. Sehr schick, dachte Geoffrey. Er kam Geoffrey heute größer vor als am vorigen Abend, auch seine Schultern und sein Brustkorb wirkten breiter. Wenigstens hinsichtlich der aristokratischen Züge des Mannes und seiner melancholischen Augen hatte er sich nicht getäuscht.

Tom schloß die Tür wieder und verriegelte sie. »Komm«, sagte er, die Hand ausstreckend, »ich helfe dir aus dem Mantel.«

Geoffrey drehte sich langsam um, knöpfte dabei seinen Mantel auf und stellte fest, daß sein Puls zu jagen begonnen hatte. Auch sein Herz hämmerte wie verrückt. Er holte tief Luft, zwang sich, ruhig stehenzubleiben, und gestattete Tom, ihm den Mantel von den Schultern zu streifen.

»Woher wußtest du ... äh ... wo ich wohne?« fragte Geoffrey, nervös an seinen Haaren zupfend. Er wußte nicht, wie er sich verhalten sollte. Einerseits wollte er, daß der Mann blieb, andererseits wünschte er ihn zum Teufel.

»Du hast es mir letzte Nacht selbst gesagt, Geoffrey.«

»Ich?«

Toms Lachen verursachte Geoffrey eine Gänsehaut. »Einer von uns beiden hatte anscheinend schon fleißig getankt, ehe er in die Bar gekommen ist, was?« sagte er, während er zum Dielenschrank hinüberging. Scheinbar wußte er ganz genau, wo sich in diesem Haus was befand. Er hängte den Regenmantel auf und kehrte in die kleine Eingangshalle zurück. »Willst du mir weismachen, daß du dich nicht mehr daran erinnerst, wie du mir letzte Nacht so ziemlich alles über dich selbst erzählt hast, Geoffrey?«

»Nun, ich ...«

»Daß du heutzutage *wirklich* nicht mehr viel zum Lesen kommst und daß du *wirklich* nicht mehr so gern ins Kino gehst wie früher, weil die meisten Filme an Schwachsinn grenzen«, fuhr Tom fort, langsam näherrückend. »Erinnerst du dich denn nicht mehr, Geoffrey?«

Geoffrey bemühte sich, gelassen zu bleiben und Haltung zu bewahren. Es mißlang kläglich.

»Und daß dir heute nur noch eines auf der Welt wirklich wichtig ist – dein Computer.«

Geoffrey blickte zu seinem Computer hinüber, der in einer Nische neben seinem Wohnzimmer untergebracht war. Dann sah er Tom wieder an, und die Puzzleteilchen begannen sich zu einem Bild zusammenzufügen. Jetzt paßte alles. Die graphische Darstellung des Gedichtes, der Zeilen von T. S. Eliot, die er unter seinen e-mail Nachrichten vorgefunden und sofort gelöscht hatte, zusammen mit dem anderen Datenmüll, den er ständig unaufgefordert erhielt. Nun formte sich eine Erinnerung in seinem Kopf. Die flüssige Handschrift, die tiefschwarze Tinte.

T. S. Eliot. Julia Raines.

Großer Gott! Nach all diesen Jahren!

Geoffrey berührte flüchtig seine Wange. Nun verstand er auch die perverse Andeutung, die in jenem Kuß auf dem Parkplatz gelegen hatte. Die plötzliche Erkenntnis verursachte ihm Übelkeit, und er spürte, wie ihm der Mageninhalt in die Kehle zu steigen drohte.

»Auf uns beide warten Geschäft und Vergnügen«, flüsterte Tom. Er griff in seine Manteltasche und brachte ein Paar dünne Gummihandschuhe zum Vorschein.

Geoffrey starrte die Handschuhe mit vor Entsetzen weit aufgerissenen Augen an. »Tut ... tut es das?«

»Aber *ja*.« Toms Stimme nahm einen übertrieben affektierten britischen Tonfall an. »Womit möchtest du denn gern beginnen, mein Schatz?«

14.

Der Wohnkomplex Golden Gate Villas lag an der Mayfield Road, direkt gegenüber von dem Golden Gate-Einkaufszentrum.

Nicky kam um halb sechs dort an, eine halbe Stunde vor der verabredeten Zeit, also hielt er erst einmal bei der Lebensmittelhandlung Ferrara's an. Ihm war es noch nie gelungen, an dem italienischen Delikatessenladen vorbeizufahren, ohne ein paar Scheiben Prosciutto und ein frisches warmes Brot mitzunehmen. Louie Stella pflegte stets zu sagen, wenn man hinter einer Scheibe Prosciutto die Zeitung nicht mehr lesen könne, sei er bereits zu dick geschnitten. Aber bei Ferrara's gab es in dieser Hinsicht nie Anlaß zur Klage.

Nicky fuhr weiter die Mayfield Road hoch, bog auf den Parkplatz der Anlage ein und blickte auf seine Uhr. Zwanzig Minuten vor sechs.

Okay, sagte er halblaut zu sich selbst, zehn Minuten warte ich noch.

Er stieg aus dem Wagen, blickte sich um und steuerte dann auf eine Billigbuchhandlung zu.

15.

Geoffrey saß regungslos da. Seine Hosen ringelten sich um seine Knöchel, und mit der rechten Hand hielt er seinen schlaffen Penis umfaßt. Dieses eine Mal gelang es ihm nicht, eine Erektion zu bekommen. Einerseits zehrte nagende Furcht an seinen Nerven, andererseits empfand er es als entsetzlich demütigend, seine Computerdateien Foto für Foto durchgehen zu müssen, während ein anderes menschliches Wesen bei ihm im Raum war und ihm über die Schulter schaute. Tom, der sich anscheinend mit Computern hervorragend auskannte, hatte den Computer so programmiert, daß die

Bilder nacheinander in Folge auf dem Bildschirm erschienen. Das Ganze erinnerte an einen Diavortrag bei einer perversen Tagung.

Geoffrey starrte auf den Monitor und fragte sich, warum ihn das, was jetzt vor seinen Augen ablief, jemals erregt hatte. Fotos, die sexuelle Ausschweifungen zeigten, an denen teilzunehmen er niemals wagen würde. Jetzt fand er sie nur noch abstoßend.

Ein weiteres Foto erschien. Drei sehr zierliche junge Asiatinnen, die auf einen Schwarzen mit gewaltiger Erektion urinierten.

»Erzähl mir, was in dieser Nacht geschehen ist«, befahl Tom sanft. »Sag es mir mit deinen eigenen Worten.«

Geoffrey sagte es ihm. Es kam ihm so vor, als habe er es nunmehr zum tausendsten Mal wiederholt. Inzwischen war er vor Furcht und Erschöpfung den Tränen nahe. »Ich schwöre bei Gott, ich kann mich nicht mehr erinnern. Ich weiß ja nicht einmal mehr, was vor zwanzig Minuten passiert ist. Wa-warum glaubst du mir denn nicht endlich?«

Tom trat auf ihn zu und schoß mit seiner Polaroidkamera ein weiteres Foto. Das Blitzlicht zuckte grell auf. »Erzähl mir, was in dieser Nacht geschehen ist. Sag es mir mit deinen eigenen Worten.«

»Ich weiß es nicht«, erwiderte Geoffrey kläglich. »Ich weiß es nicht ... «

Tom stellte sich hinter Geoffrey und blieb dort ein paar Sekunden stehen, um die Bilder auf dem Monitor genauer zu betrachten. Geoffrey spürte seine Nähe, aber es war ihm nicht möglich, sich auf dem Stuhl umzudrehen.

Der Bildschirm zeigte jetzt ein blondes Mädchen mit Zöpfen, das zwei Seeleute oral befriedigte.

Dann einen jungen Weißen mit Penisklemme und Ledermaske.

Tom hatte keinen Zweifel daran gelassen, was er mit den Polaroidaufnahmen des nackten, masturbierenden Geoffrey zu tun beabsichtigte, falls Geoffrey ihm nicht verriet, was er hören wollte. Er sagte, er habe vor, die Fotos in den Computer einzuscannen und die Daten dann ins Internet einzuschleusen – wo dann praktisch die ganze Welt Zugriff auf sie hätte.

Bei dem bloßen Gedanken daran krümmte sich Geoffrey vor Scham.

Wieder drückte Tom auf den Auslöser der Polaroid und blendete Geoffrey für einen Moment mit dem Blitzlicht. Dann nahm er die leere Filmhülse aus der Kamera und breitete die Bilder auf dem Tisch aus. Fünf glänzende kleine Quadrate waren es, in denen sich die Deckenbeleuchtung reflektierte. Die Aufnahmen waren gestochen scharf.

Tom ließ sich zu Geoffreys rechter Seite auf ein Knie sinken und blickte durch den Sucher. »Erzähl mir, was in dieser Nacht geschehen ist«, wiederholte er monoton. »Sag es mir mit deinen eigenen Worten.«

»Ich kann nicht ... «

Wieder flammte der Blitz auf, wieder surrte der kleine Motor der Kamera und transportierte den neu eingelegten Film weiter.

Auf dem Monitor sah man nun ineinander verschlungene nackte Körper auf roten Satinlaken.

Tom trat zurück und musterte den Bildschirm prüfend. Dann beugte er sich vor, drückte ein paar Tasten und setzte das Modem in Betrieb. Innerhalb weniger Momente hatte er sich ins Internet eingeklinkt.

»Warte!« schrie Geoffrey. »Okay ... gut ... an ein paar Kleinigkeiten erinnere ich mich.«

»Dann laß mal hören.«

»Es ... es war Halloween, und wir lungerten alle bei ... bei Ben Crane herum. In seinem Apartment in der Bellflower Road, und wir ... «

»Falsch.« Tom legte die Bilder auf den Scanner und schloß den Deckel. Dann drückte er noch ein paar Tasten, und kurz darauf waren die Fotos von Geoffrey Coldicotts klapperdürren, fahlweißen Körper gespeichert.

»Ich sage es zum letzten Mal«, drohte Tom. »Erzähl mir, was in dieser Nacht geschehen ist.«

Geoffrey schluchzte jetzt; große, salzige Tränen rannen ihm über die Wangen. »Bitte ... warum tust du mir das an?«

»Weil du es verdient hast, Geoffrey. Du und die anderen.«

»Aber wir waren doch fast noch Kinder ... «

»Wir waren *alle* noch Kinder.«

»Ja, aber keiner von uns konnte ahnen, was du für sie empfunden hast«, sagte Geoffrey. »Beim besten Willen nicht. Sonst hätten wir doch niemals ... «

»Wer war in dieser Nacht als Pirat verkleidet?«

»Was das angeht«, begann Geoffrey, sich in seinem Stuhl aufrichtend, »so bin ich mir zwar nicht ganz sicher, aber ... «

»Und wieso kannst du dich angeblich nicht genau erinnern?«

»Weil ich stockbesoffen war!« kreischte Geoffrey. »Ich war in dieser Nacht schon um acht Uhr sternhagelvoll, total zu. Du weißt doch selbst am besten, wie es damals zuging ... rote Pillen zum Einschlafen, weiße, wenn wir für Prüfungen büffeln mußten, Koks für Partys, Aufputschmittel für Sex. Und dann ständig literweise Fusel dazu. Ich war abgefüllt. Wir waren alle voll. Frag Sebastian, wenn er noch irgendwo in der Nähe wohnt. Du kannst uns das, was in dieser Nacht vorgefallen ist, nicht zum Vorwurf machen, schon gar nicht nach so vielen Jahren. Julia wollte es doch. Sie war ganz scharf drauf, das mußt sogar du ... «

Der Blick, mit dem Tom ihn bedachte, ließ Geoffrey verstummen. Er hatte das Falsche gesagt. Er war zu weit gegangen.

»Und ich dachte schon, du wolltest endlich mit der Wahrheit herausrücken«, sagte Tom bedauernd und beugte sich erneut vor, um die Tastatur des Computers zu bedienen. »Was Dr. Keller betrifft – den werde ich in Kürze aufsuchen. Hab' mit ihm auch noch ein Hühnchen zu rupfen.«

Geoffrey änderte seine Taktik. »Du kannst diese Fotos nicht veröffentlichen. Die Leute können mein Gesicht erkennen.

Mein ... mein *Apartment*. Man wird mich eindeutig identifizieren. Das ... das wäre mein Ruin!«

Tom baute sich vor Geoffrey auf. »Na gut. Das führt uns zu der alles entscheidenden Frage, wie Mr. J. Alfred Prufrock es formulieren würde.«

Ein schwacher Hoffnungsschimmer huschte über Geoffreys Gesicht. »Welche?«

»Was ist in dieser Nacht geschehen?«

»Ich weiß es nicht mehr, verdammt nochmal! Ich weiß es nicht mehr!« brüllte Geoffrey. »Ich weiß es nicht mehr weiß es nicht mehr weiß es nicht mehr weiß es nicht mehr ... «

Tom drückte auf Enter, lud die Dateien und schickte die anstößigen Fotos von Geoffrey Coldicott in die Welt hinaus. Geoffrey bäumte sich wild in seinen Fesseln auf, mußte jedoch einsehen, daß alle Anstrengungen nichts fruchteten. Binnen einer Minute war die Aktion beendet – und sein Leben ruiniert.

»So«, begann Tom, wobei er eine Einwegspritze aus seiner Manteltasche holte. »Erzähl mir, was in dieser Nacht geschehen ist, Mr. Geoffrey Drake Coldicott, Mitglied des Jahrgangs von 1978.« Er legte die Spritze auf den Schreibtisch. »Sag es mir mit deinen eigenen Worten.«

Zehn Minuten später langte Tom erneut in die Tasche und förderte zwei Zeitungsausschnitte zutage. Einer behandelte den Tod eines gewissen Dr. Bennett Marc Crane, dreiundvierzig, aus Erie, Pennsylvania. Der andere berichtete über den Tod von Vater John Angelino, zweiundvierzig, aus Highland Heights, Ohio. Er warf die Ausschnitte Geoffrey in den Schoß.

Dieser starrte sie entsetzt an. Seine Gedanken überschlugen sich, und sein Magen krampfte sich schmerzhaft zusammen. Worte sprangen ihm in die Augen – Namen, die er kannte. Johnny Angelino. Ben Crane.

»Verrate mir, ob du dich daran erinnerst«, sagte Tom.

Er hielt Geoffrey ein beschriebenes Blatt Papier vors Gesicht. Es war ein Gedicht, das Geoffrey gut kannte, es stammte aus der Feder von T. S. Eliot und hieß *Unsterblichkeits-Wehen*. Allein der Titel rief ihm die rauschenden Nächte während seiner Zeit an der CWRU wieder ins Gedächtnis: Stücke von Albee im Eldred-Theater, Fellini-Filmnächte bei Strosacker, Frühstück in einem Howard-Johnson Restaurant, nächtelange hitzige Diskussionen über die Werke von Kerouac, Kafka oder Kierkegaard. Sein Blick wanderte langsam über die Verszeilen, und die Zeitungsausschnitte auf seinem Schoß ergaben plötzlich einen furchtbaren Sinn.

Webster war ganz erfüllt vom Tod und sah Schädel unterm Haar, lautete der Anfang.

Nein, dachte Geoffrey. Das kann doch alles nicht wahr sein.

Brustlose Wesen in der Grube boten ihr lippenloses Grinsen dar.

O mein Gott, nein!

In Knochenhöhlen statt der Augen Narzissenknollen!

Geoffrey sank in seinem Stuhl zusammen; ein geschlagener Mann, der noch nicht einmal mehr die Kraft besaß, seinem abgrundtiefen Entsetzen Ausdruck zu verleihen. Obwohl seine Augen von Tränenschleiern verhangen waren, konnte er seine Umwelt noch wahrnehmen. Tom warf ihm ein weiteres Polaroidfoto in den Schoß; ein Foto, das seine Wirkung auf keinen Mann verfehlte, der einst als kleiner Junge an der Brust seiner Mutter gelegen oder am Strand von Blackpool in den Wellen geplanscht hatte, während sie ihn mit Wasser bespritzte, bis er vor Vergnügen kreischte; oder der Stunde um Stunde an der Werkbank einer Schreinerei zugebracht hatte, um ein Paar Salz- und Pfefferstreuer anzufertigen, die bis zum heutigen Tag noch in Gebrauch waren. Das Foto gehörte nicht zu denen, die sein Peiniger soeben aufgenommen hatte, aber dennoch brauchte Geoffrey einen Moment, um zu begreifen, *was* er da sah: eine achtzigjährige Frau, die splitternackt und mit gespreizten Beinen auf einem provisorischen Grab lag und deren Gesicht bemalt war wie das einer alternden Hure. Außerdem war da noch etwas … ihr zerbrechlicher Körper wirkte irgendwie … *unvollständig*.

Brustlose Wesen in der Grube...

»Na, was hältst du von ihr?« fragte Tom, der beide Hände auf Geoffreys Schultern gelegt hatte und sie sanft massierte. »Sexy, was? Oder stehst du nicht auf reifere Frauen?«

Ein gequältes Aufstöhnen war alles, was Geoffrey hervorbrachte.

»Sollen wir diese Bildchen auch ins Internet einschleusen? Dann kann die ganze Welt einen Blick auf die liebe alte Mami im runzligen Evaskostüm werfen. Was sagst du dazu?«

Tom ging um Geoffrey herum, legte ihm die Hand unter das Kinn und hob seinen Kopf an. »Nein...«, stammelte dieser fast unhörbar.

Tom nahm das Polaroidfoto in die Hand und betrachtete es nachdenklich. »Geoffrey, alter Junge, laß dich von mir darüber aufklären, wie es ist, eine Frau in ihrem Alter zu bumsen«, sagte er. »Keine sehr angenehme Erfahrung, das kannst du mir glauben.« Er blickte Geoffrey in die Augen. »Schon mal so eine alte Schachtel gevögelt, mein Bester?«

Geoffrey starrte ihn nur an.

»Du kommst dir vor, als würdest du eine Matratze vögeln«, fuhr Tom fort. »Ich schwör's dir. Du glaubst, du steckst deinen Schwanz in einen Heuhaufen, trocken, lappig und kratzig. Und dann dieser Geruch! Wie vergammelter Fisch.«

Geoffrey Coldicott begann wieder zu schluchzen. Der Inhalt seiner Blase rann ihm warm am Bein herunter, und auch alle übrigen Körperfunktionen drohten den Dienst zu versagen. In diesem Augenblick fiel ihm kein einziger Grund ein, warum er auf dieser Erde noch einen weiteren Atemzug tun sollte.

Doch als er aufblickte und in Toms eiskalte Augen sah, da kamen ihm plötzlich Tausende in den Sinn.

16.

Nicky war so in Gedanken, als er den Billigbücherladen gegenüber von Geoffrey Coldicotts Apartment verließ, daß er seinen Cousin beinahe nicht erkannt hätte. Der Umstand, daß Vater Joseph LaCazio Straßenkleidung trug, tat ein übriges.

Als sich ihre Blicke trafen, warfen sie, einer alten Gewohnheit folgend, überrascht die Arme in die Luft, ehe sie einander umarmten. »Was führt dich denn in diese Gegend?« fragte Nicky dann. »Bist du auf preisreduzierte Bibeln aus?«

Vater LaCazio überhörte den Seitenhieb, deutete auf das Schaufenster des Buchladens und machte Nicky auf die Kartons aufmerksam, die auf dem Boden neben dem Eingang standen. Darauf prangte in großen Buchstaben *Bücher gratis!*»Immer, wenn ich hier zufällig in der Nähe bin, schaue ich kurz herein und nehme mir ein paar Bücher mit«, erklärte er. »Sie sind für den kircheneigenen Second-Hand-Shop bestimmt.«

Nicky lächelte. »Du bist vielleicht ein gerissener Zeitgenosse. Und so was nennt sich Priester.«

»Klar«, erwiderte Joseph. »Ich muß doch für meine Schäfchen sorgen, oder?«

Joseph sah müde und abgearbeitet aus. Offensichtlich nahm ihn der Skandal in seiner Gemeinde ziemlich mit. Er musterte Nicky einen Moment prüfend, dann fragte er: »Möchtest du wissen, was Johnny Angelino für ein Mensch war?«

»Ja«, sagte Nicky, »gerne sogar.«

»Einmal, es war in Chicago, sind Johnny und ich zum Essen ausgegangen, in das Szechuanhaus in der Michigan Avenue. Damals besuchten wir noch das Priesterseminar, trotzdem hatten wir uns vier oder fünf Tsing-Tao-Bier einverleibt und spürten die Wirkung schon. Am Tisch neben uns saßen zwei der schönsten Frauen, die wir je gesehen hatten – beide ungefähr achtundzwanzig, eine rothaarig, die andere blond.

Sie schauten zu uns herüber, wir schauten zu ihnen hinüber. Wir waren schon leicht angeheitert und auch sie waren nicht mehr ganz nüchtern.«

»Ich kann mir die Situation geradezu bildhaft vorstellen, Cuz«, unterbrach Nicky, der nur hoffte, daß sein Cousin nicht auf irgendeine Bettgeschichte hinauswollte. Zwar hatten sie ständig *Playboys* und *Hustler* getauscht, als sie noch jünger waren, aber Joseph LaCazio war damals noch kein geweihter Priester gewesen. Die Dinge hatten sich inzwischen geändert.

»Schließlich kam unser Essen, und statt auf Tellern bekamen wir es in diesen länglichen Schüsseln serviert, die die Chinesen so gern benutzen. Das Problem war nur, daß Johnny die Mädels unbedingt beeindrucken wollte und daher beschloß, mit Stäbchen zu essen. Nachdem er sein Kung-Pao-Hähnchen zur Hälfte verputzt hatte, passierte es. Er erwischte aus Versehen mit den Stäbchen den Rand der Schüssel und schleuderte diese in hohem Bogen quer durch den Raum. Sie knallte auf den Fußboden, und der Rotschopf bekam die ganze Bescherung über die Hose. Na ja, Johnny sauste hin wie ein geölter Blitz, half die Schweinerei aufzuputzen und entschuldigte sich bei der jungen Frau. Nach fünf Minuten hatte er sie zum Lachen gebracht. Nach zehn Minuten war er in Besitz ihrer Telefonnummer. Johnny war so ein Typ. Er konnte anstellen, was er wollte, die Frauen flogen auf ihn.«

»Ein cooler Bursche«, was alles, was Nicky dazu sagte.

»Er konnte eine gottverfluchte Nutte um den Finger wickeln, wenn er nur wollte.«

Dieses Wort aus Josephs Mund versetzte Nicky einen leichten Schock. Er hatte während der letzten zehn oder fünfzehn Jahre noch nie gehört, daß sein Cousin drastischere Schimpfworte als ein gelegentliches ›Scheiße‹ oder das sogar in der Bibel vorkommende ›verdammt‹ benutzte. Aber *gottverflucht*?

»Na ja«, meinte Joseph, »ich muß jetzt weiter. Halt mich auf dem laufenden, was deine Story angeht, und ruf mich an, falls ich dir helfen kann.«

»Danke, Joseph«, sagte Nicky nach einer neuerlichen Umarmung.

»Ist Gil schon wegen der Konserven für die Lebensmittelsammlung vorbeigekommen?«

»Noch nicht«, entgegnete Nicky.

»Das wird er schon noch tun... er ist schon fleißig dabei, sämtliche potentiellen Spender abzuklappern.«

»Okay.«

»Gott segne dich, Nicky.«

»Danke.« Nicky sah seinem Cousin nach, der jetzt den Laden betrat und mit der jungen Verkäuferin plauderte. Von hinten betrachtet und in Zivilkleidern – schmucker Blazer und Tweedhosen – hätte niemand in ihm einen Priester vermutet. Ohne Soutane hatte er kaum noch Ähnlichkeit mit Spencer Tracy.

17.

Erst bei der dritten Tasse Kaffee rückte Amelia mit ihrem Geständnis heraus.

»Und du hast tatsächlich eine Nummer mit ihm geschoben?« fragte Paige ungläubig, eine Hand vor den Mund geschlagen.

»Nicht ganz.« Amelia vergrub das Gesicht in den Händen. »Wir haben nur geknutscht wie die Weltmeister.«

Paige war unter dem Vorwand vorbeigekommen, eine wunderbare weiße Strickjacke für Maddie abliefern zu wollen, die sie im Ausverkauf bei Value City entdeckt hatte. Außerdem hatte sie Amelia dadurch in Erstaunen versetzt, daß ihr Haar jetzt in einem tiefen Kastanienbraun leuchtete, nur ein oder zwei Nuancen dunkler als Amelias. Es stand ihr gut.

Der eigentliche Grund für Paiges Besuch war natürlich ein ganz anderer. Sie hatte Amelia unbedingt erzählen wollen, daß Garth in ihrem Laden vorbeigeschaut und sich mit ihr verabredet hatte. Nach einem Blick in das Gesicht der Freundin jedoch, in dem sie lesen konnte wie in einem offenen Buch, beschloß sie, ihren Mitteilungsdrang vorerst zurückzustellen. Eins nach dem anderen.

Sie fragte, was los war.

Amelia verschüttete ihren Kaffee, dann begann sie zu erzählen.

»Wie alt ist er?« fragte Paige weiter.

»Weiß ich nicht.«

»Dreißig? Fünfunddreißig? Vierzig?«

»Ich weiß es nicht.«

»Das darf doch nicht wahr sein! Zwanzig?«

»Nein, älter.«

»Augenfarbe?«

»Braun.«

»Haare?«

»Auch braun.«

»Lang?«

»Geht so«, erwiderte Amelia.

»Was macht er beruflich?«

»Keine Ahnung.«

»Wie groß ist denn der Knabe?« bohrte Paige hartnäckig weiter.

Amelia zeigte mit der Hand die ungefähre Größe an.

»Was hat er angehabt?«

»Ganz enge Jeans. Lederjacke. Und Stiefel«, brummte Amelia.

»Wanderstiefel? Arbeitsstiefel? Nun äußer dich doch mal genauer.«

»*Cowboy*stiefel.«

»War die Lederjacke abgewetzt?«

»Jawohl.«

»Aha.« Paige schloß einen Moment lang die Augen und versuchte, sich den Traummann ihrer besten Freundin bildlich vorzustellen. »Wie heißt er denn?«

»Weiß ich nicht.«

»Wie bitte?«

»Ich kenne seinen Namen nicht. Was ist denn daran so ...«

»Noch nicht einmal seinen Vornamen?« kreischte Paige, verstummte aber sofort wieder und blickte sich erschrocken um, obwohl sie in Amelias Küche saßen und Amelias Mann dreihundert Meilen weit weg war.

»Nö.«

»Du *Flittchen*«, sagte Paige lächelnd.

»Hey, ich war stinksauer, okay? Außerdem hatte ich mir ein paar Gläser Schnaps hinter die Binde gegossen und hielt mich für unbesiegbar. Ich glaube, ich wollte mir einfach nur aus Spaß jemanden angeln, zur Stärkung des Selbstwertgefühls oder so.«

»Und weshalb warst du so wütend?«

»Kann ich nicht sagen. Einfach so eben.«

Paige glaubte ihr kein Wort. »Erzähl mir keine Märchen, Sparky.«

Amelia dachte nach. Sie war ohnehin schon zu weit gegangen. Aber es war ihr so peinlich, über diese Dinge zu sprechen, auch wenn sie ihre beste Freundin war. »Shelley Roth stand gestern abend vor der Tür.«

»Ach du meine Güte.«

»Sie behauptete, sie sei schwanger.«

Paige reagierte auf die Neuigkeit anders als Amelia gedacht hatte. Sie hatte angenommen, ihre impulsive Freundin würde genauso einen Wutanfall bekommen wie sie selbst. Immerhin hatte sie fast ihr gesamtes Porzellan zertrümmert. Doch Paige fragte lediglich: »Und was hast du dann gemacht?«

»Als erstes habe ich die Dame vor die Tür gesetzt«, sagte Amelia. »Und danach bin ich wutschnaubend in die Küche gestürmt und habe meinem Geschirr das Fliegen beigebracht.«

»Willst du mich auf den Arm nehmen?«

»Durchaus nicht. Was glaubst du wohl, warum du deinen Kaffee aus einem Styroporbecher trinken mußt?«

Vor Paiges innerem Auge entstand das Bild einer mit Tellern, Tassen und Schüsseln um sich werfenden Amelia, und sie mußte ein Kichern unterdrücken. »Na schön«, begann sie in ihrer gewohnt optimistischen Art, »ich sage dir jetzt, wie ich die Sache sehe. Wann findet die nächste Unterrichtsstunde statt?«

»Morgen. Eigentlich wäre der Kurs am Montag, aber unser Lehrer hat da etwas anderes vor.«

»Okay. Morgen begleite ich dich zu diesem Kurs, und du stellst mir deine heiße Flamme vor.«

»Okay ...«, meinte Amelia mit deutlicher Skepsis in der Stimme. »Und dann?«

»Nichts und dann. Vielleicht kralle ich ihn mir. Du bist *verheiratet*, Schätzchen, vergiß das nicht.«

»Das muß mir doch glatt entfallen sein«, grinste Amelia. »Aber du hast natürlich recht.«

Lachend griff Paige nach Amelias Hand. »Tut mir leid«, sagte sie und rutschte von ihrem Stuhl herunter, »aber ich muß jetzt zurück in den Laden. Ruf mich dort an, ja? Wir können die ganze Nacht reden.«

»Danke für die Strickjacke. Maddie wird sich freuen.« Amelia drückte ihre Freundin kurz an sich. »Und danke auch für ... na, du weißt schon.«

»Ich weiß«, sagte Paige, die Umarmung erwidernd. »Setz es auf die Liste meiner guten Taten.« Sie ging zur Tür, öffnete sie und drehte sich noch einmal auf der Schwelle um. »Aber um ganz sicher zu gehen, halte ich mir den morgigen Abend frei.«

»Biest«, knurrte Amelia.

»Ich wollte schon immer Schriftstellerin werden«, erklärte Paige. »Hab' ich dir das eigentlich schon mal gesagt?«

»Mach, daß du zur Arbeit kommst«, befahl Amelia. »Und noch etwas.«

»Ja?«

Amelia lächelte. »Deine Haarfarbe gefällt mir.«

Paige fröstelte trotz ihres dicken Pullovers, als sie zu ihrem Auto ging. Es war schon beinahe November, und der für den Nordosten Ohios zuständige Wettergott wollte sie offenbar daran erinnern.

Arme Amelia, dachte sie. Da hatte sie alles, was sich eine Frau nur wünschen konnte – einen gutaussehenden Ehemann, eine wunderbare Tochter, ein prächtiges Haus, und schlecht sah sie auch nicht gerade aus. Und dann mußte dieser Möchtegerncasanova von Roger das Idyll zerstören.

Während sie in westlicher Richtung auf die Falls Road zufuhr, beschäftigte sie sich in Gedanken mit Maddies und Amelias Zukunft. Sie wurde das Gefühl nicht los, daß sich in absehbarer Zeit alles für sie ändern würde.

Leider konnte ihr ihr Gefühl zu diesem Zeitpunkt nicht verraten, daß innerhalb der nächsten vierundzwanzig Stunden Gevatter Tod Hand in Hand mit seinem Lakaien Schmerz Einzug in die Wyckamore Lane halten würde.

18.

Nicky drückte auf den Klingelknopf neben Geoffrey Coldicotts Namen, erhielt jedoch keine Antwort. Er versuchte es noch einmal. Nichts. Hoffentlich war Geoffrey nicht fortgegangen. Noch ein Versuch.

Schließlich quäkte eine Stimme aus der Gegensprechanlage: »Ja?«

»Spreche ich mit Geoffrey Coldicott?«

»Wer sind Sie?« wollte die körperlose Stimme wissen.

Wieder einmal stellte Nicky fest, daß dieser Mann es liebte, Fragen mit Gegenfragen zu beantworten. »Mr. Coldicott«, begann er, ohne genau zu wissen, ob er überhaupt mit Geoffrey Coldicott persönlich sprach, »ich bin's, Nicholas Stella vom *Cleveland Chronicle.*« Scheiße, verplappert. »Ich meine, vom *Esquire*. Sie wissen schon.«

Schweigen.

»Erinnern Sie sich nicht an unser Gespräch von heute morgen?«

Stille.

»Wir haben miteinander telefoniert.«

Weiterhin Schweigen.

Nicky versuchte es noch einmal. Ärger keimte in ihm auf. Da versuchte er verzweifelt, das Leben dieses Mannes zu retten, und zum Dank dafür stieß er nur auf Widerstand. »Da ich diese Woche zufällig in Cleveland zu tun habe, dachte ich mir, ich könnte bei der Gelegenheit gleich ... «

Ein kräftiger, muskulöser Arm legte sich um Nickys Hals und schnürte ihm die Luft ab. Im selben Moment wurde er von den Füßen gerissen und unsanft auf den Hartholzfußboden des Hauseingangs geschleudert. Die Wucht des Aufpralls raubte ihm einen Augenblick lang den Atem. Dann spürte er, wie sich zwei Knie in seinen Brustkorb bohrten und starke Hände seine Arme auf den Boden drückten. Weitaus unangenehmer war der harte, mit voller Absicht ausgeführte Ellbogenstoß, der seine Leistengegend traf und orangerote Schmerzwellen durch seinen Körper jagte. Eine Sekunde lang war er wie gelähmt.

»So ... ich zähle jetzt bis drei«, drohte eine rauhe Stimme direkt vor Nickys Gesicht. Ein Dunstschwall aus Knoblauch, Zwiebeln und Tabak stieg ihm in die Nase. »Und dann erzählst du mir haarklein, was du mit dem Mann von Apartment Drei-Achtzehn zu schaffen hast.«

Nicky schaute sich in dem Raum um. Ein paar Beamte der Spurensicherung waren eifrig damit beschäftigt, Fingerabdrücke sicherzustellen, Zigarettenstummel in Plastikbeuteln zu verstauen und leere Kaffeetassen zu untersuchen. Sein Rücken brannte, und sein Kopf fühlte sich an, als sei er auf doppelte Größe angeschwollen. Der stechende Schmerz in seinen Lenden war einem dumpfen Pochen gewichen, das, wie er aus böser Erfahrung wußte, noch ein, zwei Tage anhalten und jegliche Aussicht auf ein romantisches Abenteuer bis auf weiteres zunichte machen würde. Vielleicht sogar für immer.

Bei dem primatenähnlichen Wesen, das ihn zu Boden geschlagen hatte, handelte es sich um einen hünenhaften uniformierten Beamten namens Sykes – einen mürrischen Goliath, der jetzt die Türschwelle des Apartments blockierte und eine lebende, fast zwei Meter große Sicherheitsschranke zwischen dem Tatort und der Außenwelt bildete. Noch immer blickte er Nicky an, als wolle er ihn auf der Stelle mit Haut und Haaren verschlingen.

Geoffrey Coldicotts Apartment bestand aus vier Räumen – Wohnzimmer, Schlafzimmer, Küche und Bad. Trotz seines Berufes und der Tatsache, daß er vermutlich die Hälfte seiner Zeit bei Versteigerungen verbrachte, wirkten die Möbel, als seien sie wahllos von einem Mann zusammengestellt worden, der weder über den nötigen Geschmack verfügte, eine Wohnung ansprechend einzurichten, noch Lust gehabt hatte, einen Innenarchitekten einzuschalten. Die billigen Tische aus Chrom und Glas und die Kunstledersessel waren nicht nach Schönheit, sondern nach Zweckmäßigkeit ausgesucht worden. An den Wänden hingen Drucke aus dem Kaufhaus, über dem Kaminsims funkelte ein riesiger, geschmackloser Spiegel. Es war unschwer zu erkennen, was den Mittelpunkt von Geoffreys Leben bildete: seine aufwendige Computeranlage. Die Nische, in der das Gerät stand, war die einzige Ecke im Apartment, die peinlich sauber und ordentlich gehalten wurde. Nach Themen geordnete, in Reih und Glied gestellte Fachbücher, angespitzte Bleistifte, ein auf Hochglanz polierter Ablagetisch. Nicky kannte genug Computernarren, um die Anzeichen von Besessenheit richtig zu deuten.

Der große Cop hatte ihm gestattet, sich in eine Ecke zu setzen – möglichst weit von dem Opfer entfernt, das, mit einem Laken bedeckt, aufrecht auf der Couch zu sitzen schien – und dort zu warten, bis der zuständige Detective eintraf. Nicky hatte widerspruchslos gehorcht.

Von seinem Blickwinkel aus wirkte Geoffrey Coldicotts Leichnam wie ein mit einem weißen Tuch abgedecktes Ausstellungsstück eines Museums. Die einzigen Hinweise darauf, daß es sich nicht um eine marmorne Statue handelte, waren die rostroten Flecken am Kopf und die unregelmäßige purpurfarbene Linie, die seitlich dort verlief, wo ungefähr die Stirn sein mußte, und sich dann hinunter zu Nase und Mund zog.

Nicky entnahm den knappen Wortwechseln, daß die Tür zu Geoffrey Coldicotts Apartment offengestanden hatte und Geoffreys Nachbarin die Leiche entdeckt hatte, als sie vorbeikam, um sich ein paar Teebeutel auszuborgen. Die Nachbarin, eine ältere Frau namens Sadie Pultz, stand unter Schock, wie Nicky hörte, und hatte sich, nachdem ihr ein Beruhigungsmittel verabreicht worden war, in ihrer Wohnung nebenan hingelegt.

Das war vor einer Stunde gewesen, hieß es. Genau zu dem Zeitpunkt, als Nicky den Bücherladen betreten hatte.

Plötzlich ertönte draußen auf dem Korridor eine Stimme, die ihm vage bekannt vorkam.

Nicky sprang auf, als der Besitzer der Stimme um die Ecke kam, unter dem gelben Absperrband hinwegkroch und das Apartment betrat. Der Mann war weiß, glattrasiert, ungefähr genauso groß und schwer wie Nicky, aber ein paar Jahre älter. Er trug einen dunklen, gutgeschnittenen Mantel und eine getönte Brille. An seinem Revers steckte ein Dienstabzeichen.

»Hi. Mein Name ist Nicholas Stella, vom *Esquire*«, stellte Nicky sich vor.

Der Mann musterte ihn von Kopf bis Fuß, ehe er die Hand ausstreckte. »Ivan Kral«, sagte er. »Detective Ivan Kral, Sondereinheit des Morddezernats von Cleveland.«

Als sie sich die Hände schüttelten, registrierte Nicky, daß der Mann einen ungewöhnlich festen Griff hatte. Ohne Erfolg versuchte er, den Händedruck zu erwidern. »Cleveland? Was hat Sie denn in die Vororte verschlagen, wenn ich fragen darf?«

»Was da unten vorgefallen ist, tut mir leid«, fuhr Kral fort, ohne auf Nickys Frage einzugehen.

»Schon in Ordnung«, log Nicky, der sehr wohl wußte, daß die Mordkommission von Cleveland für gewöhnlich streng innerhalb der Stadtgrenze operierte. »Außerdem wollte ich Ihnen noch sagen, wie sehr ich es ...«

»Aber ich werde trotzdem dort anrufen.«

»Was?« fragte Nicky verwirrt. »Wo denn anrufen?«

»Bei der Redaktion des *Esquire* natürlich. Und zwar jetzt sofort. Wenn du mich angelogen hast, wanderst du in den Knast, mein Lieber.«

Sykes, der große Cop, brach in schallendes Gelächter aus, dann biß er sich hastig auf die Lippen.

Und Nicky wußte Bescheid.

Detective Ivan Kral war niemand anders als der Birdman.

»Und du hast ihn heute morgen noch getroffen?« fragte Kral.

»Nein«, sagte Nicky. »Ich habe heute morgen mit ihm *gesprochen*. Am Telefon.«

»Du hast ihn in seinem Geschäft angerufen?«

»Ja.«

»Was hat dich überhaupt dazu bewogen, mit Mr. Coldicott Kontakt aufzunehmen?«

Vorsicht, dachte Nicky. Hier geriet er auf ziemlich dünnes Eis. »Hmmm ... das ist eine lange Geschichte.«

»Ich habe viel, viel Zeit«, meinte Kral schleppend.

Sie saßen an Geoffrey Coldicotts kleinem Wohnzimmertisch, einer grauweißen Scheußlichkeit, die aussah, als habe er sie auf einem Flohmarkt erstanden, und tranken Geoffrey Coldicotts Instantkaffee. »Stehe ich unter Verdacht?« erkundigte sich Nicky.

»Natürlich nicht«, wehrte Kral ab. »Du bist ein Zeuge, Nicky. Ein sehr wichtiger noch dazu. Du hast mit dem Opfer noch am Tag seines Todes gesprochen. Wirklich interessant, finde ich.«

Nickys Verstand begann auf Hochtouren zu arbeiten. Wie

sollte er erklären, auf welche Weise er an Geoffrey Coldicotts Namen gekommen war? Wußte Kral von seinem Treffen mit Willie T.? Hatten die beiden miteinander gesprochen? Sollten sie beweisen können, daß er Kenntnisse von einer Verschwörung oder einem geplanten Verbrechen gehabt und nichts dagegen unternommen hatte, würden sie ihn dann für Jahre hinter Gitter bringen?

Er war sich dessen ziemlich sicher. Also belog er den Cop. »Ich recherchiere für einen Bericht über antiken Schmuck, der in einer Ausgabe des *Cleveland Chronicle* erscheinen soll. Deshalb habe ich Mr. Coldicott heute morgen in seinem Geschäft angerufen und ihn um ein Interview gebeten. Er bat mich, ihn um sechs Uhr hier zu treffen. Das ist alles.«

Kral wich seinem Blick nicht aus. »Und das ist deine ganze Geschichte?«

»Nun, in groben Zügen sozusagen. Du willst doch sicher nicht alle Einzelheiten über meine Ausflüge in die Welt antiker Juwelen hören, oder?« Nicky rang sich ein schiefes Lächeln ab, das jedoch nicht erwidert wurde.

»Und wie heißt der für dich zuständige Redakteur beim *Cleveland Chronicle*?« fragte Kral, Kugelschreiber und Notizblock zückend.

Scheißbullen, dachte Nicky. Die mußten über einen eingebauten Lügendetektor verfügen. Schon als Kind war er nie mit irgendwelchen Ausflüchten durchgekommen. »Okay, ich hab' keinen offiziellen Auftrag«, gab er zu. Er war sich nicht sicher, ob Lisa Ludlum, die attraktive junge Redakteurin der Zeitung, ihn decken würde, »ich wollte den Artikel auf gut Glück schreiben.«

»Auf gut Glück? Einen Artikel über antike Juwelen?«

»Genau.«

»Du?«

»Hey... man muß sich schließlich seinen Lebensunterhalt verdienen, nicht wahr?«

Dank der unzähligen Male, wo Nicky als Teenager von seinem Vater, einem der fähigsten Cops, der je im Third District

Dienst versehen hatte, wegen kleinerer Jugendsünden ins Kreuzverhör genommen worden war, merkte er, daß Kral ihm seine Geschichte nicht abkaufte und noch längst nicht fertig mit ihm war. Aber er wußte auch, daß es an der Zeit war, einen Vorstoß zu wagen, wenn er überhaupt noch etwas erreichen wollte.

»Was hältst du von einem Exklusivbericht über diese Sache, Birdman?«

Kral musterte ihn nachdenklich, ohne auf die vertrauliche Anrede einzugehen, was Nicky als gutes Zeichen wertete. Also sprach er weiter,

»Komm schon, Mann, gib' deinem Herzen einen Stoß. Ich zieh, den Artikel im Stil von ›Crack Alley Blues‹ auf, nur daß ich ihn diesmal in mehreren Zeitungen veröffentliche. Denk mal drüber nach. Ein Insiderbericht über eine Morduntersuchung schlägt ein wie eine Bombe. Was sagst du dazu? Du könntest der neue Popeye Doyle werden.«

»Du willst über diese Angelegenheit schreiben?«

»Klar.«

»Bist du dir da ganz sicher?«

»Ja«, sagte Nicky enthusiastisch. »Das schlägt die Story über antiken Schmuck um Längen. Was meinst du dazu?«

Statt einer Antwort stand Kral auf und ging zu dem Sofa hinüber, auf dem der Leichnam Geoffrey Coldicotts lehnte. Neben dem Toten lag eine Einwegspritze und ein Heroinpäckchen.

Kral zog das Laken weg.

Und Nicky übergab sich mitten auf den Tisch.

Die Haut war laut Aussage des Assistenzcoroners in einem Stück von Geoffrey Coldicotts Gesicht abgelöst worden, und zwar auf eine recht fachmännische Weise. Wer auch immer das getan hatte, fuhr Dr. Vikram Raj fort, hatte einen sauberen Schnitt vom Haaransatz in der Stirnmitte an seitlich hinunter bis zum Kinn und dann an der anderen Seite wieder hinauf geführt. Auch um Augen, Nase und Lippen herum fanden sich Einschnitte, und die Haut war langsam und sorgfältig abgezogen worden.

Was übrigblieb, sah für Nicky aus wie eine Fratze; eine rötlichbraune Hockeymaske, die im Blitzlichtergewitter der Polizeifotografen schaurig glänzte.

Und da die Fotografen schon einmal bei der Arbeit waren, bat Kral sie gleich um ein Bild von Nicky.

Eine halbe Stunde später waren die Leute von der Spurensicherung fertig, und Detective Kral richtete seine Stabtaschenlampe auf Geoffrey Coldicotts entstellte Wange und den kleinen grauweißen Fleck in der Nähe des Mundwinkels, der wie angetrocknetes Sperma aussah. Die leicht geöffneten Lippen des Toten gaben den Blick auf weitere Samenspuren frei. Die zähe, klebrige Flüssigkeit bildete dünne Fäden zwischen seiner Ober- und Unterlippe.

Kral leuchtete über Coldicotts Körper und inspizierte die Kleidung. Der Gürtel des Mannes war geschlossen, der Reißverschluß der Hose hochgezogen. Automatisch blickten Nicky und Kral gleichzeitig zum Bett hinüber. Es war unberührt.

Aber Geoffrey Coldicotts sexuelle Neigungen interessierten Nicky nicht sonderlich. Er brannte darauf, einen Blick auf den Computer zu werfen. »Hat eigentlich schon jemand den Computer überprüft?« fragte er in den Raum hinein. Er wußte, daß er sich unklug verhielt und seine Anwesenheit in diesem Raum einzig und allein von Krals Wohlwollen abhing. »Vielleicht finden sich da wertvolle Hinweise. Elektronisches Notizbuch, Terminkalender, Adressenverzeichnis, all so etwas eben.«

Kral blickte ein Mitglied der Spurensicherung, eine hochgewachsene Farbige namens Billings, auffordernd an.

»Da ist nichts«, sagte Ms. Billings.

»Was soll das heißen?« fragte Nicky.

»Das, was ich gesagt habe. Laufwerk C nicht gefunden. Alles gelöscht.«

Als Nicky um die Ecke bog und die Gestalt sah, die vor der Tür seines Apartments auf dem Treppenabsatz saß, hätte er beinahe aufgeschrien. Das konnte nur Frank Corso sein, der ihn erwartete und mit einer Waffe auf ihn zeigte.

»Hi, Nick«, sagte der Mann freundlich.

»Hören Sie, ich wollte Sie gerade anrufen, Sie brauchen also nicht...«, stammelte Nicky und brach mitten im Satz ab, als er erkannte, daß es sich bei dem ungebetenen Besucher keinesfalls um Frank Corso handelte. Es war nur Gil Strauss. Gil, der die Konserven für die Lebensmittelsammlung abholen wollte.

»Hey... hi, Gil«, begrüßte Nicky ihn, wobei er vor Erleichterung tief ausatmete.

Gil erhob sich. Er wirkte ein bißchen verlegen. »Habe ich dich erschreckt? Tut mir leid. Aber die Haustür unten stand offen.«

Gil machte auf Nicky immer den Eindruck, als würde er sich allein für seine bloße Existenz entschuldigen. Er war ständig in einen Arbeitsoverall gekleidet und trug eine dicke Brille, die ihm das Aussehen eines Bücherwurms verlieh, obwohl Nicky überzeugt war, daß er mit einer Schraubzwinge bedeutend mehr anzufangen wußte als mit einem Werk von Marcel Proust. »Wenn du willst, kann ich das hier schnell in Ordnung bringen«, sagte Gil, wobei er auf Nickys Tür deutete, die schief in den Angeln hing. »Hab' meinen Werkzeugkasten unten.«

»Nein, laß nur«, erwiderte Nicky und schloß die Tür auf. »Der Vermieter ist verpflichtet, einen Teil der horrenden Miete, die er kassiert, zur Beseitigung solcher Schönheitsfehler zu verwenden.«

Gil lachte, als sie die Wohnung betraten und direkt in Nickys kleine Küche gingen.

»Ich wollte dich schon immer mal was fragen«, sagte Nicky, während er ein paar Schränke öffnete. »Wofür steht die Abkürzung Gil eigentlich?«

»Für Gillian.«

»Oh«, meinte Nicky verlegen. »Vermutlich immer noch besser als Gilbert, was?«

»Nicht, wenn man zehn Jahre alt ist«, entgegnete Gil. »Ich war als Kind ziemlich pummelig und bekam dauernd dumme Sprüche wie ›Gillian wiegt 'ne Million‹ zu hören.«

»Auweia«, machte Nicky.

Gil blickte sich so interessiert in dem kleinen Apartment um, als wolle er es komplett umgestalten. Hier eine Wand versetzen, dort ein zusätzliches Fenster einbauen. Vielleicht auch noch einen Kamin? Er ging ins Wohnzimmer und nahm das Foto von Meg in die Hand. »War das deine Frau, Nicky?«

War? dachte Nicky. Er ärgerte sich über die Frage – schließlich kannte er Gil Strauss nicht gut genug, um mit ihm über private Dinge zu reden – aber dann fiel ihm ein, daß Joseph ihm von Meg erzählt haben mußte. Daher gesellte er sich zu Gil ins Wohnzimmer und schaute ihm über die Schulter. »Ja. Das ist Meg.«

»Sie war sehr hübsch«, meinte Gil.

»Allerdings.« Nicky nahm Gil das Foto aus der Hand und war zum tausendsten Mal versucht, Meg die feine Haarsträhne aus der Stirn zu streichen. »Sie wäre dieses Jahr zweiunddreißig geworden. Zweiunddreißig! Sie fand, mit dreißig stünde man schon mit einem Bein im Grab.«

»Haben wir das nicht alle einmal gedacht?« erwiderte Gil nachdenklich.

Nicky stellte das Bild wieder an seinen Platz, dann blickte er auf und sah Gil direkt in die Augen, die hinter den dicken Gläsern leicht verschwommen wirkten. »Warst du jemals richtig verliebt, Gil?«

Einen Moment lang stand die Frage wie eine Drohung im Raum. Gil sah aus, als wolle er sich umdrehen und wegrennen. Dann lächelte er plötzlich und errötete leicht.

»Ich hab' einfach noch nicht... verstehst du?« stotterte er und schien sich vor Verlegenheit innerlich zu krümmen. Nicky beschloß, ihm aus der Klemme zu helfen.

»Hast einfach noch nicht die richtige Frau getroffen, was?«

»Nun ja ...«

Die Röte auf Gils Gesicht vertiefte sich. Nicky suchte nach unverfänglichen Worten. »Du hast doch noch genug Zeit«, sagte er hilflos, sich durchaus bewußt, daß er eine Spur zu väterlich klang. Immerhin sprach er mit einem Mann, der ein paar Jahre älter war als er.

»Ich weiß nicht so recht«, sagte Gil leise. »Ich hab' doch immer so viel um die Ohren.«

»Du mußt dir trotzdem die Zeit nehmen, dein Leben zu genießen«, meinte Nicky, der sich insgeheim fragte, ob er diesen Ratschlag nicht lieber selbst befolgen sollte, statt ihn zu erteilen.

Gil verstand die Bemerkung als Wink mit dem Zaunpfahl. Er klatschte einmal in die Hände und schlug vor: »Meinst du nicht, wir sollten uns langsam einmal um die Belange der Armen kümmern? Zeig mir, wo du deine Vorräte aufbewahrst, mein Freund.«

»Hier entlang«, sagte Nicky.

Nicky hatte noch keine Konserven für die Lebensmittelsammlung bereitgestellt, und so lief Gils Besuch wie immer in den letzten drei Jahren auf eine komplette Plünderung seiner Vorräte hinaus. Und das, wo er gerade erst einen Großeinkauf getätigt hatte. Seufzend holte er ein paar leere Kartons unter der Spüle hervor und bedeutete Gil, sich selbst zu bedienen. Was dieser sich nicht zweimal sagen ließ.

»Du weißt sicher, daß dein Cousin große Stücke auf dich hält«, sagte Gil, während er eifrig einen Karton füllte. »Er spricht andauernd von dir; erzählt mir auch viel aus deiner Jugend. Ich hör' die Geschichten immer wieder gern.«

Nicky wußte nicht recht, ob Gil einfach nur höfliche Konversation betreiben wollte oder es wirklich ernst meinte, aber sein Tonfall klang aufrichtig. »Ja, Joseph ist schon ein Pfundskerl.« Er zuckte zusammen, als Gil ein noch verschlossenes Glas Instantkaffee in einem Karton verstaute. Anderen Kaffee hatte er nicht mehr im Haus.

»Vater LaCazio spricht auch mit jedem, der gerade zuhört, über deine Artikel. Er ist sehr stolz auf dich. Hebt alles, was du schreibst, in dreifacher Ausfertigung auf. Mir gefällt der Bericht über die Boxer am besten.«

»Danke, danke«, sagte Nicky, ohne auf den versteckten Tadel hinsichtlich der korrekten Anrede eines Priesters einzugehen. »Das ist auch eine meiner besten Arbeiten.«

Als sämtliche Kartons gefüllt waren, stellte Nicky sie an den Rand der Treppe. »Wußtest du eigentlich, daß ich eine Story über Vater Angelino schreibe?«

Gil hielt in seiner Tätigkeit inne und blickte auf. »Nein, ich hatte keine Ahnung. Aber wenn ich dir irgendwie behilflich sein kann, laß es mich wissen.«

Nicky schmunzelte. Gil hörte sich schon selbst wie ein Priester an. »Danke für das Angebot.« Er griff sich einen Karton und schickte sich an, ihn die Treppe hinunterzutragen. »im Kühlschrank steht kalte Pepsi. Bedien dich.«

Als Nicky den Fuß der Treppe erreicht hatte, fiel ihm ein Umstand wieder ein, den er bislang in einen der hinteren Winkel seines Gedächtnisses gedrängt hatte. Ein einziger Satz, der an Klarheit nichts zu wünschen übrigließ: *Laufwerk C nicht gefunden.*

John Angelinos Laptop hatten der oder die Täter allerdings übersehen.

Welcher Wahnsinnige auch immer hier am Werk war, er hatte den verdammten, Laptop übersehen.

Nicky sah zu, wie Gil den letzten Karton in seinem Kombi verstaute, sich hinter das Steuer setzte und das Fenster herunterkurbelte.

»Danke, Nicky.«

»Keine Ursache. Gern geschehen.« Wieder schüttelten sie sich die Hände.

»Ich muß noch zwei Haushalte abklappern«, sagte Gil. »Bin in ungefähr einer Stunde zurück. Dann fahren wir gemeinsam zum Sammellager, okay?«

Das war nun das letzte, wonach Nicky der Sinn stand, aber er hatte versprochen, bei der Verteilung der Lebensmittel zu helfen. Versprechen gegenüber der Kirche brach man nicht ungestraft, das wußte jeder gute Katholik. »In Ordnung«, sagte er ergeben. »Wir sehen uns dann in einer Stunde.«

Was hatte er eigentlich in der Hand? Er wußte, daß Menschen mit Dope vollgepumpt und anschließend bestimmter Körperteile beraubt wurden. Körperteile, auf die sie bestimmt nicht freiwillig verzichtet hatten, so wie Lippen, Gesichtshaut und Augen.

Er selbst hatte noch Glück gehabt, daß er bislang mit heiler Haut davongekommen war. Vier andere Menschen hatten einen schrecklichen Tod erlitten, und er fühlte sich schuldig, weil er nicht gleich zu Anfang die Polizei informiert hatte. Irgendein krankhafter Mörder trieb hier sein Unwesen, die Sache hing mit Poesie, Rauschgift und toten, verstümmelten Menschen zusammen, und mehr brauchte es nicht, um ihm zu signalisieren, daß er sich da von jetzt an besser heraushielt. Warum sollte er ein Risiko eingehen? Er würde Erique Mars überreden, ihm eine andere Story zuzuteilen. Weihnachten in Collinwood. Die Bräuche der letzten Indianer von Cleveland. Irgend etwas, was nichts mit Skalpellen und Heroin zu tun hatte, und falls es ihm nicht gelang, sich mit Erique zu einigen, dann würde er eben einen festen Job annehmen, ganz gleich in welcher Branche.

Sorry, Grampa.

Nach Gils Besuch hatte er keinerlei Lebensmittel mehr im Haus, also ging er zu Sol's, um dort einen Happen zu essen. Bei einem Teller Suppe traf er dann eine weise Entscheidung. Sowie er wieder in seinen eigenen vier Wänden war, würde er Detective Kral anrufen und ihm alles sagen, was er wußte.

»Da bist du ja, du Arschloch.«

Zusammen mit dieser Begrüßung kam eine Faust aus der

Dunkelheit hervorgeschossen, die zum Keller führte, flog durch die Luft und schien an Größe und Geschwindigkeit noch zuzunehmen. Sie erwischte Nicky hoch oben an der linken Wange und ließ ihn nach hinten taumeln. Zum Glück streifte ihn der Hieb nur, weil der Angreifer seine ohnehin schon riesige Faust noch zusätzlich mit hartem Leder umwickelt hatte.

Trotzdem flimmerte eine ganze Galaxie gelber und orangefarbener Sternchen vor Nickys Augen, und seine Beine verwandelten sich in Spaghetti *al dente.*

»Hältst du mich eigentlich für einen beschissenen Idioten?« bellte ihm der Besitzer der Stimme ins Gesicht, während er Nicky die Treppe hochstieß. »Glaubst du, ich laß' mich noch länger von dir verarschen? Bislang war ich ja nachsichtig mit dir, verstehst du? Nach – sich – tig. Aber jetzt ist meine Geduld am Ende. Jetzt reiß' ich dir den Arsch auf!«

Diesmal handelte es sich bei dem ungebetenen Besucher tatsächlich um Frank Corso, doch Nicky nahm seine Umwelt so verschwommen war, daß er selbst seine eigene Großmutter nicht erkannt hätte.

Mühelos schob Frank Nicky die restlichen sechs Stufen zu seiner Wohnung hoch.

Sie standen vielleicht eineinhalb Meter voneinander entfernt in Nickys kleinem Wohnzimmer, und Nicky händigte seinem Widersacher seine gesamte Barschaft aus. Frank zog eine dicke, von einem Gummiband zusammengehaltene Rolle Banknoten aus der Tasche, klemmte sie unter die linke Achselhöhle und begann, Nickys Geld bedächtig zu zählen. Als er damit fertig war, musterte er Nicky unheilverkündend. »Das sind nur dreihundert Mäuse.«

»Wem sagen Sie das?« entgegnete Nicky, dessen angeschwollenes Gesicht heftig pochte. »Das ist mein gesamtes Honorar.«

»Was zum Teufel hab' ich dir letzte Woche gesagt? Ich will die vier Riesen.« Frank nahm seine eigene Geldrolle zur

Hand, streifte das Gummiband ab und fügte Nickys Scheine hinzu. »Mann, ich hätte dich für gescheiter gehalten.« Er hob seine Waffe – eine 138er Police Special – und richtete sie auf Nicky. »Wo ist der Rest?«

»Was für ein Rest? Machen Sie Witze?«

»Wenn es um Geld geht, verstehe ich keinen Spaß«, erwiderte Frank. »Und jetzt rück die Kohle raus.«

Nicky heuchelte Verständnislosigkeit. »Sie meinen das wirklich ernst?«

»Worauf du dich verlassen kannst. Ich will mein Geld, und zwar sofort.«

Nickys Gedanken überschlugen sich. Er wußte, daß er noch höchstens zehn Dollar in der Tasche hatte. Mindestens die Hälfte davon war Münzgeld. Er bezweifelte, daß Frank Corso einen Scheck akzeptieren würde. Der würde ohnehin nur platzen, und dann ginge das ganze Theater von vorne los.

Während er sich unauffällig Richtung Schlafzimmertür zurückzog, überlegte Nicky fieberhaft. Er sah für sich nur zwei Möglichkeiten! Er könnte sich mit einem Satz ins Schlafzimmer flüchten, die Tür hinter sich zuknallen, den Schlüssel umdrehen und hoffen, sich so genug Vorsprung verschafft zu haben, um aus dem Fenster zu springen und fast zehn Meter tiefer auf dem Boden zu landen. Oder er konnte versuchen, Corso zu bluffen.

Nun gut, *eine* Möglichkeit.

»Dann muß ich zum Geldautomaten gehen, da kann ich vielleicht noch fünfzehnhundert Dollar abheben«, sagte er bedächtig, insgeheim betend, Frank Corso möge zu dumm sein, um zu wissen, daß man eine so hohe Summe nicht auf einmal am Geldautomaten ausbezahlt bekam.

Sein Gebet wurde erhört.

»Zeig mir die Karte«, befahl Frank, die Waffe immer noch direkt auf Nicky gerichtet. »Aber langsam.«

Nicky langte in seine Gesäßtasche und zog sein Portemonnaie hervor, wobei er den Blick keine Sekunde lang von dem bedrohlichen Revolverlauf abwandte. Dann tauchte an der Wand hinter Frank plötzlich ein Schatten auf, der unaufhaltsam vorwärtsschlich, sich einen Moment lang aufzublähen schien und sich dann zu einer menschlichen Gestalt formte.

Direkt hinter Frank stand der Birdman.

Im ersten Augenblick befürchtete Nicky das Schlimmste – einen Flashback, irgendeine Droge, die er irgendwann einmal eingenommen hatte, hatte beschlossen, sich noch einmal bemerkbar zu machen und ihm Halluzinationen zu bescheren. Cops, die gerade im richtigen Moment auf der Bildfläche erschienen, um einem das Leben zu retten, gab es nur im Film. Ob er wohl eine Fata Morgana vor sich sah?

Aber der Birdman war so echt wie er selbst.

»Rühr dich ja nicht von der Stelle«, befahl Kral kalt, wobei er den Lauf seiner Pistole in Frank Corsos Nacken drückte. Er spannte den Hahn und fuhr fort: »Ich nehme an, du wolltest meinen Freund hier gerade in die Mangel nehmen. Das kann ich leider nicht dulden. Wir zählen jetzt ganz langsam bis drei, und dann läßt du deine Knarre fallen, verstanden?«

Niemand sagte ein Wort. Nicky warf Frank Corso einen verstohlenen Blick zu. Dessen Augen schossen von einer Seite zur anderen, Schweiß rann ihm über die Stirn und weiter über den Nasenrücken, doch noch immer hielt er seinen Revolver direkt auf Nicky gerichtet.

»Nicky, du zählst mit, okay? Bei drei schieße ich diesem Hundesohn ein Loch in den Kopf.«

»Was?«

»Eins ...«

»Eins«, würgte Nicky hervor, dem das Wort nicht so recht über die Lippen kommen wollte. Die Waffe in Corsos Hand begann zu zittern.

»Zwei«, sagten Kral und Nicky wie aus einem Munde und holten danach tief Atem. In diesem Moment begriff Nicky, daß er noch einmal mit heiler Haut aus dieser Sache herauskommen würde. Er sah, daß Frank Corsos Widerstand erlahmte. Er sah aber auch, daß Franks Lippen lautlos den

Satz *Du bist so gut wie tot, Arschloch* formten, während er die Waffe langsam sinken und dann zu Boden fallen ließ.

Nicky nahm an, Kral werde nun hinter sich greifen und Corso Handschellen anlegen. Doch im selben Moment, als Frank Corsos Waffe auf dem Teppich landete, beugte sich Kral nach links, verlagerte sein gesamtes Gewicht auf den linken Fuß, wirbelte herum und rammte Frank Corso den rechten Fuß mit voller Wucht in die Lebergegend. Corso klappte zusammen wie ein Taschenmesser und blieb reglos am Boden liegen.

Die Geldscheinrolle, die er noch immer in der Hand gehalten hatte, flog quer durch den Raum und verschwand unter der Couch. Unglaublicherweise bemerkte Kral den Zwischenfall nicht, und Frank Corso war zu sehr damit beschäftigt, nach Luft zu schnappen, um auf derlei Dinge zu achten. Nicky wich langsam zu der Couch zurück und ließ sich darauf nieder. Er brauchte sich nicht die Mühe zu machen, Erleichterung vorzutäuschen, sie stellte sich ganz von alleine ein. Kral sprach ein paar Worte in sein Funkgerät, woraufhin innerhalb weniger Minuten zwei uniformierte Beamte erschienen und den zusammengekrümmten Frank Corso in Gewahrsam nahmen. Während alle anderen Anwesenden ihm den Rücken kehrten, griff Nicky unter die Couch, packte die Rolle und schob sie in seine eigene Tasche.

Dann blieb er eine Weile still sitzen. Sein Puls raste, und die Geldrolle drückte sich wie eine gewaltige grüne Erektion gegen seinen Oberschenkel. Sein Herz begann zu hämmern.

Fünf Minuten später bekam er den Schreck seines Lebens.

»Du hast die Wahl, Nicky«, sagte Kral, »entweder auf dem Revier oder hier. Aber ich sage dir gleich, daß wir beim Morddezernat eine goldene Regel haben: Jeder, der uns dort mit seinem Besuch beehrt, darf auch über Nacht bleiben.«

Scheiße, dachte Nicky. »Willst du mir nicht erst einmal verraten, worum es überhaupt geht?« fragte er, obwohl er wußte, daß er Kral gegenüber keine Verhandlungsbasis hatte.

»Ja, ich verrate es dir«, erwiderte Kral, während er Nicky Handschellen anlegte. »Ronnie Choi ist tot.«

Daraufhin erzählte ihm Nicky natürlich die ganze Geschichte. Die Worte sprudelten förmlich aus ihm heraus. Die Angelegenheit war so schnell und so gründlich außer Kontrolle geraten, daß Nicky daraus eine jener Lektionen lernte, die man Zeit seines Lebens nicht mehr vergaß. Lüg nie einen Cop an, und steck deine Nase nicht in Dinge, die dich nichts angehen. Er erklärte, wie er eines Kredites wegen an Frank Corso geraten war, unterließ es jedoch, die gefundene Geldscheinrolle zu erwähnen. Es sah so aus, als würde Kral ihm Glauben schenken, und bislang hatte sich Nicky ja nichts zuschulden kommen lassen. Also bohrte Kral weiter.

»Das Mädchen in der Opiumhöhle hat dich identifiziert, Nicky. Zwei Drogenfahnder haben ihr dein Foto gezeigt, und sie hat dich sofort erkannt.«

Nicky erinnerte sich an die hübsche junge Hostess bei Elegant Linda's, die mit dem kleinen tätowierten Schmetterling neben dem rechten Auge. »Okay ... «

»Sie sagte, du seist mit einem farbigen Transvestiten dort aufgekreuzt. Einer Nutte.«

»Sie ist keine Nutte.«

»Und du hast nach Ronnie Choi gefragt.«

»Das stimmt.«

»Und du hast Ronnie Choi nur ein einziges Mal gesehen, eben in dieser Opiumhöhle.«

»Genau.«

»Zusammen mit dieser Beverly Ahn.«

»Ja. Aber sie hat damit nichts zu tun«, erklärte Nicky. »Sie weiß gar nicht, worum es überhaupt geht.«

»Du hast sie in die Sache verwickelt, Nicky. Du hast sie ziemlich tief in diesen Schlamassel hineingeritten.«

»Sie ist ein *Transvestit*. Ein Showgirl. Das einzige, wofür sie sich interessiert, sind Kleider und Kosmetika. Sie ist keine Mörderin.«

»Nimmt sie Drogen?«

Nicky wußte, daß er erneut zu einer Lüge greifen mußte, um das Verhör in andere Bahnen zu lenken. »Nun, du weißt ja, was für einen Lebensstil sie pflegt. Ich bin sicher, daß sie Gras raucht und auch gelegentlich kokst. Aber was harte Drogen angeht, so glaube ich nicht, daß sie ... «

»Worüber genau wollte sie denn mit Ronnie Choi an diesem Tag sprechen?« unterbrach Kral.

»Das sagte ich doch bereits. Sie wollte ihn zu einem Interview überreden – auf meine Bitte hin. Ich dachte, falls er dieses Todesdope verhökert, frag' ich ihn mal, wie er sich dabei so fühlt. Aber ohne euch Jungs wüßte ich noch nicht einmal, daß Choi überhaupt existiert. Frag Willie T. Er hat mir erzählt, wo sich Rat Boy an jenem Morgen vermutlich aufhalten würde. Red mit ihm.«

»Schon passiert«, sagte Kral.

»Und was hat er gesagt?« erkundigte sich Nicky.

»Dasselbe wie du.«

»Siehst du, da hast du's. Und was diesen anderen Scheiß angeht ... davon hatte ich keinen blassen Schimmer. Der Arzt da in Erie, dieser Coldicot ... «

Kral hatte ihm mittlerweile die Handschellen abgenommen. Beide saßen an Nickys Kaffeetisch. Auf einer Seite stand Nickys Sammlung hellgrüner Disketten, vielleicht ein Dutzend an der Zahl. Aus irgendeinem unerfindlichen Grund befand sich jedoch die dunkelblaue Diskette, auf der das Gedicht und die e-mail gespeichert waren, nicht darunter.

Es sah so aus, als wäre der Ausflug auf das Polizeirevier vorerst in Vergessenheit geraten, aber Birdmans Gesicht, das Nicky nun schon entschieden länger ohne die übliche Verkleidung zu sehen bekam, als ihm lieb war, verriet nichts von dem, was in ihm vorging. Der Schuß konnte immer noch nach hinten losgehen. Dennoch beschloß Nicky, einen Vorstoß zu wagen. »Darf ich dich jetzt einmal etwas fragen?« begann er.

»Schieß los.«

»Bekomme ich jetzt die Exklusivrechte an der Story? Ich

meine, wir haben hier drei Morde, die alle miteinander im Zusammenhang stehen, nicht wahr? Vier sogar, wenn man das Mädchen mitzählt. Ich kenne auch die restlichen Namen. Was sagst du dazu?«

»Das meiste wissen wir bereits, Nicky.«

Nicky verschlug es einen Moment lang die Sprache. »Wie bitte?«

»Das FBI hat bereits eine Verbindung zwischen dem Mordfall Crane in Erie und dem Tod von John Angelino hergestellt. Diese Jaguar- und Krallenaffenstempel – es handelt sich bei dem Vieh übrigens um einen Krallenaffen, einen Marmoset, nicht um einen gewöhnlichen Affen – werden bereits durch die Computer gejagt. Was uns fehlt, ist das Gedicht und die Liste. Wenn du sie liefern kannst, wird dir die Bevölkerung von Ohio und Pennsylvania ewig dankbar sein.«

»Es ist ein *Krallenaffe*?«

»Ja.«

»Hast du eine Idee, was das bedeuten soll?« fragte Nicky.

»Bis jetzt noch nicht«, entgegnete Kral und erhob sich. »Aber die schlechte Nachricht für uns lautet, daß die Feds bereits eingetroffen sind und uns den Fall wohl entziehen werden. Ich brauche ja wohl nicht zu betonen, daß ich den mörderischen Mistkerl lieber selbst hinter Gitter bringen möchte.«

»Dann laß mich mithelfen«, drängte Nicky, dem einfiel, daß sein Vater den Methoden der FBI-Agenten, mit denen er hatte zusammenarbeiten müssen, nur Verachtung entgegengebracht hatte. Er zog eine Schublade auf, holte die halbe Hundertdollarnote heraus und hielt sie hoch. »Laß mich die Story schreiben, Kral. Ich habe sie mir wirklich verdient.«

Kral musterte ihn prüfend, machte jedoch keinerlei Anstalten, den halben Geldschein an sich zu nehmen. »Wir werden sehen«, sagte er dann.

Das hieß soviel wie ja, dachte Nicky. Er schob den Schein in seine Tasche.

»Weiter«, fuhr Kral fort. »Hast du die Diskette mit den Namen hier?«

»Ja. Sie muß in meinem Auto liegen.« Ehe er aufstand, blickte er Kral erlaubnisheischend an. Wenn man der Sohn eines Polizeibeamten war, dann prägten sich einem gewisse Dinge unauslöschlich ein. Kral nickte. Nicky ging in sein Schlafzimmer hinüber, holte seine Autoschlüssel, rannte die Stufen hinunter und zur Hintertür hinaus. Während er die Papiere auf dem Beifahrersitz durchsah, fiel ihm auf, daß Frank Corsos Firebird immer noch auf der Straße parkte. Der Anblick rief ihm die Banknotenrolle wieder ins Gedächtnis. Er tastete danach, zog sie aus der Tasche und zählte die Scheine flüchtig nach.

Das mußten ungefähr fünfzehnhundert Dollar sein!

Halt die Ohren steif, Grampa! Wir fahren nach Atlantic City.

Er verstaute das Geld in einer leeren McDonald's-Tüte, knüllte sie zusammen und schob sie unter den Sitz. Abgesehen von der Schwellung auf seiner linken Gesichtshälfte und der Tatsache, daß es ihm nur knapp gelungen war, einer Verhaftung wegen Mordes zu entgehen, hatte sich der Tag als recht erfreulich erwiesen.

Nur die Diskette war nirgendwo aufzufinden.

Normalerweise bewahrte er die Disketten, die er benötigte, wenn er unterwegs mit dem Laptop arbeitete, in einer Schachtel im Handschuhfach auf. Dort fanden sich jetzt allerdings nur ein paar Ketchuptütchen und eine Haarbürste, deren Griff mit Kreppband umwickelt war.

Kral schrieb ihm die Adresse einer Kneipe auf, die sich Caprice Lounge nannte.

»Wir treffen uns dort in einer Stunde, Nicky. Bring die Diskette mit.«

»Kein Problem«, entgegnete Nicky lässig, insgeheim hoffend, daß sich das verdammte Ding bald finden ließ. Wo zum Teufel war es abgeblieben? »Ich werde pünktlich sein.«

Kral blickte ihn eine Weile schweigend an, bevor er antwortete. »Treib kein falsches Spiel mit mir, Nicky. Normalerweise dürfte ich dich gar nicht laufenlassen. Aber ich vertraue dir, hörst du?«

»Ich höre«, sagte Nicky.

Kral musterte ihn nochmals eindringlich, dann ging er die Treppe hinunter.

Als Gil zwanzig Minuten später zurückkam, nahmen die beiden Männer Nickys gesamte Wohnung auseinander. Die Diskette war und blieb verschwunden.

Nicky entsann sich, die e-mail in sein Notizbuch abgeschrieben zu haben, aber das war gleichfalls nicht aufzufinden.

Scheiße.

Happy Hour in der Caprice Lounge bedeutete ein Gemisch aus Rockmusik der siebziger Jahre, quer durch den Raum gebrüllten Anzüglichkeiten und lärmenden Wiederholungen uralter Geschichten von beinahe tödlich ausgegangenen Begegnungen mit den gefährlichsten Ganoven der Stadt. Wie in solchen von Cops besuchten Kneipen üblich, so hatte Nicky einmal von seinem Vater gehört, war das Bier im Caprice kalt, das Essen genießbar und die dort herumlungernden Blondinen hatten nicht die Absicht, sich an den Brieftaschen der Gäste zu vergreifen.

Nicky und Gil schlüpften in eine Sitzecke im hinteren Teil der Bar und bestellten zwei Bier. Der Raum war dämmrig und halb voll. Die Kellnerin erschien, servierte ihr Bier und verschwand wieder.

»Ich bin dir für deine Unterstützung sehr dankbar«, sagte Nicky. Er hatte Gil nur das Allernötigste verraten, und dieser, das mußte man ihm zugute halten, hatte auch nicht nachgefragt. Er wußte nur, daß Nicky sich mit einem Cop treffen und ihm etwas übergeben mußte. »Es dauert bestimmt nicht lange.«

»Es handelt sich um eine polizeiliche Angelegenheit, Nick. Ich respektiere die Polizei.«

Ein paar Minuten lauschten sie schweigend der Musik. R. Dean Taylor sang gerade sein *Indiana wants me*. Nicky sah Gil an – er trug ein Khakijackett, hielt sein Bier in der Hand und schien sich in dieser einfachen Umgebung ausgesprochen wohl zu fühlen.

»Du magst Bier wohl gerne, was?« fragte Nicky lächelnd.

Gil errötete leicht und blickte schuldbewußt drein. »Gelegentlich trinke ich ganz gern einmal eins, Nick. Du kannst dir ja sicher vorstellen, daß wir in der Pfarrei nicht oft welches zu sehen kriegen, nicht wahr?«

»Keine nächtlichen Feten mit den Nonnen von St. Francis?«

»Eher selten«, erwiderte Gil, der offensichtlich kein Spielverderber sein wollte, aber nicht verhindern konnte, daß er tiefrot anlief.

»Na, dann prost«, sagte Nicky, der Gil nicht weiter in Verlegenheit bringen wollte. »Das Bier geht auf mich.«

Sie stießen an und tranken einen Schluck. »Danke, Nick.«

Gil nahm einen weiteren Schluck und glitt dann aus der Sitzecke heraus.

»Du kannst ruhig bleiben«, meinte Nicky.

»Schon gut«, gab Gil zurück und zog den Reißverschluß seiner Jacke hoch. »Ihr habt sicher etwas Privates zu besprechen. Ich warte im Auto. Laßt euch ruhig Zeit.«

Ehe Nicky Einwände erheben konnte, machte Gil auf dem Absatz kehrt und wandte sich zur Tür.

Fünf Minuten später ertönte vom vorderen Teil der Bar her dröhnendes Gelächter. Nicky blickte auf und sah Kral mit einer stämmigen Blondine an der Eingangstür stehen. Er erzählte ihr anscheinend gerade eine anstößige Geschichte, die eine erneute röhrende Lachsalve hervorrief. Nach ein oder zwei Minuten umarmte die Blonde ihn, drehte sich um und ging. Kral schwankte leicht, als er einigen Bekannten an der hufeisenförmigen Bar die Hand schüttelte.

Nach einigen Augenblicken entdeckte er Nicky. Er brach das Gespräch mit einem großen uniformierten Cop am Ende der Bar ab und steuerte auf die Sitzecke zu.

Nicky sah Kral mit einem breiten Grinsen auf sich zukommen. Nach allem, was Nicky beobachtet hatte, war Detective Ivan Kral sternhagelvoll.

»Nicky. Wie geht's denn so?« sagte Kral, stellte sein Whiskyglas vorsichtig auf dem Tisch ab und schob sich dann unbeholfen gegenüber von Nicky in die Sitzecke.

»Bei mir ist alles im grünen Bereich.« Nicky war auf der Hut. »Du siehst auch aus, als ob du auf Wolken schwebst. Bist wohl nicht mehr im Dienst, was, Birdman?«

»Hab' mich nie besser gefühlt«, meinte Kral. »Seit sechs Uhr hab' ich Feierabend.«

Nicky blickte auf die Wanduhr. Es war zehn nach sechs. Niemand konnte sich in so kurzer Zeit so gründlich abfüllen.

»Nun«, begann er zögernd, »du wirst es mir ja nicht glauben, aber ...«

Kral unterbrach ihn, indem er eine Hand hob. »Was auch immer es ist, ich will nichts davon hören.«

»Laß mich doch wenigstens ...«

»Ich sag's dir nochmal... ich will verdammt nochmal nichts davon hören. Kapiert?«

Nickys Zuversicht schwand. Sollte er doch noch im Knast landen? »Wovon redest du eigentlich?«

»Ich rede davon, daß mir der Fall entzogen worden ist, verstehst du? Die Feds behandeln ihn als Serienmord. Überall treiben sich G-Men herum und quetschen die Leute aus.«

Nicky beschloß, den Stier bei den Hörnern zu packen. »Sie ist verschwunden. Die verdammte Diskette ist wie vom Erdboden verschluckt. Mein Notizbuch kann ich auch nicht finden.«

Kral fixierte ihn einen Moment lang mit einem vom Alkohol umnebelten Blick, dann trat ein höhnisches Grinsen auf sein Gesicht. »Die Feds werden deinen Laptop haben wollen. Gib ihnen was zu spielen. Sie haben ein echtes Talent dafür, Scheiße zu wittern, wo gar keine ist.« Kral griff nach Nickys Bier und nahm einen tiefen Schluck. »Aber wir haben sie mit der Nase darauf gestoßen, daß alle Opfer auf die

CWRU gegangen sind. Von selbst wären die nie darauf gekommen.«

Er sagte dies so beiläufig, daß Nicky erst meinte, ihn nicht richtig verstanden zu haben. Geoffrey auch? Geoffrey Coldicott war auch auf der Case Western Reserve University gewesen? »Was sagst du da?«

»Du hast richtig gehört. Angelino, Coldicott, Crane«, nuschelte Kral, der bereits Artikulationsschwierigkeiten hatte. »Sie haben alle Ende der siebziger Jahre die CWRU besucht. Hat sich im Laufe der Ermittlungen herausgestellt. Und sowie dieser Umstand bekannt war, haben sich die Feds wie die Geier darauf gestürzt. Haben sogar die Mordkommissionen anderer Bundesstaaten um Zusammenarbeit gebeten. Also gehört der Fall jetzt ihnen. Ich bin raus aus dem Spiel.«

»Ohne Scheiß?«

»Ohne Scheiß«, bestätigte Kral. »Und es kümmert mich einen Dreck. Ich habe noch drei weitere Fälle zu bearbeiten.« Er kippte den Rest seines Whiskys hinunter und sah sich nach der Kellnerin um.

»Case Western Reserve University«, sagte Nicky leise. Hier eröffneten sich ihm ganz neue Möglichkeiten. Auch sein Cousin Joseph hatte dort studiert. »Hättest du etwas dagegen, wenn ich mich mit ein paar Ehemaligen der Uni unterhalten würde? Zwecks Hintergrundinformationen?«

Kral lachte, hob die Hand und winkte der Kellnerin. Dann blickte er Nicky an. In seinen dunklen Brillengläsern spiegelten sich die Neonreklameschilder wider, die überall in der Bar verstreut hingen. »Solange du nichts in Druck gibst, bevor die Feds den Fall abgeschlossen haben, kannst du von mir aus sogar den Papst befragen.«

»Danke«, sagte Nicky mit einem Lächeln. Er war froh über Krals Trunkenheit; froh auch darüber, die Caprice Lounge ohne Handschellen verlassen zu können. Mit dem Hinweis auf die CWRU hatte Kral ihm Insiderinformationen geliefert, und Nicky wußte, was nun von ihm erwartet wurde.

»Sind wir quitt, Birdman?« fragte er, seine Hälfte des Hundertdollarscheins über den Tisch schiebend.

Diesmal steckte Kral den Schein ein, ohne ihn auch nur anzusehen. »Wie ein altes Ehepaar nach der Scheidung«, sagte er.

FÜNF

DIE QUERDENKERLOGE

1.

Sebastian Keller starrte auf die vor ihm liegende Zeitung. Die Buchstaben verschwammen vor seinen Augen, zerflossen zu einem amorphen schwarzweißen Gebilde; eine Sinnestäuschung, die durch die starken Schmerzmittel hervorgerufen wurde.

Zwei waren schon tot. Zumindest wußte er nur von zweien. Und wie viele standen noch auf der Abschußliste? Zwei? Drei? Vier? Wenn der Killer sie nicht schon erwischt hatte.

Geoffrey Coldicott. Gestorben an einer Überdosis Heroin.

Er dachte an den merkwürdigen, spindeldürren Mr. Coldicott mit seinem affektierten Gehabe und seinen lüsternen Blicken. Damals hatte er Coldicott für schwul oder zumindest für bisexuell gehalten, wenn der Mann überhaupt sexuelle Regungen hatte. Allerdings konnte er sich in dieser Hinsicht kein genaues Urteil erlauben, da er Coldicott im Grunde genommen nur flüchtig kannte.

Die erste Lektion, die Sebastian Keller während seiner Zeit als Englischlehrer an der Brush High School gelernt hatte, lautete, daß es einem Lehrer niemals gelang, wirklich mit seinen Schülern Freundschaft zu schließen. Schon gar nicht an einer Highschool.

Aber am College war alles anders. Am College konnte ein junger Professor problemlos mit seinen Studentinnen anbändeln.

Sebastian Keller hatte zunächst wirklich angenommen, sie hätten ihn in ihre kleine Gruppe integriert, dann aber nach zwanzig Jahren objektiver Analyse der Sachlage eingesehen, daß er einem Irrtum unterlegen war. Fünf oder gar zehn Jahre Altersunterschied ließen sich auf dem College noch wegstecken, aber zwanzig? Zwanzig sicherlich nicht. *Damals* hatte er natürlich anders darüber gedacht, aber auch zu jener Zeit war er in Wahrheit nur ein Mann mittleren Alters mit falschen Zähnen im Mund und einem schwammigen Bauchansatz gewesen, der sich zu jugendlich kleidete und auch so benahm.

Eines Abends hatte er sie alle nach einer besonders angeregten Diskussion während seines Nachmittagsseminars über höhere Dichtkunst zum Essen ausgeführt. Sieben oder acht Leute waren sie gewesen, die gesamte Querdenkerloge sowie ein paar Mitläufer, die es als Ehre betrachteten, sich mit Leuten zu umgeben, die, genau wie sie selbst, Werke wie *Der Fänger im Roggen, Naked Lunch* oder *Steppenwolf* gelesen hatten.

Zu den Neunen, die an jenem Abend mit ins Lokal gegangen waren, hatte auch ein zartes, hübsches Mädchen namens Julia Raines gehört. Sie war mitten im Semester von der Bowling Green University zu ihnen gewechselt, da ihr Elternhaus in der Nähe der BGU lag und die Bestimmungen es ihr daher untersagten, auf dem Campus zu wohnen. Obwohl sie auch jetzt nicht allzu weit von ihrem Heim in Haskins, Ohio, entfernt lebte, sagte sie, sie fühle sich wie befreit.

Julia war eine typische Landpomeranze, hatte er in jener Nacht gedacht, schmal und blaß, mit provinziellen Manieren, ein süßes Unschuldslamm in biederen Kleidern und Sandalen. Sie war auf eine altmodische Weise hübsch: himmelblaue Augen, die sie bei grellem Licht leicht zusammenkniff, weiches braunes Haar, das ihr schon bei der leichtesten Brise um den Kopf wehte.

Gegen halb zehn Uhr abends hatten sie ihre Mahlzeit verzehrt und danach ein halbes Dutzend Bierkrüge geleert, zusammen mit den unvermeidlichen Algonquin-Cocktails. Schon bald wurde die Unterhaltung der zehn Leute am Tisch so laut und ausgelassen, daß sie, daran erinnerte er sich heute noch, teilweise sogar die dreiköpfige Combo übertönten, die in einer Ecke des Restaurants aufspielte.

»Emily Dickinson«, verkündete John Angelino, »ist die einzige Autorin, die ihren zeitgenössischen männlichen Kollegen zumindest ansatzweise das Wasser reichen kann.«

Einen Moment lang herrschte Stille, dann bombardierte die Handvoll der am Tisch versammelten Frauen John Angelino mit einem Hagel aus zusammengeknüllten Servietten, Rührstäbchen und Zwiebelringen.

»Was ist mit Sylvia Plath?« kreischte eine von ihnen.

»Gwendolyn Brooks«, tönte eine andere.

»Sara Teasdale, Marianne Moore«, warf noch eine andere ein.

Dann auf einmal blickten sie alle wie auf Kommando zu Julia hinüber, um ihr einen Kommentar zu entlocken. Doch Julia lächelte nur und errötete leicht, ein wenig aus der Fassung gebracht, da sie, wie es schien, auf diesem Gebiet nicht sonderlich beschlagen war. Verlegen blickte sie auf ihre Schuhe hinab.

Weitere Wurfgeschosse segelten in John Angelinos Richtung, als sie sich kurz darauf entschuldigte und den Tisch verließ.

Ein paar Sekunden später folgte Sebastian Keller ihr.

Am dunklen Ende des Korridors, direkt gegenüber der Tür zur Damentoilette, befand sich ein Münzfernsprecher. Sebastian hob den Hörer ab, warf jedoch keine Münzen ein und wählte auch keine Nummer. Er stand nur regungslos da und preßte den kalten glatten Kunststoff an sein Ohr, da er genau wußte, daß man von hier den Vorraum der Damentoilette im Auge behalten konnte; jenen Raum, in dem eine Couch und zahlreiche Aschenbecher standen und der mit runden Art-Deco-Spiegeln ausgestattet war. Er wußte auch, daß man manchmal, wenn die Tür so wie jetzt einen Spalt offenstand, in den Raum hineinspähen und aus dem Schutz der Dunkelheit heraus die Person beobachten konnte, die vor dem letzten Spiegel stand.

Ein oder zwei Minuten, nachdem er seinen Voyeurposten bezogen hatte, wurde Sebastian Keller belohnt. Julia Raines blieb vor dem letzten Spiegel stehen, und dann tat sie etwas, was er sich schon tausendmal ausgemalt hatte. Etwas, das Julia Raines auf ewig in seinen Träumen am Leben erhalten würde, auch die kurze Zeit noch, die, wie er jetzt wußte, ihm noch blieb.

Er sah, wie sie mit ihrem Spiegelbild sprach.

Sie schien zu proben, was sie von sich geben wollte, wenn sie an den Tisch zurückkehrte. Sie studierte ihr Lachen ein; dieses kurze, unverbindliche Auflachen des Eingeweihten, welches der gesamten versammelten Runde zu verstehen gab, daß man einen Witz verstanden oder eine bestimmte Bemerkung richtig gedeutet hatte. Dann warf sie ihr Haar zurück und legte den Kopf schief, als ob sie wie gebannt einer Geschichte lauschen würde. Danach brach sie, wie um ihrem Auftritt einen Hauch von Dramatik zu verleihen, in Gelächter aus und schlug kurz darauf die Hand vor den Mund, um zu verdeutlichen, daß sie soeben eine überaus witzige Anekdote vernommen hatte und dies auch voll zu würdigen wußte. Wie, Robert Benchley hatte das gesagt? Dorothy Parker hatte *tatsächlich* so etwas geschrieben?

In diesem Moment war ihm klargeworden, daß er sie nie vergessen würde; genauso wie er wußte, daß einer aus ihrer Gruppe so wie er selbst bis über beide Ohren in Julia Raines verliebt sein mußte. Dieser Jemand machte den Rest von ihnen für das verantwortlich, was in jener Halloweennacht mit ihr geschehen war. Keller griff zu dem Telefon auf seinem Schreibtisch, drückte die Taste ›Neun‹, wartete, wählte dann eine Nummer und wartete wieder. Als sich am anderen Ende der Leitung jemand meldete, verlangte er, mit der Mordkommission verbunden zu werden.

»Einen Moment bitte.«

Nach mehr als nur ein *paar* Momenten – Sebastian Keller war ausgesprochen penibel geworden, was die ihm noch verbleibende Zeit anbetraf – wurde die Verbindung hergestellt.

»Mordkommission, Detective Paris am Apparat.«

»Detective Paris, mein Name ist Sebastian Keller, Dekan

der Englischen Fakultät an der Case Western Reserve University.«

»Was kann ich für Sie tun, Mr. Keller?«

Ein grellroter Schmerzstrahl drang plötzlich durch die betäubende Wirkung der Medikamente und zwang ihn, die Hände um die Lehne seines Stuhles zu krallen. Nach einigen Sekunden ebbte der Schmerz auf ein erträgliches Maß ab, und er war imstande, weiterzusprechen. »Ich habe einige Informationen für Sie.«

2.

Sie war gerade auf dem Weg zur Hintertür, als das Telefon klingelte. Amelia griff nach dem schnurlosen Apparat und nahm ihn mit auf die Terrasse. Die schätzungsweise sieben oder acht Millionen Blätter, die darauf warteten, zusammengeharkt zu werden, verwehrten ihr den Luxus eines Stuhles und einer Tasse Kaffee für das Gespräch mit dem Anrufer, wer immer es auch sein mochte.

»Hallo?«

»Mrs. Saintsbury?«

»Am Apparat.«

»Hi ... äh ... hier spricht Eddie.«

Eddie? fragte sich Amelia. Wer ist Eddie? »Es tut mir leid, aber ich weiß nicht, wer Sie sind.«

»Eddie. Eddie Pankow. Von Cybernauts.«

Cybernauts, dachte Amelia. Was zum Teufel sollte das ... »Ach so, richtig, die Computerexperten.«

»Genau.«

»Eddie und ... «

»Andy«, erklang eine andere Stimme. Sie waren beide in der Leitung.

»Tja ... wie geht's euch denn, Jungs?« fragte Amelia lächelnd. Auf ihre Art waren die beiden nette Burschen. Daß sie sich Gedanken um sie machten, stärkte ihr Selbstwertgefühl; es war als ob sie noch immer im Laden stehen und mit ihnen flirten würde.

»Gut«, antwortete Eddie.

»Allen beiden«, fügte Andy hinzu. »Es geht uns beiden ... Sie wissen schon ... *gut*.«

»Das ist erfreulich«, meinte Amelia, wobei sie einen Blick auf die Blätter warf. Maddie war von der Schule zurück, und obwohl sie noch zu klein war, um eine echte Hilfe zu sein, fand Amelia es doch angenehm, Gesellschaft bei der Arbeit zu haben. »Was kann ich denn für euch tun?«

»Na ja«, begann Eddie, »warum wir überhaupt anrufen ... erinnern Sie sich noch an die Datei, die Sie uns gebracht haben?«

»Datei?« fragte Amelia verständnislos.

»Ja ... diese graphische Darstellung eines Gedichtes.«

»Richtig«, sagte Amelia hörbar interessierter. »Was ist denn damit?«

»Nun«, sagte Andy, Eddie das Wort abschneidend, »wir haben herausgefunden, woher es stammt. Oder besser gesagt, von wem es stammt. Ich meine, wir wissen, wer es geschrieben hat und so. Das Gedicht, nicht die e-mail.«

»Großartig«, lobte Amelia. »Ich habe selbst schon versucht, dahinterzukommen.«

»Tja, wir haben am nächsten Tag ein paar CD-ROMs in der Post vorgefunden, so eine Art Gratis-Werbesendung. Wir sind in der Branche bekannt, daher kriegen wir andauernd solches Zeug zugeschickt«, sagte Andy, der sich offensichtlich Mühe gab, Kooperationsbereitschaft zu zeigen.

»Verstehe«, erwiderte Amelia. Sie warf Maddie einen verstohlenen Blick zu. Ihre Tochter war im Garten eifrig damit beschäftigt, mit ihrer knallroten Plastikharke einen Blätterhaufen zusammenzutragen. Amelia stieg die Stufen zur Terrasse hoch und trat durch die Glasschiebetür ins Haus. Der Empfang wurde deutlich besser, als sie den Computerraum betrat und ihr Notepad-Programm anklickte.

Eddie sprach weiter: »Jedenfalls trug eins davon den Titel *Dichter von 1900 – 1950*, und heute morgen... na ja, da war es etwas ruhiger im Geschäft, und da haben wir die Dinger durchprobiert und nur so aus Spaß Ihre vier Gedichtzeilen eingegeben... et voilá. Da war es.«

»Wow«, entfuhr es Amelia. Sie klemmte sich das Telefon zwischen Schulter und Ohr und nahm vor ihrem Computer Platz. »Ihr Jungs seid fantastisch.«

»Danke für die Blumen«, sagte einer von ihnen. Stimmlich waren sie nur schwer zu unterscheiden. »Die Zeilen stammen aus einem Gedicht mit dem Titel *Präludien*.

Amelia tippte das Wort ein.

Der andere sagte: »Und verfaßt hat es T. S. Eliot.«

»Das ist ja wunderbar«, freute sich Amelia. »Ihr habt mir wirklich sehr geholfen.«

»Keine Ursache. War uns ein Vergnügen. Ach übrigens... haben Sie einen Faxanschluß?«

»Ja«, erwiderte Amelia.

»Wir können Ihnen das Gedicht rüberfaxen, wenn Sie wollen. Oder Ihnen eine e-mail schicken. Ganz wie Sie wünschen.«

»Äh... in Ordnung«, stotterte Amelia und gab ihnen sowohl ihre Faxnummer als auch ihre e-mail-Adresse.

»Cool«, sagte Andy. »Wir legen sofort los.«

»Danke«, gab Amelia zurück.

»Wir beide«, fügte Eddie hinzu.

Amelia legte den Hörer auf, ging zum Fenster und sah nach, was Maddie trieb. Ihre Tochter war gerade dabei, Blätter an den hinteren Zaun zu pinnen. Vom Haus aus sah es aus wie ein herzförmiges Muster.

Just in diesem Moment fiel ihr ein, daß sie vergessen hatte, die Quittung für die LilyWorks-Software in die dafür vorgesehene Tasche des Ziehharmonikaordners abzulegen, den sie auf Rogers Wunsch angelegt hatte. Er enthielt sämtliche Unterlagen über die Ausgaben, die den Haushalt und ihre freiberufliche Tätigkeit betrafen. Sie holte die Quittung aus der

Tasche, ging in die Küche und schenkte sich ein Glas Saft ein. Dann öffnete sie die Tasche, ließ die Quittung hineinfallen und bemerkte im selben Augenblick, daß ein halbes Dutzend hellblauer Rechnungen in das Fach ›Haushalt‹ gestopft worden waren. Sie zog sie heraus und sah sie sich genauer an. Es handelte sich um Kassenzettel von einer gewissen Eisenwarenhandlung Elsner, 5600 Euclid.

Was hatte Roger in einer Eisenwarenhandlung an der 5600 Euclid verloren? Gab es in dieser Gegend nicht hauptsächlich verlassene Lagerhäuser?

Sie studierte die Kassenzettel. Standardartikel – Nägel, Schrauben, Dichtungen, Kreppband. Aber es befanden sich auch drei Belege für Raumstrahler darunter. Vierhundert Dollar das Stück! Bar bezahlt! Waren das die Heizkörper, die Roger letztes Jahr in der Garage installiert hatte, um dort an den Autos herumbasteln zu können? fragte sich Amelia. Sie hätte nie gedacht, daß die Dinger so teuer gewesen sein könnten. Und warum hatte er sie nicht auf Rechnung gekauft? Diesen Punkt würde sie gleichfalls auf die Liste der Dinge setzen, wegen denen sie ihm nach seiner Rückkehr Vorhaltungen zu machen gedachte.

Sie kehrte in den Computerraum zurück. Das versprochene Fax war noch nicht eingegangen. Sie rief Paige im Laden an und machte sie darauf aufmerksam, daß sie ihren Ledermantel vergessen hatte, als sie mit Maddies Strickjacke vorbeigekommen war.

Dann nahm sie das schnurlose Telefon, stopfte es in die Tasche ihres Sweatshirts und trat wieder ins Freie – gerade rechtzeitig, um mit anzusehen, wie ein Windstoß die drei großen Blätterhaufen in alle Himmelsrichtungen verteilte, die sie während der letzten Stunde mühsam zusammengeharkt hatte.

3.

Es erschien ihm ein wenig unpassend – vielleicht sogar in gewissem Sinne illegal, obwohl er kein Rechtsanwalt war – sich einem Journalisten gegenüber zu äußern, während die Ermittlungen in einem Mordfall noch in vollem Gang waren. Aber, so rechtfertigte er sich vor sich selbst, schließlich tat er ja nichts anderes, als Hintergrundinformationen über drei Menschen bereitzustellen, die schon tot waren. So gesehen war seine Handlungsweise wahrscheinlich sowohl legal als auch ethisch vertretbar. Manche Leute mochten es als morbide und sensationslüstern betrachten, aber es verstieß nicht gegen das Gesetz. Der junge Mann – Nicholas Stella hieß er wohl – hatte angerufen und eingewilligt, sich mit ihm vor der Thwing Hall zu treffen.

Die Stimme ertönte direkt hinter ihm.

»Dr. Keller?«

Erschrocken fuhr er herum. »Ja. Mr. Stella?«

»Genau.«

Sie waren sich schon einmal begegnet, dessen war Keller sich sicher. »Sie haben mich erschreckt.«

»Oh... tut mir leid.«

»Sebastian Keller«, sagte dieser schließlich und streckte die Hand aus.

»Nick Stella.«

Keller drückte dem jungen Mann etwas länger als gewöhnlich die Hand. »Sind wir uns schon einmal irgendwo begegnet, Mr. Stella?« fragte er. »Sie kommen mir so bekannt vor.«

»Ich glaube nicht.«

Sie nahmen auf einer Bank Platz und blieben eine Weile schweigend sitzen. Der jüngere Mann nahm einen Stift und einen Block zur Hand, und da erkannte Keller, daß er nun endlich doch die Wahrheit gestehen würde. Eine Wahrheit, die er zwanzig Jahre lang wie eine schwere Bürde mit sich herumgeschleppt hatte. »Sie haben wohl nicht zufällig eine Zigarette für mich?« fragte er.

»Nein, tut mir leid.«

»Es ist schon komisch«, begann Keller. »Seit fast fünfzehn Jahren habe ich nicht mehr das Bedürfnis verspürt, eine Zigarette zu rauchen. Jetzt, wo mich der Krebs langsam zerfrißt, kommt es nicht mehr darauf an, richtig? Ein bißchen Krebs hier, ein paar Metastasen da ... « Er blickte zu Boden, ordnete seine Gedanken, legte sich Worte zurecht und nahm dann all seinen Mut zusammen.

»Erzählen Sie mir, was in jener Nacht geschehen ist«, forderte der jüngere Mann ihn auf. »Sagen Sie es mir mit Ihren eigenen Worten.«

Keller wußte, daß die Zeit gekommen war. Er begann zu sprechen.

»Es war die Halloweennacht des Jahres 1977 ... «

4.

Amelia stand am Ende des Gartens, umgeben von einem halben Dutzend säuberlich zusammengeharkter bunter Blätterhaufen. Hinter einem dieser Haufen versteckte sich die kichernde Maddie und gab vor, unsichtbar zu sein.

»Mach dich nicht schmutzig«, ermahnte Amelia ihre Tochter.

Maddie gab keinen Mucks von sich.

»Nun ja«, begann Amelia, während sie weitere Blätter aufhäufte, »Maddie ist offenbar schon ins Haus zurückgegangen. Dann kann ich ja schnell im Rathaus anrufen und mir den Riesenstaubsauger ausleihen, den sie dort haben... damit kann ich dann alle diese Blätter aufsaugen.«

Maddie mußte lachen.

Amelia hatte sich das schnurlose Telefon in die Tasche ihres Kapuzensweatshirts gesteckt und vorerst vergessen. Sie war während des Harkens so tief in einen Tagtraum versunken – einem bizarren Ereignis, in dem Roger, Paige, Garth, Shelley Roth, Dag und Martha Randolph, ihr noch nicht in Erscheinung getretener Antiheld Gaspar Sencio sowie der faszinierende Mann mit dem Lockenkopf eine Rolle spielten – daß das Geräusch, das plötzlich ganz nah an ihrem Körper erklang, sie zusammenschrecken ließ. Es war mehr ein elektronisches Piepsen als ein Klingeln, ein sicheres Zeichen dafür, daß die Batterien ausgetauscht werden mußten. Sie nahm das Telefon aus der Tasche und meldete sich. Da sie sich ein gutes Stück vom Haus entfernt hatte, war der Empfang miserabel. »Hallo?«

Durch einen Sturm statischer Mißtöne drang etwas, das sich anhörte wie: »Miz Sainesree?« Zudem gaben die Batterien in Windeseile ihren Geist auf. »`lo?«

Eine Männerstimme. Kaum zu verstehen. »Sie müssen lauter sprechen. Das ist ein Funktelefon, und die, äh ...«

»Sainesree?«

Auch nicht besser. Der Mann hörte sich so an, als spräche er durch ein ganzes Gebirge von Watte. Ein Vertreter vermutlich. »Es tut mir leid, ich kann Sie nicht ...«

Erneut drang eine Salve statischer Geräusche an ihr Ohr, als der Mann weitersprach. Amelia verstand kein einziges Wort.

»Hören Sie ... bleiben Sie einen Moment dran ...«, bat sie, während sie auf das Haus zulief, näher zur Ladestation des Telefons. Die Verbindung wurde etwas besser.

»... e-mail ...«

»Einen Augenblick noch ...«, schrie Amelia in den Hörer. Inzwischen konnte sie Bruchstücke von dem verstehen, was der Mann ihr sagen wollte, doch das gegen ihr Ohr schlagende Telefon half ihr nicht gerade dabei, die Sachlage zu erfassen.

»... von der Polizei ...«, sagte der Mann gerade.

Amelia blieb wie angewurzelt stehen. »Was? Was war mit der Polizei?« Das Wort war klar und deutlich zu hören gewesen, und das erschreckte sie. »Hallo?«

Stille.

»Hallo?«

Nichts.

Die Batterien waren endgültig leer.

Als sie ins Haus rannte und das Telefon in der Küche abhob, vernahm sie nur das monotone Pfeifen des Freizeichens.

Es klingelte an der Tür.

Oder hatte sie sich das nur eingebildet? Amelia schaltete den Staubsauger aus und lauschte ein paar Sekunden in den Raum, während der Motor grummelnd erstarb. Molson war irgendwo draußen und konnte ihr daher auch keinen Hinweis darauf geben, ob es wirklich geklingelt hatte oder sie lediglich einer Sinnestäuschung erlegen war. Seit dem merkwürdigen Anruf, bei dem das Wort *Polizei* gefallen war, fühlte sie sich verstört und beunruhigt. Dies war schon das dritte Mal, daß sie den Staubsauger ausgeschaltet hatte. Die beiden ersten Male hatte sie gemeint, das Telefon hätte geklingelt. Sie wollte gerade mit ihrer Arbeit fortfahren, als die Türklingel erneut ertönte, und zwar laut und vernehmlich. Sie preßte die Hand fest gegen das Herz und schaute aus dem Fenster hinunter zur Auffahrt, doch wer immer vor der Tür stand, hatte seinen Wagen ganz dicht an die Garage herangefahren. Sie konnte nur die hintere Stoßstange erkennen. Unmöglich zu sagen, ob sie zu einem PKW, einem Kombi oder einem Lieferwagen gehörte.

Als sie auf die Tür zuging, spürte sie, wie ihr Herz wild zu hämmern begann. Tausende entsetzlicher Gedanken überfielen sie: Rogers Flugzeug war abgestürzt, Maddie war etwas zugestoßen, Dag oder Martha oder beide hatten einen Unfall gehabt. Feuersbrunst. Seuchen. Pest. Mord. Fast rechnete sie damit, die Tür zu öffnen und einem uniformierten Polizisten gegenüberzustehen, der eine grimmige Miene zur Schau trug und ihr schonend beibringen würde, daß ...

Trotzdem drückte sie mit zitternden Händen die Klinke

herunter und machte die Tür auf. Und sah sich dem Mann gegenüber, den sie zu allerletzt erwartet hätte.

Es war der Mann mit dem Lockenkopf.

5.

»Hi«, stotterte er. Auf seinem Gesicht spiegelte sich dieselbe ungläubige Überraschung wider wie auf dem ihren.

»Hi«, antwortete Amelia, machte aber keine Anstalten, ihn hereinzubitten. Roger setzte gewöhnlich die Glasscheibe der vorderen Doppeltür erst nach Halloween wieder ein, also mußten sie und der Lockenkopf sich nicht durch das Glas hinweg anschreien. Trotzdem kam ihr die ganze Situation lächerlich vor, wenn sie daran dachte, was bei ihrer letzten Begegnung zwischen ihnen vorgefallen war. Was wollte er hier? fragte sich Amelia. Woher wußte er, wo sie wohnte? War er ihr etwa gefolgt?

Hatte er etwas mit diesem mysteriösen Anruf zu tun?

Sofort wanderten ihre Gedanken zu Maddie und ihrem augenblicklichen Aufenthaltsort. Maddie war bei Karen McGregor. Alles in bester Ordnung.

»Mrs. *Saintsbury*?« fragte er.

»Ja«, antwortete Amelia, ohne zu überlegen, und bereute es sofort. Sie hatten auf einem Parkplatz wild miteinander geknutscht, und er wußte noch nicht einmal ihren Namen? Eine ziemlich bizarre Situation, in die ich da hineingeraten bin, dachte sie. Zerrt an den Nerven. Einen Moment lang fühlte sie sich so schuldbewußt wie eine ertappte Ehebrecherin.

»Mrs. *Roger* Saintsbury?«

»Ja. Aber woher wissen Sie... was wollen Sie...?«

Der Lockenkopf hob die Hand und schnitt ihr das Wort ab. Er blickte ein paar Sekunden zu Boden, als müsse er innerhalb kürzester Zeit eine Datenflut verarbeiten oder tausend Puzzleteilchen blitzschnell zusammenfügen. Als er wieder aufblickte, erzählte er ihr eine Geschichte. Eine aberwitzige, grauenhafte Geschichte, in deren Mittelpunkt allen Anschein nach die Vernichtung all dessen stand, was sie auf dieser Welt liebte.

Als er geendet hatte und sie wieder imstande war, sich von der Stelle zu rühren, öffnete Amelia die Eingangstür ihres Hauses und bat ihn hinein.

Nicholas Stella folgte der Aufforderung.

6.

Das Sappho Nova war ein gut besuchter Aufreißschuppen. Aber das Publikum war, wie in vielen von Lesben besuchten Nachtclubs – zumindest denen in der Innenstadt – größtenteils gut gekleidet und benahm sich gesittet. Jennifer Schumann setzte sich an die Bar und bestellte das Übliche. Musik dröhnte in voller Lautstärke aus den riesigen Boxen. Sie ließ den Blick suchend durch den Raum schweifen. Überall bekannte Gesichter.

Jennifer Schumann hatte siebenundzwanzig Jahre alt werden müssen, ehe sie den Mut aufbrachte, sich zu outen. Nun schien ihr diese Zeit bereits einer anderen Ära anzugehören. Während ihrer Collegezeit hatte sie wie alle anderen jungen Mädchen geflirtet, dieses oder jenes ausprobiert und war auch eine Beziehung mit einem Mann eingegangen, die ihr nichts gegeben hatte, nur um sich nicht eingestehen zu müssen, daß sie höchstwahrscheinlich lesbisch veranlagt war. Leider hatte sie zu jener Zeit keine homosexuellen Freunde gehabt und auch sonst niemanden gekannt, mit dem sie hätte darüber sprechen können. Alle ihre Bekannten sowie alle ihre Kollegen beim Blauen Kreuz hatten sie für heterosexuell gehalten. Sie vermutete allerdings stark, daß der eine oder andere zumindest Verdacht geschöpft hatte. Die einzige Person, der sie sich anvertrauen konnte, war ihre jüngere

Schwester Greta. Doch unglücklicherweise war Greta geistig behindert. Seit die Versicherung nicht mehr für sie aufkam, lebte sie bei Jennifer in deren kleinem Haus. Jennifer bezweifelte, daß Greta von dem, was sie ihr seit Jahren erzählte, viel mitbekommen hatte.

Entgegen dem Bild vieler Heterosexueller von der Welt der Homosexuellen, hielt Jennifer nichts davon, ihre Partnerinnen ständig zu wechseln. Allerdings hatte sie auch noch nie eine Beziehung zu einer Frau gehabt, die länger als sechs Wochen gedauert hatte, und ihr letzter One-Night-Stand lag über drei Jahre zurück.

Vielleicht ändert sich das ja heute abend, dachte sie, als sie sich auf ihrem Barhocker umdrehte, um die Neuankömmlinge zu mustern, die soeben den Club betreten hatten.

In diesem Moment entdeckte sie sie – auf der Tanzfläche. Sie trug knallenge schwarze Jeans und ein dünnes gelbes Top. Ihr Haar war hochgesteckt, und silberne Ohrringe in Form von kleinen Blitzen baumelten hin und her, während sie sich im Rhythmus der Musik bewegte.

Neben ihrem rechten Auge prangte eine Tätowierung. Ein kleiner Schmetterling.

Sie hieß Taffy, und vor einigen Nächten hatte sie schamlos mit Jennifer geflirtet. Wenn Jennifer ganz ehrlich sein wollte, so mußte sie zugeben, daß sie insgeheim gehofft hatte, Taffy heute abend wiederzusehen. Und da war sie. Jennifer hatte den Flirt schon als Übermut eines hübschen jungen Mädchens abgetan, das sich nicht vorstellen konnte, welche Reaktion ein lockeres Gespräch und gelegentlicher Beinkontakt bei einer Frau in Jennifers Alter auslöste.

Vielleicht heute abend, dachte sie, als sie einen weiteren Drink bestellte, der sie, wie sie wußte, in den Zustand trunkenen Selbstvertrauens versetzen würde. Wenn sie heute abend zu mir kommt und mich anspricht…

Jennifer war sich durchaus darüber im klaren, daß sie sich lächerlich machte, wenn sie sich in ihrem Alter noch auf solche Spielchen einließ, aber sie kam einfach nicht dagegen an. Sie war inzwischen über vierzig und hatte mehr als nur ein paar Pfund zuviel auf den Rippen. Aber sie war auch leicht betrunken, hochgradig erregt, und der Reiz des verbotenen Spiels hatte die Herrschaft über ihren Körper, ihren Verstand und ihren Willen gewonnen.

Taffy hatte den Club verlassen, jedoch nicht ohne dafür zu sorgen, daß Jennifer davon Kenntnis nahm. Zuerst hatte sie an der Tür, dann in der Lobby und dann an der Straßenecke West Third absichtlich herumgetrödelt. Jetzt stolzierte sie langsam über die verlassene Straße Richtung Lakeside, schwang leicht beschwipst die Hüften und stachelte Jennifers Verlangen bis zu einem kaum noch erträglichen Maß an.

Dann bog sie in eine Gasse ein, öffnete eine verrostete Stahltür und betrat eines der leerstehenden Lagerhäuser. Das fluoreszierende Licht, das plötzlich in dem Gebäude aufflammte, malte weiße Keile auf die dunkle Straße. Jennifer besann sich einen Moment, dann folgte sie ihr. Doch als sie sich endlich dazu überwunden hatte, die Tür aufzustoßen und den langen, schmalen Gang hinunterzublicken, war Taffy nicht mehr zu sehen.

Ein wenig verunsichert, aber immer noch vor Begierde brennend, huschte Jennifer in das Gebäude, schloß die Tür hinter sich und bewegte sich langsam vorwärts.

Sie fand Taffy hinter der letzten Tür auf der linken Seite, in einem ehemaligen Büroraum. Ein großer Holzschreibtisch stand in der Mitte des Raumes, daneben ein paar Zweihundert-Liter-Kanister. Eine kleine Tischlampe in einer Ecke verbreitete ein trübes Licht. Das Mädchen hatte ihren Mantel ausgezogen und saß auf dem Schreibtisch. Ihre Füße ruhten auf der Lehne eines staubigen, aber recht stabil wirkenden Eichenstuhles, und am Zeigefinger ihrer rechten Hand baumelten ein Paar glitzernde Handschellen.

Ohne ein Wort zu sagen blickte Jennifer zurück in den

Gang, zur Straße hin, dann trat sie in den Raum. Sie entledigte sich gleichfalls ihres Mantels, den sie achtlos zu Boden fallen ließ, durchquerte das Büro, setzte sich auf den Stuhl und musterte das Gesicht des Mädchens einen Moment lang prüfend im orangefarbenen Licht der Lampe. Sie war so hübsch, so unverbraucht. Habe ich eigentlich jemals so jung ausgesehen? fragte sie sich.

Das Mädchen wand die Handschellen durch die Sprossen der Rückenlehne des Stuhls und ließ sie um Jennifers Handgelenke zuschnappen. Sie trat einen Schritt zurück und drehte Jennifer so, daß sie zur Tür blickte, dann zog sie den Stecker der Lampe heraus. Das Büro wurde jetzt nur noch von dem gelblichen Lichtstrahl erhellt, der vom Gang her hineinfiel. »Stimmt irgend etwas nicht?« fragte Jennifer verwirrt. »Was ist denn los?«

Schweigend griff das Mädchen nach ihrem Mantel, ging zur Tür und blieb dort stehen.

Nach einigen Momenten füllte die Silhouette eines Mannes den Türrahmen aus, eines Mannes in einem dunklen Mantel. Er betrat den Raum und tauchte in den Schatten ein. Das junge Mädchen ging zu ihm, küßte ihn leicht auf die Wange, blickte sich noch einmal zu Jennifer um und verließ dann das Büro. Ihre Absätze klickten auf dem abgetretenen Linoleum. Wenige Sekunden später hörte Jennifer, wie die Tür zur Straße geöffnet und wieder geschlossen wurde.

Sie waren allein.

»Hallo, Jennifer«, sagte der Mann.

»Was geht hier vor? Wer zum Teufel sind Sie?«

Der Mann gab keine Antwort, sondern musterte sie aus der Dunkelheit heraus eine Weile. Nach einer geschlagenen Minute langte er in seine Tasche, um, da war Jennifer sich sicher, das Werkzeug hervorzuholen, mit dem er sie töten würde – Pistole, Messer, Rasierklinge, Knüppel. Statt dessen kam das Gerät zum Vorschein, das sie innerhalb kürzester Zeit an den Rand des Wahnsinns treiben sollte.

Ein kleiner Kassettenrekorder.

Der Mann drückte eine Taste und stellte den Rekorder auf einen der Zweihundert-Liter-Kanister neben ihm. Das Band begann abzulaufen. *»Webster war ganz erfüllt vom Tod und sah den Schädel unterm Haar«*, rezitierte eine Stimme mit unverkennbar englischem Akzent. Jeremy Irons, dachte Jennifer dumpf. *»Brustlose Wesen in der Grube boten ihr lippenloses Grinsen dar…«*

»Ich habe eine kleine Frage an dich«, sagte der immer noch im Schatten verborgene Unbekannte. »Ich möchte, daß du lange Zeit zurückdenkst, Jenny. An deine Collegezeit. Die anderen haben sich alle erinnert.«

»Die anderen?« Gegen ihren Willen hatte ihre Stimme zu zittern begonnen.

»Ja. Gute Freunde von uns. Geoffrey Coldicott. Johnny Angelino.«

Die Namen verursachten Jennifer eine Gänsehaut. Wieder sah sie die Szenen jener Nacht vor sich, wie schon so viele Male bevor. Sie erinnerte sich an die Halloweenparty… Leute in den Schlafzimmern, Leute auf den Gängen… das Heroin… Julia Raines… ihre Hände auf Julias Hüften… Julias Brüsten. Und obwohl sie verzweifelt dagegen ankämpfte, stiegen ihr die Tränen in die Augen.

»Erzähl mir, was in dieser Nacht geschehen ist, Jenny. Sag' es mir mit deinen eigenen Worten.«

»Ich werde Ihnen überhaupt nichts sagen«, fauchte Jennifer, der der in ihr aufkeimende Zorn Mut verlieh. »Und jetzt nehmen Sie mir gefälligst diese Handschellen ab.«

»Nein.«

Im Hintergrund ging das Gedicht weiter. Die Worte hallten in Jennifers Kopf wider. Ihr Puls hämmerte wie rasend. *»Zum Sprung geduckt der Jaguar berückt den kecken Marmoset mit raffiniertem Katzenduft…«*

»Raffinierter Katzenduft«, wiederholte der Mann. »Hat dich das hierhergelockt, Jenny? Der Geruch dieses jungen Mädchens?«

»Fick… deine… *Mutter*!«

Der Mann lachte. »Wo wir gerade von Familie sprechen...«, sagte er lässig.

Der Kassettenrekorder, der kurz geschwiegen hatte, gab ein paar Knacklaute von sich, dann lief eine neue Aufnahme ab. Zuerst kam es Jennifer so vor, als habe jemand das Rattern eines Zuges auf Band aufgenommen. Das monotone Klick-Klick-Klick lullte sie ein. Dann erklang eine vertraute Stimme.

»*Nein... nein... nein...*«, tönte es aus dem Rekorder.

Jennifer war wieder zehn Jahre alt, kauerte in einer Ecke, nachdem sie gesehen hatte, wie Greta eine der Porzellanfiguren ihrer Mutter zerbrach, und wartete auf die Strafe. Immer, wenn Greta etwas zerbrach, was sehr häufig vorkam, nahm Jennifer die Strafe auf sich. Das war die Stimme ihrer Schwester da auf dem Band.

Dem *Band*...

Sie hörte das Quietschen der Bettfedern; hörte, wie das Kopfteil rhythmisch gegen die Wand hämmerte. Schlagartig wurde ihr bewußt, was geschehen sein mußte. Jennifer schloß einen Moment lang die Augen. Sie sah das Zimmer ihrer Schwester deutlich vor sich; das stählerne Kopfteil des Krankenbettes, die Lalique-Figuren, die auf dem Nachttisch leise klirrten. Heiße Wut stieg in ihr auf und drohte sie zu ersticken.

»Neeeiiin...«, stöhnte Greta Schumann gequält. »*Neeeiiin...*«

»Ich mußte heute bei dir zu Hause ein paar kleinere Veränderungen an deinen Computerprogrammen vornehmen«, sagte der Mann. »Dein Sicherungssystem war allerdings keine große Herausforderung für mich, fürchte ich.«

Jennifer explodierte. Die Übelkeit verschwand und machte rasendem Zorn Platz. »Meine Schwester... du dreckiger Hurensohn... was hast du mit meiner *Schwester* gemacht?«

»Vor zwanzig Jahren hast du keinen Gedanken an Familienbindungen verschwendet, stimmt's, Jenny?« kreischte der Mann plötzlich. Er stand jetzt ganz dicht vor ihr, mußte den Raum mit einem einzigen Satz durchquert haben. »Vor zwanzig Jahren interessierte dich das einen Scheißdreck. Julia und ich wollten Kinder haben, wußtest du das? Ja? Julia wollte die Mutterschaft erleben, und du hast sie um dieses Glück betrogen. Du hast mich darum betrogen, du miese Fotze! Und jetzt nehme ich dir alles, was du liebst. *Alles*!«

Er ging durch das Büro, schaltete die Deckenbeleuchtung ein und hob den Deckel des Zweihundert-Liter-Kanisters, der ihm am nächsten stand. Und darin, inmitten des Gewirrs von in einem unnatürlichen Winkel verrenkten Armen und Beinen, sah Jennifer einen Schopf ergrauenden Haares und das knochige Handgelenk, an dem die billige Uhr mit den übergroßen Ziffern glänzte. Sie sah auch, daß ihre Schwester etwas in der Hand hielt; etwas, was in diesem Horrorszenario ebenso fehl am Platze wirkte wie alles andere.

Es war ein Rosenkranz.

Ihre Greta.

»Ich habe eine Idee«, sagte der Mann aufgeräumt, und in diesem Moment begriff Jennifer endlich, wer da vor ihr stand. Er nahm eine Injektionsspritze aus der Manteltasche. »Laß uns auf einen kleinen Trip gehen.«

Jennifer Schumann öffnete den Mund, um zu schreien. Aber es war zu spät.

Es war, überlegte sie, während er ihr geschickt den Arm abband, ungefähr zwanzig Jahre zu spät.

7.

Er hatte lange überlegt, ob er sie in all die grausigen Details einweihen sollte, sich dann jedoch vorerst dagegen entschieden. Er brachte es einfach nicht über sich, wenn er ihr in die Augen sah. Die Worte blieben ihm förmlich im Halse stecken, und er erkannte, daß sich alles änderte, wenn man es mit realen Menschen und realen Morden zu tun hatte. Amelia Saintsbury bestand aus Fleisch und Blut, sie hatte ein Haus und ein

Auto und einen Ehemann und eine Tochter, und alles, was er sich auf dem Weg zu ihrem Haus so sorgfältig zurechtgelegt hatte (ehe er erfuhr, daß sie die Frau aus seinem Schriftstellerkurs war), löste sich auf wie Nebel in der Sonne, als er ihr in die Augen blickte.

Obwohl sein Notizbuch noch immer nicht wieder aufgetaucht war, hatte er sich an den Namen Saintsbury von der e-mail-Liste erinnert. Da er kein Allerweltsname war, hatte er ihn auf Anhieb im Telefonbuch gefunden. Der andere Name, der letzte auf der Liste, war ihm allerdings entfallen. Schubert. Schunemann. Irgend etwas in der Richtung.

Er erklärte Amelia, daß er einen Artikel für den *Chronicle* schrieb, daß drei der auf der Liste aufgeführten Menschen, die mit dem Gedicht in Verbindung gekommen waren, an einer Überdosis Heroin gestorben waren und daß die Polizei die Ermittlungen bereits aufgenommen hatte.

Als sie sich an jenem Abend auf dem Parkplatz vor der Schule geküßt hatten, war ihm der Ring natürlich aufgefallen – und er hatte mit Sicherheit nie beabsichtigt, etwas mit einer verheirateten Frau anzufangen – aber sie war gerade zur rechten Zeit am rechten Ort gewesen, mit ihrem Schnaps und ihren weichen Lippen und ihrem aufreizenden schwarzen Kleid und ...

Sie war verheiratet.

Nach Nickys nervös hervorgestotterter Erklärung hatte Amelia ihm von ihren Bemühungen, die e-mail selbst zu Entschlüsseln erzählt, und auch von den beiden jungen Männern von Cybernauts. Dabei mußte sie zugeben, daß die ganze Sache bei ihr zu einer regelrechten Manie geworden war. Dummerweise konnte auch sie weder die Liste noch das Gedicht wiederfinden. Sie mußte es vor kurzer Zeit versehentlich gelöscht haben.

Während sie sich gegenübersaßen, die Angelegenheit besprachen und einsahen, daß sie beide dasselbe Ziel verfolgten, schüttelten Nicholas Stella und Amelia Saintsbury immer wieder ungläubig den Kopf.

Amelia tätigte mehrere Telefonanrufe. Einer galt der Mailbox ihres Mannes, einer Karen McGregor, einer den beiden jungen Männern bei Cybernauts, die hoffentlich noch eine Kopie der e-mail hatten. Sie erreichte aber nur den Anrufbeantworter und hinterließ eine Nachricht. Nach einigen Minuten tauchten Scheinwerferlichter vor dem Haus auf. Karen McGregor hielt ihren Kombi an, und Maddie sprang heraus.

Die Stufen hoch, durch die Tür, ins Haus, in Sicherheit.

Amelia fühlte sich schlagartig besser. Sie verriegelte die Tür, während Maddie ins Wohnzimmer hüpfte, ihre Jacke auf die Couch warf und dann neugierig auf Nicky zuging.

»Hi«, sagte sie.

»Hi«, erwiderte Nicky.

Die beiden musterten sich eine Weile. Maddie drehte eine Locke um ihren Zeigefinger, Nicky strich sich über das Haar und nestelte an seinem Hemdkragen herum.

»Ich heiße Nicky«, sagte er schließlich und streckte seine Hand aus.

»Ich heiße Madeleine, aber alle nennen mich Maddie.«

Sie schüttelten sich die Hände. Nicky bezauberte die offene, ungezwungene Art des kleinen Mädchens. Sie hatte die grünen Augen ihrer Mutter; Augen, bei denen italienische Männer schon seit Generationen schwach wurden. Megs Augen. »Darf *ich* dich denn auch Maddie nennen?«

»Klar«, sagte Maddie. »Das geht in Ordnung. Bist du ein Freund von meinem Dad?«

Nicky blickte zu Amelia hinüber, die angelegentlich damit beschäftigt war, die Zeitschriften auf dem Kaffeetisch neu zu ordnen. »Eigentlich nicht«, erwiderte er dann. »Ich bin eher ein Freund von deiner Mom. Wir besuchen denselben Schriftstellerkurs.«

Maddie rümpfte die Nase. »Du schreibst doch wohl keine *Liebesromane*?«

Nicky mußte lachen. »Was ist denn gegen Liebesromane einzuwenden?«

»Weiß nicht«, meinte Maddie. »Vermutlich sind sie ganz okay.«

»Ich schreibe ...«, begann Nicky, zögerte kurz, dann sprach er weiter. »Ich schreibe alles mögliche.«

»Magst du Hunde?«

»Ja, sogar sehr gern«, sagte Nicky und blickte zu dem großen Golden Retriever hinunter, der unter dem Eßzimmertisch ein Schläfchen hielt.

»Das ist Molson. Er ist ein bißchen ängstlich«, erklärte Maddie betrübt. »Er rennt sogar vor Hummeln weg.«

»Ach, das legt sich mit der Zeit schon«, tröstete Nicky. »Er ist doch noch ganz jung.«

»Maddie, es ist Zeit fürs Bett«, mahnte Amelia. »Mach dich fertig, Mäuschen.«

»`kay, Mom«, sagte Maddie und trottete bereitwillig zur Treppe. Am Fuß der Stufen blieb sie stehen, drehte sich noch einmal um und fügte hinzu: »Bye, Nicky.«

»Bye, Maddie. Schlaf gut.«

Mit einem leichten Erröten – flirtete ihr kleines Mädchen etwa mit fremden Männern? wunderte sich Amelia – rannte Maddie die Treppe hinauf.

»Ein süßer Fratz«, meinte Nicky.

»Danke«, erwiderte Amelia. Sie ließ sich Nicky gegenüber nieder, sprang jedoch sofort wieder auf. »Mein Mann hätte schon längst zurückrufen müssen.«

Sie eilte durch den Raum, hob das Telefon hoch und legte es dann mit einem ärgerlichen Seufzer wieder hin.

»Er wird sich sicher jeden Moment melden. Es ist alles in Ordnung«, sagte Nicky, sich gleichfalls erhebend. Langsam ging er auf die Tür zu. »Ich wollte Ihnen keine Angst einjagen.«

»Schon gut«, wehrte Amelia ab. Sie brachte Nicky zur Tür, krampfhaft bemüht, so unbefangen wie möglich zu wirken. »Wir machen uns keine unnötigen Sorgen.«

»Ehe ich gehe, wollte ich Sie noch um einen Gefallen bitten«, sagte Nicky leise.

»Als da wäre?«

»Hat Ihr Mann noch irgendwelche Jahrbücher von der Case Western Reserve University aufgehoben?«

»Ich glaube schon«, entgegnete Amelia. »Ich will schnell einmal nachsehen.« Nach einigen Minuten kehrte sie zurück.

»Er hat nur einen Jahrgang«, sagte sie, ein CWRU-Jahrbuch von 1977 hochhaltend. »Aber aus irgendeinem Grund gibt es gleich zwei davon.«

»Könnte ich mir eines davon ausborgen?«

»Aber sicher.« Amelia reichte ihm das Buch. »Wozu brauchen Sie es denn?«

»Für Hintergrundinformationen.« Nicky öffnete die Tür. Keine G-Men zu sehen. »Danke.«

»Keine Ursache.«

Nicky war schon halb zur Tür hinaus, als er sich noch einmal umdrehte, sie eine Sekunde lang musterte und dann sagte: »Was diese eine Nacht angeht ...«

»Ja?« fragte Amelia. Sie hatte schon vorher befürchtet, daß sie nervös werden würde, wenn er dieses Thema zur Sprache brachte, und sie hatte recht behalten. »Was ist damit?«

»Ich habe inzwischen begriffen, daß es nicht soweit kommen wird, okay?«

»Okay ...«

»Aber ich möchte, daß Sie eines wissen. Allein die Vorstellung, daß es passieren könnte, war ... einfach wundervoll.« Mit diesen Worten trat Nicky auf die Veranda hinaus.

Amelia spürte, wie ihr das Blut ins Gesicht stieg. »Danke, Nicky.«

»Alles in Ordnung?«

»Ja, mir geht's gut«, versicherte sie ihm. »Aber wie steht's mit Ihnen? Wollen Sie mir nicht sagen, was mit Ihrem Gesicht passiert ist?«

»Kleine Meinungsverschiedenheit«, entgegnete Nicky. Er streckte den Arm aus und berührte sacht ihre Hand. Als sie die seine ergriff, steckte er ihr eine Visitenkarte zu. »Wenn Sie mal Probleme haben oder einfach nur über diese Sache reden wollen, dann rufen Sie mich an, okay?«

Amelia nickte.

Als Nicky eine Minute später in die Falls Road einbog, heftete sich ein dunkelblauer Lieferwagen an seine Fersen und folgte ihm in sicherem Abstand Richtung Norden, in die Dunkelheit des MetroParks.

8.

Er konnte sie einfach nicht aus seinen Gedanken verbannen. Amelia. Der Name gefiel ihm. Klang so nach ... Jane Austen oder etwas in der Art.

Nicky stand nur mit Boxershorts bekleidet an dem kleinen Giebelfenster seines Apartments und grübelte über die Anhäufung seltsamer Zwischenfälle nach, aus denen sich sein Leben neuerdings zusammensetzte. In den letzten Tagen war er von einem Kredithai zusammengeschlagen und mit einer Waffe bedroht worden, man hatte ihn – wenn auch nur eine kurze Zeit lang – des Mordes an einem chinesischen Drogendealer verdächtigt, und er hatte sich in eine verheiratete Frau verliebt. Deren Mann wiederum war in ein bizarres Mordkomplott verstrickt, das vor zwanzig Jahren auf dem Campus der Case Western Reserve University seinen Anfang genommen hatte und in das ein alter Freund seines Cousins Joseph, Johnny Angel, irgendwie verwickelt sein mußte.

Das Erschreckendste daran war, dachte Nicky, daß er aus irgendeinem Grund den Mittelpunkt dieser Geschichte zu bilden schien. Er war das Rädchen, welches diese groteske Maschinerie am Laufen hielt.

Okay. Denk in Ruhe darüber nach, mahnte er sich. Wie war er überhaupt dazu gekommen, diesen Schriftstellerkurs zu belegen, in dem er Amelia kennengelernt hatte? Wann hatte er die erste Broschüre erhalten, die für diese Kurse in Collier

Falls warb? Waren nicht innerhalb weniger Monate Dutzende davon in seinem Briefkasten gelandet? *Wollte* jemand, daß er genau diesen Kurs besuchte?

Nicky ging zum Fernseher hinüber, nahm die Fernbedienung zur Hand, schaltete das Gerät ein und ließ sich in seinen großen Lehnsessel fallen. Er wechselte von Kanal zu Kanal: Sportprogramm, *Gilligan*, ein Südstaatenprediger, der um Spenden bat, Al Sharpton mit seinen üblichen gehässigen Bemerkungen zu allen möglichen Themen, noch mehr Sport. Er ließ einen Lokalsender laufen. Gerade wurde ein Nachrichtenüberblick gesendet.

»*... und nun zu den Meldungen des Tages. Heute hat NewsFinder Five erfahren, daß das FBI im Falle des kürzlich verstorbenen Vater John Angelino von der Gemeinde St. Francis of Assisi im Ostteil der Stadt möglicherweise neues Beweismaterial entdeckt hat. Vater Angelinos Leichnam war in einem Apartment in der Cedar Road aufgefunden worden. Als Todesursache galt eine versehentlich injizierte Überdosis Heroin. Jetzt jedoch schließt die Polizei ein Fremdverschulden nicht mehr aus. Obgleich die Sprecher des FBI die Meldung weder bestätigt noch dementiert haben, wird der Fall, wie wir aus gut unterrichteten Quellen erfahren haben, mittlerweile von der Mordkommission bearbeitet. Es soll sich angeblich um den Teil einer ganzen Mordserie handeln. NewsFinder Five wird Sie wie immer ständig auf dem laufenden halten ...*«

Nicky sprintete zum Telefon und wählte Krals Dienstnummer. Der Detective war nicht an seinem Arbeitsplatz, daher bat er den diensthabenden Beamten, dem Birdman etwas auszurichten.

Als er seine Shorts abstreifte und die Dusche aufdrehte, stellte er fest, daß er leicht zitterte. Er stand kurz davor, die sensationellste Story des Jahres zu schreiben. Das konnte für ihn das Sprungbrett zu den renommiertesten Zeitschriften des Landes sein, vielleicht sogar noch mehr. Er hatte einen guten Draht zu den Cops. Er hatte einen guten Draht zu Amelia. Was hoffentlich bedeutete, daß er auch das Vertrauen ihres Mannes gewinnen würde.

Und die Lösung des ganzen Rätsels, dachte er, als er sich von dem heißen Wasser berieseln ließ, war in diesem Jahrbuch zu finden.

Es konnte gar nicht anders sein.

Nachdem er geduscht hatte, trocknete er sich ab, hörte den Anrufbeantworter ab und schlüpfte dann in einen bequemen schwarzen Jogginganzug. Er setzte sich an seinen Schreibtisch, schlug das CWRU-Jahrbuch auf und versank sofort in einer Flut von Erinnerungen, ausgelöst durch die Frisuren, die Kleidung und die ausgefallenen modischen Accessoires der damaligen Zeit. Damals war er selbst ein Teenager gewesen, und er konnte sich noch gut an die weiten Schlaghosen, die schmalen Krawatten, die Hemden mit überbreitem Kragen, die toupierten Haare und die getönten Brillen erinnern. Und natürlich an die allgegenwärtigen Kopien des dreiteiligen weißen Eintänzeranzugs, den John Travolta in *Saturday Night Fever* getragen hatte.

Er blätterte weiter und stieß auf eine Seite, die einem Ereignis namens *Poetica* '77 gewidmet war. Anscheinend handelte es sich dabei um ein Lyrikfestival, das in der Clark Hall abgehalten worden war, dem Gebäude, in dem die Englische Fakultät lag. Das Foto zeigte eine Gruppe von vielleicht zwanzig Studenten, die sich auf der Treppe vor dem Gebäude in Positur gestellt hatten. Nicky erkannte den hochgewachsenen, hageren jungen Burschen mit dem Topfhaarschnitt und den abstehenden Ohren, der ganz vorne stand, auf den ersten Blick. Es war Geoffrey Coldicott. Seine Gedanken wanderten unwillkürlich zu der entsetzlichen hautlosen Fratze zurück, die er in Geoffreys Apartment gesehen hatte. Neben Geoffrey – den Arm um dessen Schulter gelegt – stand John Angelino.

In der Hoffnung, wenigstens einen winzigen Anhaltspunkt zu finden, musterte Nicky jedes der vielen Gesichter gründlich. Sein Blick blieb auf der hinteren Reihe haften, wo ein dunkelhaariger Mann lächelnd an einem Sandsteinpfeiler lehnte, den Arm besitzergreifend um eine sehr hübsche junge

Frau geschlungen. Nicky kam er irgendwie bekannt vor, aber er konnte ihn nicht einordnen. War es Bennett Crane? Er blätterte die Fotos der Senioren durch, fand Bennett Crane und stellte fest, daß er mit dem Mann am Pfeiler nicht identisch war.

Nicky war schon drauf und dran, einfach aufzugeben, als er den Unbekannten doch noch entdeckte: Seite 154, unten rechts. G. Daniel Woltz. Neben dem Foto standen ein paar Angaben: *Computerclub, Lyrikclub, Audivional Club.* G. Daniel war schlank gebaut, hatte dunkle Augen und dunkles Haar, das er in collegetypischer Manier aus der Stirn zurückgekämmt trug.

Nicky blätterte weiter, kam zu den Neulingen des Jahrgangs und entdeckte die junge Frau, die G. Daniel im Arm hielt. Sie war so bezaubernd, daß es Nicky einen Moment lang den Atem verschlug. Ihr Name lautete Julia Ann Raines. Was ihm allerdings, abgesehen von der Schönheit des Mädchens, sofort auffiel, war die Tatsache, daß Julia Ann Raines ihr kleines Foto signiert hatte. Darunter hatte sie in einer zierlichen, wie gestochen wirkenden Handschrift eine Verszeile geschrieben.

Oh, frage nicht: ›Wie bitte?‹. Komm, wir gehen zur Visite.

Nicky kannte den Verfasser: T. S. Eliot, *J. Alfred Prufrocks Liebesgesang.*

Schon wieder so ein bescheuertes Gedicht.

Irgendwo mußte er noch eine Anthologie der Werke Eliots herumliegen haben, würde sie durchsehen müssen. Jetzt wollte er erst einmal versuchen, sich an die e-mail-Adressen von der verschwundenen Diskette zu erinnern. Auf Anhieb fiel ihm nur eine einzige ein, und zwar deshalb, weil sie so gar nicht zu dem Mann passen wollte. Geoffrey Coldicott: *hardman@ttk.net.*

Nicky klickte sein Kommunikationsprogramm an und wählte sich in das Netz ein. Nachdem er seine Mailbox überprüft und festgestellt hatte, daß keine Nachricht für ihn eingegangen war, ging er in sein UseNet-Programm. UseNet war die Internetversion einer weltumspannenden Sammlung von Bulletin Boards, die alle nur erdenklichen Themen abdeckten. Die meisten davon waren eher harmlos. Mit Hilfe digitalisierter Grafikprogramme war es dem User jedoch möglich, Fotos und Illustrationen ins Netz einzuspeisen, die von anderen Usern weltweit dekodiert und auf den Bildschirm gerufen werden konnten.

Er gab das Schlüsselwort *hardman@ttk.net* ein und drückte auf Enter. Wenn Geoffrey Coldicott kürzlich irgendwelche Informationen durch das Netz geschickt hatte, müßte es theoretisch möglich sein, den Verbleib der Daten zu ermitteln. Nicky stellte sich auf eine längere Suchaktion ein, doch zu seiner Überraschung vermeldete der Computer schon nach wenigen Sekunden einen Erfolg.

Nicky blickte auf den Bildschirm, und sein Herz begann zu hämmern. Er mußte dreimal hinschauen, ehe er glauben konnte, was er da sah.

Geoffrey Coldicott hatte etwas in das Netz eingespeist.

Die Adresse des Absenders lautete *hardman@ttk.net*, und Coldicott hatte sich an mehrere verschiedene Zielgruppen gewandt: alt.sex.männl., alt.binär.exhibitionismus, alt.binär. voyeurismus und so weiter. Nicky prüfte die Eingabezeit. Vier Minuten nach halb sechs an dem Nachmittag, an dem Geoffrey Coldicott ermordet worden war.

Die Datei war exakt im Moment von Coldicotts Tod in das Netz eingegeben worden.

Während er die Fotos von Geoffrey Coldicott abrief und darauf wartete, daß sie sich langsam von oben nach unten auf dem Bildschirm materialisierten, hielt Nicky vor Anspannung den Atem an. Es waren insgesamt fünf Farbfotos, arrangiert wie ein Kontaktabzug, und alle zeigten Geoffrey Coldicott. Er saß auf einem Stuhl – demselben, auf dem Nicky vor kurzem noch selbst gesessen und die Fragen der Polizei beantwortet hatte. Der wesentliche Unterschied lag in dem Umstand, daß Geoffrey nackt war.

Nicky erinnerte sich daran, Geoffreys Gesicht flüchtig durch die Schaufensterfront der Arkade gesehen zu haben. Diese vor Qual und unendlicher Demütigung verzerrte Fratze hatte mit dem Geoffrey Coldicott von früher nichts mehr gemein.

Derjenige, der diese Bilder aufgenommen hatte, mußte zugleich der Mörder sein, vermutete Nicky.

Und dieser Unbekannte, stellte er fest, als er eines der Fotos, nämlich das oben rechts auf dem Bildschirm, etwas genauer untersuchte, war in dem Spiegel über Geoffreys Kaminsims in Umrissen zu erkennen.

Nicky vergrößerte den Teil des Fotos, auf dem der Spiegel zu sehen war, und fand seine Vermutung bestätigt. Jetzt sah er ganz deutlich, daß es sich bei der Gestalt um einen Mann handelte, der gerade ein Foto von Geoffrey schoß. Wieder drückte er auf Enter und verdoppelte die Vergrößerung. Nun konnte er das Gesicht des Mannes und seine Schulterpartie vage erkennen. Er hatte dunkles Haar und trug eine goldene Uhr. Mehr ließ sich im Augenblick über ihn nicht sagen.

Nicky klappte den Laptop zu, griff nach dem Jahrbuch und seinen Schlüsseln und ging zur Hintertreppe. Auf dem Weg fiel sein Blick auf das Bücherregal; er entdeckte die T. S. Eliot-Anthologie und nahm sie gleichfalls mit.

Er hatte keinen Krümel Kaffee und keine einzige Zigarette im Haus und wußte, daß er es nie schaffen würde, diese Sache ohne Seelentröster durchzuziehen. Er würde sich auf dem Weg zum Justice Center ein Päckchen Sargnägel und ein paar Becher Kaffee besorgen. Vielleicht würde er dort jemanden auftreiben, der die Qualität des digitalen Abbildes von Geoffrey und seinem Besucher noch um ein paar Klassen verbessern konnte.

Was er bislang in der Hand hatte, reichte nicht nur für einen karrierefördernden Artikel, überlegte Nicky, der seine Erregung kaum noch bezähmen konnte.

Es reichte für ein ganzes *Buch*.

Inzwischen hatte es zu regnen begonnen, aber er verspürte nicht die geringste Lust, noch einmal nach oben zu laufen und seinen Regenmantel zu holen. Er rannte zu seinem Auto, ließ den Motor an und fuhr zu Denny's.

Auf dem schmucken grünen Vorsatzblatt in Roger Saintsburys Jahrbuch prangten ein gutes Dutzend Unterschriften nebst den witzig-belehrenden Sprüchen, die so oft in derartigen Büchern zu finden sind. Ein Eintrag stammte von John Angelino: ›Möge Gott wohlwollend auf dein tägliches Streben herabblicken‹, lautete er. Ein Satz, der wie eine Zusammenfassung von Vater Johns Wirken in der Gemeinde klang. Viele der Sprüche, vornehmlich die von Frauen verfaßten, waren recht anzüglicher Natur. Doch unten links auf dem Blatt stand in präziser Blockschrift ein Zitat, unterzeichnet von einem gewissen GDI. G. Daniel? fragte sich Nicky. Er hatte geschrieben: »Denk immer an die unendlich leidenden Substanzen.«

Das *Gedicht*.

Er schlug den Anhang der Eliot-Anthologie auf und überflog die nach Anfangszeilen geordnete Inhaltsangabe. Fehlanzeige. Keines der Gedichte begann mit: ›Mich rührt an dieser Bilderflucht ...‹

Er blätterte das Buch langsam durch, Seite für Seite, bis er auf ein Gedicht stieß, das den Titel *Präludien* trug. Er brauchte es gar nicht Strophe für Strophe zu lesen, der Absatz, den er suchte, stach ihm sofort ins Auge. Da stand es: *›Mich rührt an dieser Bilderflucht: ein Traum, mit ihr verflochten ganz ...‹* Aber noch bemerkenswerter als dieser rasche Erfolg seiner Suche war ein anderer, unübersehbarer Umstand.

Die Verszeile war unterstrichen.

Was?

Wann zum Teufel hatte er das getan? Hatte er das Buch nicht neu gekauft? Im Augenblick konnte er weder die eine noch die andere Frage beantworten, aber die Tatsache als solche ließ sich nicht leugnen. Dieselben vier Gedichtzeilen, die diesen auf der e-mail-Liste aufgeführten Personen – inzwischen *verstorbenen* Personen – zugeschickt worden waren, waren in seinem Buch plötzlich unterstrichen.

Rasch klappte er den Laptop zu, da die Kellnerin mit der Kaffeekanne in der Hand auf ihn zukam. Das fehlte noch, dachte er, daß mich eine Kellnerin dabei erwischt, wie ich bei Denny's herumsitze und mir auf dem Bildschirm nackte Kerle anschaue.

Die Kellnerin schenkte ihm nach, lächelte ihn an und zog sich zurück.

Nicky befaßte sich wieder mit dem Foto und dem Mann im Spiegel. Sein dunkles Haar war links gescheitelt. Er verglich es mit den im Jahrbuch enthaltenen Bildern der anderen in den Fall verstrickten Personen und fand in G. Daniel Woltz das perfekte Ebenbild des Mannes im Spiegel. Der Haaransatz war zwar zurückgegangen, aber als er das Foto vor den hellen Bildschirm des Laptops hielt, stellte er fest, daß Kopfform und Gesichtszüge nahezu identisch waren.

Wie von der Tarantel gestochen sprang er auf, ließ einen Dollar auf dem Tisch liegen und bezahlte an der Kasse bei der Tür seine Rechnung. Er beschloß, nach Hause zu fahren und die Fotos vorsichtshalber auf Diskette zu ziehen. Er wollte nicht riskieren, daß er alle Daten verlor, falls der Computer einmal abstürzte. Außerdem konnte er sich gut vorstellen, daß die Cops seinen Laptop nur allzu gern in die Finger bekommen würden.

Aber als er in die Normandy Road einbog, sah er zum zweiten Mal innerhalb von zwei Tagen etwas Ungewöhnliches. Die Szenerie erinnerte ihn an das Konzert des Electric Light Orchestras im alten Allen-Theater auf der Euclid Avenue – blaue und rote Lichtblitze zuckten über die Straße und verwandelten die Regenbäche, die über seine Windschutzscheibe strömten, in Kaskaden glitzernder violetter Kristalle. Er trat hart auf die Bremse und schaute ungläubig zu seinem Haus hinüber.

Es war von einem halben Dutzend Streifenwagen umstellt.

9.

Was für eine Nacht, dachte Amelia. Was für eine verrückte, unheimliche Nacht. Und dabei war noch gar kein Halloween. Ein Blick auf die Uhr neben ihrem Bett belehrte sie eines Besseren. Sie zeigte bereits halb eins.

Trotzdem hatte sie bislang noch kein Auge zugetan.

Roger hatte sie aus Columbus zurückgerufen und ihre Angst etwas gemildert. Er erinnerte sich an alle Leute auf der seltsamen Liste, suchte nach ein paar halbherzigen Ausflüchten hinsichtlich ihres damaligen Lebenswandels und fügte hinzu, es wundere ihn überhaupt nicht, daß einige von ihnen immer noch harte Drogen nahmen. Er versprach ihr auch, rechtzeitig zu Hause zu sein, um mit Maddie die Halloweenrunde zu drehen; er würde sie dann bei Dag und Martha treffen. Das war, überlegte Amelia, bislang der Lichtblick dieses denkwürdigen Abends.

Sie stand wieder einmal auf und schaute ungefähr zum zwanzigsten Mal bei Maddie herein, nur um ihre Tochter noch immer tief und fest schlafend vorzufinden. Wahrscheinlich träumte sie schon von Schoko-Riegeln, Marshmallows und Erdbeerlakritz.

Schließlich setzte sie sich vor ihren Computer und wählte sich in World Online ein. Zum zweiten Mal in ihrem Leben hörte sie die elektronische Stimme zwitschern: »Sie haben eine neue Nachricht!«

Diesmal zuckte sie mit keiner Wimper. Langsam entwickelte sie geradezu professionelles Geschick. Sie drückte die erforderlichen Tasten und stellte fest, daß die e-mail von Cybernauts stammte, von Eddie und Andy. Sie hatte ganz vergessen, daß die zwei ihr das Gedicht von der besagten CD-ROM schicken wollten. Es war allerdings nicht die Rede davon gewesen, ihr gleich die gesammelten lyrischen Werke von T. S. Eliot zukommen zu lassen.

Die Datei war sehr umfangreich und benötigte einige Minuten, um geladen zu werden. Als jedoch der Vorgang abgeschlossen war und Amelia zu lesen begann, stellte sie fest, daß die Gedichte sie auf eine merkwürdige Weise zugleich bewegten und verwirrten. Sie las *J. Alfred Prufrocks Liebesgesang*, ein Werk, von dem sie vor Jahren einmal gehört, mit dem sie sich jedoch nie eingehender beschäftigt hatte. Sie las auch eine Menge Gedichte über Katzen.

Doch eines der Gedichte jagte ihr einen besonderen Schauer über den Rücken. Es hieß *Unsterblichkeits-Wehen* und handelte anscheinend von grausamen Verstümmelungen. Es beschrieb, wie leere Augenhöhlen mit Narzissenknollen ausgestopft wurden, gespenstische Kreaturen ein lippenloses Grinsen zeigten und ähnliches mehr. Sie wollte sich jetzt nicht unbedingt noch stärker ängstigen, als sie es ohnehin schon tat.

Sie ließ sich einige der Gedichte ausdrucken, während sie eine Tasse Tee aufbrühte, dann nahm sie beides mit ins Schlafzimmer, kuschelte sich wohlig unter ihre warme Steppdecke und vertiefte sich in ihre Lektüre.

10.

Nicky bog in Joe Metzgers Einfahrt ein, wendete und raste zum Chagrin zurück. Was zum Teufel sollte das nun schon wieder bedeuten? Er hatte mindestens drei gezückte Waffen ausgemacht; ein sicheres Indiz dafür, daß die Bullen ihm nicht nur einen Höflichkeitsbesuch abstatten wollten.

Sie waren gekommen, um ihn *festzunehmen.*

Sie waren gekommen, um ihn *abzuknallen.*

Ohne zu wissen, woran er war, fuhr er in die Stadt, mietete sich im Holiday Inn Lakeside unter dem Namen Louie Starr ein und bezahlte den Zimmerpreis von fünfundsechzig Dollar von dem Geld, das ihm Frank Corso unfreiwillig überlassen hatte.

Er war nicht vor der Polizei geflohen, nicht wahr? Keiner

der Bullen hatte ihn gesehen und ihn angehalten. Er war ganz einfach noch gar nicht nach Hause gekommen.

Richtig?

Während er im Fahrstuhl stand, kam er sich vor wie ein kleines Kind, das ein Fenster zerbrochen hat und nun nach einer guten Ausrede sucht, um der verdienten Strafe zu entgehen. Er war da in eine wirklich sehr ernste Angelegenheit hineingeschlittert. Niemand würde ihm diesen Schwachsinn abkaufen. Sein in Aufruhr geratener Magen bestärkte diese Befürchtung.

Er warf einen kurzen Blick in sein Zimmer, schlich dann wieder die Treppe hinunter und verließ das Motel durch eine Seitentür. Dann stieg er in sein Auto, fuhr über die Detroit-Superior-Brücke und stellte den Wagen neben einer Telefonzelle in der West 25th Street ab, genau gegenüber vom St. Malachi's. Er warf ein paar Münzen ein und wählte seine eigene Telefonnummer, überzeugt davon, daß er eine Nachricht von der Polizei auf seinem Anrufbeantworter vorfinden würde. Statt dessen hob nach dem dritten Klingeln jemand den Hörer ab.

Es war Kral. Und Nickys Schweigen verriet ihn. »Nicky?« fragte Kral. »Nicky ... hör mir zu. Du mußt sofort herkommen. Hörst du mich?«

»Ich verstehe nicht ganz ... willst du mir nicht erst einmal erklären, was eigentlich los ist?«

»Wir reden darüber, wenn du hier bist.«

»Ich ... ich dachte, die Sache mit Rat Boy wäre ausgestanden. Ich dachte, du glaubst mir.«

»Hier geht es nicht um Rat Boy, Nicky. Fahr jetzt einfach zum Justice Center und gehe aufrecht wie ein Mann durch die Eingangstür. Dann reden wir. Mit jeder Sekunde, die verstreicht, rutschst du tiefer in die Scheiße, kapierst du das denn nicht?«

»Aber ich schwöre dir bei Gott, daß ich ...

»Sebastian Keller, Nicky.«

»Wer?«

»Wir haben seinen Leichnam gerade im Brunnen vor dem Kunstmuseum gefunden.«

»Aber ich habe ihn nicht ...«

»Wo zum Teufel sind seine Hände, Nicky?«

Nickys Mageninhalt drohte den Rückwärtsgang einzulegen. Vor Entsetzen wurde ihm schwindelig.

»Was hast du mit seinen gottverdammten *Händen* gemacht, du perverser Irrer?«

»Ich schwöre dir bei allem, was mir ... «

»Dein Name steht in seinem Terminkalender«, unterbrach ihn Kral rüde. »Und seine Sekretärin erinnert sich an deinen Anruf.«

»Mann, ich *habe* ihn doch gar nicht ...«

»Mach mal halblang, Nicky. Willst du uns für dumm verkaufen?« Krals Stimme wurde lauter. »Das Telefon in seinem Büro hat eine Rufrückverfolgungseinrichtung. Wir haben es überprüft.«

»Was meinst du damit? Was hast du überprüft?«

»Der Anruf kam aus deinem Apartment.«

»*Was?*« schrie Nicky so laut, daß der Parkplatzwächter auf der anderen Seite der Twenty-Fifth Street einen Moment lang von seiner Zeitung aufblickte.

»Oder wenn ich es mir recht überlege ... komm lieber nicht«, schnarrte Kral. »Ich werde *dich* finden, Nicky. Ich werde dich finden, wo du auch steckst, und wenn ich dich gefunden habe, dann wirst du dein blaues Wunder erleben.«

»Wovon redest du überhaupt?«

»Weißt du, was ich hier in der Hand halte, Nicky? Kannst du's dir vorstellen? Ich werde es dir sagen. Es ist die halbautomatische Pistole Kaliber Fünfundzwanzig, die ich seit zehn Jahren mit mir herumschleppe – wie einen Talisman. Zehn Jahre habe ich darauf gewartet, einem besonders miesen Dreckskerl damit ein Loch in den Kopf zu pusten. Du erfüllst alle Bedingungen. Hast du mich verstanden?« Ivan Krals Stimme überschlug sich fast. Er stand kurz davor, vollkommen die Beherrschung zu verlieren. »Du hast einen *gottverdammten Narren aus mir gemacht*!«

»Ich ... ich kann dich kaum noch verstehen«, stammelte Nicky, während er ein paar Seiten aus dem Telefonbuch riß und direkt vor dem Mundstück des Hörers zusammenknüllte. Ein alter Trick. Am anderen Ende der Leitung hörte es sich so an, als würde die Verbindung gleich zusammenbrechen. Nicky bezweifelte, daß Kral darauf hereinfiel, aber im Augenblick fiel ihm nichts Besseres ein.

Wenn der Stand der modernen Technik nicht über das hinausgeht, was man im Fernsehen so sieht, dachte er, dann haben sie nicht genug Zeit gehabt, um zu ermitteln, woher der Anruf kam. Genau deswegen war er ja auch über die Brücke bis zur West 25th gefahren und hatte eine öffentliche Telefonzelle benutzt. Aber um ganz auf Nummer Sicher zu gehen, hob er einen Lehmklumpen vom Rand des Parkplatzes auf und machte damit sein hinteres Nummernschild unkenntlich.

Der Mann auf dem Foto in dem Jahrbuch. Er mußte ihn finden.

Und es gab nur einen Ort, wo er mit der Suche beginnen konnte.

Schon nach dem zweiten Klingeln hob Amelia ab. Sie klang hellwach und tatendurstig.

»Hallo?«

»Amelia? Nicky am Apparat.«

»Hi. Sind Sie ...«

»Hören Sie zu«, begann Nicky, der sich nicht sicher war, wieviel er am Telefon preisgeben sollte. Er hatte im Telefonbuch nach einem Eintrag für ›Woltz‹ gesucht, aber keinen gefunden. Vorsichtig fuhr er fort: »Sie sind doch User von World Online, stimmt's?«

»Ja. Eigentlich läuft das ja über meinen Mann, aber ...«

»Kennen Sie sich mit dem System aus?«

»Ein bißchen. Ich war vor kurzem noch Online.«

»Wunderbar«, meinte Nicky. »Wissen Sie über die Chatrooms Bescheid, die man dort einrichten kann?«

»Hab' davon gehört, aber selber bislang noch nicht ...«

»Können Sie sich an den Namen unseres Lehrers erinnern?«

»Unseres Lehrers? «

»Ja, den Leiter des Schriftstellerkurses.«

»Ach so ... ja, natürlich.« Er mußte Mr. Price meinen, dachte Amelia. »Er heißt ...«

»Ich benenne den Chatroom nach ihm. In zehn Minuten bin ich soweit. Legen Sie sich unterdessen das zweite Jahrbuch zurecht.«

Mac belauschte sie mit Hilfe seines Scanners. Amelia sprach über ihr Funktelefon.

Er hörte ›Chatroom‹. Er hörte ›zehn Minuten‹. Er hörte *Jahrbuch.*

Das verhieß nichts Gutes. Er schob das Modem in seinen Laptop und wählte sich in World Online ein.

Im Zimmer 616 des Holiday Inn Lakeside schloß Nicky seinen Laptop an die Steckdose an, wählte World Online, richtete einen Chatroom ein – den er PriceIsRight nannte – und wartete. Schon nach wenigen Minuten bestätigte Amelia, was er bereits vermutet hatte. Sie war wirklich nicht auf den Kopf gefallen. Auf dem Bildschirm erschienen folgende Angaben:

RAS befindet sich im Raum.

RAS mußte der Deckname sein, den ihr Mann bei World Online benutzte. Nickys lautete ›STARR99‹.

STARR99> Hi. Schon da?

Er wartete einen Moment. Nichts geschah. Er tippte:

STARR99> Geben Sie Ihre Antwort ein und drücken Sie auf Enter.

RAS>	Ich bin da …
RAS>	Es tut mir leid.
STARR99>	Jahrbuch griffbereit?
RAS>	Ja. Aber würden Sie mir bitte verraten, was hier eigentlich vor sich geht?
STARR99>	Mache ich. Versprochen. Schlagen Sie Seite 154 auf.
RAS>	Versprochen?
STARR99>	Ja. 154.
RAS>	Okay. Dranbleiben.
RAS>	Moment noch.
RAS>	Okay. Alles klar.
STARR99>	Kennen Sie den Typ in der untersten Reihe, den zweiten von rechts?
RAS>	Nein. G. Daniel? Nein.

In diesem Augenblick beschloß Nicky, Amelia die ganze Wahrheit zu erzählen. Alles, ohne Ausnahme. Wenn die Polizei davon ausging, daß er für diese Morde verantwortlich war, dann hieß das, daß sie nicht nach dem wahren Täter suchten. Es hieß ferner, daß Amelia möglicherweise in Gefahr schwebte.

Er konnte es nicht riskieren, die Angelegenheit am Telefon zu erörtern, aber der Chatroom war vermutlich sicher. Er blickte auf die rechte obere Ecke des Bildschirms, wo angezeigt wurde, wer sich momentan im Raum befand. RAS und STARR99. Sie konnten die Unterhaltung bedenkenlos fortsetzen.

Aber noch ehe er damit beginnen konnte, die nächste Frage einzutippen, gingen zwei aufeinanderfolgende Nachrichten des Betriebssystems ein. Standardbotschaften für Nutzer der Chatrooms. Es war der Inhalt, der Nicky zu denken gab.

RAS hat den Raum verlassen.
PRUFROCK hat den Raum betreten.

Das kann kein Zufall sein, dachte Nicky. Er wußte, daß es nicht möglich war, seinen World Online-Decknamen von einer Sekunde auf die andere zu ändern. Dazu mußte man sich erst ausklinken. Rasch gab er ein paar Worte ein.

STARR99> Hi pruf.

Das war eine im Chatroom übliche Grußformel. Nicky wartete eine geschlagene Minute ab. Nichts. Keine Antwort. Wieder blickte er auf die obere rechte Ecke des Bildschirms und sah nur ihre beiden Decknamen. RAS hatte sich endgültig verabschiedet. PRUFROCK hielt sich noch im Raum auf.

Plötzlich antwortete der Eindringling mit drei Worten:

PRUFROCK> Gib es auf.

STARR99> Was soll das heißen?

PRUFROCK> Gib es auf.

STARR99> Ich verstehe nicht ganz, was du meinst. Was soll ich denn aufgeben?

PRUFROCK> Gib es auf. Sprich mit keinem Polizisten mehr. Keinem.

STARR99> Polizist?

PRUFROCK> Oder ich werde dir jeden Tag sehr weh tun.

STARR99> Wer bist du???

PRUFROCK> Okay. Dann werde ich jetzt gehen. Vielleicht schicke ich dir eine Postkarte.

STARR99> Eine Postkarte?

PRUFROCK> Ich kann sie jederzeit abschicken. Vergiß das nicht.

STARR99> Eine Karte von wo?

Diesmal entstand eine Pause von fast dreißig Sekunden, ehe die Antwort auf dem Bildschirm erschien:

PRUFROCK> Die Karte wird einen strahlendblauen Himmel zeigen, ein rotes Backsteingebäude und grüne Bäume.

PRUFROCK> Und oben auf dem Dach steht in fröhlichem Gelb:

PRUFROCK> Grüße aus der Villa Corelli.

PRUFROCK> Gib es auf, Nick.

Als Nicky in die 105th Street einbog, zeigte seine Tachonadel fast siebzig Meilen pro Stunde an.

Jimmy Corellis Gesichtsausdruck veränderte sich vollkommen, als Nicky die zehn Hundertdollarscheine auf seinem Schreibtisch ausbreitete. Der ganze Mann gebärdete sich auf einmal wie ein freundlicher, leicht beschwipster Onkel, obgleich er noch fünf Sekunden zuvor gedroht hatte, Nicky eigenhändig vor die Tür zu setzen. Jimmy war der jüngste der Brüder, bewohnte eine Suite im obersten Stockwerk der Villa Corelli und kümmerte sich um alle Probleme, die in dem Altenheim auftraten. Nicky wußte, daß er in der Eingangshalle nur genug Lärm machen mußte, um Jimmy aus dem Bett zu holen. Er wußte auch, welchen Einfluß der Anblick von Bargeld auf Jimmys Verhalten hatte. Jimmy war imstande, das Konto von Nickys Großvater so zu manipulieren, daß die tausend Mäuse nie in den Büchern der Firma Corelli Brothers, Inc., auftauchen würden.

Mit einer so blitzschnellen Bewegung, daß ein menschliches Wesen sie kaum noch wahrnehmen konnte, strich der mit einem lächerlichen knallroten Kimono bekleidete Jimmy Corelli das Geld ein.

Dann nahm er den Hörer von einem der drei auf seinem Schreibtisch stehenden Telefone ab und scheuchte einen Teil seines Personals rücksichtslos mitten in der Nacht aus dem Bett, um Nickys Plan in die Tat umzusetzen.

Nicky beobachtete, wie das Bett seines Großvaters aus dem Fahrstuhl geschoben und dann den Gang der zweiten Etage entlanggerollt wurde. Beruhigt zog er sich in ein leeres Zimmer zurück, schaltete den Fernseher ein und wechselte von Kanal zu Kanal. Es gab noch keine Berichte über ihn, keine

Bilder aus seiner Highschoolzeit, keine landesweite Suchaktion. Er stellte den Apparat wieder aus und ging zur Pflegestation am Ende des Ganges, wo er zu seiner großen Freude Sandy McCall sitzen sah. Sandy war ein schlanker, muskulöser Farbiger Ende Zwanzig, und was noch besser war – er hatte heute Dienst. Er und Nicky hatten viele Nächte gemeinsam in der Villa Corelli verbracht, mit den anderen Altenpflegern Poker gespielt und dazu Kentucky Bourbon geschlürft. Sandy sorgte stets dafür, daß Louie Stella mit genügend Wolldecken und frischem Eiswasser versorgt wurde.

»Sandy ... du bist genau der Mann, den ich suche!«

»Hi, Nicky«, flüsterte Sandy halblaut. Es war ihm in Fleisch und Blut übergegangen, während des Nachtdienstes seine Stimme zu dämpfen.

»Wie geht's dir denn so?«

»Alles okay«, erwiderte Sandy. »Was ist denn mit dir los, Nicky? Was treibt dich zu dieser unchristlichen Uhrzeit hierher? Stimmt etwas mit Louie nicht?«

»Nein, dem geht es gut. Ich wollte dich um einen Gefallen bitten«, sagte Nicky. Als sie sich die Hände schüttelten, ließ er einen Hundertdollarschein zwischen Sandys Finger gleiten. »Es ist wirklich ernst, Sandy.«

Sandy blickte sich im Gang um und verstaute dann den Schein in seiner Hosentasche. »Schieß los, Mann.«

Zwanzig Minuten später fuhr Nicky in Sandys 88er Oldsmobile in die Stadt zurück, und Sandy McCall schraubte ein neues Namensschild an die Tür von Zimmer 220, Louie Stellas momentaner Unterkunft in der Villa Corelli.

Der Name darauf lautete: Henry K. Piunno.

Um viertel nach sechs kam sie um die Ecke, immer noch perfekt geschminkt und frisiert. In ihrem Minirock, der Lederjacke und den hochhackigen Pumps sah sie aus wie ein zweitklassiges Filmsternchen. Im Morgenlicht stellte Nicky zudem fest, daß die Schmetterlingstätowierung neben ihrem rechten Auge knallgelb leuchtete.

Papageienfarben, dachte er, einfach verrückt. Ihr Rock war rot, die Lederjacke königsblau. Sie war noch jung genug, um an derartigen Farbzusammenstellungen Gefallen zu finden.

Zugleich wurde ihm bewußt, daß er selbst wohl eher einem Penner glich – Zweitagebart, zerknitterte Kleider und dazu das violett schimmernde Veilchen, das Frank Corso ihm verpaßt hatte. Trotzdem fing er sie an der Ecke St. Clair und East 30th Street ab.

Seltsamerweise flackerte in den Augen des Mädchens ein kleiner Funke auf, als sie ihn ansah. Ihr Blick schien zu besagen: Ich weiß, wer du bist, ich weiß, was hier gespielt wird, und ich habe damit gerechnet, früher oder später auf dich zu stoßen.

»Hi«, begann Nicky. »Kann ich mal kurz mit . . .«

»Verpiß dich, Arschloch. Es ist zu spät für so was.«

Sie schlug einen Bogen um ihn und lief weiter die St. Clair hoch. Er beschleunigte seine Schritte und hielt sich neben ihr.

»Ist doch noch früh am Tag«, sagte er leichthin, aber sein unbeholfener Versuch, ein wenig Charme zu versprühen, machte nicht den geringsten Eindruck auf das Mädchen.

Taffy blieb stehen und verzog das Gesicht. »Toll. Diese Anmache hab' ich vor genau zehn Sekunden zum letzten Mal gehört. Fällt euch Kerlen nicht mal was Originelleres ein?«

Nicky verbiß sich ein Lachen. »Und glaubst du, du bist die erste Frau, die mich als Arschloch bezeichnet?«

Ein vorsichtiges Lächeln trat auf ihr Gesicht. Die Schlacht war halb gewonnen.

»Vermutlich nicht«, gab Taffy zu.

»Aber ich bin wohl das *verzweifeltste* Arschloch, das dich jemals von der Seite angequatscht hat. Willst du wissen, warum?«

Taffy musterte ihn einen Moment lang skeptisch, dann gab sie ihren Widerstand auf. »Laß mich raten. Du steckst in Schwierigkeiten, was? Bist wohl mit dem Gesetz in Konflikt geraten.«

»Du erkennst mich also nicht wieder.«

Taffy blieb stehen und unterzog ihn einer eingehenden Betrachtung. »Okay ... du kommst mir tatsächlich irgendwie bekannt vor. Das ist der einzige Grund, warum ich überhaupt mit dir rede. Vielleicht sind wir uns schon mal begegnet, und wenn du mir da an die Wäsche gegangen wärst, würd' ich mich dran erinnern. Also gehörst du für mich zu den guten Jungs.«

»Danke, vielen Dank«, sagte Nicky grinsend.

»Aber nur vorübergehend.«

»Verstehe«, erwiderte Nicky. »Aber ich habe noch nie die Hand gegen eine Frau erhoben. Bin nicht sonderlich darauf erpicht, nach meinem Tod in der Hölle zu schmoren.«

Sie lächelte ihn an. »Du bist katholisch? Ich auch.«

Nicky nickte.

Dann erzählte er ihr die ganze Geschichte.

»Du mußt mir helfen, Taffy.«

»Warum? Warum soll gerade ich dir helfen?«

Sie saßen in dem McDonald's in der Nähe der 14th Street. Nicky hatte die Morgenausgabe des *Plain Dealer* durchgeblättert und befriedigt zur Kenntnis genommen, daß ihn von keiner Seite her sein eigenes Gesicht anstarrte.

Innerhalb von zehn Minuten hatte er Taffys gesamte Lebensgeschichte zu hören bekommen. Ihr Vater war Fernfahrer von Beruf gewesen und hatte sich für immer aus dem Staub gemacht, als sie drei Jahre alt war. Mom hing an der Flasche und hatte sich durch sämtliche Betten von East McKeesport, Pennsylvania, geschlafen. Taffy sagte, sie hätte am Busbahnhof von Chester einen Mann namens Jimmy Woo kennengelernt. Jimmy und seiner Familie gehörte das Elegant Linda's. Sie sagte, die Cops hätten mit ihr gesprochen, nachdem Rat Boy tot aufgefunden worden war, und hätten sie gefragt, ob ihm jemand eine größere Summe Geld schuldete oder kürzlich nach ihm gefragt hätte. Sie hätten ihr Fotos gezeigt, und auf einem davon hätte sie Nicky erkannt. Warum hätte sie lügen sollen?

Aber sie hatte keine Ahnung, was hier eigentlich gespielt wurde.

»Irgend jemand hat es auf mich abgesehen, Taffy, siehst du das denn nicht? Und dieser Jemand ist sogar bereit, meinem Großvater etwas anzutun, nur um mich dadurch zu treffen. Alles hat damit begonnen, daß ich versucht habe, mit Rat Boy zu sprechen. Bislang bin ich davon ausgegangen, daß ich die Story im Griff habe, aber allmählich kommt es mir so vor, als ob die Story mich im Griff hat.«

»Schön und gut«, meinte Taffy gedehnt, »aber das ist doch keine Antwort auf die Frage, warum gerade ich dir helfen soll.«

Nicky änderte seine Taktik. »Hör mal, du kennst doch Willie T., oder? Schwarz, um die vierzig, Drogenfahnder.«

»Klar kenn' ich den«, bestätigte Taffy. »Jeder in meinem Geschäft kennt Willie T.«

»Alles, worum ich dich bitte, ist, daß du ihn für mich anrufst. Sag ihm, ich muß dringend mit ihm reden, möchte aber Kral nicht über den Weg laufen. Der möchte meinen Skalp an seinem Gürtel sehen.«

»Ich kenn' keinen Kral und will ihn auch gar nicht kennenlernen«, sagte Taffy. »Aber ich begreife nicht, warum du Willie nicht einfach selbst anrufst.«

»Weil sie alle Gespräche auf Band aufnehmen, Taffy. Wenn ich ihn anrufe, haben sie meine Stimme für den Rest meines Lebens in ihrem Archiv. Solche Sachen haben die unangenehme Angewohnheit, sich gelegentlich in belastendes Beweismaterial zu verwandeln. Außerdem brauche ich noch ein bißchen Zeit. Und ich mag es nicht, wenn man mir ständig auf die Finger sieht, während ich versuche, den wirklichen Schuldigen zu finden.«

Taffy dachte kurz nach. Sie schien ihn zu verstehen. »Na gut, einverstanden. Wenn ich Willie T. für dich anrufe, was springt dann dabei für mich raus?« Sie sah ihn an, als befänden sie sich auf einem Flohmarkt und würden gerade über den Preis für einen Stapel gebrauchtes Geschirr feilschen.

Nicky setzte sein breitestes Lächeln auf und hoffte heimlich, daß kein Rest des soeben verzehrten McMuffins zwischen seinen Zähnen steckte. Entweder machte sie mit, oder er war erledigt.

»Hundert Mäuse. Und du bekommst einen Ehrenplatz in dem Buch, das ich über den ganzen Fall schreiben werde.«

Taffy musterte ihn eine geschlagene Minute lang. Das Wort ›Hollywood‹ schien in großen Leuchtbuchstaben vor ihr aufzuflammen. »Soll ich ihn jetzt sofort anrufen?« fragte sie bereitwillig.

»Nein«, sagte Nicky erleichtert. »Aber sehr bald. Vorher muß ich noch ein paar Dinge erledigen, bei denen mich Handschellen zu sehr behindern würden.«

»Was denn zum Beispiel?« wollte Taffy wissen.

»Zum Beispiel muß ich versuchen, den Burschen aus dem Jahrbuch zu finden.«

Taffy hielt das CWRU-Jahrbuch von 1977 in die Höhe. »Sein Bild ist hier drin?«

»Genau«, erwiderte Nicky. Er nahm ihr das Buch aus der Hand, blätterte darin herum und schlug Seite 154 auf. Dann legte er das Buch vor ihr auf den Tisch und zeigte auf das kleine Foto von G. Daniel Woltz.

Sämtliche Farbe wich aus Taffys Gesicht. Ihre Haut sah plötzlich aschgrau aus. »*Das* ist der Typ, von dem du die ganze Zeit redest?«

»Ja.«

»Großer Gott!«

SECHS

HALLOWEEN

1

Er war gerade in der zweiten Etage, als er die Geräusche hörte.

Sie kamen von der Eingangstür. Ein Schlüssel wurde herumgedreht, die Angeln quietschten, harte Sohlen klapperten auf dem Fliesenboden der Halle. Die Schritte einer Frau, leichtfüßig und zielstrebig. Er hatte von der Ecke Bendemeer Lane und Sharpe Road aus die Gespräche belauscht, die sie über ihr schnurloses Telefon geführt hatte, und wußte daher, daß Amelia heute sehr beschäftigt sein würde. Sie hatte Maddie um zwanzig vor acht in den Bus gesetzt und war selbst um fünf nach neun aus dem Haus gegangen. Am Telefon hatte sie gesagt, daß sie vor elf nicht zurück sein würde, und er hatte darauf gebaut, in diesen zwei Stunden all das erledigen zu können, was er sich vorgenommen hatte.

Doch nun sah es so aus, als wäre sie vorzeitig nach Hause gekommen. Und er war noch nicht für sie bereit.

Wenn sie nicht nach oben kam, konnte er seine Arbeit vielleicht noch zu Ende bringen. Ansonsten würde sie unweigerlich die auf dem Bett aufgehäuften Gegenstände sehen, und er würde sie töten. Er würde sie töten, sie begraben und dann mit seinem Tagewerk fortfahren.

Und auf der Party würde Taffy ihren Platz einnehmen.

Vor der Tür des taubenblauen Badezimmers öffnete er den Reißverschluß der Plastiktasche, die er mitgebracht hatte, holte ein mit Chloroform getränktes Tuch heraus und preßte es ihr vor Nase und Mund. Zuerst wehrte sie sich heftig, warf sich mit voller Wucht gegen ihn und löste augenblicklich heftige Begierde in ihm aus, die zu stillen er sich im Moment nicht erlauben konnte. Nicht hier und nicht jetzt.

Dann sackte ihr Körper in seinen Armen zusammen.

Er hob sie hoch, trug sie nach unten und ging mit ihr quer durch die Küche. Neben der Tür, die zur Garage führte, legte er sie behutsam auf den Boden. Kurz darauf fuhr er seinen Lieferwagen rückwärts in die Garage und schloß das Tor hinter sich. Nun konnte ihn niemand dabei beobachten, wie er seine Fracht einlud: die reglose Frau und all die Requisiten, die sie später am Abend noch benötigen würden.

Erst eine Dreiviertelstunde später rührte sie sich wieder.

Aber da befanden sie sich schon draußen im Wald.

Als er die Nadel der Injektionsspritze in ihre Vene stach und die milchige Flüssigkeit langsam in ihren Blutkreislauf injizierte, flatterten ihre Augenlider kurz und schlossen sich dann wieder. Ihr Kopf sank ihr auf die Brust; willenlos, gelähmt durch die hohe Dosis Heroin, die in ihren Adern kreiste. Von dort aus, wo sie stand – an Füßen, Taille und Hals mit einem Strick an einen großen Ahorn gefesselt – waren es fast hundert Meter bis zur Straße. Selbst der gellendste, markerschütterndste Schrei würde an kein menschliches Ohr dringen, vorausgesetzt, sie wäre zu einem solchen Schrei überhaupt noch fähig Er selbst hörte ja das Geräusch der gelegentlich auf der Sperry Road vorbeifahrenden Autos auch nur ganz schwach.

Trotz der Kühle der Nachtluft streifte er sein Hemd ab.

Und zum ersten Mal seit Tagen fühlte er sich, als könne er fliegen, als könne er die Würmer hören, die sich unterhalb der Grasnarbe durch die Erde fraßen und in Fleisch, Fell und Fäkalien schwelgten.

Ein feiner Speichelfaden rann aus ihrem Mundwinkel und tropfte auf ihre rechte Brust, wo sich eine kleine Lache bildete.

Er trat ganz dicht an sie heran.

»So … jetzt verrate mir eines … geht Maddie dieses Jahr zu Halloween wieder als Pocahontas?« Stille. Einen Moment lang fürchtete er, ihr eine tödliche Dosis verabreicht zu haben, aber als er ihre Lider anhob, verdrehte sie die Augen. Anschließend fühlte er ihren Puls – er war gleichmäßig und kräftig.

Dann legte er ihr eine Hand unter das Kinn und hob ihren Kopf an.

»Um wieviel Uhr kommt sie denn aus der Schule?«

Die Frage schien ihr einen Augenblick lang neue Kraft zu verleihen. Sie tauchte mühsam aus dem Nebel auf, der sich über ihre ganze Welt gelegt hatte, und zerrte an ihren Fesseln.

»Oh, du brauchst nicht zu antworten. Das war nur eine rhetorische Frage. Sie besucht die Montgomery School auf der Fairmont. Der Unterricht endet um zehn nach drei, und sie nimmt den Bus um zehn vor vier. Heute trägt sie ein orangefarbenes Band im Haar. Vermutlich hat sie einen selbstgebastelten Pappmaché-Kürbis bei sich, wenn sie aus dem Bus steigt. Oder eine von diesen schwarzen Katzen, die einen Buckel machen.« Er trat einen Schritt zurück, inspizierte kurz die Klinge seines Skalpells und hielt es dann hoch, so daß es in der Morgensonne glitzerte. »Was glaubst du, welche Katze es sein wird?« fuhr er fort. »Rumpelmauser? Knirschebein? Flickenmatz? Pus?«

Er begann, ihre Jacke aufzuknöpfen.

»Ist ja auch egal«, meinte er. »Aber ich werde dir verraten, wer die kleine Madeleine heute abend im Auge behalten wird. Macavity. Niemand sonst.« Er drehte sich um, fuhr mit dem Skalpell langsam über den vorderen Teil ihrer Bluse und schnitt genüßlich die Knöpfe ab. Einen nach dem anderen. »Um wieviel Uhr macht sie ihre Runde? Um sechs? Oder um halb sieben? Warten wir's ab. Geht sie erst die Edgefield Road hoch, bis zur Huron? Oder lieber andersherum, Richtung Meadowood Road?«

Der letzte Knopf fiel zu Boden. Mit einer einzigen geschickten Bewegung führte er die Klinge wieder nach oben und schlitzte ihren BH auf. Ihre Kleidung glitt auseinander. Er trat einen Schritt zurück und bewunderte sie eine Weile, dann kehrte er ihr den Rücken zu, blickte zum Himmel empor, breitete die Arme aus und ließ die Muskeln spielen. Plötzlich fuhr er herum und baute sich vor ihr auf. Er hoffte, daß sie trotz des Drogennebels imstande war, die im Morgenlicht schimmernde Tätowierung auf seiner Brust zu bewundern, den sorgsam herausgearbeiteten Umriß eines mächtigen Falken.

Lange Zeit betrachtete er sie schweigend, dann begann er, sich um die eigene Achse zu drehen, erst langsam, dann schneller und schneller, wobei er Blätter und Erde aufwirbelte; ein Derwisch aus Muskeln, Fleisch und Sehnen, der sich wie von Sinnen gebärdete.

Noch ein Schuß Heroin in ihren Arm. Raum und Zeit verloren ihre Bedeutung.

Jetzt war sie nackt. Sie stand immer noch aufrecht, an den Baum gefesselt. Nach Zimt riechender Atem wehte über ihr Gesicht ... dann war er in ihr ... aber nur einen Moment lang ... diese hypnotische Stimme lullte sie ein ... die Gedichte ... jetzt hinter ihr ... das Knistern von Blättern und Zweigen ... sein warmer Speichel ... und dann drang er erneut in sie ein.

Hart. Zornig. Riesig.

Aber schmerzlos.

Kurz darauf spürte sie einen leichten Schmerz an der Seite ihres Halses. Es fühlte sich an, als hätte sie sich an der Kante eines Papierbogens verletzt. Aber der Schnitt ging viel tiefer. Ein eisiger Wind strich über sie hin, während ihr Lebenssaft über ihre Brüste, ihren Bauch und ihre Beine sprudelte, um schließlich in der feuchten, stummen Erde zu versickern.

Und als ihr Grab mit Lehm und Blättern bedeckt wurde, als sie regungslos in Mina Coldicotts starrer, immerwährender Umarmung lag, da wurde sie, wie er es ihr versprochen hatte, auf ewig eins mit der Erde.

2.

Sie verbrachten den Tag in Taffys Apartment in der Hampshire Road; einer aus zwei Räumen bestehenden Behausung, die nur ein paar Blocks von Coventry Village entfernt lag, Clevelands unkonventioneller Antwort auf Greenwich Village. Ihr Apartment war nur unwesentlich kleiner als Nickys eigenes, trotzdem dachte er unwillkürlich: »Sie ist erst neunzehn oder so. Ich gehe auf die Vierzig zu. Was ist bloß schiefgelaufen?«

Aber die Umgebung war zweitrangig, wenn man bedachte, was Taffy Kilbane durchmachte. Taffy hatte drei Stunden lang fast ununterbrochen geschluchzt und dabei zwei Päckchen Zigaretten und vier Schachteln Papiertaschentücher verbraucht. Drei ... geschlagene ... Stunden.

Nun wimmerte sie nur noch leise vor sich hin, während sie Nicky von dem Typen namens Mac erzählte, der in Wirklichkeit G. Daniel hieß. Sie gestand ihm, wie und wo sie sich kennengelernt hatten und daß Mac behauptet habe, aus Fostoria, einer Kleinstadt in Ohio, zu stammen und von Rat Boy und dieser Frau um eine große Geldsumme betrogen worden zu sein. Alles, was sie getan hatte, war, einen Anruf zu tätigen und später diese Frau in ein verlassenes Büro zu locken. Mac hatte versprochen, ihr keinen ernsthaften Schaden zuzufügen.

Ein neuerlicher Tränenschwall machte einen weiteren Griff nach den Taschentüchern erforderlich.

Nicky begann, in dem kleinen Raum auf- und abzutigern. Er nahm Taffys schnurloses Telefon zur Hand, wählte Amelias Nummer, erreichte nur den Anrufbeantworter und hängte wieder ein. Dann wählte er seine eigene Nummer, aber diesmal hob niemand ab, und es waren auch keine Nachrichten eingegangen. Er tätigte einen dritten Anruf.

»Villa Corelli«, meldete sich die Telefonistin.

»Station Nummer Zwei bitte.«

»Laß dir erzählen, was Louie sich geleistet hat«, erklang eine vertraute Stimme. »Der alte Bursche wacht heut' morgen auf und sieht sich in seinem Zimmer um, wie wenn er auf'm Mars gelandet wär', Mann.« Der große Schwarze lachte. »Ich mein', wir haben all sein' Kram mit rübergeschafft und an sein' alten Platz gestellt. Der Raum sieht ganz genau so aus wie sein altes Zimmer, aber er hat's sofort gemerkt. Kapiert, was ich sagen will, Mann? Er wußte gleich Bescheid. Is'n helles Kerlchen, dein Opa. Laß dich von dem Altmännerscheiß bloß nich' täuschen.«

Mac saß an der Ecke Hampshire und Coventry Road auf einer Bank. Das Signal von Taffys Telefon war zwar nur schwach zu empfangen, aber er besaß einen hochempfindlichen Scanner. Heute morgen hatte er aus fast einer Viertelmeile Entfernung Amelias Gespräche abgehört, und nun belauschte er Nicky, der mit einem Altenpfleger der Villa Corelli redete.

»Aber jeder, der Bescheid wissen muß, ist doch bereits informiert worden, ja?« erkundigte sich Nicky besorgt. »Ich meine, Louie kriegt doch hoffentlich nicht Hanks Medizin verabreicht oder so was?«

»Mann, du sprichst mit Sandy McCall, Nicky. In ZweiZwei-Null ist alles in Butter, glaub's mir doch endlich.«

»Also brauche ich mir keine Sorgen zu machen?«

»Gibt nichts, weswegen du dir'n Kopf zerbrechen müßtest«, sagte Sandy McCall. »Rein gar nichts.«

Um halb vier lief Taffy zu Tommy's, einem Feinkostladen auf der Coventry Road, hinüber und besorgte etwas zum Lunch – französische Zwiebelsuppe und Sandwiches. Nicky schlang die Mahlzeit gierig hinunter; sein gesunder Appetit hatte die Oberhand über seinen rebellierenden Magen gewonnen. Taffy knabberte lustlos an einem Sandwich, dann zündete sie sich die nächste Zigarette an.

»Jetzt ergibt alles einen Sinn«, bemerkte sie.

»Was denn?« fragte Nicky.

»Dieses verdammte Wohnheimzimmer und der ganze Krimskrams aus den siebziger Jahren. Der Typ lebt in der Vergangenheit, der ist nie über das Jahr 1978 hinausgekommen.«

»Du bist dir ganz sicher, daß er wirklich ein Wohnheimzimmer nachgestellt hat?«

»Hundert Pro. Paßt alles zusammen – die Möbel, die Bücher, die Poster. Die Plattenalben waren alle von '78 oder älter. Außerdem hat er mich Julia genannt.«

»Himmel, das muß mit dem Mädchen auf der Treppe zu tun haben. Julia Ann Raines.« Nicky schlug die Seite mit dem Foto des Mädchens auf und hielt Taffy das Buch unter die Nase. Sie warf einen Blick darauf, schüttelte den Kopf und zuckte die Achseln.

»Nie gesehen. Aber nach zwanzig Jahren noch so ein Theater aufzuführen ... das ist doch wirklich idiotisch«, meinte sie dann.

»Hey«, widersprach Nicky. »Herzensangelegenheiten haben nun einmal kein Verfallsdatum.«

Plötzlich klingelte das Telefon. Taffy nahm den Anruf widerwillig entgegen.

Nicky nutzte die Gelegenheit, um sich in dem kleinen Apartment umzusehen und die Einrichtung zu begutachten – Lampen vom Trödelmarkt, über die sie durchsichtige Tücher drapiert hatte, Apfelkisten, die als Beistelltische dienten, Hardrockposter an den Wänden. Wenigstens habe ich richtige Möbel, dachte er, zog jedoch wenig Trost aus dieser Feststellung.

»Hi«, hörte er Taffy sagen. »Hmm ... ja, klar ...«

Nicky betrachtete ihr Bücherregal. Stephen King, Dean Koontz, Peter Straub. Lauter Schauergeschichten, dachte er. Nur sah die Sache ganz anders aus, wenn die Alpträume Wirklichkeit wurden.

»Gut, heute abend. Wieviel Uhr?« fragte Taffy gerade.

In diesem Moment bemerkte Nicky, daß sich im Zimmer etwas bewegte; etwas Pinkfarbenes, das an eine Fahne im Wind erinnerte. Dann traf ihn ein hellblauer Pantoffel am Kopf.

Er blickte Taffy an. Sie hatte verzweifelt versucht, seine Aufmerksamkeit zu erregen, und nun wies sie auf das Telefon und formte dann mit den Lippen lautlose Worte. »Er ist dran!«

»Okay ... okay«, fuhr sie dann fort. Ihre Stimme klang unsicher. »Okay ... ich komme. Soll ich ein Kostüm anziehen oder so?«

Nicky stand auf, durchquerte den Raum und setzte sich auf die Kante des kleinen Eßzimmertisches.

»Gut, in Ordnung. Okay. Bis dann.« Sie schaltete das Telefon aus und ließ es so angeekelt fallen, als hafteten todbringende Bazillen daran. »Tut mir leid, Nicky, da mach' ich nicht mit. Ist mir zu abgefahren«, sagte sie leise. »Der Typ hat sie nicht alle auf der Latte. Nee, da mach' ich nicht mit. Kommt nicht in Frage.«

Sie setzte sich, zündete eine Zigarette an, sprang gleich wieder auf, setzte sich wieder, inhalierte tief und blies eine Rauchwolke in die Luft. Nicky bemerkte, daß sie am ganzen Körper zitterte.

»Was ist los, Taffy?«

»Er sagt, er veranstaltet heute abend eine Halloweenparty. Er will, daß ich auch komme.«

»Wo soll die stattfinden? In dem ...«

»Genau. In dem Lagerhaus. Er sagte, ich bräuchte mir kein Kostüm zu besorgen, er hätte eins für mich.«

Nicky griff nach dem Telefon und reichte es Taffy. »Ruf jetzt Willie T. an«, befahl er. »Sag ihm genau das, worum ich dich gebeten habe.«

Taffy nahm das Telefon, drückte auf eine Taste und wartete auf das Freizeichen. »Sonst noch was?«

Nicky sah auf die Uhr. »Ja. Sag ihm, er soll mich um neun bei dem Lagerhaus treffen.«

3.

Doughnuts. Auf der Party hatte es Doughnuts mit Schokoladenüberzug und orangefarbenen und schwarzen Zuckergußspritzern darauf gegeben. Außerdem natürlich alles an Drogen und alkoholischen Getränken, was das Herz begehrte. Marihuana, Kokain, Pillen jeglicher Art, Hasch, Bourbon, Scotch, Gin, Wodka. Sogar Pilze. Irgendwer hatte aus Pilzen, die Halluzinationen erzeugten, und japanischem Tee einen teuflischen Cocktail gebraut. Einen schaumiggrünen Schlüssel zum Wahnsinn, serviert in einer primitiven Tonschale.

Er war damals für die Doughnuts zuständig gewesen, also bog er auch heute abend gewissenhaft auf den Parkplatz von Amy Joy's Ecke Richmond und Mayfield Road ein und stellte sein Auto in einer dunklen Parklücke ab, so weit von dem grellen Neonlicht des Doughnutshops entfernt wie nur möglich.

Er stieg aus, überprüfte, ob alle Türen verschlossen waren, und überquerte dann den Parkplatz.

Zwei uniformierte Polizeibeamte, beide ungefähr Anfang Dreißig, warteten bereits in dem Laden; erfahrene Vorstadtcops, die zu Halloween ihren Dienst versahen. Er nickte ihnen zu, sie erwiderten den Gruß mit dem weltmännischen Kopfnicken von Männern, denen nichts Menschliches mehr fremd war und die die schmutzige Realität, die Abgründe des modernen Stadtlebens nur allzu gut kannten. Er hatte Mitleid mit ihnen, aber er fürchtete sie auch. Heutzutage reichte schon ein bloßer Tatverdacht aus, und man wurde vorübergehend aus dem Verkehr gezogen.

Er erstand zwei Dutzend gemischte Halloween-Doughnuts und verließ den Laden, ohne ein weiteres Mal Blickkontakt mit den Beamten aufzunehmen. Er war nun schon so weit gekommen, und obwohl er durchaus in Betracht zog, daß die ganze Sache auch für ihn ein unangenehmes Ende nehmen könnte, wollte er dies um jeden Preis verhindern, bevor die Party stattgefunden hatte. Deswegen mußte er vorsichtig sein. Ein herausfordernder Blick in einem Doughnutshop, ein versehentlich übersehenes Stopschild, und schon war man in Schwierigkeiten.

Er stieg in seinen Lieferwagen, ließ den Motor an, bog in die Mayfield Road ein und fuhr unter strikter Beachtung sämtlicher Verkehrsregeln Richtung Osten.

Julia.

Sie würde heute abend natürlich nicht an der Party teilnehmen können. Weder an dieser noch an irgendeiner anderen, nie wieder. Die große Liebe seines Lebens würde nicht anwesend sein, weil sie vor zwanzig Jahren dazu verleitet worden war, an einer wüsten, an Wahnsinn grenzenden Orgie teilzunehmen. Auf den Tag genau vor zwanzig Jahren hatte ein Bacchanal aus hartem Sex und harten Drogen ihr junges Leben zerstört.

Der *Pirat* hatte sie ihm fortgenommen.

Die Rauschmittel- und Alkoholvorräte waren mit erschrekkender Geschwindigkeit zur Neige gegangen. Sie hatten geraucht, getrunken und Pillen geschluckt, als gäbe es für sie kein Morgen mehr, und das alles im Namen studentischer Freiheit, die ihnen das Recht verlieh, sich derartigen Exzessen hinzugeben. Wie jung sie damals gewesen waren, wie hochmütig, wie sehr von ihrer geistigen Überlegenheit überzeugt, die sie von der Masse der gewöhnlichen Sterblichen unterschied.

Er selbst hatte sich bereits mehrmals mit dem harten Kern der Gruppe fürchterlich vollaufen lassen – Julia, die gemeinsam mit John Angelino einen Lyrikkurs besuchte, hatte ihn in diesen pseudoelitären Kreis eingeführt – aber er kannte die Mitglieder eigentlich nur flüchtig. Sie duldeten ihn einzig Julia zuliebe in ihrer Mitte. In ihrer Gegenwart fühlte er sich ständig unsicher und unbeholfen; stand stets unter Spannung, weil er meinte, es würde von ihm erwartet, dauernd geistreiche Bemerkungen auf den Lippen zu führen und jedes literarische Zitat sofort zu erfassen, mochte es auch noch so obskur sein.

Aber wenn sie ihn um Julias willen tolerierten, tolerierte er sie aus demselben Grund. Er mußte dort sein, wo sie war, um dieselbe Luft zu atmen, denselben Regen auf dem Gesicht zu spüren, dieselben Gerüche wahrzunehmen. Gegen halb zwölf in jener Nacht begann die Party aus dem Ruder zu laufen, als die ersten Pärchen betrunken zu ihren Unterkünften schwankten, um dort allein miteinander weiterzufeiern. Gegen Mitternacht waren nur noch die Querdenkerloge sowie einige der üblichen Mitläufer auf den Beinen. Das Bild dieses Augenblicks hatte sich unauslöschlich in sein Hirn eingebrannt und bildete seit nunmehr zwanzig Jahren den Mittelpunkt all seiner Gedanken.

Er bog in die Edgefield Road ein, schloß kurz die Augen und sah alles wieder mit kristallklarer Deutlichkeit vor sich: Julia kauerte am Fuß des Bettes auf dem Boden, während Jenny die Lampen löschte und die Kerzen anzündete. Geoffrey sah unterdessen die Schallplatten durch und wählte schließlich ein Album der Rolling Stones, *Get Yer Ya-Yas Out*. Eigentlich eine typische Partyszene, nur daß eine Kleinigkeit nicht stimmte. Als er auf dem Boden saß – unfähig, sich zu bewegen –, begann sich die Welt vor seinen Augen zu drehen und zu verschwimmen. Ehemals gerade Linien und Konturen verzerrten sich, unbelebte Gegenstände schienen plötzlich eine Art Hula-Hula-Tanz aufzuführen. Und er wußte auch, woran das lag. Eine Stunde zuvor hatte Der Heilige ihm zwei pinkfarbene Pillen gegeben, deren Wirkung nun einsetzte. »Was ist das für ein Zeug?« hatte er noch gefragt.

»Amphetamine«, hatte Der Heilige erwidert. »Du willst doch nicht die Geisterstunde verpassen, oder?«

»Nein, würd' mir im Traum nicht einfallen«, hatte er gesagt, wieder einmal beseelt von dem Wunsch, den Mann durch ein witziges Bonmot zu beeindrucken, das wieder einmal kläglich scheiterte.

»Die Krönung des Abends, mein lieber Freund«, hatte Der Heilige hinzugefügt und ihm die Pillen in die Hand gedrückt. »Die Krönung des Abends.«

Der Heilige warf andauernd mit Ausdrücken wie *mein lieber Freund* und *vollkommen korrekt* um sich. Als wäre er ein Michael-York-Verschnitt, was eindeutig nicht zutraf.

Aber warum nur hatte er sich nicht geweigert, die Dinger zu schlucken? Wie hoch hatte er denn noch abheben wollen? Warum hatte er nicht einfach gesagt, daß er zwar gerne Gras mit ihnen rauchte, sich spitzfindig über längst verstorbene Dichter ausließ und Cocktails schlürfte, die sogar ihre Eltern als sehr altmodisch bezeichnet hätten, daß er aber gar nicht daran dachte, sich irgendwelche undefinierbaren pinkfarbenen Pillen in den Mund zu stopfen, nur weil dieser selbsternannte Guru der Querdenkerloge es so wollte?

Aber er hatte die Tabletten genommen.

Und es waren keine Amphetamine gewesen.

Das hatte er gegen halb zwölf herausgefunden, als seine Beine plötzlich unter ihm nachgaben und er sich auf dem Boden wiederfand, gegen den großen Lautsprecher unter dem Fenster gelehnt. Direkt gegenüber von Julia, die am Fuß des Bettes hockte, eine Eliot-Ausgabe im Schoß und einen Joint in der schmalen, feingliedrigen Hand.

Im Rückblick erinnerte sie ihn an eine Zeichnung von Degas: Zierlich, hübsch, in weiches Licht gehüllt.

Die Droge hielt ihn wie mit Bleigewichten am Boden fest. Die Zeit schien stillzustehen, Leute kamen und gingen, Gesichter und Körper drifteten an ihm vorbei. Die Musik schwoll manchmal zu ohrenbetäubender Lautstärke an, doch er brachte es noch nicht einmal fertig, die Hände zu heben und sich die Ohren zuzuhalten. Dann auf einmal beugte sich ausgerechnet Dr. Keller über ihn, lächelte ihn an und fragte, ob alles in Ordnung wäre. Er unternahm einen heroischen Versuch, ihm zu antworten, brachte aber keinen Ton über die Lippen.

Klare Momente kamen, hielten eine Weile an und vergingen wieder. Einmal sah er jemanden, den er nicht kannte, den Raum verlassen und kurz darauf mit einem Stapel Kleidungsstücken wiederkehren. Es handelte sich offensichtlich um Kostüme; bunte, aus Samt und Satin gefertigte und mit Münzen und Federn besetzte Fetzen. Geoffrey untersuchte sie interessiert, Benny Crane desgleichen. Viel Gelächter, laute Musik. Nun spielten die Groundhogs ...

Benny wirkte ein wenig nüchterner als zu Anfang und schien die Leitung der Party an sich gerissen zu haben. Er hielt verschiedene Kostüme hoch, musterte die Anwesenden und bestimmte dann, wer von ihnen welches anziehen sollte. Es gab ein Piratenkostüm, einen Vampirumhang, Soldatenuniformen, eine Cowboyausrüstung und ein rotes Hippiekleid mit schmuddeliger Federboa. Dazu jede Menge Masken.

Ihn berührte die allgemeine Aufregung nicht, er konnte ja nicht aufstehen und sich ein Kostüm aussuchen, selbst wenn er gewollt hatte. Erst als er sah, welchen Spaß Julia mit ihren neuen Freunden hatte, hätte er sich auf einmal nur allzugern daran beteiligt.

Die Angst, sie an diese Leute, an diese oberflächliche Bande von Möchtegernintelektuellen zu verlieren, hatte ihn während des gesamten Semesters zerfressen wie ein Krebsgeschwür. Und nun schienen sich seine schlimmsten Befürchtungen zu bestätigen; hier und jetzt, direkt vor seinen Augen.

Julia blickte zu ihm hinüber und lächelte. Ein trunkenes Kleinmädchenlächeln, das ihm ins Herz schnitt.

Tu es nicht, dachte er hilflos.

Tu es nicht, Julia ...

4.

Gegen halb sieben wimmelten die Straßen von Lyndhurst, Ohio, von Geistern, Kobolden und Superhelden aller Art. Von der Veranda des Hauses 1728 Edgefield Road aus erkannte Amelia Superman, Spiderman, den Terminator und Batman. Der Himmel war klar, tiefschwarz und mit Sternen übersät. Ein köstlicher Duft nach Most, Zimt und Bratäpfeln lag in der Luft.

Sie fühlte sich lebhaft an die Halloweennächte ihrer Jugend erinnert.

Sie drückte die Klinke der Vordertür herunter und stellte verblüfft fest, daß sie abgeschlossen war, was eigentlich nie vorkam, wenn sie im Haus ihrer Eltern erwartet wurde. Sie blickte die Straße hinunter und musterte die am Bordstein geparkten Wagen, konnte aber Paiges roten Mazda nirgendwo entdecken. Paige hatte gesagt, sie wolle mit ihnen die Runde machen, falls sie es schaffte, sich schon um sechs Uhr vom Geschäft loszueisen.

Dabei hatte sie den Laden heute überhaupt nicht aufgemacht.

Amelia hatte dreimal dort angerufen und jedesmal nur den Anrufbeantworter gehört. Außerdem hing Paiges Ledermantel noch immer in der Küche über einem Stuhl. Paige besaß einen Hausschlüssel. Sie hatte gesagt, sie würde morgens kurz vorbeikommen und ihren Mantel holen, aber der hing unverändert an seinem alten Platz. Langsam begann Amelia, sich Sorgen zu machen.

Sie drückte auf den Klingelknopf. Im selben Moment kreischte auf der anderen Straßenseite eine Horde Kinder los, und der Nachbarshund stimmte ein wütendes Gekläff an. Nach einem Moment wurde die Tür plötzlich aufgerissen, und Amelia und Maddie standen einem hochgewachsenen, verwegen aussehenden Piraten mit Augenklappe, Krummsäbel, schwarzen Stiefeln und Goldring im Ohr gegenüber.

»Ahoi, schöne Frauen«, grüßte der Pirat.

»Ahoi!« rief Maddie begeistert.

»Und wer seid Ihr, edle Damen?«

»Ich bin Pocahontas«, erklärte Maddie.

Der Pirat blickte Amelia an. »Und Ihr?«

»Ich?« erwiderte Amelia, eine Augenbraue hochziehend. »Ich bin, äh, *Mrs.* Hontas. Ihre Mutter.«

Der Pirat lachte. »Und was führt Euch in einer solchen Nacht an diese Tür?«

Maddie sah ihre Mutter an – die lächelnd die Achseln zuckte – und dann den Piraten, ehe sie hoffnungsvoll fragte: »Süßigkeiten?«

»Genau! Schokoladene Schätze! *Beute*!« tönte der Pirat und trat zur Seite. »Ihr habt die Erlaubnis, an Bord der Brigg *Randolph* zu kommen.«

Amelia, die sich inzwischen von dem Schock erholt hatte, jemand anderen als ihre Mutter oder ihren Vater an der Tür ihres Elternhauses vorzufinden, drohte ihrem großen Bruder mit dem Zeigefinger und schob ihre Tochter ins Haus.

»Ist Roger schon da?«

»Noch nicht«, erwiderte Garth. »Er hat vom Flughafen aus angerufen, vor einer halben Stunde vielleicht. Muß jeden Moment hier sein.«

»Wie kommt er denn her?«

»Wie bitte?« An der linken Seite von Garth' Stirn begann eine kleine blaue Ader zu pochen; wie immer, wenn er Zeit schinden wollte. Amelia war mit diesem Phänomen seit dreißig Jahren wohlvertraut.

»Habe ich Sprachstörungen oder so etwas? Ich habe dich gefragt, wie Roger vom Flughafen hierherkommt.«

»Ach so«, meinte Garth gedehnt, während er sich ein Glas Apfelmost einschenkte, »ich denke, er nimmt ein Taxi. Oder vielleicht holt ihn jemand von der Firma ab. Ich hab' ihn nicht gefragt.« Plötzlich huschte ein verständnisvoller Ausdruck über sein Gesicht. »Mach dich doch nicht verrückt, Meelie. Sein Flittchen steht bestimmt nicht am Flughafen. Ich dachte, *du* hättest gesagt, er hätte gesagt, es wäre aus und vorbei.«

»Bei unserer Heirat hat er mir auch versprochen, erst gar nicht fremdzugehen, weißt du noch? Du warst ja dabei. Wie war das doch gleich mit ›ihr treu zu sein, bis daß der Tod euch scheidet‹?«

Garth gab sich lächelnd geschlagen. »Er nimmt ein Taxi. Jetzt fällt es mir wieder ein. Er hat es mir gesagt, ich hab's bloß vergessen.«

Amelia sah ihn eine Weile skeptisch an und beschloß dann, Gnade vor Recht ergehen zu lassen. »Falls ich je herausbekomme, daß du mir etwas verheimlichst ...«

Garth zückte grinsend sein Plastikschwert. »Dann würde ich mich ins eigene Fleisch schneiden, nicht wahr? So sagt man doch wohl.«

Amelia ging nicht näher darauf ein. »Was ist mit Paige?« fragte sie. »Hat sie angerufen?«

»Nein, warum? Sollte sie denn?«

»Sie sagte, sie würde heute abend vielleicht mitgehen, aber ich habe sie seitdem nicht mehr erreicht.«

»Nun, heute morgen meinte sie ...«

»Moment«, unterbrach Amelia. »Du hast sie heute morgen gesehen?«

»Ja. Wir haben zusammen Kaffee getrunken. Bei Amy Joy's.«

»Und was hat sie da gesagt?«

»Nichts von Bedeutung. Sie wollte noch kurz bei dir vorbeischauen und ihren Mantel holen, weiter nichts«, erwiderte Garth. »Aber als sie hereinkam, hab' ich zuerst gedacht, ich sehe einen Geist.«

»Was soll denn das heißen?«

»Sie hätte deine Zwillingsschwester sein können. Hat sich das Haar schneiden und färben lassen. Sie sieht genauso aus wie du.«

»Ich wußte, daß sie sich eine andere Haarfarbe zugelegt hat«, sagte Amelia. Ein Anflug von Unbehagen beschlich sie. »Aber ich wußte nicht, daß sie mir so ...«

»Abgesehen von ... na, du weißt schon was.« Garth hob grinsend die Hände und malte üppige Brüste in die Luft.

»Sehr komisch«, entgegnete Amelia verstimmt. »Was anderes habe ich von dir auch nicht erwartet.«

In diesem Moment kam Maddie um die Ecke geschossen, rannte durch das Wohnzimmer, blieb vor Amelia stehen und wartete auf einen Kommentar zu ihrer Erscheinung. Alles an ihr wirkte ein bißchen verrutscht – ihre Perücke, ihr Fransenrock, ihre Maske. Das war Maddie Saintsbury in Hochform.

Amelia und Garth wechselten einen Blick und begannen zu kichern.

Du benimmst dich wie eine Närrin, schalt Amelia sich heimlich. Paige und Roger ging es bestimmt gut. Ihr Mann mußte jede Minute hier eintreffen – sicher abgeliefert von einem großen gelben Taxi – und das Leben würde endlich wieder seinen gewohnten Gang nehmen.

Langsam schlenderte die Vierergruppe über die Edgefield Road Richtung Norden, auf die Huron Road zu. Maddie und Dag klapperten die Häuser ab, Amelia und Garth bildeten die Nachhut. Jedes der Gebäude, die die Straße säumten, war hell erleuchtet und mit von den Bäumen herabhängenden Geisterfiguren, Kürbislaternen und künstlichen Spinnweben geschmückt. Maddie nutzte die Gunst der Stunde weidlich aus, tobte auf den Veranden herum und erbettelte sich Süßigkeiten, während Dag am Fuß der Auffahrt wartete und jedes Beutestück seiner Enkelin sorgfältig begutachtete, ehe er es in die Tüte fallen ließ. Zum Glück hatte Maddie nach dem alljährlichen Kampf gegen den mütterlichen Befehl, einen Mantel über ihrem Kostüm zu tragen, doch noch nachgegeben und eingewilligt, ihre Little-Mermaid-Jacke überzuziehen. Zumindest gehörte dieses Kleidungsstück gleichfalls zu den Produkten, mit denen das Disney-Imperium Profit machte, dachte Amelia zynisch.

Sie entdeckte ihren Vater mitten im Gewühl in der Auffahrt der Maslars. In seinem beigefarbenen Golfjackett wirkte er fit und sportlich, aber weil er nun einmal Dag Randolph war, hatte er sich eine Freddy-Krueger-Maske aufgesetzt.

Für einen Augenblick gefror das Bild vor Amelias Augen. Die Familie befand sich an diesem Abend im Zustand vollkommener Harmonie, und das war gut so. Nur …

Nur daß Roger sich verspätet hatte. Sie hatten ohne ihn losgehen müssen.

»Ist das nicht Garth *Randolph*?« klang es aus einem blauen Kombi, der direkt hinter ihnen am Bordstein hielt.

Amelia erkannte das nasale Winseln sofort. Debbie Panzarella. Debbie Jean Panzarella Martucci Lanzini, um genau zu sein. Zweimal verheiratet, zweimal geschieden, hennarot gefärbt. Debbie hatte eine Stimme wie ein Straßenköter, der eine Ladung Schrotkugeln auf den Pelz gebrannt bekommen hatte.

»Wer sind denn Sie?« fragte Garth, seine Augenklappe aufsetztend.

»Debbie *Lanzini*, Dummerchen«, antwortete Debbie.

Als Garth auf die Beifahrerseite zuschlenderte, bemerkte Amelia, daß Debbie in ihrem Sonnenblendenspiegel blitzschnell den Zustand ihres Make-ups überprüfte. Dann lehnte sie sich aus dem Fenster und setzte ein breites, unechtes Lächeln auf.

»Und da ist ja auch A-me-li-a«, zwitscherte sie süß.

»In höchsteigener Person«, erwiderte diese. »Wie geht es dir, Debbie?«

»Gutunddir?« sprudelte Debbie hervor. Sie verfügte über den Charme einer Supermarktkassiererin.

»Immer noch verheiratet«, entgegnete Amelia, insgeheim hoffend, daß die andere die Spitze auch verstand. Ihre Privatfehde mit Debbie Panzarella dauerte jetzt schon über zwanzig Jahre, und es sah nicht so aus, als würden sie in absehbarer Zeit Frieden schließen. Sie versetzte ihrem Bruder einen erbosten Rippenstoß. »Du wirst doch wohl nicht ernsthaft …«

»Geh schon vor«, sagte Garth. »Ich komme nach.«

Amelia verzog säuerlich das Gesicht.

»Komm schon, Meelie. Ich hab' sechsundfünfzig Mäuse in dieses Outfit investiert. Es soll sich schließlich bezahlt machen, oder?« Er lächelte sie bittend an, und ihre Wut verrauchte.

»Okay«, sagte sie schließlich. »Wir biegen auf der Huron links ab und gehen zur Sunview hinüber.«

»Gut, gut«, erwiderte Garth geistesabwesend. »Ich hol' euch schon ein.«

Amelia schenkte Debbie ein halbherziges Lächeln, ehe sie weiter die Edgefield Road entlangging und mit den Blicken ihre Umgebung absuchte. Zunächst konnte sie ihren Vater und ihre Tochter nirgendwo entdecken, was dazu führte, daß ihr Magen sich vor Angst verkrampfte. Sorgfältig faßte sie jedes Haus, jede Veranda, jede Rasenfläche ins Auge. Keine Maddie. Kein Dag. Sie war schon im Begriff, zurückzugehen und Garth zu Hilfe zu holen, als sie ihren Vater und ihre Tochter um die Ecke zur Sunview Road biegen sah. Hand in Hand.

Beruhige dich, Meelie, dachte sie. Mach Halloween nicht noch gruseliger, als es ohnehin schon ist.

Trotzdem beschleunigte sie ihre Schritte.

Auf der Sunview Road angelangt, stellte sie fest, daß hier sehr viel weniger Häuser mit Halloweendekorationen geschmückt waren als in den anderen Straßen. Sie sah einige Kinder über den Bürgersteig huschen, hatte aber ihren Vater und Maddie ganz offensichtlich erneut aus den Augen verloren. Weit konnten sie noch nicht sein; acht von zehn Häusern auf dieser Seite waren hell erleuchtet, und die Eingangstüren standen einladend offen. Sicher war Maddie irgendwo dort. Amelia musterte die Veranden.

Kein kleines Indianermädchen in Sicht.

Warum sollten sie die Gelegenheit nicht genutzt haben? dachte sie.

Sie schaute zur anderen Straßenseite hinüber. Nur bei zwei

Häusern brannte ein Licht auf der Veranda. Vielleicht hatten die beiden beschlossen, sie links liegenzulassen und gleich die Ostseite der Straße in Angriff zu nehmen. Das klang nach einem Dag-Randolph-Plan.

Amelia überquerte die Straße, passierte fünf oder sechs dunkle Häuser und blieb einmal kurz stehen, als sie in der Hecke vor einem grauweißen Gebäude im Kolonialstil ein Rascheln hörte. Der Urheber des Geräusches entpuppte sich als Beaglewelpe, der seinem Besitzer abhanden gekommen war und nun begeistert seine unverhoffte Freiheit genoß. Amelia sah ihm nach, wie er, die Nase dicht am Boden, einer unsichtbaren Duftspur folgte.

Als sie das Haus Sunview Road 1749 erreichte – für sie seit ihren Jugendtagen das Cameron-Haus, obwohl es schon mehrfach den Besitzer gewechselt hatte – fiel ihr auf, daß sich im Hof etwas bewegte. Zuerst nahm sie an, daß es sich um ein Handtuch oder ein T-Shirt handelte, das zum Trocknen aufgehängt worden war.

Sie blieb stehen, schaute in die Einfahrt und kniff die Augen zusammen, um besser sehen zu können.

Nach ein paar Sekunden hatte sie sich an die Dunkelheit gewöhnt, und sie erkannte, daß der in dem schummrigen Hof hin- und hertanzende Gegenstand in Wahrheit das Jackett ihres Vaters war. Dag stand nun neben einer Pergola und schien einen ausgebeulten Jutesack zu betrachten, der zu seinen Füßen lag. Es war zu dunkel, um weitere Einzelheiten zu erkennen. Sie konnte nur sehen, daß er immer noch seine scheußliche Maske trug. Er schaute auf, erblickte Amelia, winkte ihr zu und bedeutete ihr, zu ihm in den Hof zu kommen.

»Hey, Dad«, flüsterte sie gedämpft, da sie nicht wagte, zwischen den beiden dunklen Häusern die Stimme zu erheben. »Was geht denn hier vor?«

Statt einer Antwort winkte er erneut.

Was hatte er jetzt bloß wieder angestellt? fragte sich Amelia erbittert. Hatte er sich eine Einladung zu einer Party erschlichen? Aber als sie die Auffahrt hochging, stellte sie fest, daß hier gar keine Party stattfand, zumindest nicht im Freien, da draußen kein einziges Windlicht und auch keine Laterne angebracht war. Davon abgesehen brannte auch im Haus nirgendwo ein Licht. Soweit sie es beurteilen konnte, wurde der Hof lediglich von der Innenbeleuchtung des Lieferwagens erhellt, der in der Einfahrt abgestellt worden war.

Zögernd ging sie auf die Pergola zu.

Ihr Vater winkte wieder. Das Mondlicht, das sich in seiner beigefarbenen Jacke und den hellen Flecken der Maske fing, schuf die bizarre Illusion eines freischwebenden Kopfes und Torsos; ein Eindruck der noch …

Ein paar Schritte von dem Mann entfernt blieb Amelia plötzlich wie angewurzelt stehen. Hier stimmte etwas nicht. Die Gestalt vor ihr trug zwar Maske und Jacke ihres Vaters, aber es war nicht ihr Vater. Dag Randolph maß auf Zehenspitzen bestenfalls einen Meter fünfundsiebzig.

Der Mann vor ihr war ein gutes Stück größer, mindestens einsachtzig.

Amelia drehte sich um und wollte davonlaufen, doch eine Hand kam aus der Dunkelheit hervorgeschossen und umspannte ihr Gesicht mit eisenharten Fingern. Zugleich schlang sich ein kräftiger Arm um ihre Taille. Unmittelbar darauf wurde sie von einem dichten braunen Nebel eingehüllt. Einem Nebel, der nach Krankenhaus roch.

5.

Nicky starrte betrübt auf seine mittlerweile stark geschrumpfte Rolle Banknoten. Er hatte den Army Navy Store auf der Prospect Avenue mit der festen Absicht betreten, einen billigen Mantel und vielleicht noch ein Paar Handschuhe zu erstehen. Seit er das Haus am Vorabend nur mit seinem Jogginganzug bekleidet verlassen hatte – ein Abend, der im Rückblick schon einen Monat zurückzuliegen schien – litt er unter den rasch sinkenden Temperaturen.

Zum Glück war das Geschäft auch zu dieser späten Stunde noch geöffnet, und nachdem er sich eine schlichte Seemannsjacke ausgesucht hatte, fiel sein Blick auf die Auswahl an Abwehrsprays, die in einer Vitrine neben der Eingangstür ausgestellt waren. Er deutete auf eine Dose Pfefferspray, obgleich er keine Ahnung hatte, wozu er das Zeug brauchen könnte. Ihm gefiel einfach der Gedanke, es in der Tasche zu haben.

Als Nicky wieder auf die Prospect Avenue hinaustrat, waren von Frank Corsos fünfzehnhundert Dollar nur noch achtundachtzig Dollar und zwanzig Cents übrig.

Die Ecke East 51st Street und Euclid Avenue lag verlassen da; eine trostlose Landschaft aus verrosteten, auf Ziegelsteine aufgebockten Autos und verlassenen Gebäuden mit weiß überstrichenen Fensterscheiben. Des Nachts war hier kaum jemals ein Mensch zu sehen. Im Nordwesten stand ein verfallenes vierstöckiges Backsteingebäude, welches einst die schon längst nicht mehr existierende Acme Retail Supply Company beherbergt hatte. Die Fenster im ersten Stock waren mit Sperrholzplatten vernagelt, auf denen drei Schichten leuchtendbunter Graffitis prangten.

Das nordöstlich gelegene Gebäude wirkte bedrohlich und imposant zugleich. Es war zehn Stockwerke hoch und nahm in der Breite einen halben Häuserblock ein – ein monolithischer Würfel aus rußgeschwärztem Stein und Ziegeln. Die unteren Stockwerke hatten schmale, vom Schmutz und Staub der Jahrzehnte verschmierte Fenster, die mit dicken schwarzen Eisenstäben gesichert waren. Die Fenster der darüberliegenden Etagen waren, soweit Nicky das von seinem Standpunkt aus erkennen konnte, nicht vergittert, und die Farbe der Scheiben unterschied sich nur unwesentlich von der der Steine.

Die oberste Etage – die, von der Taffy ihm berichtet hatte – barg ein Geheimnis. Aber um dort hochzublicken, hätte

Nicky sich mitten auf die Straße stellen müssen, vollkommen schutzlos, ohne jegliche Deckung. Er beschloß, auf Willie T. zu warten, bevor er etwas unternahm.

Auf der Vorderseite des Gebäudes gab es nur einen einzigen Eingang; eine in eine Nische eingelassene Tür, die mindestens fünfzehn Meter von der nächsten Straßenlaterne entfernt lag. Aufgrund des Einfallswinkels drang kein Lichtstrahl dorthin. Dankbar zog sich Nicky in die willkommene Finsternis zurück und blickte auf seine Uhr. Zehn vor zehn. Er hatte in Sandys Auto ein paar Stunden geschlafen und nach dem Aufwachen festgestellt, daß zwei Reifen platt waren. Zum Glück hatte Sandy zwei abgefahrene, aber brauchbare Ersatzreifen im Kofferraum gehabt. Der Reifenwechsel hatte ihn fast eine Stunde wertvolle Zeit gekostet.

Er lehnte sich gegen die Tür, zündete sich eine Zigarette an und barg sie in der hohlen Hand. Diesen Trick hatte er Vic Moreno, dem Star der alten Fernsehserie *Combat*! abgeschaut.

Kurz nach zehn tauchte ein Wagen aus der Dunkelheit auf und verlangsamte kurz vor Nickys Versteck seine Fahrt. Es war nicht Willie T.s Auto, zumindest nicht das, welches Nicky kannte. Dieser Wagen war ein roter Mazda neuesten Modells. Er konnte nicht in den Fahrgastraum hineinsehen, aber er hörte den hämmernden Bass der Stereoanlage.

Nicky drückte sich gegen die rostige Stahltür des Lagerhauses; versuchte, mit der Dunkelheit zu verschmelzen, wußte aber, daß die Insassen des Wagens ihn vermutlich schon erspäht hatten. Vielleicht hatte sich Willie T. ein anderes Auto ausgeliehen, dachte er. Vielleicht hatten ihn einige seiner Kumpel begleitet, um ihm, Nicky, das Fell zu gerben. Eine Horde betrunkener Cops außer Dienst war zu allem fähig.

Aber niemand wagte den ersten Schritt. Über einen Zeitraum, der Nicky wie eine Stunde vorkam, in Wirklichkeit aber nur wenige Minuten umfaßte, rührten sich weder die Leute im Wagen noch Nicky, der vor Anspannung den Atem anhielt, von der Stelle. Soweit Nicky sehen konnte, gab es im gesamten Umkreis kein Anzeichen dafür, daß sich noch andere Menschen hier aufhielten. Die Wageninsassen waren nicht darauf aus, irgendeinen kleinen Drogendealer hochzunehmen. Sie hatten es auf Nicky abgesehen.

Gerade als er sich entschlossen hatte, die Flucht zu wagen, setzte sich der Wagen unglaublicherweise wieder in Bewegung und rollte langsam die Straße entlang. Nicky beugte sich ein Stück nach vorne und blinzelte ins Licht. Der rote Mazda bog rechts in die Euclid Avenue ein und verschwand in der Nacht.

Er lehnte sich zurück und holte vor Erleichterung tief Luft. Erst jetzt stellte er fest, daß er mit seiner schweißfeuchten Hand die ganze Zeit lang verzweifelt die Spraydose umklammert hatte, so fest, daß es schon fast weh tat.

Sie hatten die Übermacht des Gegners erkannt, dachte er benommen. Ausgeflippter weißer Junge lauert in einem Hauseingang. Bernhard Goetz und Charlie Starkweather in einer Person, Baby. Leg dich ja nicht mit uns an. Wir können nämlich verdammt unangenehm werden. Also ...

Plötzlich kreischten die rostigen Angeln der Tür wie ein verwundetes Tier auf.

Und Nicky fiel rücklings in die finsteren Tiefen des Lagerhauses.

6.

Mac spulte die Bänder seiner drei Videorekorder zurück. Es waren noch die großen alten Dreiviertelzoll-U-Matic-Bänder, die Universitäten und Nachrichtensender in den Anfangsstadien der Videotechnik und auch noch lange nach der VHS-Revolution bevorzugt hatten. Während seiner Zeit als Verwalter der Abteilung für Audiovisuelles an der Case Western Reserve University hatte er Unmengen unnützes Zeug aufgenommen, und jetzt halfen ihm eben diese Bänder dabei, jene

Zeit am Leben zu erhalten. Schon der Anblick der vertrauten Gesichter auf den Nachrichtenkanälen versetzte ihn wieder in das Jahr 1978. Gleich würde die Tür aufgehen, Julia in den Raum schweben, seine Hand nehmen und über einen seiner albernen Witze lachen.

Einmal hatte er einem Mitarbeiter von NBC tausend Dollar für die Originalaufzeichnung der Spätnachrichten vom 31. Oktober 1978 geboten. Satte eintausend Dollar, und das zu einer Zeit, wo man für diese Summe bereits einen annehmbaren Gebrauchtwagen oder eine hochmoderne Stereoanlage mit allen Schikanen bekam. Doch der junge Mann hatte sich geweigert, ihm das Band zu beschaffen. Er hatte Macs Angebot ausgeschlagen und war eines Tages vorzeitig ums Leben gekommen, als er mit seinem Auto nach einem ausgiebigen Dinner mit zahlreichen Drinks über den Rand des Piers in der 9th Street gerutscht und ins Wasser gestürzt war.

Als die Bänder bis zum Anschlag zurückgespult waren, drückte er die Abspieltaste von allen drei Geräten und ließ das abendliche Fernsehprogramm ablaufen, das per Übertragungskabel auch an die Fernsehapparate in den Schlafräumen weitergeleitet wurde.

Bislang hatte alles ganz gut geklappt, dachte er zufrieden. Allerdings war nicht vorherzusehen gewesen, daß Amelias Freundin Paige sich die Haare schneiden und färben lassen würde. Und da war noch die Sache mit Johnny Angels Laptop. Er hatte zwar die Computerdateien von St. Michael gelöscht – und damit zweifellos die Buchhaltung der Gemeinde in ein heilloses Durcheinander gestürzt – aber Johnnys Laptop hatte er übersehen. Diese beiden Fehler hätten ihn beinahe zu Fall gebracht. Einen dritten würde es nicht geben.

Er nahm die kleine Phiole mit PCP zur Hand und zog eine Spritze auf.

Außerdem kochte er über einer Kerze etwas Heroin auf.

Nun, da alle seine Freunde eingetroffen waren, konnte er sich umziehen und das Fest eröffnen. Er sah seine Plattenalben durch, wählte ein Album mit Discohits aus, stellte den Plattenspieler an und schenkte sich ein Glas Spanada ein.

7.

Sie befand sich in Donna Turleys Schlafzimmer. Donna spielte zum hundertsten Mal *Le Freak* und tanzte in ihren grünen Hüfthosen aus Samt und den weißen Lackschuhen mit Plateausohlen, in denen sie wie ein flügellahmer Storch wirkte, mit der Anmut eines gehirnamputierten Huhnes durch den Raum. Amelia nahm Patchouliduft und einen ganz schwachen Hauch von Marihuana wahr. Donna, der Rauschkopf.

Aus irgendeinem Grund konnte sie die Augen nicht öffnen, aber seltsamerweise störte sie das nicht. Sie fühlte sich gut. Warm. *Jung*. Warm und gemütlich und ... nun ja ... irgendwie sexy. Aber warum kann ich mich nicht bewegen? dachte sie. Sie schlug mühsam die Augen auf und erblickte Al Pacino. Seine warmen braunen Augen starrten von der Wand auf sie herunter.

Al. Hi, Baby.

Wie geht's dir so?

Wieso kann ich nicht ...

Maddie, dachte sie, und eine Welle von Furcht und Schuldbewußtsein durchlief plötzlich ihren Körper. *Ich bin betrunken, und ich weiß nicht, wo Maddie ist.*

Halt. Nicht betrunken, sondern ...

»Hallo.« Die Stimme klang, als stünde der Sprecher direkt vor ihr. Sie blinzelte, erkannte eine schattenhafte Gestalt, konnte aber das Gesicht des Mannes nicht klar sehen. Er tippte ihr sacht gegen die Stirn, als wolle er an die Tür zu ihrem Verstand anklopfen. »Ich hab' eine Frage an dich«, sagte er. »Bist du imstande, mir eine Frage zu beantworten?«

Amelia bewegte sich vorsichtig, versuchte, sich zurechtzufinden, aber sie konnte keinen klaren Gedanken fassen.

Wo war sie? Warum fühlten sich ihre Schultern plötzlich so schwer an? War sie gefesselt?

Großer Gott, war sie etwa *gefesselt*?

»Wie sieht die Sache von deiner Perspektive betrachtet aus?« fuhr er fort. »Ich meine ... von innen heraus. Vom Standpunkt eines Menschen aus gesehen, der überhaupt keine Kontrolle mehr über sich hat, der vollkommen hilflos ist. Kannst du mich sehen?«

Sie konnte. Mehr schlecht als recht zwar, aber immerhin. Aber warum klang seine Stimme so bedrohlich? Und warum war er so seltsam gekleidet? Sie hatte seit Jahren niemanden mehr in einem solchen Anzug gesehen. Und warum trug er eine glänzende schwarze Maske?

War denn schon Halloween?

Verschwommen erinnerte sie sich an das Summen des Motors, an den dröhnenden Lärm der Schnellstraße. Dann waren da noch laute, ölige Maschinengeräusche. Ein Stich in ihren Arm. Das war's. Ihr gesamtes Erinnerungsvermögen. Nur noch fünf Minuten, Mom. Es ist sooo schön warm.

»So hat nämlich Julia die Welt gesehen, verstehst du?« sagte der Mann mit dem weißen Anzug und der schwarzen Maske. »So hat Julia in dieser Nacht ihre Umwelt wahrgenommen. Wie im Trance. Alle Konturen zerfließen, verschmelzen miteinander. Und dann diese Mischung von guten und schlechten Gefühlen in deinem Magen.«

Die Bedeutung des Wortes schlecht war bei ihr angekommen, auch wenn sie ansonsten keine Ahnung hatte, wovon er sprach. Übelkeit überschwemmte sie. Aber nur einen kurzen Moment lang. Dann wich sie erneut diesem Schwebezustand.

Amelia beschloß, ein kleines Nickerchen zu halten.

Irgendwo in weiter Ferne fragte Rod Stewart, ob sie ihn für sexy hielte.

8.

Schwärze. Die Schwärze des Todes.

Der Untergrund, auf den er aufgeschlagen war, fühlte sich feucht und glatt an. Beton vermutlich. Glücklicherweise hatte er sich nicht am Kopf verletzt, aber für eine gute Minute lang hatte ihm der Sturz den Atem verschlagen, was ihm den Versuch, wieder auf die Füße zu kommen, nicht gerade erleichterte.

Jetzt hatte er sich wieder etwas erholt, er bekam auch wieder Luft.

Und er fühlte sich wieder klar genug, um vor Angst fast in die Hosen zu machen.

Er neigte den Kopf zur Seite und lauschte in die Dunkelheit. Nichts. Nur unheimliche, schwarze Stille. Dann rumpelte irgendwo in der Nähe ein Lastwagen vorbei. Die Euclid Avenue lag zu seiner Rechten, was bedeutete, daß die Tür sich hinter ihm befinden mußte. Langsam begann er, sich mit ausgestreckten Armen halb um die eigene Achse zu drehen. Probehalber beugte er sich vor. Nichts. Er tat einen vorsichtigen Schritt nach vorne und versuchte, mit den Fingerspitzen seine Umgebung zu ertasten. Immer noch nichts.

Doch nach dem nächsten Schritt stieß sein Fuß gegen eine Art Kante, allerdings gegen eine Kante, die in einem merkwürdigen Winkel verlief. Bei genauerer Untersuchung stellte sich heraus, daß es sich um eine Betonrampe handelte. Nicky kniete sich auf den Boden und strich mit der Hand über die Oberfläche. Sie war glitschig, ölig. Er mußte diese Rampe hinuntergerutscht sein, nachdem die Tür hinter ihm nachgegeben hatte, aber er konnte sich nicht mehr genau daran erinnern. Ohne große Hoffnung versuchte er, die Rampe hochzuklettern, rutschte aber wie befürchtet sofort wieder nach unten.

Auf diesem Weg kam er mit Sicherheit nicht hier heraus.

»Scheiße!« fluchte er laut, und wurde mit dem Klang seiner eigenen Stimme belohnt, die ihm in den Ohren dröhnte. Er kam sich vor, als wäre er in einer großen Holztruhe eingesperrt.

Was hatte das nun schon wieder zu bedeuten? Er befand sich in einem Lagerhaus, doch der Akkustik nach zu urteilen könnte er genauso gut in einem riesigen Schrank stecken. Er unternahm einen neuerlichen Versuch. »Hey!« schrie er, diesmal ein bißchen lauter. Derselbe Effekt. Der Laut verklang, kein Echo war zu hören.

Er wandte sich ab und blinzelte in den Raum hinein. Nichts. Noch nie hatte er sich an einem dermaßen dunklen Ort aufgehalten. Vermutlich *gab* es gar keinen dunkleren Ort als diesen. Er trat einen Schritt vor, dann nach rechts und tastete um sich, wobei er sich an Audrey Hepburn in *Warte, bis es dunkel ist* erinnert fühlte. Doch noch ehe er fünf Schritte zurückgelegt hatte, prallte er gegen eine Wand. Eine holzgetäfelte Wand, wie es sich anfühlte. Er schlug dagegen, spürte ein leichtes Vibrieren, aber die Wand hielt.

Den Rücken gegen die Wand gepreßt begann er, sich weiterzutasten und tiefer in das tintenschwarze Lagerhaus einzudringen.

Langsam verlor er den Überblick über die Anzahl der zurückgelegten Schritte. Bei hundert hörte er auf zu zählen und gewann zugleich den Eindruck, sich in einem sich über die gesamte Fläche des Lagerhauses erstreckenden Irrgarten zu verlieren; einem Irrgarten, der eigens für ihn angelegt worden war.

Aber ehe die Wahnvorstellung ihn überwältigen konnte, stieß er sich an einem kalten, hinterhältigen Hindernis hart das Schienbein.

Stufen. Stufen, die nach oben führten.

Als der Schmerz in seinem Bein etwas nachgelassen hatte, begann er den Aufstieg, wobei er sich mit einer Hand an einem rostigen Eisengeländer festhielt. Dreiundvierzig Stufen später stand er vor einer verschlossenen, zum Glück aber nicht verriegelten Tür. Als er sie öffnete, erfüllte das protestierende Quietschen der seit Jahren nicht mehr geölten Angeln das Lagerhaus. Er befand sich jetzt oberhalb der holzgetäfelten Wand, hoffentlich am Ende des vermaledeiten Labyrinths.

Er trat durch die Tür und gelangte in einen breiten Gang mit Ziegelwänden. Hier konnte er sich besser zurechtfinden, denn zu seiner Linken lag ein Fenster, verdreckt und verschmiert zwar, aber das schwache Licht, das es noch durchließ, erfüllte ihn mit wilder Freude. Er war tatsächlich oberhalb der Gasse hinter dem Lagerhaus angelangt, eindeutig im zweiten Stockwerk des Gebäudes. Also vorläufig in Sicherheit.

Nicky kletterte auf das massive Fensterbrett, preßte die Nase gegen die schmutzige Scheibe und spähte nach unten.

Willie T.s großer Ford stand dort auf der Straße.

Die Kavallerie war eingetroffen.

9.

Sie saß aufrecht in ihrem Stuhl, von Übelkeit geplagt, von nagender Furcht erfüllt, aber jetzt hellwach. Das frühere Gefühl leichten Unbehagens hatte sich in rasiermesserscharfe Panik verwandelt. Sie mochte ja nicht wissen, wo sie war und welches Datum sie heute hatten, aber sie wußte verdammt gut, wer sie war. Sie war Amelia Saintsbury, man schrieb das Jahr 1998, und sie war vom Haus ihrer Eltern aus zu einer Halloweenrunde aufgebrochen, die damit geendet hatte, daß sie in Pete Camerons Hinterhof von einem unbekannten Mann überfallen worden war.

Und sie wußte nicht, was mit Maddie geschehen war.

Sie fühlte sich elend, schwach und hilflos. Und verängstigt.

Offenbar befand sie sich in einer Art Schlafzimmer. Einem provisorischen, aus Leinwandstücken hergestellten Wohnheimzimmer. Es gab zwei Fenster, durch die sie das Dach eines Bürogebäudes sehen konnte. Eine blaue Tischlampe und ein paar Kerzen beleuchteten den Raum. Ferner gab es einen Schreibtisch und einen Stuhl. Der Duft von Ambush-Eau de toilette stieg ihr in die Nase. An Ambush von Dana konnte sie sich noch gut erinnern. Es war die weibliche Antwort auf den Herrenduft Canoe. Aber Eau de toilette? Wieso …

Sie mußte sich konzentrieren. Aber ihr Kopf fühlte sich so leicht an. Und in ihrem Magen loderte ein verzehrendes Feuer.

Sie blickte nach rechts. Unterhalb des Fensters stand der Studentenschreibtisch, darauf ein Plattenspieler nebst Schallplatten, Make-up und Schminkpinsel. Daneben eine Flasche Wein und zwei Gläser. Der ganze Raum wirkte, als hätte jemand eine dem Studentenleben der siebziger Jahre gewidmete Ausstellung organisiert.

Nur daß *sie* selbst ein Teil dieser Ausstellung war. Sie war an einen Stuhl gefesselt, ein Klebeband verschloß ihren Mund, und sie hatte keine Ahnung, was für ein perverses Spiel hier eigentlich gespielt wurde.

Verzweifelt zerrte sie an ihren Handfesseln, aber sie saßen sehr fest. Dann versuchte sie, die Füße zu bewegen, mußte aber feststellen, daß sie zu einem Teil des Stuhles geworden waren, sorgsam mit reißfester Nylonschnur an die Stuhlbeine gebunden. Sie wollte sich nach vorne beugen, aber just in diesem Moment hörte sie ein Geräusch hinter sich.

Schritte.

Amelia erstarrte.

Dann spürte sie wieder einen Einstich an ihrem Arm, ein leichtes Pieken, gefolgt von einem wunderbaren Wärmegefühl, das ihren ganzen Körper durchzog. Und kurz danach verflogen ihre Ängste.

Bewegung. Rollen. Sie wurde durch einen dunklen Raum geschoben. Kalt, zugig und feucht wie ein Keller. Etwas in ihrem Mund störte sie. Weich und schwammig. Mußte durch die Nase atmen. Kopf *sooo* schwer. Musik. Üble Gerüche, ganz nah. Muß die Küche saubermachen, muß den Müll rausbringen. Immer noch gefesselt. Hände, Füße. Ihr Magen hob sich, krampfte sich zusammen, beruhigte sich wieder.

Maddie. Wo war …

Das grelle Weiß des Anzugs des Mannes tat ihr in den Augen weh. Er war vor sie getreten. Sie blinzelte zu ihm hoch. Er trug noch immer diese glänzende Maske. Dann stürzte die Realität oder vielmehr das, was sie in ihrem Zustand noch davon wahrnahm, mit Macht auf sie ein. Zusammen mit ohrenbetäubend lauter Musik. Rauh und heiser. Die Rolling Stones, *Sympathy for the Devil.*

Der Mann in Weiß schob die Vorhänge beiseite und gab den Blick auf einen weiteren Raum frei. Wieder ein nachgestelltes Wohnheimzimmer aus den Siebzigern. Überall Kerzen. Er trat hinter sie und schob sie langsam vorwärts. Als erstes fiel ihr Blick auf den Diaprojektor, der auf einem Regal neben dem Schreibtisch stand und riesige Bilder auf die Leinwand über dem Bett warf. Erst eine Straßenszene. Dann das Foto aus Rogers College-Jahrbuch. Dann ein Bild von dem auf dem Rasen sitzenden Molson.

Jetzt waren sie mitten im Raum. Die Musik röhrte wie ein wutschnaubendes Monster. Bässe dröhnten in ihren Ohren, Chorsängerinnen kreischten.

»Please t'meet'choo … hope you guess … mah … name …«

Als sie durch den Raum geschoben wurde, ihre Welt nur noch aus Musik bestand und Verwesungsgeruch diese Welt vollkommen erfüllte, da war ihr erster Gedanke der, daß sie sich mitten in einem Dokumentarfilm über menschliche Greueltaten befinden mußte. Mitten in einem unbeweglichen Standbild, dem Bild eines Konzentrationslagers vielleicht. Oder der Schlachtfelder von Kambodscha.

Körper. Überall leblose Körper, die Gliedmaßen unnatürlich verrenkt. Die Reste einst lebendiger Menschen. Kerzenlicht flackerte über die Muskeln, über die weichen Rundungen von Fleisch auf Knochen.

Sie kämpfte gegen die Tränen an. Und verlor.
O Gott.
Keine Leichen. Nein. Lieber Gott, bitte keine Leichen. Nicht Maddie. Nicht Dad.
»Just as ev'ry cop is a criminal ... an' awwwful the sinners ... saints ...«
Die Tränen verschleierten einen Moment lang ihren Blick, doch dann kam der Stuhl plötzlich zum Stehen, und ihre Augen wurden wieder klar. Sie versuchte, eine visuelle Bestandsaufnahme ihrer Umgebung zu machen. Das Zimmer eines Mannes. Wimpel, Pin-Up-Poster, ein paar Pokale. An der ihr gegenüberliegenden Wand, unterhalb zweier Fenster, standen ein Schreibtisch nebst Stuhl. Den Schreibtisch schmückte eine Anzahl gerahmter Fotos. Familienfotos.
Amelia starrte die Fotos an und spürte, wie ihr Herz zu hämmern begann. Rogers Familie. Rogers Familienfotos aus dem Arbeitszimmer. Sie konzentrierte sich auf die Gestalt, die auf dem Stuhl vor dem Schreibtisch hockte. Ihre Augen weiteten sich ungläubig, als die Erkenntnis in ihren Verstand einsickerte. Aufmerksam blickte sie sich noch einmal im Raum um.
Schaufensterpuppen.
Eine Welle der Erleichterung durchlief sie und löste ein wohliges Schwächegefühl in ihr aus. Sie riskierte einen weiteren Blick. Ja ... eine Schaufensterpuppe saß am Schreibtisch, in ein schmuddeliges rotes Kleid gehüllt, wie es Hippies tragen mochten. Eine weitere, wie ein Arzt hergerichtete Puppe kauerte auf dem Bett. Etwas Dunkles, Feuchtes klebte dort, wo die Lippen sein sollten. Ein Soldat saß auf dem Boden; dünne, halb verweste Haut bedeckte sein Gesicht. Neben ihm sah sie einen Cowboy.
Aber wo war Maddie? Wer hatte Maddie?
O Gott, sie konnte einfach nicht mehr klar denken.

Einige Minuten später kehrte die Übelkeit mit Macht zurück. Verzweifelt kämpfte Amelia dagegen an. Der Knebel steckte immer noch in ihrem Mund, und sie wußte, daß sie Gefahr lief, zu ersticken, wenn der Mageninhalt ihr in die Kehle stieg. Innerhalb kürzester Zeit war sie aus dem warmen, wonnigen Hochgefühl in ein tiefes, kaltes Loch gerissen worden. Als ein zweiter Stuhl in den Raum geschoben und neben ihr abgestellt wurde, begann sie, heftig zu zittern.

Zuerst brachte sie nicht den Mut auf, ihren neuen Leidensgefährten anzusehen. Dann schielte sie langsam widerwillig nach links, ohne dabei den Kopf zu wenden.

Und sie erkannte, daß in dem Stuhl keine Schaufensterpuppe saß.

Sondern Roger.

Ihr Mann saß keinen Meter von ihr entfernt gleichfalls in einem Rollstuhl. Aber anstelle der überwältigenden Freude, die sie ob der Ankunft ihres Ritters in der strahlenden Rüstung eigentlich hätte empfinden müssen, wurde Amelia erneut von heftigem Brechreiz übermannt. Der Knebel in ihrem Mund war von säuerlichem Speichel durchtränkt.

Roger war nackt.

Und er war an Händen und Füßen gefesselt.

Ein langsamerer Song nun ... Saxophonklänge ... *Strangers on the Shore?*

Der Mann im weißen Anzug stellte die Rollstühle mit den Rückenlehnen gegeneinander. Amelia blickte nun auf das Bett; Roger hinter ihr – zumindest ging sie davon aus, daß er noch in seinem Stuhl saß – betrachtete schweigend ein Farrah-Fawcett-Poster an der Wand.

Der Nebel in ihrem Kopf verzog sich zusehends. Sie behielt den Mann ständig im Auge. Sie wollte und würde einen Weg aus dieser mißlichen Lage finden.

Weitere Dias erschienen auf der Leinwand. Jahrbuchfotos von Leuten, die sie nicht kannte. Doch plötzlich blieb ihr Blick auf einem der Bilder haften. Es zeigte eine hübsche junge Frau, deren Foto sie unter Rogers Collegeunterlagen gefunden hatte. Es war mit ›Julia‹ unterschrieben. Sie hatte des öfteren über Julia nachgedacht und sich gefragt, ob sie wohl zu Rogers Eroberungen zählte.

Der Mann nahm eine Injektionsspritze vom Schreibtisch und trat hinter sie. »Weißt du, was das hier ist, Roger?« Schweigen antwortete ihm. Er fuhr fort. »Ich möchte, daß du in die Vergangenheit zurückkehrst, Roger. Viele Jahre zurück. Vor zwanzig Jahren, an einem Abend vor genau zwanzig Jahren hast du mir ein paar pinkfarbene Pillen in die Hand gedrückt. Erinnerst du dich noch?«

Anstatt des undeutlichen Genuschels, das Amelia erwartet hatte, sagte Roger klar und deutlich: »Ja.«

»Und weißt du auch noch, was du damals behauptet hast?«

Ein paar Momente herrschte Stille, dann erwiderte Roger: »Nein.«

»Nun, das ist verständlich. Liegt immerhin zwanzig Jahre zurück. Ich will deinem Gedächtnis auf die Sprünge helfen. Du hast gesagt, es wäre Speed. Du hast auch gesagt, du wolltest nicht, daß ich die Geisterstunde verpasse. Das waren deine eigenen Worte. Geisterstunde. Erinnerst du dich? Und ich hab' die Dinger brav geschluckt, Idiot, der ich damals war. Vielleicht weißt du ja auch noch, was du mir da verpaßt hast?«

Längeres Schweigen, dann: »Ich kann mich nicht mehr genau ...«

Das harte Klatschen einer Ohrfeige. Kurze Pause, dann sprach Roger weiter: »Ich ... ich weiß es nicht mehr genau.«

»Mach dir nichts draus«, meinte der Mann beiläufig. »Ich persönlich bin davon überzeugt, daß du dich sehr wohl erinnerst. Aber ich glaube, du schämst dich einfach, sogar noch nach so vielen Jahren. Ich glaube, du willst nicht, daß deine Frau herausfindet, was für ein intrigantes Arschloch du bist. Als ob sie das nicht längst wüßte!«

Der Mann versetzte Amelia einen leichten Stoß gegen die Schulter, als teile er ein privates Geheimnis mit ihr; einen Witz auf Rogers Kosten. Jeder Muskel in ihrem Körper spannte sich unwillkürlich an.

»Was du allerdings nicht bedenkst, du Rechtsverdreher, ist, wie weit zu gehen ich bereit bin, um dich zu einem Geständnis zu bewegen. Folgendes wird gleich geschehen: Ich werde dir dieses Mittel injizieren, das dich vollkommen außer Gefecht setzt, dann werde ich dich herumdrehen, und du wirst zuschauen.«

»Zuschauen? Wobei?« fragte Roger verwirrt.

»Du wirst zuschauen, wie ich deine Frau vögele.«

»Aber ... ich ...«, stammelte Roger. Entsetzen schwang in seiner Stimme mit.

»Halt den Mund«, knurrte der Mann. »Halt einfach deinen gottverdammten Mund.«

Dann hörte Amelia ein Grunzen aus Rogers Richtung. Der Mann in Weiß hatte ihm eine Injektion verabreicht. Die gebrauchte Spritze flog in hohem Bogen durch den Raum und landete neben dem Papierkorb neben dem Schreibtisch. Die Diashow lief weiter. Jetzt war eine pummelige junge Frau mit einem geistig zurückgebliebenen Mädchen zu sehen.

»So, das hätten wir. Nun verrate mir eins«, begann der Mann sachlich. »Meinst du, es wird dir gefallen, wenn du siehst, wie ich sie bumse? Meinst du, du kriegst vom Zugucken selbst einen Ständer? Manche Männer mögen so was.« Er ging um Amelia herum und blieb vor ihr stehen. Sein Blick wanderte über ihre Beine, ihre Brüste, ihren Mund. Amelia wandte sich ab. Ihr Abscheu wuchs. »Hat sie's gern von hinten?«

Ihr Mann hüllte sich in Schweigen.

»Dabei bin ich wirklich gut bestückt, mußt du wissen, Roger. Ulkig, was? Die größten Trottel haben oft die dicksten Schwänze. Vielleicht gefällt's ihr ja so gut, daß sie in Zukunft lieber bei mir bleiben möchte. Wäre das nicht wahre Gerechtigkeit? Nach so vielen Jahren?«

Alles, was Amelia jetzt hörte, war das gleichmäßige Ein- und Ausatmen ihres Mannes.

»Wir dagegen wissen ja alle, worauf du stehst«, sagte der Mann. Er ging zum Schreibtisch, griff nach dem Schalter des Diaprojektors und ließ ihn ein paar Dias vorspringen. Die Leinwand zeigte jetzt eine Reihe von Aufnahmen, die offenbar mit einem Teleobjektiv gemacht worden waren. Fotos eines Autos im Wald. Ein Mann und eine Frau befanden sich in dem Wagen; eine nackte Frau, die auf dem Schoß des Mannes saß und ihn ansah. Das Auto kam ihr bekannt vor.

Die Insassen waren Roger und Shelley Roth.

Der Mann in Weiß saß auf der Bettkante, stützte die Ellbogen auf die Schreibtischplatte und kochte über einer Kerzenflamme in einem Löffel einen Schuß Heroin auf. Von Roger hatte Amelia keinen Laut mehr gehört, seit er die Spritze bekommen hatte.

»Ich habe dir bislang nur kleine Dosen verabreicht«, erklärte der Unbekannte. »Gerade genug, um dich ruhigzustellen. Verstehst du, was ich meine? Aber jetzt wird es Zeit, einmal richtig abzuheben.« Die Flüssigkeit in dem Löffel begann zu blubbern. »Die ersten Schüsse hab' ich dir in den Arm verpaßt. Der nächste geht direkt in die Vene. Das ist der Hammer, sag' ich dir. Da hörst du die Engel singen.« Er nahm eine Puderdose vom Tisch und betupfte Wangen, Kinn und Stirn an den Stellen, die nicht von der Maske verdeckt wurden. »Hast du eine Vorstellung davon, was eine volle Dosis Heroin bewirken kann? Was sie bei jemandem anrichtet, der bislang vollkommen clean war? Ich wette, du hast keine Ahnung. Ich wette, unser Freund Roger hat diesen speziellen Teil seiner Vergangenheit wohlweislich vor dir geheimgehalten.«

Er legte den Löffel auf den Tisch, nachdem er die Spritze aufgezogen hatte, beugte sich vor und band ihr den Arm ab. Sie versuchte, seine Augen hinter den Schlitzen der Maske zu erkennen, aber es gelang ihr nicht. Dabei hatte sie das unerklärliche Gefühl, mit dem Mann reden zu können, wenn es ihr nur möglich war, Augenkontakt herzustellen. Doch hinter den Löchern der Maske verbarg sich nichts als Dunkelheit.

»Ich werde versuchen, es zu beschreiben«, fuhr er fort. »Jemand sagte mir einmal, es wäre so, als würde man auf einem riesigen weißen Schwan dahinschweben. Vielleicht möchtest du dieses Bild gleich selbst einmal heraufbeschwören?« Er fand die Vene, tupfte sie vorsichtig ab und drückte die Nadel durch die weiche Haut. Amelia krümmte sich in ihren Fesseln, konnte aber nichts tun, um das drohende Unheil abzuwenden.

Er kniete vor ihr nieder. »Und gnade dir Gott, wenn du Gefallen daran findest, Amelia. Gnade dir Gott. Ich habe nämlich gesehen, was dann passieren kann. In den städtischen Drogenberatungszentren, in denen ich gearbeitet habe.« Er rückte ein Stückchen näher, legte die Arme auf ihre Oberschenkel und begann, mit beiden Händen über ihre Beine zu streicheln. »Da hab' ich mal einen Junkie kennengelernt – ein weißes Mädchen, vielleicht zwanzig Jahre alt. Hatte sich seit zwei oder drei Tagen keinen Schuß mehr gesetzt. Nun, nachdem sie mir einen geblasen hatte, warf ich ihr ein Heroinbriefchen vor die Füße und zog meinen Mantel wieder an. Aber ihre Hände flatterten so sehr, daß sie das Briefchen kaum öffnen, geschweige denn das Zeug auf einen Löffel befördern und ordentlich aufkochen konnte. Als ich zur Tür hinausging, drehte ich mich noch einmal zu ihr um. Das Bild werde ich nie vergessen. Sie saß auf der Bettkante und flog am ganzen Leibe. Und dann nahm sie eine Rasierklinge, schlitzte sich den Arm auf und streute den Stoff direkt in die Blutbahn. Kannst du dir das vorstellen? Daß etwas eine solche Macht über dich hat? Sie konnte einfach keine Sekunde länger warten, die Gier nach der Droge war stärker.«

Amelia sah ihn hilflos an. Ihre Angst drohte sie zu überwältigen, und sie fing an, leise zu schluchzen.

»Wenn du dieses Mädchen verstehst, verstehst du mich.«

Und dann floß die Droge durch ihre Adern.

Er löste die Armbinde. Ihr Kopf kippte nach vorne, er brachte sein Gesicht ganz nah an das ihre, küßte sie und fuhr mit der Zungenspitze über ihre Lippen. »Dieser Teil meiner Mission gefällt mir am besten«, meinte er sanft. »Es gibt nichts auf der Welt, was so erregend wirkt wie eine hübsche Frau auf einem Herointrip.«

Amelias Kopf sank ihr auf die Brust. Ein warmer, weicher Nebel hüllte sie langsam ein und trug sie davon. Mit letzter Kraft schlug sie noch einmal die Augen auf und sah, daß der Mann ihr andere Kleider angezogen haben mußte, während sie das letzte Mal bewußtlos gewesen war. Jetzt trug sie einen schwarzen Minirock, eine Netzstrumpfhose und rote, hochhackige Wildlederpumps, die ihr viel zu eng saßen.

Und kurz bevor sich der weiße Schwan unter ihr aufbäumte und ihr zu dem Ritt ihres Lebens verhalf, begriff sie, wie sie aussah.

Wie eine Hure.

10.

Eine Hure. Julia sah aus wie eine Hure.

Ihr Anblick verwirrte und bestürzte ihn. Er konnte erst gar nicht glauben, daß er wirklich Julia vor sich sah. Sie saß auf der Kante von Rogers Bett, in einem kurzen Rock, die Knie fest zusammengepreßt. Neunzehn Jahre alt. Der Traum eines jeden Mannes. Geoffrey war dies nicht entgangen. Johnny auch nicht. Beide konnten kaum den Blick von ihr abwenden.

Aber dies war nicht *seine* Julia. Seine Julia hatte stets schlichte Kleider, Jeans und Sandalen bevorzugt. Einmal hatte sie zusammen mit einigen Mädchen aus ihrem Wohnheim einen Wochenendausflug unternommen, und ihm war aufgefallen, daß ihr gesamtes Gepäck lediglich aus einem Rucksack bestanden hatte. Julia war eben ein einfaches, bescheidenes junges Mädchen. Allerdings hatte sich ihr Auftreten in der letzten Zeit verändert. Heute abend trat diese Veränderung besonders deutlich zutage.

Und jetzt saß sie in einem knappen Minirock und einer Netzstrumpfhose da, die die Schönheit ihrer langen, schlanken Beine noch betonte. Ihre zierlichen Füße steckten in roten Stöckelschuhen, und auf dem Kopf trug sie eine schwarze Baskenmütze.

Sie hatte mehr Lippenstift aufgelegt, als er es je zuvor an ihr gesehen hatte, und auch ihre Augen waren auffällig geschminkt. Er spürte, wie sein Glied anschwoll, als er sie betrachtete, aber alle anderen Gefühle schienen in ihm erstorben zu sein. Geblieben war nur eine ungeheuere Wut, ausgelöst von drängendem Verlangen und einer alles beherrschenden Furcht. Die Drogen, die Roger ihm verabreicht hatte, entfalteten nun ihre volle Wirkung.

Und so war er dazu verdammt, tatenlos zuzuschauen ...

Ein Arzt legte eine Aderpresse um Julias Arm. Benny Crane, wer sonst. Konnte nur Benny sein. Es war immer Benny, der medizinisches Gerät und Medikamente besorgte.

Julia wirkte ängstlich und erwartungsvoll zugleich. Sie blickte hoch zu dem neben ihr stehenden Piraten, der ihr beruhigend die Hand auf die Schulter legte. Ein Soldat kauerte hinter ihr. Er hatte keine Ahnung, wer das war. Ein ziemlich stämmiges Hippiemädchen saß am Schreibtisch und drehte Joints. Jennifer. Das mußte Jennifer sein.

Sein Kopf fühlte sich an, als hätte ihn jemand in einen Schraubstock gespannt. Seine Hände schienen mit Bleigewichten beschwert zu sein.

Hinter ihm dröhnten die Stones.

Wie es aussah, hatten sich alle kostümiert. Und außer Julia trugen alle eine Maske; so, als ahnten sie bereits, daß sie in dieser Nacht bestimmt eine Grenze überschreiten würden. In jeder Ecke des Raumes hingen vollkommen weggetretene, unbekannte Menschen auf ihren Stühlen und starrten glasig ins Leere.

»*Please t'meet'choo ... hope you guess ... mah ... name ...*«, röhrte Mick Jagger.

Aber er mußte nichts mehr erraten.

Er wußte bereits alles.

Jetzt brannte nur noch eine einzige Kerze, verbreitete weiches orangefarbenes Licht. Puffbeleuchtung. Julia auf dem Bett, kniend. Der Pirat hielt sie von hinten fest, stützte sie. Fleisch, Haut, Muskeln, Hände. Julias Bluse war ihr von den Schultern gestreift worden.

Tunnelblick.

Trotzdem sah er noch zuviel.

Er bemerkte, daß der Pirat ständig in seine Richtung schaute. Die funkelnden Augen hinter der Maske verspotteten ihn, forderten ihn auf, zu handeln, irgendeine Reaktion zu zeigen. Der Pirat nahm Julia von hinten.

Er sah, wie der Cowboy vor Julia niederkniete, sie küßte und mit den Händen über ihre Brüste strich.

Er sah Dr. Keller im Schatten neben der Tür stehen. Im Kerzenschein schimmerten seine Augen wie schwarzer Marmor. Dr. Keller befriedigte sich selbst, während er die Fünfergruppe auf dem Bett beobachtete – den Piraten, den Soldaten, den Cowboy, das Hippiemädchen und Julia. Im Schutz der Dunkelheit, im Schutz der lauten Musik trat er schließlich vor, seinen erigierten Penis in der einen Hand, und tauchte die andere ein in den Mahlstrom aus Fleisch. Er strich Julia über den Bauch und die Brüste, immer wieder, und dann zog er sich zurück.

Er sah, wie der Pirat Julia hochhob und auf die Fensterbank setzte. Er sah, wie er ihr den Rock über die Hüften schob, und während die Musik weiter dröhnte und hämmerte, sah er, wie der Pirat die Frau, die er liebte, mit heftigen Stößen nahm; so lange, bis sie kam und ihre Fingernägel tief in seinen Rücken krallte.

Und später, nach weiteren Erniedrigungen, nach noch mehr wahllos konsumierten Drogen, als die Fensterscheibe zerbrach und das klirrende Geräusch ihn aus seinem komatösen Zustand riß, sah er sie in die Tiefe fallen. Ein Schuh blieb an einer gezackten Scherbe hängen, löste sich von ihrem Fuß, flog durch die Luft und landete direkt vor ihm.

Der Polizei präsentierten sie sich selbstverständlich als anständige, adrette junge Studenten, halbe Kinder noch, deren Halloweenparty irgendwie außer Kontrolle geraten war. Alle hatten sie sich gute Anwälte genommen. Das Verhör war kurz, die Verhandlung noch kürzer.

Arme Julia, sagten alle. Sie ist gesprungen.

Typisch. Ein Mädchen aus der Kleinstadt. Und dann die Drogen und all das.

Arme, arme Julia.

11.

Langsam tauchte sie aus der Bewußtlosigkeit auf. Sie kniete jetzt auf dem Bett, die Arme über den Kopf erhoben, die Hände gefesselt und mit einem Kabel verbunden, das an der dunklen Decke des Lagerhauses entlang verlief. Immer noch war sie vollständig bekleidet, aber ihre Füße waren nicht mehr gebunden.

Als erstes schleuderte sie die engen Schuhe von sich.

Roger saß ihr gegenüber. Sein Kopf war nach vorne gefallen, er wirkte, als sei er ohnmächtig. Ein dünner Speichelfaden rann aus seinem Mund.

Der Mann in Weiß war nirgendwo zu sehen.

Die Schallplatte war abgespielt, die Nadel am Ende hängengeblieben. Das monotone Knacken, das aus den billigen Lautsprechern drang, zerrte an ihren Nerven – ein warnender Taktmesser, der sie drängte, endlich etwas zu unternehmen. Aber sie konnte sich kaum rühren, ihr Kopf schien aus Watte zu bestehen, und ihr ganzer Körper war steif und gefühllos.

Jemand hatte in der Zwischenzeit die Schaufensterpuppen um sie herum auf dem Bett arrangiert. Sie brachte es fertig, sich ein Stückchen umzudrehen und sah, daß die als Pirat verkleidete Puppe jetzt hinter ihr kniete, zusammen mit dem

Hippiemädchen, das zuvor am Schreibtisch gesessen hatte. Vor ihr auf dem Fußboden hockte ein Soldat. Der Arzt saß am Schreibtisch. Neben Roger, lässig an die Wand gelehnt, stand ein Cowboy. Aus dieser geringen Entfernung konnte Amelia auch erkennen, was den entsetzlichen Verwesungsgestank verursachte. Die Augen des Cowboys. Die Lippen des Arztes. Die verrotteten Brüste des Hippiemädchens.

Ihr Magen begann zu rebellieren.

Amelia schaute nach oben, um dem gräßlichen Anblick zu entgehen, stellte aber bald fest, daß die Anstrengung auf Dauer zu groß war. So senkte sie den Blick wieder und suchte nach etwas, worauf sie sich konzentrieren konnte, ohne fürchten zu müssen, den Verstand zu verlieren.

Der Jutesack. Er lag auf dem Boden, neben den Stiefeln des Cowboys, links von Rogers Rollstuhl direkt unterhalb der Fenster. Amelia ließ den Blick langsam darüber hinweggleiten, registrierte Größe und Konturen.

Es war derselbe Jutesack, der auch im Hof der Camerons gelegen hatte.

Zu den Füßen dieser Bestie in Menschengestalt.

Maddie.

Nein.

Als der Mann in Weiß das nächste Mal zurückkehrte, schien er wie von Sinnen. Er stand ganz offensichtlich unter Drogeneinfluß. Amelia begriff, daß er nicht länger mit ihnen spielen würde wie die Katze mit der Maus, sondern daß er gedachte, ernst zu machen. Das Ende ihrer Familie stand unmittelbar bevor, hier und jetzt, und sie konnte nichts tun, um es zu verhindern.

»Ehe ich mir deine Frau vornehme, habe ich noch eine Frage an dich«, sagte der Mann im Konversationston und hob dabei Rogers Kopf an. »Ich möchte, daß du mir erzählst, was in dieser Nacht geschehen ist, Roger. Sag es mir mit deinen eigenen Worten.«

Amelia fixierte den Jutesack. Lieber Gott, nur ein paar Zentimeter, flehte sie in Gedanken, die Augen auf die Mitte des Sacks geheftet. Bitte laß mich einmal sehen, daß der Stoff sich hebt und wieder senkt. Laß sie mich einmal atmen sehen. Einen einzigen Atemzug nur. Bitte, Gott, erhöre das Gebet einer Mutter!

Ein Atemzug nur.

Sie konnte die Augen nicht von dem Sack abwenden.

Nichts. Keine Bewegung.

»Wessen Zimmer ist das, Roger?« fragte der Mann.

Rogers Lider flatterten. »Meines.«

Seine Stimme klang belegt und undeutlich.

»Stimmt genau«, sagte der andere und deutete auf die Schaufensterpuppe neben sich. »Du erinnerst dich doch sicher noch an Johnny Angel, nicht wahr?«

Roger blickte auf. Nackte Furcht trat in seine Augen. »Ja.«

»Hab' ich auch nicht anders erwartet«, meinte der Mann in Weiß. »Ich fand schon immer, daß Johnny von uns allen die schönsten Augen hatte. Treu und aufrichtig, weißt du?«

Roger erwiderte nichts darauf. Der Mann schaute zu Amelia.

Amelia schaute unverwandt auf den Jutesack.

Atme, Maddie.

Atme.

Noch nie zuvor in ihrem Leben war sie sich so furchtbar hilflos vorgekommen.

»Was willst du eigentlich von mir?« hörte sie Roger mit schwacher Stimme fragen.

»Ich will, daß du mir erzählst, was in jener Nacht geschehen ist. Benimm dich wie ein Mann und steh zu deiner Schuld.«

Plötzlich leuchtete neben dem Fernsehgerät ein Licht auf; ein rotes, in die Wand eingelassenes Lämpchen. Der Mann ging zum Fernseher hinüber und drückte ein paar Knöpfe.

Dann verließ er ohne ein weiteres Wort den Raum.

12.

Nachdem er Willie T.s Auto in der Gasse entdeckt hatte, schob Nicky ein paar der Holzstückchen, die überall herumlagen, unter die Tür, um sie offenzuhalten, und stieg die Stufen wieder hinunter. Vorsichtig schlich er quer durch den dunklen Raum zurück zu der Stelle, wo er hereingekommen war. Er unterließ es aber, sich in die Mitte des Irrgartens zu wagen, sondern tastete sich wie beim ersten Mal an der Wand entlang.

Bei der Rampe, die zur Tür führte, blieb er stehen und lauschte auf Schritte oder andere Anzeichen dafür, daß Willie T. in der Nähe war. Gelegentlich hörte er, wie ein Auto vorüberfuhr, hörte die Bässe voll aufgedrehter Stereoanlagen, aber weder Fußtritte noch das Knarren der Tür.

Mach voran, Willie, dachte er ungehalten. Wo zum Teufel trödelst du bloß rum?

Er nutzte die Zeit für eine kurze Bestandsaufnahme seines Tascheninhaltes und fand eine Streichholzschachtel, die er aus Sandys Auto mitgenommen hatte. Er öffnete sie, tastete darin herum und stellte fest, daß sie nur noch ein Hölzchen enthielt. Ein einziges armseliges Streichholz. Na großartig. Er war wirklich perfekt ausgerüstet. Nachdem fünf Minuten nervenzermürbender Stille verstrichen waren, beschloß er, sich wieder in die zweite Etage zu begeben und dort nachzuschauen, ob Willies Auto noch an seinem alten Platz stand.

Den dritten Gang durch die Dunkelheit legte er ganz langsam mitten durch den Raum zurück; mit vorgestreckten Händen, wie eine Schnecke, die ihre Fühler ausstreckt. Seine Augen schienen sich an diese absolute Finsternis gewöhnt zu haben. Es war zwar nicht so, als ob er sehen könnte, was sich vor ihm befand, aber zumindest schien er es spüren zu können.

Aber wo steckte Willie T.?

Vielleicht gab es ja noch einen anderen Eingang, auf den Willie T. zufällig gestoßen war. Oder vielleicht hatte er ein paar Minuten gewartet, war dann wutschnaubend wieder abgezogen und schmiedete jetzt finstere Pläne gegen den durchgeknallten Nicky Stella, der tatsächlich meinte, die Umstände seiner Verhaftung manipulieren zu können.

Nicky beschleunigte seine Schritte, lauschte jedoch weiterhin auf jedes Geräusch, das wie ein Klopfen an der Tür oder Pochen am Fenster klang.

Und da wurde er plötzlich unverhofft niedergeschlagen.

Nicky stieß einen kurzen, gutturalen Schmerzensschrei aus, rappelte sich wieder hoch und setzte sich mit einer häufig praktizierten Schlägekombination gegen seinen unsichtbaren Gegner zur Wehr, doch seine Fäuste trafen nur ins Leere. Sein Herz begann zu hämmern. Noch einmal eine Folge von rechten und linken Haken. Wieder ins Nichts.

»*Wer ist da?*« kreischte er.

Keine Antwort.

Doch dann prallte der Mann erneut gegen ihn. Nur stimmte diesmal irgend etwas nicht. Es kam Nicky so vor, als hätten die Schuhe des Mannes ihn an der Brust getroffen. Er schlug mit der Rechten eine Gerade und traf auf harten Knochen. Einen *senkrechten* harten Knochen. Rasch wich er ein paar Schritte zurück, nahm Abwehrstellung ein und wartete. Die Angst raubte ihm beinahe den Atem.

Ein Bein, dachte er. Ein Schienbein. Er hatte mit der Faust ein Schienbein getroffen. Die Sache ergab keinen Sinn, aber dennoch brannte seine Hand wie Feuer und schickte kleine rote Schmerzwellen durch seinen Arm und über seinen ganzen Rücken.

Er zog sich noch ein Stück weiter zurück, kauerte sich nieder und lauschte angestrengt. Nichts bewegte sich vor ihm. Vermutlich hätte er auch kaum etwas gehört, so laut rauschte das Blut in seinen Adern.

Als er überzeugt war, daß keine unmittelbare Gefahr mehr bestand, wühlte er in seiner Tasche nach der Streichholzschachtel, nahm das letzte Streichholz heraus und tastete die Schachtel vorsichtig ab, bis er die Reibfläche unter seinen Fingerkuppen spürte. Nach einem tiefen Atemzug riß er das Streichholz an.

Die Flamme reichte natürlich nicht aus, um den riesigen Raum zu erhellen, warf aber ein fahles Licht auf die blutbespritzten Schuhe des Mannes, der vor ihm von der Decke herabbaumelte. Im flackernden Schein konnte Nicky die tiefroten, häßlichen Flecken erkennen, die die einstmals blau verwaschenen Jeans verunzierten. Auch das T-Shirt des Mannes war blutgetränkt.

Das Schlimmste aber war die verspiegelte Sonnenbrille. Einen kurzen Moment lang überkam Nicky das gräßliche Gefühl, von einer riesigen, in ihrem Netz auf Beute lauernden Spinne mit überdimensionalen Augen angestarrt zu werden. Willie T., dachte er, vor Entsetzen wie gelähmt.

Willie T.

Er machte einen Bogen um den Leichnam und rannte auf die Treppe zu.

Die Kavallerie war endgültig besiegt.

13.

»Am Ende haben sie alle geweint. Und geredet. Geoffrey tat sich besonders hervor. Beichtete alle Fehltritte, die er in seinem Leben je begangen hatte. Erzählte mir sogar, wie er seinem wehrlosen alten Hund einen Tritt versetzt hatte. Danach weinte er wie ein kleines Mädchen. Das Ganze glich einer Szene aus einem Kitschfilm.«

Der Mann im weißen Anzug und der schwarzen Maske ging zum Fernsehgerät hinüber und schaltete durch die Kanäle. *Love Boat*. Ein Nachrichtenüberblick mit Sander Vancour. Und ein Kanal, der einen langen Korridor zeigte. Das Bild glich dem eines Videoüberwachungsgerätes.

Amelia war immer noch an dem Deckenkabel festgebunden. Ihre Arme waren mittlerweile so taub, daß sie nicht mehr zu ihrem Körper zu gehören schienen. Außerdem war sie immer noch geknebelt.

»Wo wir gerade von kleinen Mädchen sprechen …« Der Mann hob den Jutesack auf, warf ihn sich trotz seines Gewichtes und Umfangs mühelos über die Schulter und trug ihn zum Schreibtisch hinüber, wo er ihn unsanft zu Boden fallen ließ. »Ich wollte immer gern eine kleine Tochter haben. Julia und ich wünschten uns zwei Kinder, wußtest du das? Einen Jungen und ein Mädchen.«

Er griff nach einer weiteren auf dem Tisch bereitliegenden Spritze, drückte ein, zwei Tropfen heraus und fixierte Roger dann mit einem finsteren Blick. »Erklär mir, warum du mich um all das gebracht hast. Gibt es einen Grund, warum du eine Frau und eine Familie haben solltest und ich nicht?«

Roger hob langsam den Kopf. »Ich … ich habe nie …«, stotterte er und verstummte wieder.

Im selben Augenblick ließ der Mann die Nadel herabsausen, stach gewaltsam durch die Jute und traf auf festes Fleisch. Er drückte den Kolben herunter, riß die Spritze grob wieder heraus und warf sie auf den Tisch zurück. Dann blickte er Roger so ungerührt an, als habe er sich soeben einen Zehennagel abgeknipst oder sich ein Staubflöckchen von seiner Hose geklopft. »Kann natürlich gut sein, daß du dich in Zukunft mit einer drogenabhängigen Tochter abplagen mußt. Stoff ist genug vorhanden, und reichlich Zeit haben wir auch.« Er begann, rastlos im Raum umherzuwandern. »Stell dir das doch mal bildlich vor, Roger! Deine kleine Maddie ein Junkie. Die Tochter des TRW-Frontmannes hängt an der Nadel. Was meinst du wohl, wie das weitergeht? Wenn sie elf oder zwölf ist, klettert sie nachts aus ihrem Schlafzimmerfenster und haut mit irgendeinem verkommenen Typen in die Stadt ab, um sich da einen Schuß zu setzen. Denk doch mal drüber nach, Roger. Klein-Maddie auf dem Rücksitz eines schmierigen Lieferwagens, wo sie einem Freier einen bläst, um sich Geld für die nächste Dröhnung zu verdienen. Und das alles ist dann die alleinige Schuld ihres Daddys.«

Amelia blickte auf den Jutesack, und ihre letzte schwache Hoffnung schwand. Doch plötzlich, als ob ihre schiere Willenskraft ein Wunder bewirkt hätte, sah sie, wie sich die Mitte des Sackes hob und wieder senkte. Einmal. Zweimal.

Atemzüge ...

Der Mann stand scheinbar im Begriff, sich in Raserei hineinzusteigern. Seine Stimme wurde immer lauter, immer erregter. »Mir scheint, unser Roger ist heute abend nicht zum Sprechen aufgelegt. Seltsam, nicht wahr? Wenn ich mich recht entsinne, stand damals im College sein Mundwerk kaum einmal still. Und der Mann konnte reden wie ein Buch. Himmel, der hätte dem Teufel ein Schwanzhaar abschmeicheln können! Stimmt's, Mrs. Roger?« Er schob den Stuhl zur Seite und stellte sich neben dem Fenster auf, das zur hinteren Gasse hinausging. »Eine letzte Chance, Roger. Sag mir jetzt, was ich wissen will.« Er packte den Jutesack mit beiden Händen und ließ ihn knapp über dem Boden hin- und herschwingen.

»Ich weiß nicht, was ...«, brachte Roger mühsam hervor.

Der Mann im weißen Anzug schwang den Sack jetzt in Kniehöhe, schneller und immer schneller. »Ich frage dich nicht noch einmal.«

Amelia zerrte wie wild an ihren Fesseln. Sie konnte den Kopf nicht weit genug zur Seite drehen, um Roger ganz zu erkennen, aber sie konnte das Fenster sehen. O ja. Sie konnte auch den Mann in Weiß sehen, seine glänzende dunkle Maske, und vor allem konnte sie den Sack sehen, in dem ihre Tochter steckte und der jetzt in einem immer höheren Bogen auf die Fensterscheibe zu geschleudert wurde. Sie versuchte zu schreien, doch der Knebel erstickte jeden Laut. Hilflos sackte sie in sich zusammen, vor Angst keines klaren Gedankens mehr fähig.

»Gib es zu«, fauchte der Mann. »Du warst damals der Pirat, nicht wahr?«

Rogers Kopf sank schlaff nach vorne. Er zeigte keinerlei Reaktion mehr. Die Droge lähmte seine Zunge, seinen Geist und sein Erinnerungsvermögen. Roger, bitte, flehte Amelia lautlos. Reiß dich zusammen. Kämpf dagegen an. Bitte sag ihm, was er hören will.

Sie schloß die Augen, wartete auf das Klirren der Fensterscheibe, die unter der Wucht des dagegengeschleuderten Sackes zerbrach; wartete auf das Klatschen, mit dem der Sack unten auf der Straße aufschlug. Dann zwang sie sich, das Ungeheuer in Weiß wieder anzusehen.

»Gib zu, daß du der gott ... ver ... dammte PIRAT warst!« kreischte der Mann wie von Sinnen. Die Anstrengung, den schweren Sack in Bewegung zu halten, forderte ihren Tribut. Feine Schweißtropfen rannen ihm über die Stirn und hinterließen dort eine dünne weiße Spur. Er hatte sich offensichtlich das Gesicht eingepudert.

Roger. Um Himmels willen, was hast du getan?

Der Mann fletschte wütend die Zähne. »Lügner«, stieß er hervor. »Verdammter ... *Lügner*!«

Und dann geschah es.

Mit einer seltsam anmutigenden Bewegung ließ der Mann den Sack los. Von seinem eigenen Schwung getrieben krachte er in die Scheibe, die in Tausende von Scherben zersplitterte, und flog in die Dunkelheit hinaus. Im selben Moment, in dem das Glas zerbarst, spulte sich Maddies gesamtes kurzes Leben vor Amelias geistigem Auge ab. Das erste Weihnachtsfest ihres kleinen Mädchens, die ersten Ostereier. Der Tag, an dem sie sämtliche Hotdogs aus dem Kühlschrank stibitzt und dabei eine Krümelspur bis zu ihrem Zimmer hinterlassen hatte. Ihr erster Schultag. Wie sie damals geweint hatte. Wie sie *beide* geweint hatten.

Dann schlug eine Welle des Entsetzens über ihr zusammen, der Schmerz verwandelte sich in ein lebendiges Tier, eine Bestie, die sie anfiel und auffraß, bis sie sich leicht, geradezu gewichtslos fühlte, so, als würde sie sich von innen her auflösen. Alle Ängste, die sie je um ihre Tochter ausgestanden hatte, jedes Horrorszenario, das je in ihrer Fantasie entstanden war, wurden binnen einer einzigen Sekunde grausame Realität.

Maddie.

Maddie-Bär.

Amelia Saintsbury öffnete den Mund.

Und wurde lange, lange Zeit von lautlosen Schreien geschüttelt.

14.

Nicky hörte Musik. Und etwas, das nach berstendem Glas klang. Er mußte sich ein Stockwerk unterhalb des Ursprungsortes der Geräusche befinden. Bereits in der zweiten Etage hatte er festgestellt, daß sich die Türen samt und sonders hinter ihm schlossen, sowie er hindurchgegangen war, was ihn allerdings nicht sonderlich überraschte. Seit dem Telefongespräch mit seinem Cousin Joseph, bei dem er von Johnny Angels Tod erfahren hatte, war er das Gefühl nicht losgeworden, mit jedem Tag tiefer in diese unheimliche Angelegenheit hineingezogen zu werden, die hier, in diesem dunklen Gebäude, auf ihr Finale zusteuerte.

Willie T.

War Willie bereits so tief darin verstrickt gewesen, daß er seinem Ende nicht mehr hatte entgehen können? Nun hing er wie ein geschlachtetes Schwein mit aufgeschlitzter Kehle in einem alten Lagerhaus. Wenn dieser Verrückte schon einen erfahrenen Cop so zurichtete, was konnte er, Nicky, dann wohl gegen ihn ausrichten? Es war Willie T. gewesen, der ihn auf die Spur von Rat Boy gebracht hatte.

Hatte das sein Schicksal besiegelt?

Nicky klomm weiter den Treppenschacht empor. Die Musik wurde immer lauter. Irgendwelches Discogedröhn. Er schob die Tür einen Spalt auf und fand die Annahme bestätigt, das oberste Stockwerk erreicht zu haben. Er wußte nicht recht, was er eigentlich zu sehen erwartet hatte, als er die Tür öffnete, doch das, was er dann tatsächlich sah, traf ihn wie ein Schlag.

Der weitläufige Raum war hergerichtet wie eine Miniaturversion der Main Street.

Große, Gebäuden nachempfundene Kartons waren einander gegenüber in der Mitte des Raumes so angeordnet worden, daß sie die zwei mit Leinwandstücken abgeteilten Zimmer miteinander verbanden, von denen Taffy ihm erzählt hatte. Verwirrt blinzelte er, schaute noch einmal hin. Da gab es in der Tat sogar Nachbildungen von Straßenlaternen und Autos, die den Gang zwischen den beiden Zimmern säumten. Einige der Kartons waren geschickt bemalt und erinnerten ihn an Bauwerke, mit denen er wohlvertraut war. Die Allen Medical Library. Severance Hall. The Boarding House. Euclid Tavern.

Ach du heilige Scheiße, dachte Nicky. Das ist ja der Campus der Case Western Reserve University – so, wie er 1978 ausgesehen hat.

Detailgetreu bis hin zu den Briefkästen.

Die laute Musik kam aus dem provisorischen Zimmer zu seiner Linken. Er konnte einen Schatten sehen, der sich gegen die Leinwand abzeichnete, sich bewegte, größer wurde und sich dann wieder duckte. Diaaufnahmen glitten über die Wand. John Angelino. Bennett Marc Crane. Julia Raines.

Er schlich auf die Leinwandbahnen zu, schob sie vorsichtig auseinander und warf einen Blick in das Innere des Zimmers. Auf den Anblick, der sich ihm bot, war er am allerwenigsten gefaßt gewesen, aber es gelang ihm, die Beherrschung zu bewahren. Amelia kniete gefesselt auf dem Bett, umgeben von einer Anzahl Schaufensterpuppen. Ihr gegenüber hing ein nackter Mann in einem Rollstuhl. Er war bewußtlos.

Doch es war der andere Mann im Raum, der Nicky blanke Furcht einflößte. Ein Mann, der hinter dem Schreibtisch Platz nahm, sich ganz langsam umdrehte, als spüre er Nickys Anwesenheit, und dann die Maske abnahm, um ein Nicky wohlbekanntes Gesicht zu enthüllen.

Nur daß dieses Gesicht jetzt nicht teilweise von der dicken Brille verborgen wurde.

Aber dafür starrte Nicky den Aufzug des Mannes ungläubig an. Er trug einen dreiteiligen weißen Anzug mit Schlaghosen, ein am Hals aufgeknöpftes schwarzes Hemd und zahlreiche Goldkettchen. Er sah aus wie ein frisch dem Film *Saturday Night Fever* entsprungener John-Travolta-Verschnitt.

Nur die Brille fehlte. Und so kam es, daß Nicky zum ersten Mal Gil Strauss' Augen sah. Sicher, die Form der Nase war anders, das Kinn etwas ausgeprägter als auf dem Jahrbuchfoto, aber die Augen verrieten ihm alles, was er wissen mußte.

G. D. Woltz.

Gillian Strauss.

Strauss.

Woltz.

Nicky schob die Hand in die Tasche, packte das Pfefferspray, legte einen Finger auf den Zerstäuber und trat durch die Leinwandbahnen hindurch in Gillian Strauss' Welt.

15.

Der Mann in Weiß am Schreibtisch, wo er einen weiteren Schuß Heroin aufkochte. Über die Mattscheibe flimmerte die Wiederholung einer alten Westernserie. Der Plattenspieler dudelte ABBAs *Dancing-Queen* laut und von deutlichen Knacklauten durchsetzt.

Maddie. Nein.

O Gott, nein.

Amelia kämpfte gegen die Übelkeit und den Kummer an, der ihr das Herz zu zerreißen drohte.

Okay. Vielleicht ... vielleicht war der Sturz ja noch einmal glimpflich verlaufen, redete sie sich zu. Vielleicht war sie auf ein Fenstersims gefallen. Oder eine Markise hatte den Aufprall abgefangen ... oder ... oder ein Container mit Müllsäcken ... oder ...

Sie mußte sich an diese Möglichkeit klammern.

Unbedingt.

Ihr kleines Mädchen war nicht tot.

Nur verletzt.

Nur ... *verletzt.*

Amelia lehnte sich leicht nach rechts, dann nach links. Rechts. Links. Und sie begann, an ihren Fesseln zu zerren. Doch ehe sie sie lockern konnte, schaute sie zufällig in die Ecke des Raumes, wo sich die beiden Leinwandbahnen trafen, und fürchtete augenblicklich, unter Halluzinationen zu leiden. Nein, sie war *sicher*, endgültig den Verstand verloren zu haben. Einen Moment lang meinte sie, Nicky dort stehen zu sehen, in einen dunklen Mantel gehüllt, die Hände in die Hosentaschen geschoben, einen ungläubigen Ausdruck auf dem Gesicht.

»Nick!« rief der Mann in Weiß so freundlich, als hätte er eben diesen Besucher erwartet, und erhob sich. »Komm nur herein.«

Nicky trat näher, der echte Nicky aus Fleisch und Blut, kein Trugbild ihres überreizten Verstandes. Er stand in der Ecke und nickte ihr zu. Sie schaute zu dem Mann in Weiß hinüber und sah zum ersten Mal sein Gesicht. Sein ganz durchschnittliches, gewöhnliches Gesicht. Sie hatte es schon einmal gesehen. Aber wo?

»Du kennst doch Julia, nicht wahr?« sagte der Mann in Weiß, auf Amelia deutend. »Julia und ich sind verlobt.«

Nicky starrte ihn nur an.

»Dann darf ich dir noch die Querdenkerloge vorstellen. Dies ... dies ist mein alter Freund Geoffrey Coldicott.« Er tänzelte durch den Raum und stellte sich hinter der Schaufensterpuppe in Soldatenuniform auf. »Küssen kann er nicht besonders, aber er ist ganz groß, wenn es darum geht, dir einen zu blasen. Glaub es mir.« Er legte der Puppe in brüderlicher Kumpanei die Hände auf die Schultern. »Möchtest du ein pikantes Detail aus seinem Leben wissen? Nur unter uns Pastorentöchtern, nicht für die Öffentlichkeit bestimmt? Die Aussage wird auch nicht zu Protokoll genommen, okay?

Kurz vor seinem Tod kreischte er noch nach seiner Mama. Mommymommymommymommy, so ging das bis zum letzten Atemzug. Ich schwöre es dir bei Gott.«

»Du stehst ja vollkommen neben dir, Mann«, bemerkte Nicky angewidert. »Du bist krank, wirklich krank. Du brauchst dringend Hilfe.«

»Hilfe? Wüßte nicht, weshalb.« Der Mann in Weiß deutete auf eine andere Puppe. »Das ist natürlich Johnny Angel. Johnny ist unser Haus- und Hofschauspieler. Ein wahrer Thespisjünger. Und hier haben wir Jenny, unsere Anhängerin der gleichgeschlechtlichen Liebe.«

Nicky bemerkte die halbverwesten Augen, die im Gesicht der Cowboypuppe klebten, und sprach hastig weiter, ehe er der Versuchung erlag, schreiend aus dem Raum zu flüchten. »Du hast diesen Sebastian Keller von meinem Apartment aus angerufen, nicht?«

»Allerdings.«

»Und du warst auch der Störenfried im Chatroom. Du warst Prufrock.«

»Nenn mich einfach Al.«

»Aber wie hast du es geschafft, Amelia aus dem Raum zu werfen? Man kann doch nicht einfach ...«

Der Mann in Weiß hob die rechte Hand und schnippte vielsagend mit den Fingern. »Eine einfache Drahtschere wirkt manchmal Wunder. Ich war direkt vor ihrem Haus. Die Telefongesellschaft hat die Leitung ein paar Stunden später repariert. Sie hat überhaupt nicht gemerkt, daß etwas nicht stimmte.«

»Aber ... wie bist du nach St. Francis gekommen?«

»Das ist eine lange Geschichte, Nick. Ich wollte Johnny eigentlich in das Priesterseminar folgen, ein Weilchen abwarten und ihn dort umbringen. Aber aus irgendeinem Grund brachte ich es nicht fertig. Vermutlich war die Zeit einfach noch nicht reif. Also nahm ich den Job in St. Francis an. Sollte nur vorübergehend sein, aber es erwies sich als eine feine Sache. Wer beachtet schon den Burschen, der die Kirche ausfegt?«

»Wie hast du denn ...«

»Im Laufe der Jahre mußte ich natürlich noch so manchen Nebenjob annehmen. Ich hatte hohe Kosten, für die Einrichtung hier, die Landschaftsgestaltung und all das. Für einen graduierten Studenten hab' ich doch gute handwerkliche Arbeit geleistet, findest du nicht?« Er stieß ein hohles, humorloses Lachen aus. »Ich habe sogar einen Fernkurs über Kühlschrankreparaturen belegt. Auf diesem Gebiet bin ich inzwischen ein echter Fachmann. Ich war sehr gefragt, mußte überall in der ganzen Stadt Kühlschränke instand setzen. Und weißt du, was mir immer als erstes auffiel, wenn ich eine fremde Küche betrat?«

»Was denn?«

»Die Zeichnungen«, sagte der Mann so knapp, als ergäben seine Worte für jedermann einen Sinn. »An den Kühlschränken hingen immer mit Wachsmalstiften gemalte Bildchen von Bäumen, Kühen, Truthähnen oder Booten. Zeichnungen von kleinen Bungalows, aus deren Schornsteinen kräuseliger schwarzer Rauch aufsteigt. Darstellungen von Familienidyllen. Von Vanessa. Von Kevin. Von Carole und Jessica und Timmy und Gina.«

Amelia schloß die Augen, weil ihr Maddies Zeichnungen wieder in den Sinn kamen.

Maddie-Bär. Für immer fort.

Der Mann in Weiß erwärmte sich sichtlich für sein Thema. Sein Gebaren wurde immer lebhafter. »Lauter Bilder für all die Daddys, die in ihren Arbeitszimmern sitzen, die Füße auf dem Tisch, und ihre Pfeife rauchen. Und ich, ich wußte, daß ich nie so ein Bild bekommen würde. Keine Kinderzeichnungen für mich, keine Zeugnisse, die ich unterschreiben müßte, keine Schulaufsätze, die ich durchlesen könnte. Deswegen mußte alles so kommen, wie es gekommen ist, Nick. Das verstehst du doch sicher. Diese Leute haben mich um all das gebracht. Mich und Julia.« Er setzte sich wieder hin. Einen Moment lang schien der Name eine Flut von Erinnerungen in ihm wachzurufen.

»Und warum gerade jetzt?« fragte Nicky. »Warum gerade *ich*?«

»Warum gerade jetzt? Weil die Zeit dafür gekommen war, Nick. Nach zwanzig Jahren hatte jeder von ihnen genug zu verlieren. Und als Johnny dann nach St. Francis versetzt werden sollte ... nun, sagen wir einmal, es bestand die Gefahr, daß er mich erkennen würde, sogar mit dieser scheußlichen Brille.« Er griff unter den Schreibtisch, holte einen Satz Dias hervor, legte sie in den Projektor auf dem Regal ein und ließ sie durchlaufen. Nachtaufnahmen, geschossen mit Infrarotblitz und Teleobjektiv. Nicky und Amelia, gegen die Mauer der Schule gelehnt. Amelias Brüste. Nickys Hände. Ein besonders deutliches Foto von Amelias Fingern an Nickys Reißverschluß.

»Und du ... du hast dich verliebt und dabei fast dein bißchen Verstand verloren. Drogen, Sex, Mord und Selbstmord. Genau die Themen, die ein kleiner Schundjournalist wie du mit Vorliebe ausschlachtet. Zu schade, daß du nicht mehr dazu kommen wirst.« Er zog die Schreibtischschublade auf und deutete auf eine Pistole. »Du wirst dir in Kürze selbst das Hirn wegpusten. Katholische Schuldgefühle und so.«

»Warum hast du mir dann gesagt, ich sollte aufgeben und die ganze Sache vergessen?«

»Ich kenne euch gottverdammtes Journalistenpack doch! Ich wußte, daß du genau das Gegenteil tun würdest.«

Nicky überhörte die Beleidigung. Er spreizte leicht die Beine und stellte sich in Positur. »Woher willst du wissen, daß ich keine Waffe in der Tasche habe, die jetzt direkt auf dich gerichtet ist?« erkundigte er sich, wobei er an dem Mann vorbei in die geöffnete Schublade schielte. Neben der Waffe lagen ein Paar Handschellen, ein Schlüsselring mit mehreren Schlüsseln, etwas Rotes ...

»Ich weiß es«, sagte der Mann.

»Du kannst doch gar nicht sicher sein.«

»Und ob. Die letzte Tür, durch die du gekommen bist, ist mit einem Metalldetektor versehen.«

Nicky dachte an die Spraydose. Entweder bestand sie aus Plastik, oder sie war zu klein, um entdeckt zu werden. Scheiße. So ging sein Bluff den Bach hinunter.

»Aber da du es schon einmal erwähnst – zieh doch bitte deine Jacke aus und leg sie dort auf das Bett.«

Widerwillig gehorchte Nicky.

Amelia bemerkte, daß er unauffällig einen Schritt auf den Schreibtisch zutrat, als der Mann in Weiß kurz den Blick von ihm wandte.

»Aber was ist mit all den anderen?« spottete Nicky. »Irgendwo hast du garantiert einen Fehler gemacht; hast Spuren hinterlassen. Du kannst mich nicht mit jedem von ihnen in Verbindung bringen. Wie willst du mir denn alles in die Schuhe schieben, du gottverdammter ...«

In diesem Moment nahm Amelia all ihre Kraft zusammen und gab ein lautes Grunzen von sich, um die Aufmerksamkeit des Mannes kurzfristig auf sich zu lenken. Es gelang. Nicky nutzte die Gelegenheit und trat noch einen Schritt näher auf den Schreibtisch zu.

»Gleich bin ich bei dir, Julia, mein Liebling. Vorher muß ich noch etwas erledigen, tut mir leid. Gil hat noch was Geschäftliches zu regeln.« Er blickte wieder zu Nicky und kniff kurz die Augen zusammen, als könne er sich nicht richtig konzentrieren, schien aber den verringerten Abstand zwischen ihnen nicht zu bemerken. »Auf den Kleidern in deinem Schrank befinden sich Blutspuren von jedem von ihnen. Ein Spritzer von Johnny, ein Fleckchen oder zwei von Geoffrey. Ich habe sie daraufgeschmiert, als ich die Konserven abgeholt habe. Es gibt keine Lücken, Nicky. mach dir keine Hoffnung.«

Nickys Gedanken überschlugen sich. Er erinnerte sich, daß Gil in seiner Wohnung zurückgeblieben war, um ein Pepsi zu trinken. Dann kam ihm eine Erleuchtung. Das Sperma in Geoffreys Mund. Bei einem DNA-Test Gold wert. »Aber trotzdem hast du Scheiße gebaut, Gil. Und zwar nicht zu knapp.«

Gil blickte auf; interessiert, aber eindeutig nicht besorgt. »Ach ja? Und inwiefern?«

»Das Sperma in Geoffreys Mund, du kranker Irrer. Damit kriegen sie dich dran.«

»Du glaubst ernsthaft, ich hätte diesem Kerl meinen Schwanz in den Mund gesteckt, ohne ein Gummi zu benutzen? Ich bitte dich. In welchem Zeitalter lebst du eigentlich, Nick?«

Dann gab es nur noch eine andere Erklärung, überlegte Nicky. Und er behielt recht.

»Das Sperma in Geoffreys Mund war sein eigenes«, fuhr Strauss fort. »Ist das nicht köstlich? Das FBI wird jahrelang daran zu knacken haben. Frag mich nicht, wie ich das angestellt habe. War der schwierigste Teil des ganzen Unternehmens.«

Amelia schöpfte noch einmal Atem und stieß erneut einen rauhen, heiseren Laut aus. Der Mann in Weiß, der sich Gil nannte, sprang auf, aber statt auf ihre List hereinzufallen und zu ihr hinüberzuschauen drehte er sich auf dem Absatz um und stach mit einer Spritze auf Nicky ein.

Aber der reagierte blitzschnell, Er verlagerte sein Gewicht, so daß ihn die Nadel nur an der linken Schulter erwischte, und noch ehe Gil den Kolben halb heruntergedrückt hatte, wich Nicky zurück, holte mit der rechten Hand aus und versetzte Gil einen Hieb gegen das Kinn, der ihn gegen die Wand taumeln ließ. Gil kam überraschend schnell wieder auf die Füße, holte seinerseits aus und zwang den verdutzten Nicky in die Knie. Dann packte er den Schreibtischstuhl, riß ihn hoch und ließ ihn hart auf Nickys Nacken herabsausen. Nicky sackte in sich zusammen.

Sterne. Und Schmerz. Golden Glove Championship, 1978. K.-O.-Niederlage durch einen Gorilla namens Rocco. Er hatte die Faust nie kommen sehen, nie das Auszählen vernommen.

Aber jetzt befand er sich doch gar nicht im Ring. Er war in ...

Gil Strauss. Das Lagerhaus. Amelia.

Nicky versuchte, sich mit den Armen hochzustemmen. Vergeblich. Als er wieder auf dem Boden aufschlug, dröhnte sein

Kopf vor Schmerz. Trotzdem versuchte er es wieder. Und wieder.

Dann hörte er, wie Gil hinter ihm die Schreibtischschublade öffnete.

Die Pistole, dachte Nicky. Lieber Gott, die Pistole. Er würde gleich ...

Doch statt eines lauten Knalls hörte er nur ein leises Zischen, dann landete etwas weiches, Fusseliges auf der Seite seines Gesichtes. Etwas ... *Vertrautes*. Nicky setzte seine ganze harterworbene Boxerdisziplin ein, um den Schmerz zu unterdrücken, rollte sich auf den Rücken und richtete sich auf. Der weiche Gegenstand fiel in seinen Schoß. Er schüttelte den Kopf, um die Spinnweben loszuwerden, die ihn einzuhüllen schienen. Seine Ohren klingelten. Er blickte sich um, versuchte, die Orientierung zurückzugewinnen. Gil an der Wand ihm gegenüber, Amelia noch immer gefesselt auf dem Bett. Wie lange war er weggetreten gewesen?

Er schaute auf seinen Schoß und meinte einen Augenblick lang, sich Dinge einzubilden, die es gar nicht gab. Rot. Himbeerrot. Dasselbe Rot, das er flüchtig in der Schublade gesehen hatte.

Es war Megs Baskenmütze.

»Sie kommt nicht wieder, Nick«, sagte Gil, entfernte einen losen, blutigen Zahn aus seinem Mund und ließ ihn in den Papierkorb fallen. »Nie mehr. Hör auf einen Experten.«

Rasende Wut keimte in Nicky auf und betäubte die Schmerzen ein wenig.

Gil fuhr fort: »Sie war wirklich hübsch. So hübsch wie meine Julia. Deswegen dachte ich auch, du würdest mich verstehen. Du weißt, was es heißt, einen geliebten Menschen zu verlieren.«

Nicky war es gelungen, wieder auf die Beine zu kommen. Er machte einen Satz nach vorne.

Gil langte nach der Pistole in der Schublade.

Aber Nicky war schneller. Er warf Gil so hart gegen die Wand, daß der Aufprall ihm den Atem verschlug, dann schlug er drei linke Haken in Folge, landete drei Treffer mitten in Gils Gesicht. Die Haut über dessen Jochbein platzte auf, Blut rann ihm über die Wangen. Beim letzten Schlag brachen zwei Finger von Nickys linker Hand, also beendete er den Kampf mit einem rechten Schwinger, der Gillian Strauss' Nase zertrümmerte.

Der Mann in Weiß sank zu Boden: bewußtlos, reglos, besiegt.

Nicky drehte sich zum Schreibtisch um, nahm die Pistole aus der Schublade, spannte den Hahn und hielt den Lauf an Gillian Strauss' Hinterkopf. Seine Hand begann zu zittern.

Aber Strauss rührte sich nicht.

Es war vorbei.

Als erstes entfernte Nicky den Knebel aus Amelias Mund. Der plötzliche Luftschwall, der ihre Lungen erfüllte, löste einen starken Hustenreiz aus. Würgend rang sie nach Atem. »D . . .d . . .das F . . . Fen . . . Fenster«, brachte sie hervor. »Sss . . . sieh nach . . .«

Nicky erriet, was sie meinte, ging zu dem zerbrochenen Fenster hinüber und schaute hinaus. Dann drehte er sich zu Amelia um und zuckte die Achseln.

»Mei . . .mein . . . meine Tochter . . . meine . . . M . . . Maddie . . . Schau *runter*!«

Nicky blickte erneut aus dem Fenster, dreißig oder vierzig Meter in die Tiefe. Unten am Boden verschwammen die Gegenstände ineinander. Willie T.s Ford, Container, jede Menge Müllsäcke. »Ich kann nichts . . .«

Amelia hatte sich ein wenig erholt. »Geh runter und sieh nach, Nicky. Bitte. Jetzt sofort. Du mußt runtergehen und *nachschauen*!«

Nicky durchquerte den Raum, kletterte auf das Bett und überprüfte Amelias Handfesseln. Er würde ein Messer brauchen.

»Geh!« schrie Amelia. »Mach dir um mich keine Gedanken. Geh!«

»Bist du ...«

»Ja«, stöhnte Amelia, der die Angst beinahe die Kehle zuschnürte. »Und verständige um Himmels willen die Polizei.«

Nicky griff in die Schublade, holte die Handschellen heraus und fesselte Strauss die Hände auf den Rücken. Dann packte er sein Haar und riß seinen Kopf brutal in die Höhe. »Amelia, dies ist Gillian Strauss. Auch bekannt als Gillian Daniel Woltz. Alias Mac.«

Er ließ Gils Kopf in die kleine Blutlache fallen, die seinem Mund entströmt war.

Dann entdeckte er die Injektionsspritze, die in seiner Schulter gesteckt hatte. Er blickte sie skeptisch an, ehe er sich an Amelia wandte. »Weißt du, was für ein Zeug da drin ist?«

»Nein.«

Nicky überlegte eine Sekunde. »Schundjournalist?« Er packte die Spritze, stieß sie in Strauss' Bein und injizierte ihm den Rest der Flüssigkeit. »Der Teufel soll dich holen!«

Danach durchsuchte er Gils Taschen und fand einen Schlüsselring sowie etwas Kleingeld. »Ich bin gleich zurück«, versprach er. »Aber das hier werde ich brauchen.« Mit einem Ruck riß er an einer Leinwandbahn. Nach drei Versuchen glitt sie zu Boden, und das Diabild eines jungen behinderten Mädchens auf einem Karussell verschwand.

Nicky verließ den Raum.

Amelia schluchzte leise.

Und wartete.

Er benötigte fünf Anläufe, aber schließlich gelang es ihm, unter Zuhilfenahme der Leinwandbahn die ölverschmierte Rampe zu erklimmen. Er hatte sämtliche Schlüssel von Gils Ring ausprobieren müssen, ehe er den Hauptschlüssel zu den Treppenhaustüren fand. Jede dieser Verzögerungen, so fürchtete er, könnte das Schicksal des kleinen Mädchens besiegeln. Hatte Amelia wirklich recht? fragte er sich. War Gil Strauss so weit gegangen?

Er freute sich nicht gerade darauf, noch einmal einen Blick in die Gasse zu werfen, aber es mußte sein.

Er erreichte das Ende der Rampe und wäre um ein Haar wieder zurückgerutscht, wenn es ihm nicht gelungen wäre, die Türklinke zu fassen zu bekommen. Er schloß die Augen, wappnete sich gegen die Möglichkeit, die Tür verschlossen vorzufinden, und drückte die Klinke hinunter.

Die massive Stahltür öffnete sich.

Die kühle Nachtluft und das tröstliche Licht der Laternen auf der East 51st Street lösten eine Welle der Erleichterung in ihm aus. Der Horror im obersten Stockwerk des Lagerhauses schien meilenweit entfernt zu sein. Aber das war eine Täuschung. Wenn Amelias Behauptung zutraf, wartete direkt um die Ecke, in der Gasse, noch weit Schlimmeres auf ihn.

Er blickte sich nach allen Seiten um. Die Straße lag verlassen da, also trat er vorsichtig auf den Bürgersteig hinaus und wandte sich nach rechts, in Richtung der hinter dem Gebäude verlaufenden Gasse. Am Anfang des Sträßchens blieb er stehen und suchte die Umgebung mit den Augen ab. Willie T.s Auto parkte nahe des Hinterausgangs. Links davon stand ein überquellender Müllcontainer.

Und dann sah er ihn. Den Jutesack.

Der Stoff war aufgeplatzt, als der Sack auf dem Boden aufschlug, der tiefrote Inhalt lag auf dem schadhaften Asphalt verstreut, feucht, warm und in der Nachtluft dampfend. Nicky nahm sich zusammen, kniete nieder, zog eine Ecke der Jute zurück, sah das rötliche Haar, zersplitterte Knochen, Fleischfetzen. Die Unterseite des Sackes war blutgetränkt, Eingeweide quollen darunter hervor. Nicky wandte sich ab, stand auf und kämpfte gegen die Übelkeit an, die ihn plötzlich überkam.

Lieber Gott ... wie ... wie konnte ein Mensch nur so etwas tun? Er blickte gen Himmel, sah das Fenster und schätzte, daß es vielleicht dreißig Meter über dem Boden lag. Dann überwand er sich, ging zu dem Sack zurück, kniete wieder nieder und zog ihn näher in den Lichtschein einer Laterne. In diesem Moment erkannte er, daß er überhaupt kein rötliches Haar gesehen hatte. Sondern rötliches ... *Fell*?

Herjeh, dachte Nicky. Sein Herz hämmerte. Tränen stiegen ihm in die Augen.

Das war gar nicht das kleine Mädchen. Es war der Hund. Der Golden Retriever.

Gil hatte den *Hund* aus dem Fenster geworfen.

Und vielleicht ... *vielleicht* bedeutete das, daß das Mädchen noch am Leben war und irgendwo dort oben festgehalten wurde.

Nicky konnte sich vorstellen, welche Qualen Amelia ausstehen mußte. Er mußte sofort wieder zu ihr hinauflaufen und sie beruhigen. Aber zuerst verständigte er wohl besser die Polizei, und zwar so schnell wie möglich, ehe das, was Gil ihm gespritzt hatte, seine Wirkung zeigte. Er rannte zur Euclid Avenue zurück, wo sich eine öffentliche Telefonzelle befand. Sein Blick umwölkte sich bereits und ließ ihn seine Umwelt nur noch verschwommen wahrnehmen. Er fühlte sich wie unter dem Einfluß eines starken Schlafmittels. Entschlossen kämpfte er die Benommenheit nieder und warf eine Münze in den Schlitz.

Die Beine drohten unter ihm nachzugeben. Er hielt sich an der Zellenwand fest, wählte 911 und wartete ungeduldig ab. »Na macht schon ... macht voran«, schimpfte er halblaut vor sich hin. »Nehmt endlich den verdammten Hörer ab.«

Er blickte auf die Uhr. Konnte die Zeiger kaum erkennen. Sah aus, als wäre es fast Mitternacht. Mitternacht an Halloween, dachte er. Vermutlich hatten die Cops alle Hände voll zu tun. Aber warum ...

»Neun-Eins-Eins, Notrufzentrale«, meldete sich eine Frauenstimme.

»Hi ... äh ...«, begann Nicky, der selbst merkte, wie leise und undeutlich die Worte aus seinem Mund kamen. Seine Zunge schien auf das Dreifache ihrer ursprünglichen Größe angeschwollen zu sein. »Ich ... äh ... ich möchte etwas melden ... einen ... ein ...«

»Was möchten Sie melden, Sir? Sie müssen etwas lauter sprechen.«

Nickys Hirn schaltete sich ab, auch seine Beine versagten endgültig den Dienst. Er holte einmal tief Atem und unternahm einen neuerlichen heroischen Versuch, sich verständlich zu machen. »Ich ... möchte ... eine Meldung ... machen ... über ...«

Mehr brachte er nicht heraus. Die Droge übermannte ihn, und er sackte betäubt zu Boden. Dann wurde seine ganze Welt auf einmal stockdunkel.

Dunkler, als es das Innere des Lagerhauses je gewesen war.

16.

Amelia starrte auf die weitläufige Fläche, die sich nun, da die Leinwand entfernt worden war, ihren Blicken darbot. Die Zeit hatte jegliche Bedeutung für sie verloren, war zu einem abstrakten Begriff geworden. Nur Warten. Warten. Maddie. Lieber Gott, nein. Nicky, komm endlich wieder. Maddie. Nein.

Roger hing immer noch in seinem Rollstuhl: gefesselt, nackt, ohne Bewußtsein. Amelia sah ihn an, konnte jedoch nicht feststellen, ob er überhaupt noch atmete. Sie hätte ihn gerne dafür gehaßt, daß er sie in diese fürchterliche Lage gebracht hatte, aber sie konnte es einfach nicht. Noch nicht. Der Schmerz, der in ihr tobte, erstickte alle anderen Gefühle.

Sie blickte auf die Gestalt am Boden hinunter. Strauss war noch immer weggetreten; lag mit dem Gesicht nach unten auf dem Linoleum und rührte sich nicht. Seine Hände waren mit Handschellen gefesselt, sein weißer Anzug blutverschmiert.

Die Musik hatte erneut ausgesetzt; das monotone Knacken der Nadel am Plattenende verschmolz mit dem Pochen ihres Herzens. Doch durch all diese Geräusche hindurch hörte sie noch einen anderen, feineren Laut. Sie hörte ... Weinen?

Weinte hier jemand?

Ehe sie die Töne lokalisieren konnte, sah sie, wie Strauss

sich bewegte. Er rollte sich auf den Rücken, wobei er vor Schmerz das Gesicht verzog, dann öffnete er die Augen, zwinkerte ein paarmal und versuchte, seine Umgebung optisch zu erfassen.

Amelia fiel auf, daß er dem Jahrbuchfoto jetzt sehr viel ähnlicher sah. G. D. Woltz. Nicky hatte ihm den Kiefer gebrochen und damit das Ergebnis einer vermutlich komplizierten und schmerzhaften Operation zunichte gemacht.

Trotz seiner mit Handschellen gefesselten Hände gelang es Strauss, sich aufzurichten. Er schüttelte den Kopf, um wieder klar denken zu können. Seine blutunterlaufenen Augen blickten glasig; seine Nase war nur noch ein Brei aus zerschmettertem Knorpel, Blut und Schleim. Er starrte Amelia an. »Woisser?« nuschelte er, die Worte ineinanderschlurrend.

»Weg!« fauchte Amelia. »Er holt gerade die Polizei, du perverser Hundesohn.«

Strauss gab ein freudloses Lachen von sich, zuckte aber gleich darauf gequält zusammen.

Plötzlich hörte sie das seltsame Geräusch erneut. Weinen.

Wo?

Strauss schien es nicht bemerkt zu haben. Er begann, sich hin- und herzuwiegen, bis es ihm gelang, auf die Knie zu kommen. Obwohl er Handschellen trug, löste die bloße Tatsache, daß er sich bewegte, in Amelia einen erneuten Anfall jener Furcht aus, die sie schon fast überwunden geglaubt hatte. »Nicky!« schrie sie, so laut sie konnte. *»Nicky!«*

Strauss kämpfte sich auf die Füße, schwankte zum Schreibtisch hinüber, tastete in der Schublade herum und bekam die Schlüssel für die Handschellen zu fassen. Im nächsten Augenblick war er frei.

Nein, dachte Amelia entsetzt. Das darf einfach nicht wahr sein.

Strauss schüttelte seine taub gewordenen Arme und nahm eine aufgezogene Injektionsspritze vom Tisch.

Dann taumelte er auf sie zu.

Musik. Die Bee Gees. Ohrenbetäubend laut.

Amelia saß auf dem Bett, auf Nickys Jacke. Ihre Hände und Füße waren frei. Sie schielte nach rechts. Rogers Kopf wurde jetzt durch eine Halskrause gestützt. Seine Augen waren leicht geöffnet.

Ehe Amelia sich rühren konnte, kam Strauss um die noch verbliebene Leinwandbahn herum auf sie zu. »Geh ssum Fensser rüber«, befahl er ihr unter sichtlichen Schmerzen. Amelia gehorchte, durchquerte den Raum und lehnte sich gegen das Fensterbrett des zur 51st Street gelegenen Fensters.

Strauss hatte sich das Blut vom Gesicht gewaschen und sogar versucht, die Flecken von seinem Jackett zu entfernen. Er griff in seine Tasche, holte ein kleines Päckchen aus Glanzpapier heraus, öffnete es, tauchte einen Finger in den Inhalt und sog ihn durch seine verstümmelte Nase ein. Dieser Vorgang wiederholte sich mehrmals, dann knüllte Strauss das Papier zusammen, warf es beiseite und wandte seine Aufmerksamkeit Amelia zu.

»Ess iss ssoweit«, zischelte er, »Jess bin *ich* der Pirat.«

Er kam auf sie zu und nestelte dabei schon an seinem Gürtel herum.

Doch was Amelia nun tat, brachte ihn völlig aus der Fassung.

Sie begann, langsam, ohne den Blick von ihm abzuwenden, ihren Rock hochzuschieben. Dann ließ sie ihre Bluse über die Schultern gleiten und spreizte leicht die Beine.

Verwirrung spiegelte sich in Strauss' Augen wider. Schmerzliche, benommene Verwirrung. Dann schien er zu verstehen – sie hatte erkannt, daß sie ihrem Schicksal nicht mehr entrinnen konnte. Nach einem flüchtigen Blick auf Roger trat er auf sie zu. Sie breitete die Arme aus, er kam näher, drängte sich zwischen ihre Beine.

Amelia küßte ihn, obwohl der Abscheu sie in der Kehle würgte. Sie spürte seine wachsende Erektion an ihrem Bein, tastete mit einer Hand nach unten und zog seinen Reißverschluß auf. »Gillian«, flüsterte sie ihm direkt ins Ohr.

»Julia«, hauchte er, verträumt die Augen schließend.

Als er sie wieder aufschlug, mußte er feststellen, daß er statt in Amelias Augen direkt in den Zerstäuber einer kleinen Sprühdose starrte.

Ohne zu zögern sprühte Amelia ihn an.

Strauss kreischte vor Schmerz auf, rieb sich die Augen und fuchtelte wie ein Wahnsinniger mit den Armen durch die Luft. Die laute Musik übertönte seine Schreie, als er zurücksprang, sich um die eigene Achse drehte und sich in dem Versuch, die Orientierung zurückzugewinnen, wie von Sinnen gebärdete. Die in dem Spray enthaltene Farbe hatte sein Gesicht tiefblau getönt. Er blieb stehen, riß die Lider mit den Fingern auf und blickte sich um, bis er Amelia in dem purpurroten Nebel entdeckte, der ihn umwallte. Er hielt kurz inne, sammelte seine noch verbliebenen Kräfte und rannte auf sie zu, angetrieben von zwanzig Jahren Haß, zwanzig Jahren Leid, zwanzig Jahren angestauter Wut.

Doch wie an jenem Abend vor so langer Zeit vereitelte der Pirat Gillian Strauss' Pläne.

Amelia duckte sich, als Strauss über die Piratenpuppe am Boden stolperte, das Gleichgewicht verlor und mit dem Kopf voran durch die Fensterscheibe flog. Das Klirren zerberstenden Glases drang wie ein Pistolenschuß durch die laute Musik. Amelia rappelte sich wieder hoch, drehte sich um und sah, daß Strauss halb in der Öffnung steckengeblieben war. Eine dicke, schmutzige Glasscherbe ragte aus seinem Rücken. Sie war glatt durch seinen Körper hindurchgegangen. Im Moment konnte er sich nicht von der Stelle rühren.

Das dachte sie zumindest.

Trotzdem lief sie zum Schreibtisch, packte die Waffe und stellte erstaunt fest, wie schwer sie war. Sie nahm ihre letzte Kraft zusammen, richtete sie auf Strauss, Rücken und spannte den Hahn, so, wie sie es schon in Tausenden von Fernsehkrimis gesehen hatte.

Strauss verhielt sich einige Sekunden lang still, dann warf er den Kopf zurück und stieß einen markerschütternden

Schrei aus, während er sich aufrichtete und dabei die Scherbe ganz abbrach. Langsam drehte er sich um und fixierte Amelia mit seinen rot entzündeten, verquollenen Augen. Ein kleines Stück Darm baumelte wie eine glitschige pinkfarbene Kordel von seiner Bauchdecke hinab.

»Julia«, brachte er mühsam hervor. Er versuchte, einen Schritt in ihre Richtung zu machen, taumelte aber kraftlos zurück und lehnte sich an das Fensterbrett. *»Warum, Julia?«*

Aber sie war nicht Julia. Sie war Amelia Saintsbury, und das Monster vor ihr hatte ihr kleines Mädchen auf dem Gewissen. Der Gedanke an Maddie verlieh ihr neue Kraft.

Sie betätigte den Abzug.

Die Waffe dröhnte los und fiel ihr aus der Hand, nachdem sie ein Neun-Millimeter-Hohlgeschoß ausgespien hatte, das Gillian Strauss mitten in die Brust traf. Aus dieser Entfernung bewirkte die Wucht des Einschlages, daß Strauss rückwärts aus dem Fenster geschleudert wurde, hinaus in die dunkle Herbstnacht, und tief unten auf dem kalten, harten Beton aufschlug.

Angeekelt wandte sich Amelia ab. Sie suchte den Plattenspieler und schaltete ihn aus, so daß der Raum auf einmal totenstill war. Dann ließ sie sich in den Schreibtischstuhl fallen; zu Tode erschöpft, vor Kummer ausgelaugt, allein in der alles verschlingenden Schwärze des Lagerhauses.

Wieder hörte sie das Weinen. Jetzt klang es lauter. Amelia zwang sich zur Ruhe, atmete ruhig und gleichmäßig durch und versuchte dann, den Ursprung des Geräusches zurückzuverfolgen.

Wer weinte da? Und von wo kam ...

Unter dem Bett.

Das Weinen kam von unterhalb des Bettes.

Amelia sank auf die Knie und tastete den Boden ab. Als ihre Finger auf rauhen Stoff trafen, als sie das Gewicht des zweiten Jutesacks spürte, an dem sie gerade zerrte, begann ihr Herz zu rasen. Sie zog den Sack zu sich heran und schnürte ihn auf. Als sie die billige Perücke und die Wildlederfransen des Pocahontas-Kostüms sah, wurde sie beinahe ohnmächtig.

»Mom?« fragte Maddie verschlafen, sichtlich verwirrt und elend, aber lebendig. *Lebendig*! »Wo sind meine Süßigkeiten?«

Amelia befreite ihre Tochter aus dem Sack und drückte sie an sich.

Jetzt war sie dem Himmel tausend Dankgebete schuldig.

Nein. Millionen.

Amelia deckte Roger mit einem Laken vom Bett zu und fühlte seinen Puls. Schwach, aber gleichmäßig. Sie entdeckte Strauss' Handy auf der anderen Seite des Raumes und wählte 911.

Dann trat sie mit Maddie an ihrer Seite an das Fenster. In der Ferne ertönte bereits Sirenengeheul. Sie blickte hinunter auf den Bürgersteig der East 51st Street, hinab auf das grausige Bild, das sie für den Rest ihres Lebens verfolgen würde.

Weißer Anzug. Grauer Beton. Rote Blutlachen. Ein Stilleben des Wahnsinns, dachte sie.

Sie blickte zum Himmel über der Stadt Cleveland empor. Lila Stunde. Mitternacht.

Jetzt bist du sicher, Maddie-Bär.

Sicher.

17.

Die Angestellte des Cleveland-Kostümverleihs war Anfang Zwanzig, hellhäutig und brünett, mit vollen Lippen und wohlgerundeten Hüften. Es war dieselbe, die ihm das Kostüm auch ausgeliehen hatte. Er hatte gehofft, sie wiederzusehen. »Hi«, sagte sie, als er den Laden betrat.

»Hi«, erwiderte er. Er bemerkte, daß sie ihr Haar zurückwarf. Das war ein gutes Zeichen. »Wie geht es Ihnen?«

»Gut, danke«, sagte sie und nahm die Plastiktasche mit

den Kleidern sowie die Tüte, die die Stiefel enthielt, entgegen. »Hatten Sie Spaß an Halloween?«

»Es geht«, gab er zurück. »Vermutlich hab' ich ein paar Herzen gebrochen.«

Das Mädchen lachte. »Sehr überzeugend klingt das nicht.«

»Na ja, was mich betrifft, so war es eine ziemlich verrückte Nacht. Wir hatten mehr Aufregung, als uns lieb war.«

»Hoffentlich ist nichts Schlimmes passiert.«

»Leider doch. Aber zum Glück sind alle, die mir nahestehen, heil aus der Sache herausgekommen. Das ist die Hauptsache.«

»Vielleicht sollten Sie sich nächstes Jahr ein weniger provozierendes Kostüm aussuchen. Gehen Sie doch als Clown oder Vampir.«

»Nein, lieber nicht. Ich denke, ich bleibe bei diesem hier.«

»Okay«, sagte das Mädchen und händigte ihm das hinterlegte Pfand aus. »Es wird hier für Sie bereitliegen.«

»Wunderbar«, meinte Garth Randolph lächelnd. »Dann kann ich nur hoffen, daß es mir nächstes Jahr auch noch paßt.«

»Ganz bestimmt.«

»Ich würde nämlich nur äußerst ungern mit der Tradition brechen«, sagte Garth, als er zur Tür ging.

»Wie meinen Sie das?«

Er drehte sich um und zwinkerte ihr zu. »Ich war seit *jeher* der Pirat.«

18.

Zu Weihnachten war der physische und psychische Heilungsprozeß weitgehend abgeschlossen. Gillian Strauss hatte Roger eine fast tödliche Dosis PCP verabreicht, und dieser hatte daraufhin drei Tage im Koma gelegen, war dann aber wieder zu Bewußtsein gekommen und erholte sich nun langsam.

Er behauptete, sich an die Ereignisse jener Nacht nicht erinnern zu können; er wisse nur noch, daß er ein Taxi zur Edgefield Road genommen habe, den Fahrer bezahlt habe und fast unmittelbar nach dem Aussteigen überfallen und mit Chloroform betäubt worden sei. Er behauptete gleichfalls, seine frühere Form vollständig wiedererlangt zu haben, obgleich jeder sehen konnte, daß das nicht stimmte. Immer, wenn ihm ein Wort nicht einfiel oder wenn er feststellte, daß er sich während eines Gespräches zum dritten Mal wiederholte, warf er Amelia einen Blick zu, der ihr ins Herz schnitt. Vermutlich war mit seinem Verstand ja alles in Ordnung, aber er dachte, er habe bleibende Schäden davongetragen, und das machte ihm schwer zu schaffen.

Shelley Roth' Name wurde nie wieder erwähnt.

Die größte Tragödie, die diese entsetzliche Nacht mit sich gebracht hatte, war natürlich der Tod von Paige. Kein Tag verging, an dem Amelia nicht an sie dachte und um sie trauerte. Sämtliche Bekannten versuchten, sie aufzuheitern, aber alle wußten, wie nahe sie und Paige sich gestanden hatten. Die Polizei fand bald heraus, daß Gillian Strauss draußen auf der Sperry Road ein Stück Land besessen hatte. Es dauerte nicht lange, bis auch die Gräber entdeckt wurden, und dabei fanden die Beamten auch die sterblichen Überreste von Geoffrey Coldicotts Mutter.

Nach Paiges Beerdigung schlug Roger vor, daß sie die Buchhandlung kaufen und versuchen sollten, sie auf Vordermann zu bringen.

Der Name wurde natürlich nicht geändert.

Dag Randolph stand hinter seinem Panoramafenster; demselben, durch das sein zwölfjähriger Sohn Garth einmal einen Fußball hindurchgeschossen hatte; demselben, unter dem er einmal seine junge, schüchterne Frau Martha verführt hatte – das einzige Mal im Lauf ihrer zweiundvierzigjährigen Ehe, wo sie sich außerhalb ihres mächtigen Ahornbettes geliebt hatten. Diese Nacht lag nun schon vierzig Jahre zurück, aber

Dag Randolph erinnerte sich so lebhaft daran, als sei es erst gestern gewesen.

Der Schnee rieselte unaufhörlich zur Erde nieder, was auch nicht dazu beitrug, ihn aus seiner trüben Stimmung zu reißen. Wie schon seit Wochen stand das Tablett mit Dag Randolphs Lunch unberührt auf dem Fernsehtisch.

Seine Frau und seine Tochter hatten es längst aufgegeben, ihn aus seiner Apathie reißen zu wollen. Sie saßen in der Küche und tranken Kaffee.

»Und er hat immer noch kein Wort über diesen Abend verloren?« fragte Amelia.

»Kein einziges«, flüsterte Martha. »Er tut, als wäre all das nie geschehen.« Sie lehnte sich zurück, warf einen Blick in Richtung Wohnzimmer und beugte sich dann zu ihrer Tochter. »Er denkt, er hätte alle im Stich gelassen, weißt du? Ganz besonders Maddie. Ich kann noch nicht mal ihren Namen aussprechen, ohne daß er sofort aufspringt und den Raum verläßt. Ich weiß einfach nicht mehr, was ich tun soll.«

Dag Randolph war an jenem Abend als erster außer Gefecht gesetzt worden. Die Polizei hatte ihn schnarchend im Azaleenbeet im Garten der LeCastres vorgefunden. Auch er war ein Opfer des Chloroforms geworden. Ihm war soweit nichts geschehen, nur sein Stolz war verletzt, da er meinte, seiner Rolle als Großvater-Beschützer und Patriarch des kleinen, auf ihn angewiesenen Randolph-Clans nicht gerecht geworden zu sein.

»Und was ist mit Garth?« erkundigte sich Amelia.

Martha starrte abwesend ins Leere. »Ist wieder auf und davon, vermute ich.«

Amelia machte sich große Sorgen um ihre Familie. Was geschah nur mit ihnen? Würden sie sich je von dem Irrsinn dieser einen Nacht erholen? Würde es je so werden wie früher?

Die Antwort erhielt sie Heiligabend während des Mittagessens, als Dag plötzlich ohne ein Wort der Erklärung vom Tisch aufstand, seinen Mantel anzog, den Hut aufsetzte und das Haus verließ. Zwanzig Minuten später kehrte er zurück. Ein breites Grinsen lag auf seinem Gesicht, und in den Armen hielt er ein zerzaustes Fellbündel, daß sich als Golden-Retriever-Welpe entpuppte.

Und als Martha Randolph nachmittags ihren traditionellen Apfelkuchen und Kaffee servierte, kam eine strahlende Maddie Saintsbury mit einem sichtlich verwirrten jungen Hund im Schlepptau ins Eßzimmer gestürzt und stellte den Anwesenden das neueste Mitglied der Familie Saintsbury vor: Molson Lite.

Am Neujahrstag lag der Pier in der East 72nd Street verlassen da, nur eine einsame, schwarzgekleidete Gestalt stand auf den Felsen. Da sich an einem solchen Morgen noch nicht einmal der hartgesottenste Fischer hier herumtreiben würde, mußte es sich um Joseph handeln, dachte Nicky. Joseph hatte ihn angerufen und eine düstere Nachricht auf dem Anrufbeantworter hinterlassen. Sie hatten sich seit Jahren nicht mehr am Pier getroffen.

Nicky stellte seinen Wagen ab und kletterte vorsichtig über die glitschigen Felsen bis hin zu der Stelle, wo sein Cousin stand. Wie immer schien Vater Joseph LaCazio die Gegenwart eines anderen menschlichen Wesens instinktiv zu spüren. Aber er drehte sich weder um, noch sah er Nicky an.

»Guten Morgen, Nicky.«

»Morgen, Joey. Alles klar?«

Als sein Cousin endlich reagierte, reichte Nicky ihm einen der beiden Kaffeebecher, die er unterwegs bei McDonald's geholt hatte. Schweigend öffneten die beiden Männer die Becher, warteten, bis sich der Kaffee abgekühlt hatte und nippten dann daran, während sie über den Eriesee schauten. Joseph ergriff als erster das Wort.

»Ein Mörder, Nicky. Ein Mörder hat in der Pfarrei St. Francis gelebt.«

»Ich weiß, Joey. Aber du darfst dir deswegen ...«

»Ein Mörder hat in der Pfarrei gelebt und einen Priester umgebracht. Wie soll eine Gemeinde damit fertigwerden?«

Nicky wußte nicht, was er dazu sagen sollte. Wie sollte man den Kummer eines anderen Menschen lindern, besonders dann, wenn dieser Kummer das eigene Leid geradezu winzig erscheinen ließ? Die Polizei hatte eine Anzahl bizarrer Gegenstände in Gil Strauss' Zimmer gefunden, unter anderem auch zwei Dutzend selbstgefertigter Sammelalben. Sie enthielten hunderte, wenn nicht gar tausende aus Zeitschriften ausgeschnittene Bilder. Immer dasselbe. Julias Foto war auf den Körper eines Playmates oder eines gerade populären Filmstars geklebt worden. Farrah. Raquel. Demi. Jodie. Manchmal hatte Gil auch sein eigenes Foto auf den Körper von Jesus geklebt.

Wie soll eine Gemeinde damit fertigwerden? Nicky hatte keine Ahnung. Aber er mußte seinen Cousin trösten, und irgendwie kamen ihm die richtigen Worte wie von selbst über die Lippen. »Katholiken sind ein zähes Völkchen, Joey. Du weißt das so gut wie ich. Die Zeit heilt alle Wunden. Schau dir meine Hand an.« Er hob seine verbundene, fast geheilte Linke. »Gott nimmt sich unser schon an.«

Joseph zündete sich trotz des Windes geschickt eine Zigarette an. Das Straßenkind, das er vor langer Zeit gewesen war, ließ sich immer noch nicht ganz verleugnen. »Ich kannte Gil Strauss so viele Jahre«, sagte er leise. »Trotzdem habe ich nichts bemerkt. Rein gar nichts. Was für ein Priester bin ich eigentlich?«

Nicky packte Joseph bei den Schultern und baute sich vor ihm auf. »Einer der besten. Verstehst du? Einer von denen, die das Gute im Menschen sehen und nicht nur das Böse.«

»Heutzutage reicht das aber nicht aus, Nicky. Bei weitem nicht.«

»Komm schon, Mann. Quäl dich doch nicht mit Selbstvorwürfen.«

»Ich wünschte, das wäre so einfach«, sagte Joseph.

Die beiden Männer umarmten sich etwas unbeholfen, um den Kaffee nicht zu verschütten. Nicky hätte Joseph gerne beigestanden, hätte sich gern um seinen älteren Cousin gekümmert, der *ihm* so oft mit Rat und Tat zur Seite gestanden war, aber er wußte einfach nicht, wie.

So blieben sie Schulter an Schulter auf dem Felsen stehen, sahen zu, wie Welle um Welle auf das Ufer zurollte, und beobachteten die Möwen, die über ihnen kreisten und scheinbar vom Zufall bestimmten Wegen folgten. Früher hatte Nicholas Stella immer gedacht, diese Wege würden vom Mond und von den Winden über dem Eriesee vorgegeben.

Doch heute wußte er es besser. Er hatte gelernt, daß weder das Schicksal der Vögel noch das der Menschen vom Zufall abhing, sondern vielmehr vom Lauf der Geschichte, von der jeweiligen Persönlichkeit und von der Veranlagung zum Irrsinn, die ein jeder wie eine große rote Narbe auf seiner Seele mit sich herumtrug.

Langsam zieht ein Sturm herauf würde ein Sachbuch werden, die Geschichte des Gillian Strauss und seines mörderischen Rachefeldzuges. Das Thema unterschied sich von dem ihres ursprünglich geplanten Romans wie der Tag von der Nacht, aber das ging in Ordnung. Amelia war zu der Einsicht gelangt, daß sie weder über das Talent noch über die nötige Disziplin verfügte, die ein Schriftsteller benötigte. Ihr fehlte auch die Fähigkeit, ihre Gedanken in Worte zu fassen, die manche Menschen auszeichnete.

Menschen wie Nicky zum Beispiel.

Dagegen eignete sie sich hervorragend dafür, Nachforschungen anzustellen. In den Wochen nach jener schrecklichen Nacht, während der Therapie, der sie sich unterzogen hatte, hatte sie sich zu einer Computerexpertin gemausert. Es gab noch viel zu tun. Gil Strauss stammte irgendwoher. Er mußte eine Familie haben. Freunde.

Nicky hatte bereits ein Buchkonzept erstellt, das bei zwei Verlagen sofort auf großes Interesse gestoßen war. So kam es, daß sie sich nun, Ende Januar, an Bord des Fluges USAir 727 befanden und darauf warteten, daß der Tower des Hopkins International Airport in Cleveland ihnen die Starterlaubnis erteilte. Zielflughafen war New York. Es sah so aus, dachte Amelia bei sich, als würde ihr Name in absehbarer Zeit doch noch auf einem Buchrücken prangen.

»Bist du bereit?« fragte Nicky. Er trug einen dunkelblauen Anzug und eine burgunderfarbene Krawatte und sah einfach umwerfend aus.

»Ich bin bereit«, erwiderte sie.

Sie legte den Sicherheitsgurt an, schloß die Augen, umklammerte die Armlehnen und wartete auf das Dröhnen der Triebwerke – und sie erkannte, daß ihre Worte der Wahrheit entsprachen.

Amelia Saintsbury konnte guten Gewissens von sich behaupten, zu allem bereit zu sein.

Epilog

Dr. Marsh legte den Hörer auf und machte sich auf dem vor ihm liegenden Block eine kurze Notiz. Er hatte soeben mit einer Bank in Cleveland gesprochen, die der Klinik regelmäßig eine bestimmte Summe überwies, und erfahren, daß das Konto, von dem der Betrag abgebucht wurde, kein Guthaben mehr aufwies. Der Inhaber, ein gewisser Mr. Thomas Macavity, hatte seine Zahlungen plötzlich eingestellt.

Marsh hatte Mr. Macavity nie kennengelernt und auch nie gesehen, daß er die Frau besuchte. Das tat übrigens auch sonst niemand. Sie hatte keine Familie und keine Freunde.

Traurig, dachte er. Und nun auch noch das.

Marsh erhob sich von seinem Schreibtisch und unterschrieb den Abschlußbericht.

Dann ging er den Korridor entlang und betrat Zimmer 56.

Sie saß wie immer am Fenster und schaute gedankenverloren hinaus. Ihr glänzendes graues Haar trug sie aus dem Gesicht gekämmt und mit einem Haarreif zurückgehalten. Eine sehr mädchenhafte Frisur, hatte Marsh immer gedacht. Sie ließ sie noch jünger und verletzlicher erscheinen, als es ihre feinen Züge ohnehin taten. Heute war der Reif zitronengelb. Marsh, der Anfang Sechzig war, fühlte sich immer wieder stark zu ihr hingezogen. Sie hatte gerade ihren vierzigsten Geburtstag gefeiert, wenn man in diesem Zusammenhang überhaupt von ›feiern‹ sprechen konnte.

Marsh setzte sich auf die Bettkante und betrachtete sie. Sie hatte seine Anwesenheit gar nicht zur Kenntnis genommen, aber das war nichts Neues für ihn. Kurz darauf kam Alice Jilek ins Zimmer und legte ihm die Hand auf die Schulter. Alice war die neue Aufnahmeleiterin der Fostoria-Klinik. »Haben Sie es ihr schon gesagt?« fragte sie leise.

»Nein«, erwiderte Marsh. »Noch nicht.«

»Glauben Sie, daß sie es begreift?«

»Schwer zu sagen. Sie ist jetzt seit fünf Jahren hier, seit dem Tod ihrer Mutter, und ich bin mir nicht sicher, ob ich auch nur ein einziges Mal zu ihr durchgedrungen bin.«

»Wie lautete denn die ursprüngliche Diagnose?«

»Eine Überdosis Heroin vor mehr als zwanzig Jahren. Sie ist aus einem Fenster im zweiten Stock gesprungen und hat danach ein Jahr in einem Gipsbett verbracht. Physisch hat sie sich wieder erholt, psychisch nie. Ihre Mutter pflegte sie fünfzehn Jahre lang, dann kam sie zu uns.«

»Eine Schande«, entrüstete sich Alice.

»Ja«, stimmte Marsh zu, stand auf, ging zum Fenster hinüber und lehnte sich gegen das Fensterbrett.

Sie schaute zu ihm auf.

»Wir bringen Sie an einen anderen Ort, meine Liebe«, sagte Marsh und nahm ihre Hand in die seine. »Bald schon. An einen neuen Ort mit ganz neuen Leuten. Glauben Sie, daß Ihnen das gefallen wird?«

Julia Raines sah ihn an und drückte leicht seine Hand. Der Doktor brachte sie irgendwo anders hin.

Vielleicht wird Gillian auch dort sein, dachte sie.

Vielleicht finde ich Gillian endlich wieder.

Und wie schon seit so vielen Jahren klammerte sie sich lange Zeit mit ganzem Herzen an diese unbestimmte Hoffnung; an den Traum von einer unendlich sanften, unendlich leidenden Substanz.